Eben Venter

Gamka

Tafelberg

Finansiële ondersteuning van NIAS
(Netherlands Institute for Advanced Study)
word met dank erken.

Tafelberg,
'n druknaam van NB-Uitgewers,
Heerengracht 40, Kaapstad 8001

© 2009 Eben Venter
www.ebenventer.com

Alle regte voorbehou
Geen gedeelte van hierdie boek mag sonder die skriftelike
verlof van die uitgewer gereproduseer of in enige vorm
of deur enige elektroniese of meganiese middel weergegee word nie,
hetsy deur fotokopiëring, skyf- of bandopname,
of deur enige ander stelsel vir inligtingsbewaring of -ontsluiting

ISBN: 978-0-624-04813-8

Daar bestaan nie 'n dorp soos Santa Gamka nie.
Alle karakters is denkbeeldig.
Die gebeurtenisse is onwaarskynlik.

Opgedra aan Gerard Dunlop

Sy anties het altyd gesê: Jy't ná apartheid aangekom, jy is vry, hou jou kordaat. Hy het so gemaak en hy was selfversekerd. Sy bruin vel was 'n pas, maar nooit goud werd nie. (Hy was nie onnosel nie.) Gelyk kon hy nooit wees nie, daarvoor is hy te arm uit sy huis uit. Maar hy't gewaag, hy het probeer inhaal wanneer hy kon en as daar 'n kans was om te vat daar in die Karoo, in Santa Gamka, dan was dit 'n kans wat hy self gemaak het.

En nou is hy ingestop.

Snaaks, hy was altyd bang armgeid vat hom reguit na 'n hok toe. Jy weet mos, die hokke van sinkplaat soos honnehokke waar mense 'n rukkie bly, maar dis soos altyd. Tot die munisipaliteit kennis gee: Mevrou, u huis van sement en stene is kant en klaar. U en u se familie kan met vreugde intrek.

Ingeboender.

Mister D'Oliviera sal sê probeer nou 'n kat hier swaai. Hy's tussen vier mure, baksteenmure, maar kleiner stene as gewone huisbakstene en kleierig en sag met baksteenstof wat afgee aan sy hand. Baksteentjies teen sy kop en alkant om, hulle't hom hier in en dis te klein vir 'n hele mens.

Hy dink hy weet waar't hulle hom ingestop. Hierso: elektriese elemente soos 'n toaster s'n, nege dié kant, nege ander kant. Links en regs van die plaat waarop hy sit ook twee. Dis twintig altesame, nie vir speletjies nie, vir braai, ja, en dis sy vleis en bene wat binne-in is.

Hy sal sê van die plek op die pad waar hulle hom gevang het tot hierso is hy in 'n stadium deur floute oorval. Daar is gate waar hy niks kan onthou nie. Hy vee teen die muur van die hok. In die beknoptheid is dit swaar om enigiets te doen, selfs net om sy vinger tot by sy neus te kry. Ruik poeierig, dis stof van ou klei.

Daar is ook 'n ligkol agtertoe bo links, maar sy nek is te seer om hom om te draai en te probeer kyk. Hy ruik sy eie bloed en baksteenstof en diepsweet wat al begin het toe hulle hom op die pad afgetrek het: "Klein kak, goed vir net mooi fokkol. Jou dag het gekom."

Sy vingertoppe vat aan die elemente soos 'n toaster s'n, net groter. Hy skat die omtrek van die hok, maak doodseker. Hy is. Dis Alexandra s'n, is haar pottebakkersoond fokkit. Waar loop sy vanaand rond?

Hy's binne-in Alexandra se oond in haar agtertuin tussen haar suurlemoenbome op Gertsmitstraat teen die koppie een straat op van die hoofstraat. Een slag gemmerbier uit 'n strooitjie daar gesit en drink en koekies met 'n jêm-ogie. Alexandra, ek bid vir jou dat jy my betyds kan kom red met jou wit hande. Waar dwaal jy vanaand?

Hulle gaan die knop druk en hy gaan bak laat dit kak. Dis die toedrag: Hy het minute oor om te lewe. Vyf, miskien sewe. "Sit it out, Lucky," sal Mister D'Oliviera sy Engelse onderwyser sê. As Mister D'Oliviera ligte grappies gemaak het, was dit altyd senuwees. "Wat is dit, Mister D'Oliviera? Jy kan nie hier inkom nie, ek is besig met my eie baklei. Mister D'Oliviera?" Hy sien sy oop mond: 'n draad spoeg tussen sy bo- en ondertande. Het hy hom nou gaan staan en seermaak in sy lewe?

Al waaroor hy die jammerste is, is dat sy kanse op is. Hy't

homself aangehits om geld te maak. Uitgegaan en gewerk, hy was 'n professional. Is dit waarvoor hy nou moet straf uitdra? Hy moes mos wegkom uit die armgeid waarin sy pa en sy ma vir altyd sal krepeer op daai plaas. Hy't 'n paar duisend rand gekort, dan kon hy daai Chico gaan haal, royal blou met mag wheels, MP3-speler, alles. Hy sou hom blink opvryf en sy bande swart polish, hy't hom klaar agter daai Chico'tjie se wiel gesien soos Will Smith met 'n goue kredietkaart gewoond aan classy. Moet hy nou skaam wees vir wat?

En Eddy & Eamonn die twee drosters, maar nie rêrig nie, hulle pak seker koffers vir New York. En wat van hom? Al daai geld vir sy paspoort en visum – alles vir vermorsing. As Eamonn hom hierso opgevou soos 'n dingetjie in 'n eierdop moet sien, lag hy hom mos vrek. Eddy & Eamonn. Daai twee manne tog.

Die oond is sy verdiende loon, sal die nydiges sê, nie hy nie. Ook nie dies van hierdie dorp vir wie hy plesier verskaf het nie. En hulle is daar, al steek hulle nou kop weg, monde gesnoer.

$7 - 1 = 6$. Ses minute oor. Beter telling hou. Is sy laaste kans.

"Die wind was kwaai die aand, my kind, toe jy in die wêreld ingekom het. Dit was droogtetyd ook nog," sê sy ma, "en jy net 'n voëltjie."

Sy pa dan altyd: "Dis altyd droogte, wat praat die vrou. Kyk hier oor die klipperveld en wat sien jy?"

Hulle sit onder die doringboom op die vasgetrapte jaart voor hulle kliphuis. Dis Sondag. Hy't by Kosie sy taxi geleen en uit die dorp gery plaas toe om sy pa en sy ma te kom bly maak met presente, hulle het swaar genoeg.

"Die wind," vertel sy ma. "Kyk, ek sal dit nooit vergeet hoe dit was nie. Jou ouma Keiser was daar van hulp en antie Darleen het ook uitgekom. Die wind daai nag, aai toggie. Here, laat die huis net hou tot die kind ten minste uit my onderlyf uit is. Toe beur ouma Keiser op en gaan praat met jou pa. Hy't in die anderkantste kamer gesit met sy daggavriende."

"Hou jy nou aan met die goete." Sy pa skuif hom op die plastiekstoel, stoel en al. "Jare al om my ore." Hy hap aan die melktert wat Lucky gebring het.

"Toe gaan sê ouma Keiser vir jou pa hy moet iets doen, dis immers sy eersgeborene. Toe loop jou pa uit, vra maar vir hom," en sy ma kyk deur na sy pa onder die dun skadu van die doringboom. "Jou pa loop klim op die dak en pak daai plate vas met rivierklippe en ek hoor hom waar ek in baring lê en skree, anders het daai dak ook afgewaai.

"Jy't nie lank gevat nie. Jy wou uit daardie moer uit, my kind, jy't benoud geraak daar, ek kon sien aan jou gesiggie rooi van spook. Jy was nooit een vir vasdruk nie. My seun, my mannetjie. Jou ouma Keiser het spoeg gevat en aan jou tong gesmeer teen komende siektes."

"Ag, julle met julle ou stories," sê sy pa.

"Kom sit hier langs my," sê sy ma vir hom. "Saggies, laat jou pa nie hoor nie, hy's siek vir die goete bowendien." Sy ma fluister met haar plooitjieslippe (sy't toe al vir Dian sy broertjie en die ander twee ook gehad, afgeleef in jare). "Toe ek die eerste keer die boep voel, het ek begin sny met die drinkgoed. Toe kom waarsku jou anties ook nog vir my met hulle dorpskennis: uitgemaakte saak, sê hulle. Sister, as jy daai kind in jou maag 'n kans op lewe wil gee, moet jy nou ophou suip of jy gooi 'n alkohol-bybie. Jy ken mos die kinders wat by dertien of veertien trek en lyk of hulle maar net ses is. En breine so groot soos appelkoospitte. Die alkoholbybies, daar's hoeveel in die Onderdorp, arme bloedjies.

"En toe, Lucky, sit ek mos die bottel weg. Jou pa het vir my gekyk met alle wantroue, want hy trek alles na homself toe aan asof alles sy fout is. In sy lewe het Rooiboer hom kwaai laat afkyk. Maar ek het gehou en gehou en rooibostee gedrink en as dit naweek word, moenie vir my sê dit was ooit maklik nie.

"Jy't anders gelyk, my kind, ek het dit dadelik gesien. Ouma Keiser ook, dadelik. Sy't so haar hand na jou kop uitgestrek waar jy aan my pram gelê het. En later weer toe jy groter was en sy amper al dood, het sy met haar duim aan jou oë gevat. Jou hare was pikdonker draadjies en jou oë het getrek by hulle kante. Jy was suiwere komaf, my kind. Lucky, het ek gesê en sommer dadelik ook. Lucky Marais sil jou naam word."

In sy oor: "Ek was so bly my lyf het jou gegooi. Jy's van terug, jy's van ons eerste mense van die Groot-Karoo. Jy hoef dit vir niemand te sê nie, jy kan net laat hulle sien wat jy is. Niemand hoef dit te hoor nie. Hoekom? En wat sal hulle daarvan maak as hulle miskien? Gemors. Nee, dis net vir jou." As, oudgeid op haar asem reg teen sy oor: "Sê dit vir niemand nie. Dis geheim."

So't hy geleer om sy storie op 'n ander manier te vertel as wat dit miskien waarlik is. Dit was sy ma se laai. Vertel die waarheid soos jy hom sien en maak hom lat hy jou pas. Jy kan sê dit was wat sy gebied het. En dit het hom innerlike plesier gegee om, sal hy sê, langs die pad te loop eerder as op die pad soos ander. Totdat hy vir Eddy & Eamonn sy dik stories begin vertel het en hulle die eerstes was wat vir hom weer terug na homself laat kyk het: nou hoekom eintlik?

ಏಢಖ

Hulle huis was daar op die plaas Bethesda, net so twintig kilometer uit die dorp padlangs met 'n fiets, of jy kon loop as jy gesuip was. Dit was nie hulle plaas of hulle grond nie, hulle het net in daai kliphuis gelewe, waar anders? Klip onder vir die fondasies en die soom van die muur ook opgebou met klip tot by jou heup toe en dan verder gevat met modderstene tot bo toe en dan riete om die dak te maak en 'n laag modder teen koue en hitte en bo-op sinkplate vasgepak met rivierklip. Binnekant was daai huis skraps met net die twee vertrekke, die verste een afgeskort met skifgordyn. Anderkant die gordyn is sy pa en ma se kamer en diékant hulle vier kinders. Aan hulle kant was daar een smal bed met sy matrassie op en een matras op die grond en altesaam was dit genoeg slaapplek vir al vier kinders.

Van kleins af het hy allerhande soort sugte en kreune uit sy pa en ma se gate gelê en luister en ondertussen maar aan die slaap geraak. Daaroor kan hy uit ervaring sê, later, dat dit nie in enige ander huis anders gegaan het nie. Dit is mense daai, almal met bloed en warm velle. En dis 'n gewone ding daai: by mekaar lê en in mekaar gaan. Dit staan nie los en onbekend van jou af nie, dis soos jou tong in jou mond. En later het hy – jy kan sê op automatic – daarvan werk gemaak. Sy ma en sy pa, veral sy ma, hulle moenie nou vir hom kom vinger wys nie.

In die oorblywende kamer was die tafel en twee stoele en die dresser en nog 'n kassie wat hulle nie mag oopmaak as kinders nie. Borde was daar vier en later nog twee kleintjies by, bekers ook vier en twee koppies, een met 'n piering, en 'n paar skoon glasbottels, van sy pa se wynbottels skoongeskud met water in. Partykeer was daar iets in die glasbottels soos dikmelk en ander dae weer leeg. Die Hart-kastrolle was twee, vir samp opkook en aartappels en later het Rooiboer, meneer Kobus, die blanke plaaseienaar, elektrisiteit aangelaat lê – hy kry staatsubsidie – en hulle het 'n warmplaat gekry, en toe 't hy weer gebreek.

En daar was sy ma se gesangeboek en die Bybel kan hy onthou daar op die derde rak van die dresser en dan weer die kaalplek waar hy gelê het, hy was nie altyd daar nie.

Goete het gekom en gegaan. Daar was eenkeer 'n skaflike riempiestoel wat sy pa nogal reggemaak het en toe's hy weer daar weg om die ding te verkwansel vir dop. Nooit weer gesien nie.

Maar sy pa en ma se bed en die draadhake met hulle klere aangehaak vanaf een van die drabalke en die gordyn tussen die twee vertrekke en die dun bed en die matras in hulle kamer loop nou uit in die oorgeblewe kamer: die tafel daar en die twee stoele en die dressertjie en die kassie wat sy ma moet oopsluit met die sleutel in haar roksak en iets uithaal, toffies, opgespaarde twak. Dis wat daar was, meer goete kan hy nie onthou nie.

Een slag onthou hy sy pa in sy blou overall van die werk af, halfses se kant in die stowwerigheid van die laatmiddag. Sy pa het met skaap gewerk of droë lusern aangery vir meneer Kobus se mal volstruise en toe hy ingeloop kom, vat hy aan sy ma se skouer daar waar sy by die tafel sit. Sy pa se handpalm gebars en vuil net so vinnig op sy ma se skouer, sy kyk nie op nie. Dis seker wat jy liefde kan noem. Maar hy kan nie met sekerheid sê nie, dit was te flussies en dit het ook nie gehou nie.

Aan die twee kleintjies het hy so bietjie gevat partykeer, maar sy pa het nooit eintlik aan hom gevat wat hy kan onthou nie.

ΩƉΩ

Die Gamkarivier kom af, daar kan vis wees. Hy gaan hurk met sy tou en sy goggas, as dit by aas kom, is wurms beter, maar meer moeite. Hy wag geduldig in die son wat trek oor sy hoogste stand en verby twaalfuur sak tot in die middag. Tyd kan hy sonder horlosie aflees. Hy's net in sy broekie, sy ma het gesê: "Los jou hemp, jy maak net was vir my."

Twee vissies teen die agtermiddag en toe nie nog nie. Hy

gaan dit vir sy ma gaan gee, hy sal haar bly maak met sy trots. As daar aartappels in die huis is, sal sy ma die vis lekker met uie en aartappels maak. Toe loop hy tussen die spaansriet al langs die soom op hardgekoekte modder en mik na die plek oorkant die rivier onder die doringbome waar kweekgras groei. Hy noem die plek Bokkies, want daar is altyd jong koedoekoeie agter gras aan of steenbokkies die ene ore teen gevaar.

Van ver af op die oppervlak van die rivier kom die klank van mensestemme, blankemense sal dit wees wat sulke klanke maak. Hulle is by Bokkies onder die doringbome, braaivleis ruik hy nou en daar's musiek. Piekniek. Dis die boer en sy vrou en sy seun en hulle maats almal daar op stoele en komberse, party in swembroeke spesiaal vir so 'n dag, vir swem in die rivier. Ná die tyd trek jy so 'n broek uit en dra dit nie weer nie totdat jy die volgende keer kom swem.

Hy hou daarvan om swemmers dop te hou, maar met sy vissies by hom gaan hy nie talm nie. Oorkant tussen die riete hou hy, hulle sal hom nie sien nie. Net die boerboel – met hom hou hy nie rekening nie. Die boerboel watsenaam blaf hom uit. Of het die boer hom eerste gehoor, ou Rooiboer sê sy pa vir hom. Rooiboer-meneer Kobus mis niks wat op sy plaas gebeur nie en sy pa weet dit soos gister. Hier kom hy, 'n man korter as die meeste grootmense wat hy ken. Sy bene maak hom so klein. Hy stoot aan op 'n vlak plek in die rivier, die water kom bruin amper tot sy bors, hond swem agterna op sy nek.

Sopnat drup die boer, hond skud homself af en blaf en hou op, want die hond ken hom van die kere dat hy agter by die blankemense se kombuis gespeel het. Hy kyk graag na die hond se plat bek, maar jy heul mos nie met blankes se honne nie.

"Ja," sê meneer Kobus, "wie's daar?"

Hy maak pad deur die riete en kom uit.

"O, dis jy, Lucky." Hy sê Lukkie, nie soos sy mense Lakkie sê nie.

"Môre. Middag, Meneer," groet hy ordentlik en hou die vissies agter sy rug. Die boerboel, Jasper is sy naam, kyk na hom met boerboeloë. Hy is nie bang nie.

"En wat het jy daar by jou? Kom wys bietjie vir my."

"Niks, Meneer."

"Ek kan mos sien jy't iets daarso. Julle klomp. Almal dieselfde. Word van kleins af geleer om te lieg." Oorkant die rivier staan die blankemense in hulle swembroeke, klein en groot, en kyk oor die rivier heen na die boer wat met hom staan en praat. En die hond ook nog daar.

"Kom hierso," beveel die boer.

Lucky bly vassteek. Hy het 'n wil.

"Ek sê," sê Rooiboer-meneer Kobus, "kom hier, of hoor jy my nie?"

Hy sit een tree nader, sy kaal voete sak weg in modder. As hy wil, kan hy weghol. Jasper staan nou reg voor hom met breë skof soos 'n regte ongedierte wat kan verskeur.

"Jasper! Syyy! Kom wys vir my wat het jy, Lucky."

Verlei deur die sagmoedigheid in die stem tree hy nader en hou onwillig die twee vissies op, mooi op sy tou ingeryg.

"Gee daai vis hierso." Rooiboer kom op hom af. "En maak toe daai broek van jou, magtig man, jy loop nie so op my plaas rond nie."

Hy het nie meer 'n zip aan die broekie van hom gehad nie. Hy is maar nege. Sy staanplek, sy harde wil, hou ook nie meer nie, hy gooi die vissies voor die boer op die modder neer en laat spaander. Verder af langs die rivier gaan skuil hy weer tussen die riet om terug te kyk: Rooiboer en Jasper terug deur die rivier met sy twee vissies swaaiend aan die tou in die rooi hand.

Toe Rooiboer-meneer Kobus by die piekniekplek kom by die ander grootmense en sy vrou en die kinders wat daar staan met hulle tjops van die rooster af en blikkies lekker Coke en bier seker ook, hou hy die vissies omhoog asof dit hy was wat in die son gesit en vir hulle gewag het. Almal loop nader om te kom lag.

Meneer Kobus se vrou, die groot witte, sê: "Ag my magtig, Kobus, dis mos sommer moddervis wat jy daar by die kind afgeneem het."

En toe smyt die boer sy vissies met 'n boog deur die lug sodat hulle opspat waar hulle die rivier vat, Jasper hiep-hop agterna. Een van die vissies leef nog, maar hy sal nie loskom nie, Rooiboer-meneer Kobus het nie die menslikheid gehad om hulle miskien van die tou los te maak voordat hy hulle teruggegooi het nie.

Sy maag ontstel hom en hy moet net daar tussen die riet loop hurk.

Later ry die grootmense en net klein Kobus en die ander jongetjies bly oor. Nog baie bier kom uit en nog vleis op die rooster dat die blougrys roke so trek. Meisies hardloop in en uit, een met 'n rooi en een met 'n geel swembroek so mooi jy wil aan hulle papnat lywe vat. Klein Kobus se jeep staan daar, die deure wawydoop met harde musiek. Hy bly gehurk tussen die spaansriet, hulle sal hom nooit as te nimmer sien nie.

Ná 'n lang, lang ruk gaan trek klein Kobus ook sy broek uit en sy swembroek aan, die musiek in die jeep word afgesit, die deure toe en nou trêns almal in die vlakwater aan in die rigting van die berg. So los en vas, een bly agter en kyk 'n modderkrappie uit en duik in en swem verder aan. Hy bewonder 'n seun wat homself so sterk deur die water kan vat. Klein Kobus piets op die bruin water met 'n lat. Hy gooi die lat plat en hard dat hy so skuiwe net bokant die water, hy't fris arms daai outjie en toe hardloop hy die meisie met die rooi swembroek van agter af in en tekkel haar kop onder. Toe sy opkom, skree sy en Lucky kan sien die modderigheid van die water gril haar.

Lank sit hy totdat die blankemense se gespat al verder en verder gaan totdat die gewone Gamkarivier terugkom: wind in die spaansriet en korhane agtertoe en die gepiepe en skarrel-skarrel van veldskepseltjies wat niemand miskien hoor nie, hy ken alles wat jy daar by die rivier kan ken. As 'n koedoe wil kom suip, sal hy nou sy kans kom vat.

Hy hou sy kortbroek net so aan en loop tot by sy bors op die vlakste plek, swem kan hy nie. Hy loop tussen klein Kobus-hulle se goete rond net vinnig om te kyk, hy vat niks. Een tjop wat koud daar op 'n bord lê, dis niks nie.

Oor die tak gegooi, is een van die seuns se broeke, hy streel al met die pype af, haak dit af en hou dit voor hom. Die riffel van die blou lap, die sakke voor en agter, elkeen met sy eie fyn stiksel, die koperknope op 'n ry oor die gulp en die klinknaels net waar hulle moet kom, almal koper. Dis 'n Levi. Hy ken Levi's van die dorp af as hy vir sy anties gaan kuier: Dis wat jy moet dra. Hy hou die broek teen hom op, dis helemaal te lank en te wyd om die middellyf. Hy gooi hom weer terug oor die tak nes hy gehang het. Jy kan alles vat, maar nie 'n man se broek nie. Hy loop weg amper tot weer in die water toe hy omdraai en die broek vir 'n tweede keer gaan afhaak en dié keer saamvat. Op 'n verskriklike geheime plek steek hy die broek weg daai dag.

In die weke wat kom, gaan bewonder hy die Levi: die man darem wat so 'n broek kon uitdink. Hy's miskien sewe jaar weg daarvan af om daai broek aan te trek en dan sal hy nog steeds los pas, want teen blankeseuns is hy maergat. Eendag koop hy sy eie Levi-broek, jy sal sien. Hy sal sy pa en ma ken en hoe hulle is, hoe hulle lewe, maar hulle sal hom nie meer ken nie. Hy sál.

Toe hy weer daar tussen die doringtakke bo kom voel, is

die broek weg. Hy weet 'n menseoog kon nooit daai broek gesien het nie, onmoontlik. 'n Arendsoog, ja. Hy reken dit was 'n witkruisarend wat hom vir 'n nes-voering kom wegdra het.

Oor die broek sou die moeilikheid nie wegbly nie. Rooiboer-meneer Kobus trek mos toe sy pa vas daar op die kaalte voor sy skuur. Hy't daai middag daar gespeel, toe weggestaan, ene muisore om te kyk wat gaan gebeur tussen meneer Kobus en sy pa.

"Die broek wat een middag verdwyn het, die jean, moet nou net nie vir my sê julle weet nie daarvan af nie."

"Ek weet niks van 'n broek af nie, meneer Kobus." Sy pa daar in sy blou overall.

"Moenie vir my kak kom staan en vertel nie, Isak."

"Meneer Kobus moet nou nie kwaat raak nie." Sy pa praat met 'n doekstem en kyk ook nie vir meneer Kobus in die oog nie. Eers op hoërskool het hy grondig verstaan dat sy pa nog in apartheid in is. Vas. Kruiperig as dit moet en vol vloek teen soppertyd as hy by die huis aankom. Hy't nie eens omgegee dat sy pa die gelag vir die broek moes betaal nie. Sy pa was te papbroek, dis die ding.

"Jy lieg mos nou vir my." Die son vang meneer Kobus se hare rooi tot op sy kopvel.

"Ek lieg nie, Meneer."

"Nou hoe kan die broek sommer so gaan staan en wegraak. Self begin loop, hè?"

"Meneer?"

"Die broek moet uitkom teen vanaand of ek trek van jou pay af." Dit was 'n Vrydag, betaaldag.

"Dit kan meneer Kobus nie doen nie. Dis teen die wet." Sy pa het begin rys en bietjie man gestaan.

"Kak met die wet, ek sien in jou oë jy lieg vir my. Dit was 'n maat van klein Kobus wat hier kom kuier het, verdomp. Nou raak sy broek gesteel. Hoe lyk dit?" Rooiboer gryp 'n spar wat daar lê en dreig met die hout bokant sy kop: "Ek moer jou sommer." Son dwarsdeur die rooi hare wat so reg-op op sy arm staan.

"Jy sal my nie slaan nie, Meneer, ons het regte. Meneer Mandela het vir ons dieselfde regte laat kry as julle."

Rooiboer smyt die spar dat hy so bokspring bo-op die ander sparre. "Teen vanaand wil ek die broek hê, in my hande."

Jy sien, meneer Kobus se pa en sy oupa en verder terug was almal volkslaners, Lucky weet dit, sy pa het dit lankal vir hom vertel. Die Lodewyke almal bekend onder die bruin mense as volkslaners, 'n vloek is dit wat agter hulle aansleep, moenie dink in een geslag raak jy daarvan ontslae nie.

Teen skemer is sy pa daai selfde dag dorp toe op daai lendelam fiets van hom, daar gebly ook wie weet waar, want sy drie anties is tog nie lus vir 'n dronk mens nie. Sondagaand was hy nog dronk toe hy terugkom op die plaas. Van waar hy sy fiets teen die doringboom neersmyt tot in die kliphuis waar hy by die oopstaandeur ingeloop kom, is hy die ene struweling. Vanaf Dian sy boetie tot die twee kleintjies tot by sy ma toe mee gebaklei: "Ek laat my nie meer verskreeu nie." Die smal, harde skouers.

Sy ma waai haar hande, blommetjiesdoek op die kop, dis Sondag. Sy praat terug, dit help niks nie. Ook niks honger nie, hy. Sy ma rol vir haarself twak in 'n skeurtjie koerant. "Jinne , kan die man my net los."

ogo

Hy't nooit eintlik vir Rooiboer-meneer Kobus raakgeloop nie, hoekom sou hy? Net party Maandagoggende op sy agterkop vasgekyk as hy agter op die bak van die wit twin cab met sy skoolhemp en skoolbroek die twintig kilometer van Bethesda tot in die dorp in wind sit.

Hy't ook nooit eintlik aan meneer Kobus se vrou of hulle

kinders gedink nie, hoekom sou hy? Net as sy pa vloekerig by die huis aangekom het, het die blankemense in hulle lewens ingekom. Of as sy ma te vertelle gehad het, maar sy't lankal ophou huiswerk doen vir mevrou Kobus. In die twin cab is sy gesien wanneer sy dorp toe ry om te gaan koop, sy't daar vol gesit, 'n groot wit deeg is mevrou Kobus.

"Klim sommer voor in," sê meneer Kobus vir hom een Maandagoggend skool toe, mevrou Kobus was daai slag nie saam nie.

Meneer Kobus het seker sy moeite gesien om agter op te klim sodat vuiligheid nou nie op sy wit hemp kom nie. Hy's netjies met homself. Hy was toe in graad 9, sy tweede jaar op Hoërskool St. Gamka, die Boereskool, en in die week het hy by sy drie anties in die Onderdorp geloesies.

Baie al by die groot twin cabs voor Spar ingeloer met sy gesig in hulle ruite, altyd toegedraai, altyd gesluit, en nou is dit die eerste keer dat hy binne-in een sit. Hy kyk deeglik, vat aan die seat, selfs oor hobbels en deur slaggate en tot op die teerpad is dit saf al die pad, jy kan nie sê hoe nie tot jy eers self daarop sit.

"Het jy al gedink wat gaan jy doen ná skool?" vra meneer Kobus. Sy polse op die stuurwiel doen omtrent niks nie, twin cab bly self op die pad.

"Nee nog nie eintlik nie, Meneer."

"Kry jy koud?" Hy leun na hom toe en draai 'n knoppie op rooi op nommer vier. Ná 'n bietjie se ry, blaas hitte op sy skoene en op sy sokkies, dun vir die winter, daar's drie gate in.

"Ek hoor jy doen goed op skool."

"Ek werk maar, Meneer."

"Jy moet tog in 'n rigting belangstel. Waarvan hou jy?"

"Ek wil nie arm wees nie, Meneer."

"Ek sien." Hy kyk na hom terwyl hy ry, twin cab loop op sy spoor. Meneer Kobus het 'n breë blanke boeregesig met 'n rooi steekbaardsnor en kortgeknipte hare, amper niks jy sien tot op sy kopvel, ook rooi.

"Dan sal jy moet hard werk, my maat. Dit weet jy seker. Geld val nie sommer uit die lug nie, dit kom net met swoeg."

"Ek gaan nie op 'n plaas werk nie, Meneer."

"Ek sien. Nee, maar dis goed. Dis droog, boere trek maar swaar. Daar's ander maniere om geld te maak."

Hy't nie geweet of hy van die man mag hou nie. Sy pa kan nie, nogtans hou hy tot vandag toe aan met die skaap- en volstruiswerk onder meneer Kobus se ongeskiktheid.

Toe Rooiboer hom voor Hoërskool St. Gamka aflaai, vat hy skielik sy knie hard vas net toe hy amper uitklim. "Jy onthou daardie broek wat eenkeer by die rivier soos 'n groot speld verdwyn het, wat weet jy daarvan af? Sê bietjie vir my."

"Meneer?" Sommer so: rooi kneukels op sy knie.

"Ek wil net weet wat van die ding geword het. Goed verdwyn nie sommer so op my plaas nie. Straf sal ek jou nie, ek wil net agter die kap van die byl kom."

"Ek was net 'n laaitie toe, meneer Kobus. Daai broek het mos aan 'n groot seun behoort."

Toe maak hy die deur oop en trap af uit die hoë twin cab en loop met sy gepolishde swart skoene by die hoofdeure in – MIK HOOG – skoolsak en sy weeksak met al sy goete, dis hoe hy Maandae daar aankom, en sy hart klop, hy't Rooiboer ore aangesit. Hy kan met Rooiboer skamper wees soos sy pa maar net kan probeer, dis wat hy daai dag uitgevind het.

000

Sestien, hy kan nie presies onthou nie. Hy't sommer buite agter die spekbosse onder die tuinslang daar gewas om nie sy anties se warm water te mors nie. Kon-se-de-ryt. Nee, con-si-de-rate, reg, Mister D'Oliviera? Toe hy ingeloop kom, kyk antie Yvette op daar by haar Elna waar sy sit en stik met haar blink naels: "Kom hierso laat ek jou vandag bietjie iets leer, Lucky."

Hy weet klaar wat aan haar manier van aankyk en die gesuigde sjokolade in haar stem. "Ek weet al, antie Yvette." Hy's nie toe nie. Waar's bulletjie vanaand – sy ma vir sy pa anderkant die skifgordyn in hulle kliphuis.

"Nee, jy weet g'n wat ek vir jou het nie," en toe blaas sy so met hete asem tot teenaan hom. Hups vat sy oral op hom en kan haar lag nie inhou nie omdat dit met hom is, 'n paar sentimeter korter as sy, maar klaar man.

Antie Yvette het mos uit die huis uit gewerk, haar naaldwerk en so aan. Sy't ente gordyne vir die huise in die Bodorp gemaak. Sy en die ander twee anties se kinders was daar buite op straat met balle en hondjies – dit moes woerts-warts gaan, wie kom sommer ingestap vir 'n teelepel borrie, jy weet nooit nie. Sy't hom na haar bed toe gelei, klam hand met die pienk naels en sommer bo-op die bedspread, daar was nie tyd om te verspeel nie.

"Ek sal jou leer," want sy't geraai dis sy eerste proe al het hy voorgegee hy weet.

Hy sal nooit spyt wees nie. Soos antie Yvette laag sak, hang haar twee pieke hier by sy ore, lekker vas al het sy kinders gesoog. En haar bloedige warmte jy kan amper daaraan vat. Kwaai nood gehad antie Yvette, haar man mos lankal weggegooi, sy't nie tyd vir dronklappe nie. Hy was ook hitsig tóé al nes nou. Warm en opgeskud. Hy't niks kortgekom nie, hy't dit sommer geweet nog voor antie Yvette dit self geprewel het.

Sy druk hom kop eerste af ondertoe na daar en dan pluk sy hom weer op boontoe en dan is sy weer bo, maar meeste was sy onder, daarvan het hy die meeste gehou, het sy sommer gou gesien. Bo is hy rats, die mannetjie, missionary is sy sterk punt.

"Niks gekort," het sy agterna ook gesê, vol bewondering

en tevrede soos 'n vrou. "Jy't natuurlike aanleg." Hy't geknik en geglimlag. Dis energie wat hy in die skoolgym kry en opgaar: tap uit as jy nodig het. Hy het so 'n bietjie rugby gespeel en 'n bietjie tennis ook, maar gym was sy ding, op sy eie. Ander seuns het dit minder gekies, te veel van 'n geuithouery.

Met antie Yvette, sal hy sê, het hy sommer gou geskiet, tweede slag ook, gaan so as dit jou heel eerste keer is, maar toe met die derde slag val hy in. Toe trek hy nou die voordeel van vasbyt in die gym. Toe sê antie Yvette: "Kwit, jy's langasem." Sy't geblink ná die tyd. Moes tee maak. Lekker sterk met vier suiker en longlife.

Het hy sy pa liefgehad? Dis 'n onrustige ding om oor te wonder. Dis miskien binne sy vermoë om lief te hê, maar dit moet van al twee kante af kom. So gemaak, sal hy miskien nog eendag sien wat dit behels.

Hy kan egter nie sê hy't baie daaroor getob nie. Hy sien sy pa as hy hom sien, miskien op 'n Vrydagmiddag wanneer hy inkom dorp toe om dop te koop.

"Middag, Pa."

"Ek soek 'n sigaret, Lucky. Ken jy iemand wat my bietjie een kan leen?" Sy pa frons teen die son. Sy pa het 'n opregte hart. Dis lekker vir hom dat hy dit kan sê.

En die patats in die kole en sy ouma Keiser se kerrie as hulle 'n vleisie in die hande gekry het. Kaneel ook by. En die draadkar wat sy pa hom help maak het, plesierig met 'n vlaggie, en sy ma wat huil toe die eerste dogtertjie uit haar gebore word, die frons op die meisie-voorkoppie, en die groenmielies wat sy pa weggesteek onder sy blou overall vir hulle bring, gesteel uit ou Rooiboer se land langs die rivier. En as die lammers se sterte die dag gesny word, dan kom sy pa daai aand met 'n koerant vol stertjies vir hulle. Hy die oudste kind loop pak die oop vuur buitekant aan en sorg dat daar gou genoeg rooikole kom en dan kom pak Dian en die twee sissies die lammersterte in rye uit en spring op en af terwyl die hare dadelik begin afskroei en skep die sterte uit die kole tussen twee stokpunte: Het jy al 'n warm lammerstert net so afgelek? Murg.

Dit was nie net swaarkry nie, veral in daai tyd voor hy sy verstand gekry het. Bobbejaanmannetjies wat agtertoe op die koppie koggel en sy pa wat hulle net so namaak, die verskil kon jy nie hoor nie. En Rooiboer se dogter wat vakansies van die universiteit af terugkom en respekvol praat met sy ma asof sy 'n ma 'n blankemens is. 'n Mens. En dan wys sy vir sy ma hoe loop die studentemeisies kaalmaag en vol brag onder die akkerbome, wit en bruin almal deurmekaar, en sy ma kom huis toe en na-aap die studentemeisies voor hulle kinders op hulle platgetrapte jaart, die stappies van die meisies soos sy dink dit moet wees. Daar was oorgenoeg om oor te lag.

Maar liefde? Kos in jou maag, lag en plesier Saterdaemiddae, die papperasie riviermodder wat tussen jou tone wurm, saf en menslik, dis hoe hy maar aan liefde probeer dink het. Dis dieselfde gevoel soos toe hy begin gewaargeword het van sy twee warm, ronde ballas in die warm, safte ballasvel net so kaal in sy broek. Dieselfde gevoel en ook weer nie. Hy kan nie aan 'n slag dink mét mense, twee mense of meer, waar liefde vir hom duidelik ín sit nie, hy kan dit nie vasvat nie.

Teen die tyd dat hy op hoërskool naweke huis toe moes kom, het sy pa en sy ma se gewriemel op hulle kooi anderkant die skifgordyn hom begin hinder. Die mengsel van plesier: "Bulletjie, waar's jy," en die geboelie en protestasies het binne-in en deurmekaar geloop. Ou bok, het hy oor sy pa gegryns. En dan weer: Dis net 'n brousel en sy pa en sy ma is al twee saam daar in. Met liefde het dit niks te make nie.

Hy't gehinder op die matrassie gelê en sy gedagtes het hom geskaaf. Dan't hy sommer opgevlieg en eerder buitekant gaan staan.

"Skynheilige bliksem," skree sy pa agter hom aan.

Sy pa was die arme bliksem – wat weet hý? Wat? Warm van kwaat kon hy niks huil uitkry nie. Net so onder die sterre bly staan, hulpeloos.

༺༻

Mister D'Oliviera het in die klas vir hulle geleer om volsinne te maak as hulle by die huis kom. Byvoorbeeld, jy moet sê: The scissors are to the left of the bottle on top of the green shelf. Jy moenie sommer sê: There, man, can't you see.

En dan vra Mister D'Oliviera aan die tam klas, vlieë oralster: "Scissors? Is or are?"

Volsinne, dit was die ding. Leerders moet kan dink oor 'n saak, oor 'n probleemkwessie, sê byvoorbeeld swart ekonomiese bemagtiging. Daar was mos die bruin vliegtuigloods, 'n pilot, maklik so arm soos hulle Marais'e. Hy doen toe aansoek vir die job van 'n vliegtuigloods en wragtag die swart meneer wat ook aansoek gedoen het, kry eerder die job alhoewel hy uit 'n gegoede huis uitkom. Voorgetrek op grond van sy swart vel. Is dit nou reg en geregtigheid?

Nou moet jy kan sê hoekom dit nie reg is nie. Op die punt af en nie wollerig nie. Jy moet kan uitlê, stem gee aan jou gedagtes. Ar-ti-cu-late. En dan moet jy dit boonop net so duidelik en helder kan uitskryf. "Toets my op enige ding," wou hy sê vir Damon en Rico en Godwin stoutgat, al sy vriende pouses onder die boom daar. Hy wou afwys hoe slim sy kop kon werk, maar hy het nie. Net in die klas het hy. In Afrikaans of by Mister D'Oliviera in Engels, en dan miskien nog.

Pouse in die bome se hittige skaduwee, hulle het 'n Peter

Stuyvesant gedeel, is daar daai tyd hewig gestry oor WP en die Blou Bulle. Dit was nie 'n kwessie van hulle (die Blou Bulle) teen die WP nie, dit was die Blou Bulle teen "ons". Die WP was "ons". Bolla Conradie, al daai spelers, was "ons" spelers. So na aan die vel lê WP-rugby vir hulle, over and out.

Hy wou nie uitstaan nie al het hy. Rico-hulle, almal, sou hulle doodlag. Hy was gerespekteer. Hy was gespierd, styfgepak in sy vel, en hy was aanvallig op 'n manier. En sy gedagtes lankal verby rugby. Waar't hy sy brein vandaan gekry? Lepelaars en wolweghaap en die plek van die witkruisarendnes wat nie 'n lammervanger is nie al sê meneer Kobus ook so en wat nog? Die AIDS-syfers van Suid-Afrika en kondome, maar daarvan weet meeste, en die getal spermselle as jy eenmaal skiet en Keanu Reeves in *The Matrix* en dat jy Shakespeare-taal kan praat in die bendedistrikte van Los Angeles en daardie taal van die sestiende eeue of wanneer ook al, klink skielik soos vandag s'n. En presies waar is Los Angeles aka LA? Dis aan die weskus van Amerika, dis die stad van engele. Maar hy wou nie uitgelag word nie. Meestal sal hy sê hy het sy brein vir homself gehou.

"Sê jy thread of sê jy tread van 'n tyre, Mister D'Oliviera?"

"Wel, dit kan al twee wees, hang af. Wat wil jy sê, Lucky?"

Daar is die voorbeeld van ou Boggem op die Imbizo, die volksvergadering wat elke kwartaal of so hier op Santa Gamka op die sokkerveld gehou word. Dis 'n hele gedoente met groot tente en luidsprekers en die waardige Minister daag op in 'n swart kar asook al die betrokke burgemeesters van die omliggende dorpe. Almal hooggeplaastes net so daar by 'n lang tafel voor jou oë en jy kan hulle vra, challenge, met net wat jy wil.

Daar vlie ou Boggem toe op met sy das en wurgboordjie en sy papier waarop hy sy vraag vir die Minister uitgeskryf het. Hy moet wag, hy krap agter sy oor. Toe sy beurt kom, word die mikrofoon oor koppe na hom toe aangegee. Ou

Boggem vra toe vir die Minister: "Met die stinklorries" (dis die lorries wat elke huis se rioolwater uit sy rioolgat kom opsuig en wegry naggate toe) "het ek altyd werk gekry en nou dat die rioolpype aangelê is, het ek nie meer werk nie. Hoe werk dit miskien? Wat het van my werk geword, Mevrou die Minister?"

Toe bars die hele ry op die plastiekstoele links en regs van ou Boggem uit. Mans, hulle lag hulself vrek. Eintlik lag hulle van die oomblik dat ou Boggem sy mond oopgemaak het. Dis nie dat Boggem lelik is soos 'n bobbejaanmannetjie nie, hy het trekke. Maar daar staan hy met die mikrofoon en met so 'n bruin baadjie wat hy waar kry en niemand, nie een het dit van Boggem verwag nie. Dat hy so iets kon vra, so 'n gewone man! Dit was bewondering deur en deur. En die omsitters het afgesteek.

Waarvandaan sy skerp geheue? Uit sy ma se een storie oor die geboorte, haar vernaamste storie, weet hy net hy is 'n truggooi met sy oë wat by die kante trek en sy swart pupille en sy vel soos nie een in hulle familie nie.

Kintie laat die meisiekinders in die wit bad bad. Hulle sit tot by hulle skouers in die water. Hul lyfies is bruin teen die wit teëls. Jakadas streel met sy vingers oor die blink gladde teëls. Dink jy sy pa of sy ma sal weet wie dit geskrywe het? Nee, hulle sal hy nooit beproef nie, hy wil nooit met hulle kompeteer nie. Dink jy Damon of Rico of miskien Cloëtte of enige van sy drie anties of selfs miskien die munisipale bestuurder, mevrou September, weet waar daai sin uit die Afrikaanse letterkunde uitkom? Die pastoor? Hy twyfel. En omgee sal hulle ook nie. Hy, ja. Dit sal nooit saak maak vir Rico-hulle waar daai sin vandaan kom nie en daarom rek hy ook nie sy bek pouses nie. Nooit! Romeo, Mercutio, Benvolio en Etienne van Heerden, van almal dra hy kennis.

En daar is die swartstormbossie op plekke in die oopveld wat hy ken, die se mediese eienskappe teen bloeddruk, al daai goete, alles, maak saak vir hom. Afrikaans sal sy hoofvak wees aan die Universiteit van Wes-Kaapland en Engels is sy liefde te danke aan die middae in Mister D'Oliviera se sonkamer met die stowwerige sonstrale wat hy kan ruik. En altyd, altyd sal dit hom gesellig maak daai ruik so naby aan Mister D'Oliviera s'n, so naby aan die ruik van sy kinders wat eintlik sy boeke is, op 'n ry met name, elke liewe een sy kroos.

"Kom hieso," roep sy ma. Hy was net groot genoeg om van alles te wil weet. Daar was niemand in die boerehuis nie en sy roep hom binnetoe, hy't op die werf rondgespeel. Sy blaai vir hom deur die blankemense se Kinderbybel en kom by die prent waar die aarde en alles wat daarop groei en alles wat daarop gebou is aan die brand is. Vlamme staan daar in rooi en geel en oranje en pers ook. 'n Hemel vol met kleure, sy oë raak skoon deurmekaar.

"Dis die einde van die wêreld wat so lyk."

"Ons ook?" Hy wys na die klein mensies wat hardloop, vlamme lek op hulle boudjies.

"Jy moet kan onderskei tussen die goeie en die kwaat, my kind, anders is dit ons almal se lot: ek en jou pa en ouma Keiser en Dian en jou anties en die huis, die hoenders, die honne." (Ouma Keiser het daai tyd nog geleef.)

"Jy mag nie doodslaan nie, my kind, die weet jy mos. Verder kom die armoede eerste. Vir arm mense is die goeie en kwaat anders as vir mense wat ruim het. Die Herejesus en sy liewe dissipels het die brode op die altaar geskaai omdat hulle mage van hongerte gepyn het." Toe kyk sy op die horlosie wat bokant die stoof hang en slaat die Kinderbybel toe: "Toe, gaan maak vir ons nog hout. Dit help nie om te veel te dink nie."

Maar teen sonsondergang in die Groot-Karoo, veral as die lug 'n bietjie klammigheid ingehad het, het rooie en gele en oranjes die westekant aan die brand gesteek so ver soos jou oog kon kyk – einde van die wêreld sommer elke aand.

In die dorp gekom, het sy anties hulle oor hom ontferm: "Daai kind moet goeie skoling kry. Hy's pittig met sy sê-goed." Hy't ingetrek by hulle en kon begin in die Boereskool.

Een slag gee sy anties vir hom 'n swart hemp met rooi en geel en oranje vlamme voorop en agterop 'n Chinese draak met rooi en geel en oranje vlamme by sy bek uit wat nou sommer op jou rug staan. "Dis kleure van die einde van die wêreld," sê hy toe hy die present uit die plastieksak haal. Hulle wou hulleself morsdood lag. Toe's dit verby, toe glo hy nie meer in sulke goete nie.

Een slag gee hulle vir hom runners met goue strepe op, hy't sy neus binne-in gedruk, die holtes het nog na nuut geruik. Hy het aan dié soort goete gewoond geraak, nie soos op die plaas waar daar nooit iets was vir hulle nie. Net die rivier, die mis hy.

Laaste jaar op skool en net voor universiteit, ag, hy was toe bronstig en glad, hy was toe al reg vir sy job al het hy dit nog nie ten volle gewis nie, het hy na die son se vlamme gekyk aan die einde van die dag en die begin van die wêreld gesien. Respek. Geld. En jy moet weet hoe om te kies. Sy wêreld. Hy het dit vas geglo.

Hy het toe al almal in die Onderdorp en Bodorp geken wat die moeite werd was om te ken. Mevrou September die munisipale bestuurder het hom opgelaai as sy hom langs die pad sien loop het. Hy was anders, sy naels het hy skoon gehou, maar hy het hom nooit aanstellerig onder sy eie mense gehou nie, hulle sou hom uitlag. En wat Mister D'Oliviera vir hom gesê het wanneer hy hom leer kar bestuur, hoeveel maal, dit het hy gevat en sy triek gemaak: "Die belangrikste karakterbousteen is hoe jy oor jouself dink. Hoe oud was jy in vier en neëntig? Ses, maar net ses. Hierdie land is nou joune, Lucky. Hoe gaan jy jou daarin oriënteer? Die antwoord is in die palm van jou hand."

Oriënteer. Dis 'n woord daai.

ooo

Tussen wiskunde en Engels glip hy by MEISIES in, wat besiel hom? Miskien is dit ná die middag met antie Yvette dat hy nou gejaagd is deur lus, en skool is mos nie 'n plek daarvoor, hy vat dit nie ter harte nie.

By een van die toilethokkies loop hy sonder skroom in, daar's niemand anders daar nie, hy's eintlik teleurgesteld. Hy maak die deur toe, maar nie helemaal nie. Toe sien hy daar's bloed daar en iets wat bo-op dryf. Hy hol daaruit. As dit is wat hy dink dit is.

Sy skoene altyd gepolish, sy hemp silwerskoon en gestryk. Sy onderbroeke, ja, hy't maar net twee, sy kouse gate by die tone, maar wie sien dit. Hy't almal dopgehou op skool, hoe hulle was, hy't geleer om vir tekens uit te kyk: aan 'n pols 'n Billabong-horlosie as jy miskien nog ene gehad het, die soort selfoon en die sakkie waarin die selfoon gekom het, daai goete. Woord is evidence. Die blankeleerders sal hy sê het nie omgegee oor hulle skoolklere nie, hulle is klaar ryk. Twisties of 'n Coke in die middae ná skool, hy't nooit geld daarvoor gehad nie, nooit. Die gym was verniet, as hy daar uitstap, is sy spiere teenaan sy vel.

"En leer is verniet," boor Mister D'Oliviera hulle in die kop.

"Wat as die krag uitskop, Mister D'Oliviera?"

"Daar's kerse en lampe, julle het nie 'n verskoning nie."

Hy't hard probeer. "Fokkit, Mister D'Oliviera, maar dis swaar." Mister D'Oliviera kyk verbaas dat hy sommer so "fokkit" by hom, sy meneer, kan sê. Maar hy vat dit nie as disrespek nie, hy vat dit as "hou van". Hy sit in Mister D'Oliviera se sonkamer vir ekstra klasse.

"Lucky, kyk vir my. Plaas jou tong teen die agterkant van jou boonste tande. So, this-tle, ther-mos. Sê ook: particular, insomnia, bilious." (Wat's dit?)

"Mister D'Oliviera, watse naam is Mercutio?" Hy lag hom pap en begin lees:

Romeo: I dreamt a dream to-night.
Mercutio: And so did I.
Romeo: Well, what was yours?
Mercutio: That dreamers often lie.
Romeo: In bed asleep, while they do dream things true.

"Dis wat jy die skoonheid van woordritme noem," sê Mister D'Oliviera. "Lucky, kan jy hoor hoe Shakespeare sy taal laat sing? Lees weer daardie passasie."

En toe hoor hy iets bokant die klank van sy eie stem:

aai dremt a dreem laas naait
die daai die daai
an so did aai
an what well what was jors
that dreemers offin laai
daai daai . . .

Die tampe-tam-tam waarmee Shakespeare sy woorde agtermekaar inslaan – hy kan dit sien, hy kan dit hoor. Dis iets anders as die drywende monster in die toilet, anders as swaarkry van armgeid, dis in die lewe, maar ook bokant die lewe. En dit kos niks nie, maar sy ma ken nie die skoonheid nie. Stormwolke miskien of die pienk kandelaarblom wat die gifbol uitstoot ná die reën, maar nie skoonheid soos dié nie, sy sal nie weet waarvoor om te kyk of wat om te hoor nie.

"Kyk, ek weet julle kinders het almal 'n agterstand," sê Mister D'Oliviera. "Ek sê maar sommer dat julle by kerslig kan leer en aanhou moet leer in die aande al skop die krag ook uit. Ek sê dit, want ek wil nie hê julle moet opgee nie, maar ek weet hoe moeilik dit is. Maar jy, jy is 'n besonder begaafde kind, Lucky. Koffie?"

"Het Mister D'Oliviera bietjie Coke eerder?"

Toe die volgende keer dat hy in sy sonkamer gaan sit op dieselfde stoel, donkerbruin nes sjokolade met 'n kussing ook, het Mister D'Oliviera klaar 'n tweeliter-Coke wat hy uit sy yskas aandra. Boeke, rye en rye tot by die dak in sy sonkamer en sy sitkamer, net waar jy kom.

Mister D'Oliviera het bedagsaam probeer om die skoolsaal oop te stel sodat die leerders saands daar kan kom huiswerk doen. Baie se huise was baie beknopter as sy anties s'n. Twee kamers (hy praat nou nie eens van die hokke nie waar jy doodvrek in die somershitte en doodvries in die winter) met die pa, ma, vyf kinders en die ouma en so aan partykeer nog by, hang net af. Waar kom jy nou nog aan as leerder om op konsentreer te probeer konsentreer:

'n Maatskappy wat motors uithuur, het die gemiddelde onderhoudskoste per kilometer van 'n nuwe motor bereken vir verskillende afstande wat gedurende die eerste jaar afgelê is. Die data word in onderstaande tabel gegee . . .

Hy't wiskunde verpes, maar deurgeskraap darem. Mister D'Oliviera was die man wat hom wakker gemaak het vir lees en wyer ook as al hulle voorgeskrewe boeke. Hy sit by hom in sy sonkamer en as hy weer sien, trek Mister D'Oliviera 'n boek uit sy rak en begin voorlees, soet en bekoorlik, jy kan jou verloor. En dit is iets, nie sommer niks nie. Dit is 'n wêreld wat in die woorde lê – dit het hy by Mister D'Oliviera geleer. En altyd in Engels, net Engels. As jy hom sien aankom in die groen skoolgang, moet jy in jou kop sommer klaar oorslaan Engels toe.

Ander leerders het geproes in Mister D'Oliviera se klasse, hy't net daar wawydore gesit, muisstil, behalwe as hy gevra word, 'n vlieg op sy neus sou hy darem wegja.

Daai seun, Godwin – hy't met *Isn't She Lovely* gedink hy kan by Idols inkom – het vir Mister D'Oliviera openlik in sy gesig uitgelag. As Lucky in sy stoel omdraai, sien hy net Godwin se tande op 'n ry. Hy kon hom moer.

Net voor 16 Junie Jeugdag toe's almal uitgelate oor die los langnaweek wat gaan kom en hy't so 'n skurfte tussen sy klos en sy binnebeen gekry, Vaseline wou nie help nie. Toe is dit weer Godwin met sy rye tande reg in Mister D'Oliviera se gesig. (Mister D'Oliviera het vir hom privaat gesê: "As ek na daai seun kyk, is al wat ek sien 'n gapende seekoei met tandvleis, ek sien nie meer 'n mens nie.")

"Godwin, vat jou goed en loop nou uit hierdie klas uit. Jy sit nie weer jou voet hier nie."

Die ander het geskrik, nie Godwin nie. Hy tik-tik so op sy rugsak wat hy mos voor op sy bors dra: Hy's reg vir die ding, jy kan sommer sien dis baklei wat hom so laat kyk.

Lucky se anties ken Godwin se pa en sy ma, Merlyn en Shaleen. In die hoof se kantoor kom sit hulle toe, sy pa nog net so in sy blou overall met verf aan alles, Mister D'Oliviera word ook ingeroep. Die woord is summoned.

"Jy kry ons kind onder met jou hewige rassisme. Jy gee hom nie 'n kans om te ontwikkel nie en hy kan 'n singer word. Hy kan uitstyg. Nee, hier kom die blankeonderwyser en druk hom onder sy skoen plat. Daar's mos nie respek vir ons nie. Ruspes. Jy wil Godwin onder hou, ons mense vat dit nie meer nie." Die ma, Shaleen, doen die meeste van die praatwerk, het Mister D'Olivier hom agterna vertel, alles woord vir woord en hy kon dit net sien.

Wat hy duidelik op Hoërskool St. Gamka ingevat het, was

armgeid. Hy kon armgeid snuiwe in die skoolgange, die pis bo-oor die Jik. Godwin se ouers ook. Hulle kom baklei oor daai onhebbelike Godwin omdat hulle te ongeleerd is om van beter te weet. Leerders in die somer ingedruk in 'n kamer het hy gou geruik, 'n hemp se kraag het hy eerste gesien, sy eie hemp skif by die kraag, hy weet dit, skurwe vel het hy gesien al is Vaseline goedkoop, en drank het leerders uit skool gehou.

"Kyk," sê sy antie Darleen, "as die pa 'n dronklap is, maar die ma werk en hou haarself netjies, dan gaan dit nog aan in daardie huis. Die kinders kom skoon en kry kos en hulle gaan skool toe. Maar die Here bewaar die huis waar die ma ook suip, dan is die kinders op straat. Dan het hulle nie 'n kans in die lewe nie." Dan kry jy wat jy kry in die toilet in MEISIES. Dis alles die somtotaal van armgeid daai, hy't niks gemis nie.

"Dit was 'n klein fetus, Mister D'Oliviera." Hy't dit met hom gaan bespreek. Maar Mister D'Oliviera het klaar van sulke goed af geweet. Nobody's fool. Hy het baklei vir meer seksvoorligting by die skool, maar daar was Christelike onderwysers wat gesê het oor hulle dooie liggame.

Mister D'Oliviera het gepleit dat matrone van die St. Gamka-kliniek asseblief een maal 'n week 'n besoek moet kom aflê om meisies en seuns die geleentheid te gee om haar privaat te spreek oor STDs en om te leer: so werk 'n kondoom – sommer oor 'n piesang. Al daai goete, hulle ouers hoef niks daarvan te weet nie, dis privaat.

Nee, die skoolhoof het altyd vir Mister D'Oliviera beaam: "Ons agenda is propvol, Mister D'Oliviera, ek kan niks belowe nie." Met koedoebiltong kon jy miskien nog sy arm draai vir jou doeleindes as jy van 'n plaas af gekom het. Mister D'Oliviera het natuurlik nie sulke handelsware nie. En hy het gesê dis belaglik om so gullible te wees: hy ken 'n koue hart as hy een sien. Al daai jare het hy dit ook nooit reggekry om die skoolsaal vir arm kinders se huiswerkure beskikbaar te maak nie. Al was sy argumente waterdig ook: Dit raas in die Onderdorp en die huishoudings, soos hy dit genoem het, is klein met baie inwoners en dit maak konsentrasie moeilik vir die leerders. Daar was net lawwe verskonings: "En wat van toesig? Nee wat, hulle sal net die vensters breek en onheilighede aanvang."

Maar as hy in die sonkamer gesit het by Mister D'Oliviera se huis met sy skoene op sy mat, dit was 'n mat bo-op nog 'n mat, en hy't rondgekyk, nou nie so kwaai na sy boeke nie, eerder hoe die kamer lyk en is, dan weet hy: Dis nie armgeid daai nie.

"Coke?"

"Asseblief, Mister D'Oliviera."

"Nou toe." Suggie. Hy staan uit sy stoel op om te gaan haal. En hy dog hy sien Mister D'Oliviera kyk vir hom op 'n manier.

ooo

Vir die matriekdans is hy saam met Cloëtte. Sy anties het betaal en vir hom 'n suit laat huur en hy't sy kop die eerste keer in sy lewe kaal geskeer, Dian sy boetie het hom gehelp, gelag. (Dian was toe al ook in die Boereskool, hulle het 'n deelkamer by die anties, daar is net harmonie.) Agter tot by die stywe, smart hempskraag het sy nek glad gewys en ook 'n bietjie donkerder bruin daar geword.

"Jinne, Lucky," toe antie Yvette hom daar sien staan in die middel van die vertrek voor *7de Laan*, heilig amper, maar daai aand skree niemand eers: "Pasop, jy's in my pad!"

Hy is uitgevat. Antie Yvette en antie Doreen en antie Darleen en al die kinders, almal kyk na sy das en sy stywe hempspunte en sy baadjie se knope, vasgemaak, en die reguit-af vou wat in die pype van die suit ingestryk is om so te bly die hele nag lank.

"Jy's nou 'n man, Lucky," sê antie Yvette, pienk naels teen haar wange, haar oë brand oor hulle kattekwaad, niemand kan raai nie, of kan die ander twee anties?

Meneer Bradley het goedwilliglik sy vintage karre beskikbaar gemaak vir die aanry van hulle matrieks al met Kerkstraat langs tot by die skousaal. Meneer Bradley is 'n persoonlikheid met sy hotel en al sy olyfboorde in en om hierdie dorp en hy is gesteld op bemindheid. Dis net dat hy so 'n glimlag het, jy weet nie so mooi van daai een nie.

Hy en Cloëtte en Damon en Johnolina en Rico en Valerie almal in 'n donkerblou Cadillac met sy oopvou-dak, convertible is die woord. Hulle neem beurte om bo-op die agtersitplek te sit, waai soos majesteite soos hulle die dorp van onder af opry.

Hulle ry verby Spar en al die mense met hulle sakke dik met garlic polonies en blikkies dit en dat, meel ook, prys het kwaai opgegaan, almal steek net so in hulle spore. Daar's oom Lewis Jonker en Amalia-hulle en Kappie en Comien en Petrus, almal laas jaar uit die skool en nou's hulle op die los, net partykeer is daar skofwerk op die vrugteplase of in die dorp of sementmengery by 'n bouery miskien, tuinwerk lus hulle nie, dis 'n lae job: "Ag, skoffel tog net bietjie daai paadjie vir my." "Gaan kak, Mevrou." Al hulle graadtwaalfs in die karre, die triomf van hulle lewe – dit gaan nie hou nie. Drie ure, dan's al die vrolikheid op. Of iemand anders ook so ver gedink het, weet hy nie. Hy't maar nie laat die gedagte hom hinder nie. Die lieflike krieweling in sy lyf het oorgevat.

Daar's pastoor Johnny Mackay ook nou: "Psalm 23 julle bekers loop oor," kraai hy toe hulle verby ry. En daar's Winslow wat leer vir mechanic, die mooiste ou in die dorp. Wie's vanaand aan sy arm, o dis Gillan, hy sal haar nie trou nie: "Hei, Lucky, hei, Cloëtte," skree Winslow, "waar's jou been, wys jou been."

"Hei, Rico, hei, Johnolina," skree Junaidon en Tina met

die slaghuis se blou voorskote nog net so aan: *Beste lam in die Karoo.* En: "Jinnetjie tog," van Tina met haar genadige oë. "Kyk daai meisiekind, nou die dag nog was sy Appelkosie met vlegseltjies, my ma." En verby Steyntjie se winkel ry hulle waar jy een Stuyvesant kan koop en Steyntjie se aartappels altyd besig om moertjies te word. "Gaan koop daar as jy dom wil wees," sê antie Darleen altyd. En verby *St. Gamka Korrektiewe Dienste Besoekersure: Geen handsakke of blomme, no handbags or slingbags allowed.* Sipier Eduard Jansens met sy een been op die pilaartjie getrou op wag in sy sandbruin hemp met sandbruin knope, knap toegeknoop oor sy braaivleispens. "Netjies, manne," roep hy en trek diep aan sy sigaret, hy dink seker hy praat met sy gevangenes in hulle oranje overalls versier met badges: *Kaapse Korrektiewe Dienste.* Rape en inbraak en moord ook, darem seker nie in Santa Gamka nie. Word moordenaars nie oorgeplaas Beaufort-Wes toe nie? Ou Mol ook binne, ten minste kry hy nou iets te ete. En rape. En Daniël ook binne, hy't 'n selfoon gesteel en is betrap, die eienaar se nommers was nog net so daarop en Goliat ou Gollie dronk mesgesteek reg voor Elvis se Tavern en dit sy eie suster. En rape, rape. Dis sy mense, almal.

En verby ry hulle en waai en glimlag, heerlik ry hulle verby die poliesstasie waar die spreiligte altyd agter die hoë lemmetjiesdraad brand, dag en nag, al is krag so skaars in hierdie land, 'n skande. En daar kom twee kinders, een met skoene, en stoot 'n supermarkwaentjie met 'n gasbottel, slinger diékant en slinger daaikant toe al af met die sypaadjie huis toe. En verby die DVD-winkel. "Hy's sielkundig as outisties geklassifiseer, daardie seun," sê Mister D'Oliviera van die seun wat daar werk, sy ooglede altyd grond toe gerig. "Seven rand overnight," mompel hy as jy die DVD vat, maar as jy nie klaar *R7 overnight* raakgelees het op jou DVD nie, sal jy nooit weet dis wat hy eintlik gesê het nie.

En verby die hotel, meneer Bradley s'n, wat al klaar sy toue gloeilampies aangeskakel het vir die plesier. Vier manne met geweldige bicepse en nog in leeronderbaadjies ook, staan daar langs hulle vier Harley-Davidsons, silwerketting uit hulle jeans se sakke wat so 'n los loop maak en weer terugkruip teen hulle harige bobene, dis 'n styl wat hulle vir hulleself gemaak het daai en altyd Levi's, jy sien mos, oor die Swartbergpas die dorp binnegery: Hie-haa! Selfs hulle kyk op na die stoet en dis iets hoor, want Hell's Angels is gewoond aan dwelms, drank, jaag, steek, alles, hulle swaai na hulle toe met quarts Black Label, gestylde hangsnorre, manne-manne.

En verby slaghuis nommer twee met die laggende skapie op sy muur en die los kollie, shame sit hy daar op die matjie en wag tot môreoggend as hy die vleissaag kan hoor snyyy in sy hondeoor, 'n beentjie vlieg by die sifdeur oop en toe en net op 'n skreef om alle brommers uit te hou, dis waarvoor hy daar sit. Kesie, almal vryf agter sy ore, dis 'n liewe dier daai.

En verby en verby en nou kom hulle in die ryk blankedeel met wit gewels en hoë dakke en stoepe van hier tot doer anderkant om op te hol so ver is dit en daar kom Missus Meissens uitgehardloop, dis die B&B waar antie Doreen werk. Missus Meissens kom met klein Engelse treetjies, in der waarheid van Dublin, by haar dubbele voordeur uit, klokkie in haar sproetjieshand wat sy tienge-lienge en skree in regte voluit Iers: "To hell with King Billy and God bless the Pope."

"Sy's van Ierland," sê Lucky vir Cloëtte wat vra: "Wat sê sy?" Cloëtte weet glad nie waar is Swaziland of Dar es Salaam of enigiets nie, maar sy't sent aangespuit oral, en die goudgeel rok sonder skouers, aan die brand is sy en hy weet dis die aand wat die meisies wil hê kom wat wil dis wat hulle wil hê.

En verby Pep Stores waar jy rooi strepieshemde kan koop

met 'n sakkie op elke bors met 'n blou knopie op, M of L, hy't al gaan aanpas en voor die spieël die kraag so teen sy nek opgevou, onder elke sakkie van die hemp kan jy die bult van sy borsspier sien – hy sal sê hy's van die bes opgeboude scuns op skool – toe't hy die hemp weer uitgetrek en op sy hanger gehang: as jy geld het, dis maar al, net as jy geld het. Al jammerte is dat Pep nie Levi's aanhou nie, dis bo hulle klas. Die verkoopsdames daar, antie Silvia en Cheryl en Celeste, is juis net besig om bokse buite te sit, steun en blaas vir 'n vale, hulle het meer bokse as enige besigheid in die dorp omdat hulle so baie ware inkry en moet uitpak, die hele Onderdorp trek uit Pep aan. En dis waar jy baie mooi en blink soorte selfone met genoeg krediet op sê vir 'n maand of drie kan aanskaf as jy geld het, net as jy het.

En verby die magistraatshof waar die klerke in swart onderbaadjies en wit hemde almal uitkom. Al is dit al ná vyf is hulle nog getrou daar, in 'n ry kom staan hulle op die rooi gepolishde stoep van die hof en waai: "Haai my jinne, is die kinders nie te fraai nie."

En verby mevrou September die munisipale bestuurder se kantoortrappe wat oploop na haar kantoor, daar's niemand belangriker in Santa Gamka nie behalwe miskien die burgemeester, meneer Wisecomb, wat al vandat Lucky in graad 9 is weens 'n saak, hangende, oor geldverduistering in so 'n rooi huis tussen die Onderdorp en die Bodorp bly en elke maand oes hy nog volle salaris, met sy stomende Frisco-koffie in 'n uitskop-leunstoel met 'n knoppie hier op sy flank wat jy druk en dan vibreer hy jou pyne skoon weg, wag en wag meneer Wisecomb net so dagin en daguit en kyk maar solank sport en soapies. Hangende.

Verby mevrou September se kantoor, daar kom sy uitgetrippel op skoene met silwer hakkies, sy't oorbelle aan en blou maskara en sagte witpienk lipstick, jy sou nooit durf sê sy pas nie in daai pos van munisipale bestuurder nie. "Haai julle," waai sy met 'n kant-sakdoekie, in die wolke jy kan sommer sien, vandag het sy die hoofstraat aan die graadtwaalfleerders toegestaan, dis binne haar jurisdiksie. "Haai julle almal," skree sy weer, getuit uitgespreek met die lippe van haar wat byna soos 'n blankevrou praat.

En verby die tennisbane waarnatoe boeremans Woensdagmiddae kom vanaf hulle plase uit op die vlaktes van die Groot-Karoo of vanaf Frisgewaagdvallei of vanaf Wildeperdevallei, almal in hoogdrawende wit twin cabs of silwer Mercedese of pikswart BMW's – van al die karre wen die swart BMW loshande – en die boere die tennispelers almal in wit broeke en wit hemde kom speel hulle tennis, nie 'n sorg nie, maar daar is seker as hy nou aan Rooiboer-meneer Kobus dink, die ou balsak.

En daar's Mister D'Oliviera ook glads, hy't kom geld trek by die ATM, byna loop hy hom disnis in die pilaar daar soos hy verras word deur die stoet karre en geskreeuery, party onderwysers gaan ook na die skooldans, maar Mister D'Oliviera sal in sy lewensdag nooit en met wie nogal. Hy kyk of hy vir Lucky kan raaksien. "Lucky," sê sy lippe sonder dat hy dit kan help en hy waai met regop vingers amper asof hy nog 'n bordkryt vashou en loop uit totdat hy naby aan hulle is, waai skugter toe hy vir Lucky raaksien en treurig sy oë. Watter gedig dink hy nou weer aan?

Tussen hom en Rico het hulle een bottel wyn wat gou op gaan wees, hy is so te sê klaar op, en hy't een kondoom gaan haal by die garage in daai boksie daar nes jy inkom, hy vat aan die bultjie in sy sak. Naderhand stoot Cloëtte hom buite by die skousaal uit. Hy gaan, maar sy kop swewe en hy dink aan niks nie. Twee maande van nou af is hy vir altyd uit die skool, sy eerste jaar is vir hom betaal by die Universiteit van Wes-Kaapland, maar hy sukkel met: Watter pad loop jy met jou lewe? Die hinderlikheid kom en dit gaan. Dis niks, sommer niks.

"Rico!" skree hy, "kom saam julle," en toe's dit hulle vier wat wegloop in die geel lig wat uit die skousaal se oop deure buitentoe gooi. Hulle loop tot op 'n plek waar dit na perdemis ruik, daar's 'n vrou wat ryperde daar aanhou.

"Waar vat julle ons," giggel Cloëtte en Valerie wat aan mekaar hang, klein skerp meisie-elmboë soos hulle aan mekaar se arms klou en swik en gil op hakkies.

"Julle?!" skree Cloëtte asof haar lewe daarvan afhang. Cloëtte het 'n sigaret uit haar klein slingbag gekrap, gesukkel met die vuurhoutjie. Lucky bak sy hande tot sy die rooi kooltjie kry. Sy trek soos 'n meisie aan haar sigaret, die ene naels en lang vingers, Extra Mild in haar longe.

"Gee vir my ook 'n trek."

"Hierso," sê Lucky, "kom ons sit sommer hier." Dis 'n bloekomstomp en die maan wat daar is, vang die albinokolle op die stomp waar bas nerfaf geskeur het. Dit lyk soos 'n spokerige, ietserige ding wat daar lê in die dooie nag.

"Kom, Lucky," sê Cloëtte, "so." Sy't 'n gedagte oor hoe om dit te doen en laat hom sitvlak eerste gaan sit en stoot sy bene in hulle swart pype oop na links en regs en af met sy zip, tefie se kind, en skuif wydsbeen bo-op hom in en skêr haar bene om sy middel sodat haar goudgeel rok opskuiwe tot ver verby haar manjifieke bobene. "Kom, Valerie, julle ook," roep sy blink tot aan haar tande.

En dis hoe hy en Rico sitvlak eerste op die bloekomstomp dit met Cloëtte-hulle gedoen het. Onder die sekelmaantjie, kouterig, maar nie te nie, en Valerie wat so aan Rico se lekker bakore vashou soos handvatsels soos jy 'n kar sal bestuur amper.

"Is jy kortsigtig?" proes hy – Cloëtte wou nie lat hy die kondoom aanglip nie. Hy het. Wat weet sy? Later het sy kliënt nr. 7 van hom geword, maar nie regtig nie. Sy't nooit betaal nie, dit sou haar 'n lagkramp gee.

Wat die lekkerste was met Cloëtte is dat jy nie eintlik, nie rêrig geweet het jy't seks met haar as jy in is nie. Dit was sommer of jy op jou fiets spring en begin trap en daar gaat jy, jy weet nie eers jy het nie. As hy dit moet vergelyk met kliënt nr. 2, hoe sy hart lank ná die tyd nog jaag as hy al by Eddyhulle op die stoep sit en bier drink, en sy bloed reg teen sy vel dat die haartjies op hom nog opgehits staan, jy dink glads wat van hartversaking? Nee, met Cloëtte was dit glad, sy vel teen haar gladde ene en nommerpas binnetoe en sonder haas en sonder liefde, aai tog. Sy't gedink dit was, hy't geweet dit is nie. Hy't haar altyd agterna iets gegee, 'n Bar One, iets vir haar soettand. Haar vel het net ryper geword, vrouliker, en haar bene het regtig gerek ná skool en die lang arms en vingers en naels soos 'n model s'n en die sagte uitduik-maag met so 'n dierbare naeltjie en die vars meisiepieke, jy sou haar nie vir die lewe wou inruil nie.

    Cloëtte wou niks doen ná skool nie, net by die huis hang en skaterlag oor alles op *Oprah* en *Idols* en *7de Laan*, die leeglê het haar kop naderhand volgemaak. Sy dink mooi kan jou weghelp met jou lewe. Dit kan seker. Hy't af en toe by haar gekom sommer vir die lekkerte, maar nie te baie nie.

Liefde was dit ook nie met antie Yvette nie. Met sy eie ma se suster kon dit nie wees nie. Hy's ingelyf, dis maar al, en dit het haar gekos om hom die trieks te wys. Wat hy geleer het daardie middag was iets oor homself. Iets soos 'n sterkte wat hy het, wat ander mense by hom wil hê. Vorentoe sou hy dit gebruik, amper meer as enigiets anders in sy lewe. Dit is nie nodig om daaroor uit te praat nie. Hou dit vir jouself en doen dit net. Trading is die woord wat sou bykom.

Van Eddy-hulle moet hy sê . . . "wat's die woord nou weer, Mister D'Oliviera?"

"Deus ex machina."

Eddy-hulle was dít. Snaaks, nè? Eddy & Eamonn wat gestuur is om ccn ding op aarde klaar te maak en dis om Lucky Marais weg te vat. Hy sou dit nooit vir Mister D'Oliviera sê nie, maar Eddy & Eamonn het gou-gou hoofkommedore oor sy lewe geword.

Hy hang daai middag teen die wit ringmuur voor die hotel, sy ligblou Polohemp opgerol tot bokant sy naeltjie. Daar's nie wind nie en dis so louerig jy kan hom proe, soos hy daarvan hou. Later het hy sy eerste job, nou's hy hier met 'n sigaret en hou sy oë lui sonder om iets te mis, hy mis niks nie. Hy tik as af, tyd is syne.

"Lucky, my maat, hoor hy agter hom. Wat vang jy daar aan?" Hy ken daai brandyrige stem, jy moet ryk wees om so 'n stem te hê.

"Middag, meneer Bradley. Nee, ek geniet sommer die middag. Wat van Meneer? Hoe lyk óns hotel vir vanaand?"

Meneer Bradley lag so skewerig oor hy sê "ons hotel". Hy's astrant. Meneer Bradley kom staan reg op die middel van die breë trap van sy hotel, bougainvillea diékant en bougainvillea daaikant. Dis sy trap en sy stoep en sy hotel.

"Vol genoeg, Lucky, altyd vol genoeg. Ek verwag 'n bus met Kaaskoppe. Hulle behoort nou-nou hier te wees."

"Die Kaaskoppe stry oor die prys, die Duitsers los die tips. Is mos so, meneer Bradley?"

Meneer Bradley lag met sy goedaardige gesig. Lucky weet hy hou van hoe hy met sêgoed kan kom.

"Lucky?"

"Ja, Meneer."

"Onthou laat ek bietjie met jou gesels oor 'n ding."

Lucky knik.

"Ons verstaan mekaar, ek en jy? Dan nie?"

Hy knik weer. Trek aan sy sigaret. "Het meneer Bradley nog genoeg swartstorm, anders gaan sny ek nog?"

"Jy kan maar bring. My bloeddruk keil my op. Bring maar. Dit kan nie kwaad doen nie."

"Nee maar ek maak so, meneer Bradley."

Hy weet meneer Bradley ry Kaap toe, heen en weer. Hy't nóg 'n hotel in Seepunt ook met chandeliers en alles en sy olyfolie gaan in Woolworths in. En gewoonlik weet hy presies wanneer meneer Bradley ry en presies wanneer hy terugkom. As hy die slag berg toe ry met sy fiets, sny hy vir meneer Bradley 'n bossie swartstorm om 'n treksel van te maak en in te vat teen sy hoë bloeddruk. En hy kla van rugpyn ook, lower back. Hy gaan bietjie hoor wat help en daarvan ook vir meneer Bradley bring.

"Daai smart seats van meneer Bradley, lyk my hulle help niks nie."

"Is vir 'n jong man bedoel."

Meneer Bradley ry 'n nuwe Jaguar. Die seats is soos daai Beacon-sjokolade wat jy deesdae op die rak kry met 'n binnekantste vulsel ligbruin en saf soos die seats, jy wil net begin lek.

Hy kan nie sê hoe oud hy meneer Bradley skat nie – halfmaantjies hier om die kante van sy mond en jaarringe tot by sy hempskraag in.

"Nee, meneer Bradley moet maar sê oor die geselsery wanneer en so aan." Hy is nie skrikkerig nie, hy is nie. Hy wens meneer Bradley weet net genoeg van hom af. Meneer Bradley is 'n man wat altyd dieper wil kyk, agter jou, 'n dom man is hy nie. As hy wil, kan hy bang wees vir hom.

"Nie nou nie. Nou't ek eers 'n ander sakie waarna ek moet omsien. Daar gaan die foon. Ek praat weer. Hemp," sê hy toe.

Lucky rol sy polohemp met so 'n slap aksie af en lag en om homself te bly, wys hy met sy sigaret na meneer Bradley net voor hy by die breë deur instap. "As you like it, Sir."

Hy weet hoe om meneer Bradley te speel. Dis al manier om respek van meneer Bradley te kry. En meneer Bradley weet hy't dit agtergekom. En hy't klas, dis die ding wat meneer Bradley aan hom verdra. Maar as dit by volle vertroue kom, staan sy eie hansgeid in die pad. Daai tartery. Meneer Bradley is partykeer verbaas: Waar kom 'n bruin seun nat agter die ore vandaan om so met hom te praat, met hóm. Waar? Laat Lucky Marais vir julle sê: "Ek kom van 'n nuwe geslag af en dis 'n geslag wat kan oorvat. Verstaan jy nou?"

Meneer Bradley loop na binnekant toe en Lucky knyp sy sigaret af en gooi hom in een van meneer Bradley se blombeddings aan die straatkant van die ringmuur en stoot hom toe met die punt van sy wit Adidas. Net grond – jy sal nooit weet daar's 'n stompie daar nie, môre opgevreet deur wurms en goete.

Meneer Bradley is nou binnekant in sy hotel met elke lamp en lig aan. As jy 'n olyfboom in hierdie dorp sien, al die boorde oos van die dorp, dis alles meneer Bradley s'n. Hy's 'n olyfmagnaat, maar die ding is Lucky staan nie terug vir hom nie. Sy grense ken hy. Fyntrap, jy moet weet hoe. En wanneer.

Solank hy die spel speel en reg speel, mag hy maar voor meneer Bradley se hotel hang, maar net so lank dat dit nie begin lyk of dit hang is nie. Partykeer drentel hy ook binnetoe en vat 'n biertjie in die ladies' bar. Partykeer staan daar 'n bier met skuimkop klaar geskink, on the house. Van meneer Bradley. Hy wil vir Lucky aan sy kant hê. Jy sien, dis 'n spel. Die woord is dis-cre-tion.

As sy anties nou hoor hoe hy met meneer Bradley redekawel, veral antie Darleen veral, sy's kok by die hotel, dan wil sy morsdood. Sy't nie daai durf met 'n magtige man, nie oor 'n honderd jaar nie. Antie Darleen is van in die apartheid nog, nes sy ma-hulle, maar minder vergiftig sal hy sê.

Die ding wat hom pla, is dat hy nog altyd vir meneer Bradley voel, al het hy nou net by sy hotel ingeloop. Dis of sy drolgevreet hom dophou, of hy nou op sy stoep of agter die skuifvensters staan. Altyd weet hy die man is iewers. Die tou met die vriendelike gloeilampies al met die broekieslace bo die hotelstoep langs, die rooi bougainvilleaplant op elke kant van die deur en die kamers bo, suite 17 waar hy per week kliënt nr. 2 besoek, oor alles hou meneer Bradley 'n ogie. En al is hy ook weg Kaap toe, is sy hotel soos sy oë wat agterbly.

Vir wat wil hy met hom praat en oor wat nogal? Hy skud nog 'n sigaret uit die pakkie los.

Soos hy St. Gamka sien, of Santa Gamka soos hulle hier in die Wes-Kaap sê, is dit simpel. Aan die bokant van die dorp in die groot, ryk huise met hulle wit gewels bly die rykste mense, buite en binne brand hulle ligte al vroeg in die aand, elektrisiteit is nie 'n kwessie nie. In die Onderdorp bly die res, seweduisend van sy mense en nog is op pad, party wag vir huise, party vir spoeltoilette in hulle huise.

By die klomp in die hokke wil hy nooit wees nie. Die sinkplaathuisies wat die staat tydelik beskikbaar maak vir mense sonder huis, maar pasop, dit kan ook vir altyd wees, jy moet maar net wag en kyk. Dis alles op mevrou September die munisipale bestuurder se genade.

Daar is darem altyd die Swartberge vir die armes, vir almal. Die Swartberge lê aan die suidekant van die dorp, die Swartberge is soos jou ma. Daar kruip die laaste wilde diertjies weg, daar groei die kruie teen pynkwale, daar kom al die water vir die dorp vandaan. Die laaste paar jaar, almal weet dit, is die berg besig om op te warm en van die water af dorp toe is net 'n straaltjie oor. Om die dorp na die ooste- en westekant toe en noord waar sy pa-hulle so te sê krepeer, is dit Groot-Karoo, dis al. Daar is nie water om van te praat nie. Karoo beteken garo, beteken "uitdroog" en "hard wees" en "woes wees" het hy op skool geleer (Hy't met toppunte geslaag, Mister D'Oliviera het sy toekoms gesien.)

Maar Santa Gamka was nie die wêreld nie, so onnosel was hy nie. Een keer het antie Doreen hom Kaap toe gevat, sy handjie in hare, en toe gesê: "Laaste keer, kos te veel." Altyd die skaarste, jy sien. Sy het darem 'n suigstokkie vir hom gekoop met sulke rooi en geel strepe so groot soos 'n gesig. Die stad het 'n ruising afgegee tot in sy derms toe en die mense het net gewerk, harder as op Santa Gamka. In antie Doreen se hand kon hy spiertjies voel trek op die trein of op die sypaadjie omdat sy bang was vir allerhande boosheid. Hy't net met sy ore en oë oop geloop, maar hy was mos te klein om te weet waarvoor alles.

By die toeriste wat Santa Gamka besoek het, het hy geleer, aan die seats kon jy sê hoeveel 'n kar kos. Skoene is belangrik. As toeriste uitklim en op die sypaadjie trap, kan jy aan hulle skoene sien of daar geld is of nie, selfs al was hulle in die ou strandlopertjies – slippie-sloppies soos antie Doreen hulle genoem het. Hy sou nooit sulkes dra, nie eers op 'n sandstrand nie.

As die toeriste, baie het nie eens Afrikaans of Engels gepraat nie, uit hulle karre geklim het, was hy daar. Sommer hand bygesit en vir antie Doreen met haar rug uitgehelp by Missus Meissens se B&B. Hier oor die oë lyk antie Doreen nes sy eie ma, sy kry net beter kos, sy's vetter as sy ma.

Missus Meissens het nooit omgegee as hy help nie. Chinese drake-hemp en Adidas en skoon naels en sy glimlag – skaflik. Hy het die gaste se tasse aangedra tot in hulle kamers wat na stoflaventel geruik het. Nie onaardig nie, maar wat getel het, was die reuke uit die karre as die deure oopswaai. Hy kon hulle op sy vingertoppe aftel: mansparfuum en skoeneleer en sweet op karseats van langpad ry en vroueparfuum en vrouedeodorant (vrouesweet is perskerig) en die Swede en die Engelse en Nederlanders elkeen met hulle eie soorte velle. Sigarette ook, maar nooit die twak wat jy in Elvis se Tavern optel nie. Nat vadoeke uit 'n plastiekboksie, honne ook, Missus Meissens het niks van honne gehou nie, maar besigheid is besigheid.

As die deure oopgeswaai het, het die wêreld uit die karre gekom. Vir kinders het hy nie ooghare nie. In die Onderdorp het hy met hulle gespeel, in die omtes van die hotel en die B&B het hy hom by die grootmense bepaal.

Kunstenaars en uitlanders wat nie nodig het om te werk nie kom hier op besoek, en arm mense agter werk aan, hulle kom ook. Die kunstenaars en uitlanders hang maar meestal in die Bodorp in en om die huise, die setlaarshuise, 1876 of so iets. Die buitemure van die huise is omtrent 'n meter breed, een kamer is groter as die hele huis waarin hy grootgeword het, en die plafonne sit daar heel bo soos die Melkweg en dis koel. Hy het homself by sulke huise ingewerk op 'n helemaal ander manier as sy antie Doreen, soeter sal hy sê.

Hy praat nie van rentboy vir sy job nie en hy praat nie van sonde nie. Sy ma, ja: "Mooi asseblief, Lucky, daar is siektes wat rondloop. Jou kop sal ook naarhand siekte opdoen. Ons ken dit nie. Nie ek of jou pa of ouma Keiser, wat jy doen is nie uit ons geslagte nie. En wat nou as jy iets oorkom ook nog." Pens en pootjies in apartheid in, sy. Bang vir alles.

Sy job is 'n kans wat hy gesien het en gevat het, hy verdien goed. Sy toekoms het anders geloop as wat Mister D'Oliviera dit gesien het. Hy het probeer, maar geld praat die hardste. Dis nie vir altyd nie. Hy's fier, hy bench deesdae honderd kilogram. En as hy oor daai kosyn trap en hy's in sy kliënt se huis, gedra hy hom professional. Hy's lekker, hy weet hoe om sy kliënte te plesier.

'n Pikswart kar trek voor die hotel in. Sommer hier by hom.

Hy sien aan die kar toegepoeier met stof dat hulle die

bergpas gebruik het. Hy kan nou al vir hulle sê hulle't wys gekies. Dis rowwe tye dié en die N1 is doodsoek. Lorries ry of daar nie reëls is nie, drywers dra die rewolwer in die bladsak, op 'n enkele misstappie na van die ander drywer, jý, pluk hulle die ding teen jou uit. En as jy in die ongenade van 'n kaping val, is dit klaar met kees.

Dié tyd van die middag hang hy maar so voor die hotel en dis seker nie toeval dat hy die eerste een op die dorp is wat die twee kom handgee nie.

Die deure swaai oop en die een klim uit, op die sypaadjie trap hy met die toon van sy cowboy boot – slangvel met 'n krullestiksel reguit uit Texas, uit Amerika uit – en hy weet presies wat hy sien: 'n man van die wêreld, 'n man wat sy speletjie ken.

"Good evening, Sir. Can I do anything for you, Sir? Anything at all?"

Die man glimlag saam met hom, daar's 'n bietjie spot daar, maar nie genoeg om jou af te sit nie en Lucky kan sien hy's 'n bietjie verbaas ook nog.

"Niks, ek kan aan niks dink waarmee jy ons kan help nie. Ons het net aangekom, jy kan mos sien." Hy rek hom uit. "Or did you have something in mind?"

"Ek dink aan alles, Sir," sê Lucky.

"Ek sal jou sê wat ek nou nodig het, 'n yskoue bier."

"Meneer-hulle kan net agter my aanloop dan ek vat julle na die ladies' bar toe. Hulle het Black Label en Amstel en Castle, al daai soorte biere." Our man about town, het meneer Bradley hom al gedoop.

Oor die dak van die kar waarop die laaste son gooi, sien Lucky hoe kyk die drywer, die ander een, na dit waarna sy maat met die cowboy boots kyk, want cowboy boots se oog val op sy ligblou polohemp en oor sy lyf, van bo tot onder skeer hy hom, oor die gladde vel op sy arms, hy kan mos sien. Vir 'n oomblik dink Lucky hy het hulle, hy weet al klaar meer van die twee as wat hulle miskien kan dink, maar dan spring sy gedagtes om en word twyfelagtig en hy laat staan die ding.

"Hang on a minute," sê die man oor die biere wat hy so een vir een opsê.

Nee maar oukei. Dit is 'n Ierse Engels wat Lucky by die meneer hoor. (Dit was Eamonn daai.) Hy kry hom nie verder geantwoord nie en stap oor na die drywer toe wat meer bekendheid het. (Dit was Eddy.) Aan sy stewige nek en sy dik oogbanke kan Lucky sien hy is van boere-komaf. Aan sy soort swart klere, al twee dra swart, raai hy dat hy lankal nie meer in Suid-Afrika bly nie.

Deur die oop kardeure ruik hy die twee uit: gebakte appels in die agterruit, stompies in die asbakkie, kartonbokse met boeke, mansweet, mansparfuum. Die twee is moeg, maar dis 'n vakansierige moeg, nie soos die ou mense wat partykeer hier uitklim en kraak nie. Die twee is taai vir die langpad.

"Naand," sê Eddy. "Ons kom die sleutel van ons huis hier by die hotel haal. Ons kom 'n ruk hier op St. Gamka bly, dis 'n sabbatsverlof." Dis wat hy dit noem. "Ons het 'n huis op Kerkstraat gehuur. Miskien kan jy ons soentoe vat en gaan wys waar die huis is." Die drywer praat met hom op 'n suiwer Blanke-afrikaans wat hy kan namaak as hy wil, anderdag.

Toe kom meneer Bradley uitgeloop met sy moerse glimlag en met 'n koevert, seker met die sleutel in. "Welkom, welkom, welkom. Julle kom op 'n lieflike tyd van die jaar. Tom Bradley," en hy gee hand.

Meneer Bradley kyk skrams na Lucky toe en hy sorg dat hy effens opsy staan, meneer Bradley die olywebaas wil nou eers die hef hou. Hy verstaan. Discretion.

"Drosters," het hy agterna vir sy drie anties gerapporteer oor die twee mans wat daar voor die hotel gestop het, hy het nog nie 'n woord gehad wat by hulle pas nie. Hy sou ook nooit een kry nie. Húlle wou hy weer sien. Weer bekyk: hulle swart klere, die cowboy boots van die een, die gemaklikheid van hulle show met die hele wêreld.

'n Ander, vreemde ding het saam met hulle uit die kar geklim, die drywer, die boertjie met sy nek en oogbanke, dié onthou hy agterna goed en die ander een met sy Ierse Engels en nogal groot ore, dié onthou hy ook, maar as hy hulle nou in sy gedagtes probeer terugkry, nie soos hulle op die oog opgeval het nie, maar soos hulle gewees het daarso, kan hy die een nie netjies van die ander uitmekaar uithou nie.

Net ná vyf moet hy by die hotel se kombuis inklok. Deur die jaart agter die hotel en dan kom hy sommer by die agterdeur in.

"Voor vyf sodat jy sorg dat jy op die kop vyfuur al jou voorskoot aan het, Lucky," sê sy antie Darleen, kwaai glimlag op haar groot, oop gesig. "Belowe jy my jy gaan my nie in die steek laat nie. Belowe. My kombuishande is platgetrek. Die een met 'n seer keel, ek weet tog nie wat is fout met die meisiekind nie. Altyd mankoliekerig, ek hoop tog nie dis die AIDS-ding nie. En Cherilene moes vanmiddag in die hof getuig vir 'n rape victim, sy het op hulle afgekom. Sy sal trane het as sy daar uitkom. Sy's een vir smooth sail. Vat nie maklik pyn nie."

"Wat gaan ek vanaand moet doen, antie Darleen?" Dis nie dat hy nie kans sien vir die kombuiswerk nie, dis net die inkomste wat hy verloor as hy op die laaste nippertjie 'n job moet afsê.

"Jy gaan vir my weer help met die aartappels skil en ek sal jou wys hoe braai ons hulle en dan of die pampoenpaai of die kors op die hoenderpaai, ek kan wragtig nie alles doen nie."

"Haai, antie Darleen, ek weet mos nie hoe om deeg te maak nie."

"Ek sal jou wys, moenie jou nou al kommer nie. Sorg maar net dat jy teen vyf op die kop inval."

Sy is 'n groot vrou, antie Darleen. Sy het boude en arms en sy kan raakvat, sy kan 'n sak meel optel. Sy het 'n groot, oop gesig, 'n bietjie gelerig, minder as sy ma sal hy sê, hy is die een wat die meeste van daai vel oorgeërf het. Sy glimlag maklik of amper altyd, maar as sy kwaad is, moet jy ligloop. Sy trek respek in die dorp, meneer Bradley het respek vir haar. As sy verhoging vra, kry hy omtrent 'n papie, hy kan haar nie verloor nie. Haar hoenderpaai – sy sê meneer Bradley het al aan uitvoer gedink.

Hy sal teen drieuur gestort en aangetrek wees en opry Bo-dorp toe met sy fiets en agter die Seven-Eleven 'n Coke gaan drink en 'n sigaret rook, laaste ding wat hy wil doen is om antie Darleen teleur te stel. Sy verantwoordelikheid teenoor haar druk hom.

Die ding is, sy vra hom te gereeld. Dis 'n guns, hy verdien baie meer met sy eie jobs. Hoekom wil sy nie kennis neem van sy eintlike job nie? Hou sy nou vir haar heilig? Tainted is die woord. Sal sy nou vir hom kom voorskryf hoe hy sy geld moet maak.

Hy trek 'n swart T-hemp aan, nee 'n witte, nee 'n swarte. Hy skraap die halfmane van sy naels skoon en klim op sy fiets en gaan koop 'n Coke nes hy beplan het. Sit daar op die bank, hy't 'n halfuur of net minder. Sy gewete sal antie Darleen nooit as te nimmer in die steek laat nie. Dis net, al daai aartappels skil. "Plons hulle dadelik in die water, anders word hulle sommer bruinwang, Lucky." Dink antie Darleen miskien dis 'n plesier vir 'n jong mens?

"Excuse me, Sir, kan ek 'n foto van jou neem." 'n Santa Gamka-toeris, is 'n Hollander. Hy ken hom aan sy hare se kleur uit en Hollanders is voor op die wa.

"Hoekom?"

"Oh, it's just a picture I saw. Met die antieke Coca-Colabord agter jou op die wit muur en jou swart T-shirt. As jy nie wil nie, is dit ook oukei."

"Neem maar."

Die man sê hy kom van Rotterdam af, hy skat hom agt en twintig of so. Runners aan wat hy nie ken nie. Duur digital Nikon met al die gadgets by hang soos bosluise om sy nek. Hulle gesels. Die Swartbergpas. Koedoes. Groot-Karoo. Skilpaaie. Al daai toeristegoete. Nee, hy moet nou-nou by die hotel inval. Hy dink die man is 'n bietjie verbaas oor hoe vlot hy kan praat en oor alles. Behalwe dat hy nie mooi weet waar Rotterdam is nie, toe vra hy. En: Is there anything I can do for you, Sir, anything?

Wout teken vir hom die kaart van Holland met 'n stokkie in die sand. Goue hare op sy arms waar die son vang. Sy arms is frisser as Wout s'n. Wat hy kan sê van die man se konstitusie is dat hy op duur kos grootgemaak is.

"Daar lê Rotterdam," sê hy. "Heeltemaal platgeskiet in die Tweede Wêreldoorlog, onderwysers het in die vullisblikke na kos gaan krap vir hulle kinders."

"Hierso nog steeds," sê Lucky.

"Mmm," sê Wout. "I didn't mean to compare. Ek wou net van Rotterdam se geskiedenis 'n beeld skets. Ek het myself geïnformeer oor die sosio-ekonomiese toestande in Suid-Afrika. Sigaret?" Hy hou vir hom 'n pakkie Drum uit en die Rizla-rolpapiertjies. Lucky rol syne net so dun en reguit soos Wout s'n.

En hy word lui soos hy rook insuig. Die aartappels. Omdat die naweek voorlê, moet hy vooruit skil en in die groot wit emmer onder water laat lê in die koelkamer wat na muf vleis en ou vriesys ruik. Vyfuur. Hy wens vyfuur wil nog 'n bietjie hang. Hy is nou net lekker hier, Wout het langs hom op die bank gaan sit en sy lense afgehaak en neergesit. Hy't vierkantige knieë uit sy kortbroek uit, ook met goue haartjies. By die agterdeur van die hotel moet hy wees teen vyfuur. Nee, vyfuur moet hy al sy voorskoot aanhê.

Hy wens maar eerder iemand moet Wout roep, waar is die ander mense van sy bus? Sy girlfriend met goue hare soos alle Hollandse meisies?

"Saam met wie's jy?"

"What do you mean? My vader en moeder is hier. Ek het hulle vergesel op hulle reis. Hulle het na die prehistoriese fossiele in julle museum gaan kyk."

"Waar bly julle?" Hy sê.

"Missus Meissens se B&B is die beste. Volgende keer moet julle daar inboek. Ek kan jou aan haar gaan voorstel, jy kan na haar kamers kyk. En suite en sagte matrasse en matte alles."

Sulke praatjies tussen hulle en daar trek die trilling heen en weer, dit gaan miskien lankal nie om die praat nie. Dis 'n bietjie soos met die Duitser die heel eerste keer, hy't 'n slag met die jongetjies van Europa.

Voor vyf is hy by die agterdeur van die hotel se kombuis. Sal hom onder vyf minute vat om op sy fiets hier af te sny verby Lewis Stores, woerts om die hoek. At your service, antie Darleen. Hoenderpaai se kors – hy's niks lus nie.

Toe kom dit en toe weet hy hy's nou tot op die punt gedruk waar hy nog net sy woord met antie Darleen moet breek: "Kan ek vir jou 'n bier gaan koop?" Wout met sy melkerige, manlike Hollander-stem. Woord is cultured. Hy's dood soos 'n mossie.

ooo

$7 - 2 = 5$ minute. Wakker, net halfpad, moet eers sy arm onder sy been uitwikkel om aan sy kop te vat. Bobbejaanspanner. Hulle het hom met sy eie bobbejaanspanner gemoer. Deur die oog wat nie toegeswel is nie soek hy die donkerte deur, knieë teen sy ken, skouers om sy knieë, die mure warm, sy asem, alles is warm soos dit in 'n oond gaan. Hy moet stadiger asemhaal, maak dat hy minder hitte afgee.

Die oond is besig om te laai, g'n twyfel meer daaraan nie. Gebakte Lucky. Aan sy einde gekom in die warmplek. Nooit liefde gesmaak, liefde ook nie raakgesien as dit tog miskien na hom toe gekom het nie. Met Eamonn? Die keer toe hulle saam na die witkruisarend se nes gaan kyk het en arm teen arm op die krans daar gesit en oor die rivierbedding en oor die vlakte tot teen die Swartberge vasgekyk het? Dit was nie die liefde daai nie. Eamonn het 'n spelerigheid gehad en hy was erg daaroor, maar in kon jy hom nie haal nie. Hy't altyd 'n bietjie tussen hom en jou oorgehou al het hy ook reg langs jou gesit. Eamonn se gooiafstand. Jy kon hom net nie invat nie.

As hy skree, hoor Alexandra, iemand, hom dalk. Hoe hard moet jy skree om deur die mure van die oond te kom? Doodgebak. Dis hoe dit is. Solank dit net gou klaarmaak.

Sing? Sing mors asem en maak te veel hitte. Word die mure warmer of verbeel hy hom? Hoe lank vat die oond om op te laai? Bid? Wat in die hemele is . . .

Sy ma ja, sy ken die regte versies. Sy ma sal hom mis en sy sal onder die doringboom gaan sit en haar hande saamvou en sit in haar stilte; sy melktert-presente sal sy ook mis. Maar sal sy nie oor haar verlies kan sê dit en dat nie. Sy pa sal by sy begrafnis huil, hy huil maklik. Dian sy boetie wat sy doen en late so dophou, sal ook 'n bietjie huil soos kinders nou maar eenmaal huil. Ná die begrafnis sal sy pa dronk word. "My seun gebak in 'n donnerse oond." By sy pa kan jy leer hoe om aan te gaan met jou lewe sonder om te huil oor verlore kanse; oor liefde sal jy by hom niks kry nie.

Die ding wat hom verbaas, is dat hulle nog nie die knop op AAN gedruk het nie. Of het hulle? 'n Bietjie voel . . . sy vingertoppe op die twee symure, aan elke kant van sy sitvlak. Is dit warmer?

Hy spoeg op sy vinger en toets net gou een van die spiraalelemente vir sekerheid. Elke beweging laat hom seerkry so gekneus is sy lyf, daar's oop vleiswonde, snye met bloed wat sypel. Hy ken toasters, enige mens kan 'n element met hitte in voel: Daai element is nog nie aan nie.

Wat maak hulle daar buite? Suip? As jy gesuip raak, kan jy van jou plan vergeet tensy jy 'n booswig is. 'n Booswig sal daai AAN-knop indruk al is dit die laaste ding wat hy doen voor hy self gees gee.

Hoe maak jy 'n kans vir jouself in 'n oond? Seker hoe dit moet voel vir 'n skaapboud behalwe die skaap is goed dood. Sy ma in mevrou Kobus se kombuis elke Sondag elke Sondag klok-fokken-slag. En dis die skaapboud en dis die bakaartappels en dis die soetwortels en dis die boontjies en dis die pampoenkoekies. Sy kop. Hier word hy mal.

En. En dis die malvapoeding tafel toe, elke Sondag ná kerk moet sy alles klaar hê. En sy ma? Haar behoeftes? Sy ma wat so lief is vir pastoor Johnny Mackay. Een oggend kom die justice. Winter en koud daar op die oopte van die Karoo – dis nie soos die dorp teenaan die beskutting van die Swartberge nie – sy ma laat alles net so staan. Watter krag het toe van haar besit gevat? O heil tog. "Fok jou Groot Wit Deeg, nou loop ek." Toe loop sy. 'n Ou, ou respek het in sy ma opgestaan. O sy ma! Hy kan hom nou maak lag: agterdeur sommer halfoop laat staan het vir die hond om te kom aas. O my ma, watter gevoel groter as ingebore verantwoordelikheid en groter as alle beskeidenheid wat apartheid by jou ingegee het, het jou sommer net daar oorkom? Vleismes net so op die kombuistafel laat lê: "Loop kak."

Nooit weer teruggegaan. Nooit uit eerbehoud naby die blankehuis gekom. Nooit weer op daardie plaas gewerk nie, nie eers 'n los werkie gaan bedel of enigiets. Nooit. Sy ma was dit.

Kom dit nou? Teen sy agterkop hitte, harde hitte. Oopvlam. Hy vat. Nee, hy verbeel hom. Sy ma. So het sy 'n bietjie, maar nie heeltemal nie losgekom uit apartheid. Toe was hulle nog armer en sy pa het hom vrek gelag: die vleismes met brommers op en alles. Later die aand vat die wyn hom. Soos altyd. Hy hoor hom: "Jou donnerse meid, nou moet ek al die geld inbring." Al daai goete in daai dopstem. Of dit altyd opgeskrywe is in sy eie kop.

En sy twee sissies met hulle pieringoë in die vuur. Tjank maar julle. En niemand eers om die gesmeerde wange af te vee nie. Niemand eers om hulle op te tel en bietjie vas te druk nie. So was dit. So is dit. Minder geld in hulle huis toe en sy boetie Dian moes 'n jaar uitwag voor hy dorp toe kon gaan om met sy hoërskool te begin. En toe het die anties ook maar vir Dian skoene en skoolhemde (twee) gekoop, dit het nie uit sy pa se sak gekom nie. Daar was niks nie.

Uit natuurwetenskap dit: As jy vogtigheid op 'n elektriese element gooi, kom daar 'n skok en die elektrisiteit skop daar en dan uit. As hy nou net sopnat kan sweet, dan kan hy 'n kans vir homself maak. Hy vat onder sy kieliebakke: Hy is aan sy vingertoppe – 'n week se werk op 'n lyf van 'n baksteenmaker sonder was, 'n naai sonder stort, bang.

Nee, teen die tyd dat hy genoeg gesweet het, is hy al afgerooster. Tot op die been. Hoe lank bly jy by jou verstand in 'n oond? Gebraaide breins. Afval van 'n ou ooi se brein het hulle altyd smaaklik geëet, sy ma kon dit die lekkerste maak met 'n bietjie kerrie, sy pa het sy bord eerste gehou; die breins was vir hom. Grys murg. "Ag toe, Pa." En sy pa dan: "Loop jy, dis ek wat julle mage vol hou."

Tweede kans is dat die krag van die dorp uitskop. Dit moet gebeur kort ná die oond aangeskakel word, anders kwalifiseer dit nie as 'n kans nie. Maandae en Vrydagaande vir twee uur slaan die krag gewoonlik af. Wat is vandag? Wat is vanaand? Sy brein gee nou in. Wat is vandag, donner, Lucky, wat is vandag?

As hy net vir mevrou September kan bel laat hulle net gou die dorpskrag afsit asseblief, Jolene. Miskien voor haar spieëlkas sit sy. Hou haar prinses. Haar selfoon met die spieëltjie, met die diamant in die middel van die spieëltjie, lê net daar langs haar haarborsel met die silwer handvatsel. Net een oproep: AF asseblief, Jolene.

Dis nie 'n kans nie. En sy selfoon het hulle geskaai.

Alexandra. As sy net skielik kan terugkom. Watter dag is dit?

Sweet loop onder sy kieliebakke uit en tussen sy lieste. Uitpass. Bewussyn verloor. Hy ruik niks meer van sy bloed en wonde nie. Dis verby.

Alexandra. Nooit in 'n langbroek gesien nie. Altyd net die wye klokke met blomme op. Hier kom sy op haar binnehof ingestap, daar sit die booswigte. Te lafhartig om haar ook beet te kry. Hulle sal paniek vang. Uitkom met die sak patats: "Skakel gou daai oondjie van jou af, Alexandra." Miskien red hulle nog so hulle moordenaarsgatte: "Ons het sommer bietjie met die mannetjie gespeel." En as hulle waag om hulle bekke te hou en uitstap en hy bak binne-in gaar en daar sit Alexandra sonder vermoede en drink haar gin & tonic met ysblokkies en skielik: "Wat ruik so?" dan's dit klaar te laat. En die booswigte dan lewenslank los, hulle hoef nie eers oor die grens Mosambiek toe te vlug nie.

Alexandra sal hom ruik. Vet gee die vinnigste af. Jy weet daar's vleis wat braai as jy vet in die lug snuiwe. Wens hy't meer vetjies gehad.

"Pa?" Eers Mister D'Oliviera, nou sy pa ook wat hier by hom inkom. "Wat, Pa?"

"Is dit ek, Lucky? Papbroek? Is dit jou pa, Isak Marais?"

"Pa?" So sal sy pa nie praat in die regte lewe nie. Spoke. Syne. Hoe kan hy nou met hulle klaarmaak as hy nie in sy lewe kon nie?

As iemand net nog een keer vir hom wil kom vashou. Kan

nie. Die deur is op hom toe. Hy's, hy's besig om uit te pass. Dan's dit verby. Nog vyf minute om af te tel, maar hy gaan klaar wees voor hy kan. Miskien is dit beter so.

☙❧

Hy help Eddy & Eamonn om hulle koffers en bokse boeke uit hulle kar in die huis in te dra. Nadat meneer Bradley die koevert met die sleutel in vir hulle gegee het met sy gepratery by asof hy die Minister van Toerisme is, het hy saam in hulle stowwerige kar geklim sonder om eers na meneer Bradley te kyk, vir wat. En meneer Bradley se oë op sy rug, jy kan skoon gril.

Maar dis nie Tom Bradley wat hulle na hulle huis toe vat nie. Dis hulle heel eerste slag in Santa Gamka en hy's die een om vir hulle alles te wys, hy ken hierdie dorp.

Negentien jaar bly Eddy al buitekant die land, praat hulle met Kerkstraat op, winderige bloekoms op linkerhand wat oor die dorp wag en hulle Vicks afgee.

"Die bome is al oor honderd jaar oud," sê Lucky.

"Lyk nie of hier veel aangaan nie. Waar is almal? Dis morsdood hierso," sê Eamonn.

"Is maar so hier in die Bodorp. Hier is julle huis nou op regterhand, Sirs. Eighteen sixty op sy gewel en alles." Hulle kyk.

Dis een van die vername huise van Santa Gamka met 'n grasdak eksie-perfeksie gedek deur bedrewe hande. Daar is die breë voordeur reg in die middel van die huis en skuifraamvensters so groot soos deure links en regs, elkeen met sy hortjies, hy ken dié soort huise. Herehuise met whiskybottels halfpad gedrink wat agter glas staan en wag: drankie vir jou? En dan sak jy in so 'n leunstoel weg en jou woorde raak min soos jy opkyk doer bo sit die spierwit plafon versier met krulle en hoeke wat jou oog wegvat, weg.

"Hierso," en hy haal die kopersleutel so groot soos 'n kind se hand uit die koevert en sluit vir hulle oop. Hulle is nou sy gaste. "Menere," wys hy. "Stap maar binne." Hy hou klaar van die twee.

"Kyk hoe breed is die gang," sê hy agter hulle toe hy ook inkom. "Ek ken hierdie huise. Hierdie is nie 'n heilige huis nie."

"Wat bedoel jy met 'n heilige huis?" sê Eddy dadelik.

"Hier bly nie eintlik mense nie. Hier's nie saans sopper en 'n tafelgebed. Prayers," hy kyk of hulle sy bedoeling verstaan, "en kinders wat in die gang hol en al daai lewendigheid nie. Die huis staan meeste maar net so sonder 'n siel wat binnekant roer. Ons mense het nie respek vir dié soort huise nie."

"Gebed? You must be joking," sê Eamonn en hy vat oral skote met sy oë soos hy inspekteer.

"Die huis het karakter," sê Eddy vir Eamonn. Hulle loop aan met die breë gang op sy breë planke. "Geelhout," sê Eddy die boertjie, die een met die dikker nek, "ons sal gelukkig wees hier. Heiligheid kry jy in kerke, ons het dit nie nodig nie."

Die deure uit die gang na die kamers toe het lae kosyne, want die mense daai tyd was buksies. Die kamerdeure is ook almal lekker breed al is hulle laag en oudgeel met hulle geelhoutplanke en koperknoppe, blink van vat. Oral net geelhout, die blankemense wil dood daaroor. Oerbos anderkant die Swartberge al langs die kus is kaal afgekap om die mense gelukkig te maak, aldus Mister D'Oliviera.

Mevrou Kristiena-Theresa bly ook so, hy't sy selfoonnommer self op haar selfoon ingetik sodat sy hom kan bel op die afgesproke tyd, daar kan nie fout kom met vanaand se job nie.

Hulle sit van die bagasie neer en kyk en loop aan en kyk. Daar is nie eens 'n kriesel van die mensheid en koekkrummels en die TV altyd aan soos by sy anties se huis op Kanariestraat nie, maar hy sê dit nie weer nie, want hy kan klaar sien Eddy is 'n man wat nie met hom laat speel nie, nou-nou ja hy hom hier uit.

Eddy loop en soek die kamers een vir een deur, dringend, dié man: "Waar is my studeertafel waarvoor ek gevra het op die internet?"

Lucky kyk na elke ding wat hy indra, na die merk van die koffers. Hy weeg die swaarte van die bokse, alles, en hy weet waar sit hy wat neer. Dis hoe hy gemaak is, hy kry dit van sy anties en van sy mense. Antie Doreen sê die gewoonte kom soos asemhaling. In die B&B weet sy klaar waar hou Missus Meissens haar pan en waar bêre sy die spaarpan in die kas heel onder, hy word nooit gebruik nie.

Eamonn die Ierse een, Eimen Amen Eaman – dis 'n naam daai – hou hom besig met biere wat hy uit 'n koelboks haal en in die yskas inpak, die yskas is klaar koud, die huis is uitgevee en afgestof sodat die inkommers tevrede kan wees. Daar is lakens op die beddens, hy't gesien hoe is hulle opgemaak sonder 'n kreukel. Die biere – Lucky kan sien aan die manier waarop Eamonn hulle inpak, dis sy storie daai.

Eddy kry sy studeertafel in die kamer wat op die stoep uitloop en hy roep van daar af met 'n stem dat die tafel verkeerd teen die agtermuur geskuif staan.

Eamonn haal sy cowboyhoed af en sit dit bo-op die yskas en draai om en kyk na Lucky en vra vir hom – hy laat sy kop so 'n bietjie sak sodat sy donker oë soos treacle in die geel van die lae lamp uitloop na hom toe – hy vra: "Wel, wat dink jy?"

En Lucky is op sy bek geval, hy is. Wat dink hy van wat, maar hy sê dit nie. Hy hou homself terug. Hy het nog nie kennis gemaak met 'n man soos Eamonn nie wat nou begin lag het en 'n bier oopmaak en een vir hom uithou. Lucky kan nie nou drink nie. As dit nog een van sy ander kliënte was, maar nie bier op sy asem as hy na die mevrou toe gaan nie. Hy is professional: As hy eers by sy kliënt is, is die plesier die kliënt s'n.

Die hanglamp in die kombuis kom uit die middel van die plafon en hang tot laag met net een gloeilamp, amper soos in sy anties se huis. En hy weet mos in die groot huise kan hulle enige soort lig insit, net wat hulle wil. Nou hou hulle die enkele gloeilamp onder sy wye kap, seker vir ougeid.

Eamonn sit sy een voet voor sy ander een en lê aan soos met 'n jaggeweer en die lae lig val op die sweettou wat sy cowboyhoed op sy voorkop agtergelaat het en hy skiet die ringetjie van die bierblik voor hom weg iewers op die vloer van die kombuis: Dis 'n soort antwoord daai op sy vraag van netnou.

"Wat wil jy nou hê?" vra Eamonn op Eddy se roep verder af in die groot, hol huis.

"Die tafel," kom Eddy se stem weer deur die huis. Toe loop Eamonn en Lucky en gaan kyk wat gaan aan.

"Kom ons sit eers, môre is nog 'n dag," sê Eamonn vir Eddy. "Relax, jy's op jou sabbatical," en hy knoei hom op sy skouers, eers hard toe sag. Nee, die tafel moet eers reggeskuif word, watter ertjie pla hom?

Hulle vat aanhoudend aan mekaar, toe, en elke keer op hulle stoep waar Lucky so baie sou kom rondlê en tot op daardie laaste keer op La Guardia-lughawe waar hy hulle van hom af vir ewig sou sien wegloop. Aanmekaar vat, speelspeel of hardhandig soos in die skrum of met troos of wat, honderde soorte vatte. Dis nie iets wat hy ooit uit sy huis geken het nie.

Sy telefoon brom teen sy binnebeen en hy draf uit, hy weet dis die mevrou: Hy moet nou kom, hy moet nou gaan. Hy loop vinnig deur die kamer waar Eddy in die middel gaan staan het om te kyk na sy werksplek van die volgende ses maande en vinnig deur die twee deure wat reeds oopgemaak is op die stoep tot in die dieper skaduwee onder bougainvillea: "Ek is reg, Mevrou. Mevrou kan my sommer kom oplaai, dan ry ons eers so 'n bietjie." Hy sê die adres van Eddy & Eamonn se huis.

". . . ry ons eers so 'n bietjie." Mevrou Kristiena-Theresa kom nie agter dat dit hy is wat aan die begin van die aand die hef in die hand hou nie.

Selfoon teruggeglip in sy broeksak en hy loop oor die lengte van die lang, breë stoep asof dit syne is. Die stoep is koel en helemaal afgesonder na die straat toe. Nee, van die straat af sal g'n oog sien wat vang Eddy & Eamonn hier aan nie, sy splinternuwe maats.

Lucky roep sommer na die twee mans, sommer of hy hulle al ken: "Kom kyk julle stoep, Sir, Meneer Eddy & Eamonn." Hy probeer die laaste naam reg sê.

Toe kom Eamonn met sy bier uitgeloop en swaai sy arms en hou hulle so wyd hy kan, die stoep is nóg wyer. Hy draf tot by die stoep se einde en weer terug, sy cowboy boots kraak op die papier van dooie bougainvillea-blommetjies: "Dis bloody gorgeous, Eddy."

En hy gaan sit toe op een van die stoep se leunstoele wat jou ver agtertoe gooi, met sy boots op die velletjie voor die stoel. "Wat's dié?" vra hy vir Lucky.

"Springbok, Meneer, Sir. Dis 'n gebreide springbokvel daai. Jy kry hulle hier op die vlakteveld."

"Sê maar Eamonn." En Lucky weet hy bedoel die gemeneer is 'n ding van hier en nie nodig met hom nie, dis net snaaks dat Eamonn nie eens na hom kyk toe hy so sê nie.

"Eddy," sê hy, "gee hand hierso, these boots are killing me," en Eddy kom sit op die springbokvel voor die linkerboot om te help om die ding met al twee hande af te trek.

Die sel roer weer teen sy been. "Meneer Eddy," sê hy. "Eddy. Ek moet loop. Ek het 'n job vanaand."

"Waar gaan jy? Watter job? Kom jy weer?"

Eddy verbaas hom 'n bietjie. Hy't gesien Eddy hou hom dop met hulle goete wat hy indra – sal hy nou 'n boek uit een van daai bokse gaps? – en wonder toe of Eddy nog van die slegte wantroue van die blankes oorgehou het, al bly hy negentien jaar buite die land. Negentien jaar en hy praat nog sulke Afrikaans. Negentien jaar, dit wil sê twee jaar ná sy geboorte is hy al hier weg.

"Ek loop nou eers, dag, Eddy. Dag, Eimon-Eemon."

Daar's sy. Mevrou Kristiena-Theresa ry stadiger, mik met ou oë: Het sy nou die regte huis? Hy kom afgespring by die trap, spiere teen sy vel van vanmiddag by die gym, sy job eis fiksheid. Mevrou parkeer halfhartig, sy't mos nie hiernatoe gekom nie.

Mevrou wil nie voet verkeerd sit in die oë van die fatsoenlike mense nie. Sy is die trotsste mens wat hy ken. Toe sy hom daai eerste slag met haar tuinier in haar tuin gesien het, sy ordentlikheid, sy hande, naels, het sy sy klas opgemerk en hom laat inkom in haar huis en hom alles gewys, net soos sy dit wou hê. En presies hoe sy die masserings gedoen wou hê, kwaai versigtig. O, sy was. Sy't hom nie laat vergeet nie: "Ek het in jou belê. Kom, laat ek nou sien wat 'n jong bruin man kan doen."

Haar hare is saamgevat in los lang slange bo-op haar kop, net nie te styf nie en nog altyd netjies, sy het vreeslik hare vir so 'n ou mens. Die hoogte van die hare is ook haar trots. Mevrou buig oor en rol die venster aan die linkerkant effens af, sy weet presies hoe om die knoppies te werk, en bekyk hom.

"En nou?"

Ondertoe, hoorbaar net as jy jou daarop instel, die lae eweredige idle van die geweldige enjin van haar kar. "Hoeveel kos hy?" het hy haar gepols. Dit was teen die einde van die aand, hulle was al op sjerrie. Sy't onwillig gesê en hy't uitgereken: Teen die huidige pryse kan jy tweehonderd en twintig huise in die Onderdorp aanskaf vir daai kar se geld. Geld is al mag wat die blankemense uit die apartheidsjare oorgehou het, sê Mister D'Oliviera.

Hy het weer uitgereken, want dit was soos om te speel met verbode goete: Sê jy kan twintig huise in die Onderdorp koop en dan las jy sommer vir Elvis ook by. Wat sal Skommie sê as jy daar by sy Tavern inval en 'n Black Label bestel en afhaak: "Skommie, my vriend, wat sê jy, ek gee jou nou R50 000 kontant in jou hand vir jou tavern en al jou stock, jou stoeltjies, die pooltafel." "En vanwaar nogal? Julle Marais is dan brandarm!"

Hy maak die deur van mevrou Kristiena-Theresa se kar oop en skuif in en maak die deur toe op daai sagte, geoliede knip. Hy's binnekant. Hy's nou in die wêreld van sagte leerseats en romantiese musiek oral, tot hier by sy kniekop toe vibreer 'n harp. Die ruite van mevrou Kristiena-Theresa se kar is gerook, met die gevolg jy rig jou binnekant in en kyk ingenome uit soos 'n nuwe ministersvrou. Op die sypaadjie weet hulle mevrou Kristiena-Theresa ry daar, en vanmiddag se passasier? Kan noddefok uitmaak.

Nou is Mevrou se hande aan die roer van sake. Sy besluit, sy sê, sy ry. Haar parfuum is soos koek-icing, maar draai nou daai flessie oop en die goue vloeistof sonder Mevrou se vel daarby kry 'n ander ruik, nat gras. Trouring van haar oorlede man tik teen die stuurwiel wanneer sy draai. Hy sal haar verwagtinge van hom nie teleurstel nie.

Sy laat sy venster weer opgly, stadig genoeg om Eddy te sien wat op die voorstoep van die huis kom staan het. Die spierwit kar met sy donker vensters gly sonder geluid weg, die passasiersdeur agter Lucky Marais toe. Mevrou sou Eddy nie gesien het nie.

In Mevrou se kar soos tevore en ook nie: Daar is 'n suising tot in die bloed van sy beendere soos om aan die klop van die lewe te vat, beter as kom en meer elektries, meer belofte. Sal hy nou al sommer sê: Eddy & Eamonn wou hy van binne-uit leer ken, reg van die begin af. Van Eddy kon hy dan ook 'n bietjie uitgewerk kry omdat hy 'n Boertjie is en hy ken die Boertjies, hulle reguitpraat en hulle taaigeid om te oorlewe soos koedoebulle en hulle skielike, mensliewende simpatie, maar moenie op hulle tone trap nie. Van Eddy soveel, daar was nog. Eamonn se tong was begeerlik omdat hy elke keer net anderkant verstaan wegglip. Sy aksent het hom gemaak en dit moes hy eers baasraak voor hy hom kon baasraak; hy het nooit nie.

Maar hy is professional. Sy gedagtes en lyf gee hy nou vir Mevrou: "Sommer bietjie rivier toe het ek gedink, Mevrou."

"Nou wat's jy nou weer . . ." Sy maak nie klaar nie, begin weer. "Wat's dit nou met jou vandag? Wat soek jy in daardie huis?"

"Eddy & Eamonn, dis twee nuwe intrekkers. Hulle kom vir 'n rukkie hier bly."

"Watse naam?"

"Eimon, hoor ek. Hy is 'n Ier."

"Nou wat kom soek hulle hier?"

"Die een skryf en die ander een kan 'n ding sê sodat jy dink jy verstaan sonder dat jy verstaan. Ek dink hulle is iets vir die dorp. Con-tri-bution."

"Watse iets?"

"Ek kan nog nie eintlik sê nie, Mevrou. Maar ek sou sê hulle raak my."

"Wat is dit nou weer met jou vanaand dat jy so afgetrokke is, Lucky? Ek betaal jou om by my te wees, jy weet."

"Mevrou, jammer. Jammer, Mevrou." Hy ruk hom reg. Hy kan nie op twee perde klim as hy by 'n kliënt is nie. 'n Kliënt is 'n kliënt en as hy eers by hulle is, moet hy alles gee.

Hulle ry die hoofstraat af met die bande van mevrou se kar wat die teer streel – dis nie 'n kar nie, dis 'n super mechanical invention. Watse soort brein kan so iets uitdink en dit dan so opmaak in staal en rubber? Die Duitsers. Sy heel eerste kliënt was 'n Duitser, in sy skoot ingeval met sy borselkop voor Missus Meissens se B&B wat saak maak, want jy verwag nie armes in daai B&B nie. Nooit so beplan nie, hy sou nog terugklim op die Shosholoza ná die Universiteit van Wes-Kaapland, danksy Mister D'Oliviera. Die Duitser het maklik betaal (hy het dit nooit so beplan nie) en hy was wild, dié man, maar nie wilder as hy wanneer hy wil nie.

Verby die poskantoor en die magistraatshof, stoepe nou kaal, en die Seven-Eleven waar jy net lewerkoekies ruik tot aan die *Gladiator*-DVD wat hy nou die aand vir sy anties gehuur het. En verby die hotel waar Kaaskoppe onder chandeliers eet aan antie Darleen se karoolam.

En in daai hotel op die oomblik in suite 17 sy Prozackliënt: "Ek kan jou mos opvreet, Lucky." En verby Korrektiewe Dienste, daar bly hy uit. Hy sal homself vermink, sy grootste bate, bedoel hy, om te sorg dat hy uit Suid-Afrikaanse tronke bly, die Here bewaar hom.

Die mense in hulle onderskeie doenighede waaroor hy wonder terwyl hulle nie oor hom wonder nie, niemand sien hom nie. Hy is soos 'n skim van plesier wat by lewens in- en uitglip en al wat hy agterlaat, is 'n tevrede kliënt en 'n toilet wat nog besig is om in te tap.

Nou kom hulle verby die Onderdorp. Hy loer na Mevrou wat saamneurie aan haar romantiese melodieë en na niks kyk nie. Jonk moes sy iets gewees het. Foto in silwer op haar koffietafel (een van baie): sy en haar Koos Bles op 'n klip by die see, haar lippe toe groter en meer vorentoe soos 'n mens wat wil soen, 'n bietjie soos antie Yvette.

Die Onderdorp trek Mevrou nie aan nie en daar is g'n rede vir haar om links of regs te kyk nie. Hy sien sy mense;

troppies kinders met hulle vroegaandspeletjies en snuffelhonne kruis en dwars oor die pad, hier's nie sypaadjie soos in die Bodorp nie, die poliesvên ry verby met polies-oë altyd te laat om 'n rape te keer en anties wat kos net voor toemaaktyd by Spar gekoop het, niemand sien hom nie. En hy's bly, baie: Eddy & Eamonn, iets het vanaand met hom gebeur.

"Mevrou, ons kan 'n rukkie aftrek langs die Gamkarivier. Die son sak nou mooi. As Mevrou wil, kan ons op die rivierbedding inloop op die klippe. Mevrou het mos 'n gevoel vir klippe en daar's nog bietjie staanwater oor, maar nie om van te praat nie. Het Mevrou die regte skoene aan, anders sit ons so 'n rukkie in die kar, ek sal nie omgee om buite 'n rokie te vat as Mevrou nie omgee nie."

Sy gee nie om nie, sy sê die tabakreuk op mansvingertoppe laat haar na mans verlang. "Wat is dit nou weer vanaand met jou? Jy lyk of jy vet ingekry het." Dis min dat sy dié tyd van die aand al teen hom swaai.

Hulle ry met die superkar, die ligte op dim ingeval 'n koedoe uit doringbos op die bonnet spring. Sy ry net effens vinniger as wat hy verwag het, sy sit net 'n bietjie met 'n irritasie, wou hom seker reguit na haar huis gevat het. Die aand is saf en die hemel na die oostekant pienk met die laaste sonstrale wat van die westekant af oorgooi soentoe, en buite oor die Karooveld sien jy sagte vaalte, nie droogte nie. Enigiemand kan sien dié tyd van die aand is daar iets om te sien en jou Skepper te dank, sal sy ma sê, en mevrou Kristiena-Theresa miskien ook as sy net nie in 'n bui is nie.

Plase aan al twee kante, die Van Rooys s'n en Doringkraal van die Kordiers en naby die rivier is 'n plaas wat deur Departement Landbou aangeskaf is vir 'n klomp nuwe bruin boere, opkomendes. Hulle is of was op die plaas, fluks begin, oes geëindig, wie sal weet. Die ding is, mense verkies om in die dorp naby die supermark en Tavern en tussen ander stemme en lag en geskree te bly, die plase kan so sielsverlate word. Daar ís bruin boere wat kan boer, maar hulle het dit makliker op die wynplase in die Boland. Dis taaier hier teen die Gamkarivier wat ook beteken Leeurivier.

Hy ken 'n plek links van die brug onder bloekoms waar verbydrywers hulle nie maklik sal sien nie, tensy hulle nou aftrek vir braaivleis.

"Ek sal self vanaand 'n sigaret vat," sê sy en hy sit vir haar een van syne in haar kokertjie wat uit haar handsak kom. Hy koop B&H Extra Mild vir geval sy ene vat. Hy dink aan alles, dis hy. Hy steek 'n sigaret in die koker wat sy uithou en steek aan, sy hand op hare, galant. Háár maniere vir haar. Hy wil haar onrus wegvat, anders help hulle samesyn niks nie.

Hulle sit met die kardeure oop, sy't haar musiek afgedraai om na die aand te luister. Hy weet sy is nog nie daar nie, sy het nog nie soos hy by hierdie nederige plek langs die rivier aangekom nie. Hy dog hy hoor 'n berggans. As hy nou byvoorbeeld op die bedding rondloop, sal hy nie aan die gekweel van 'n berggans getwyfel het nie, hier vanuit die kar is dit anders. Sy pa het laas Sondag gesê daar is nog poeletjies oor. Bye hier bo hulle in die bloekoms.

Sy hou hom dop, hy laat haar, dis deel van die job: sy bicepse ná vanmiddag se gewigte, sy polohemp afgerol, sy los hand op sy knie, sy hand is vierkantig en sy naels ook vierkantig en baie skoon. Alles van hom buite en aan sy lyf tot in sy gat is silwerskoon. Sy Levi's hou sy dop, hy sit wydsbeen, sy hou hom in sy broek dop, miskien dink sy maar aan haar seun.

'n Bakkie kom verby. Dit sal 'n boer wees wat plaas toe ry. 'n Trok kom verby. Die koppie aan haar kant gooi skadu wat afsak rivier toe, nou-nou sien jy nog net witterige rivierklip.

"Sal ek vir Mevrou 'n paar klippe vir die tuin gaan haal en ingooi?"

"Ingooi?" Sy hou haar besonder nukkerig vanaand.

"Ek bedoel inpak." Netjies in die bak van haar kar gevoer met mat, inpak sonder om een kant van die kar te swaar te laat weeg.

"Sal ek vir Mevrou iets gaan wys hier op die koppie?"

"Wat?"

"Ek sal Mevrou nie teleurstel nie. Mevrou ken my mos. Ag toe, Mevrou."

"Kom, vat my hand."

By die draadheining gekom, druk hy een van die onderste drade met sy voet af terwyl hy die draad net bokant met sy hand ophou sodat daar genoeg plek is vir die klein boog van haar rug om deur te kom.

"Jy wil my doodmaak vanaand." Sy probeer 'n fluitpoep inhou toe sy deurklim. Hy weet om nie te lag nie.

Hy vat haar hand en help haar met sy krag teen die koppie uit. Net halfpad, dis nie erg nie. Hy weet presies waar die plant staan. Hy vat haar hele arm tot by die velle-elmboog toe hulle by los sand kom en een keer slaan hy sy arm om haar lyf om te help stoot en te keer vir val. Hy weet sy geniet betasting; so altyd maar op haar eie, arme mens.

"Hierso."

"Wat wys jy vir my?" Hy kan sê sy sien die plant, maar sy sien nie waarna hy wys aan die plant nie.

"Dis wolweghaap, Mevrou. En hy's in blom. Dis 'n seldsame plant, vanaf hier tot by die Oranjerivier, Noord-Kaap sien jy hom nie sommer nie. Sien, Mevrou?"

"My magties, nou sien ek eers die blomme."

Sulke bruinpienk blomme, 'n bietjie soos tandvleis, groot plattes, lieflik. In die aandlig kyk wolweghaap met eenogie reg in die middel van sy kelkebek na jou op.

Mevrou sê eers niks meer nie, sy staar en haal jigterig asem en staar na die plant met sy blomme. Dis skielike, onverwagse skoonheid wat nie 'n gewone skoonheid is nie, dit hang net af wat jy daarvan maak.

"Dis nie soos 'n tuinroos nie, Mevrou. Dis nie spesiaal gekweek met 'n fancy naam soos Chris Barnard en 'n fancy nuwe kleur en 'n ruikie spesiaal vir die menseneus nie. As jy hom nie ken nie, sal jy hom dalk nie eers sien nie en as jy hom soek, sal jy hom ook nie maklik kry nie. Wil Mevrou ruik?"

Sy wag. Knik. Omdat dit vir hom so besonders is, raak dit haar. Dis kennis wat hy het, 'n jong bruin seun, en hy wil haar wys wat hy kan. Sy is nie helemaal toegesluit nie, sê sy self. Sy sê hy moet haar verander oor hulle bruin mense. Sy wil.

Lucky vat haar sorgsaam om haar skouers en gly af om haar middellyf terwyl sy stadig oorbuig, sug en blaas terwyl hy haar heeltyd ondersteun, haar gesig rooier toe haar neus by een van die ghaapblomme kom. Hy weet mos hoe ruik dit: onaangenaam. Sy sê niks, trek ook nie haar neus op nie. Met die punt van haar vinger raak sy aan die kelk van die blom, haar blankevel op die bruinpienk vlesigheid.

Sy kyk na hom en hy wis toe sy wil sê wat sy al voorheen aan hom gesê het. Dat sy hom liefhet soos 'n seun (haar eie seun skielik weggevat), soos haar eie manskind, maar hy waardeer niks van sulke sêgoed nie. Sy wil hom intrek by haar lewe. Nou sê sy eerder niks nie.

Sy is hier op die klipkoppie met haar sole in los sand en haar hand op sy pols en kyk na die eienaardige woestynplant met sy lang doringrige stamme en sy vreemd mooie blomme. "Ek kan sien wat jy daaraan sien," sê sy toe. Dié keer het hy haar geraak anders as op haar bank laataand met die sjerrieglasies, anders as gewoonlik. Hy glimlag. Hy't haar bly gemaak.

Saam loop hulle terug kar toe soos 'n ouma en 'n kleinseun, maar hulle is nie. Sy het bly geword, hy weet, haar asem voller as toe sy geklim het. Hulle hoef nie eens te praat nie. Klippertjies onder hulle skoensole en grofgrond wat lostrap en afrol en hulle asems in hulle ore, hare natter, miskien het sy slym op die bors.

Hulle klim deur die draad, sy eerste, hy help haar weer galant. En dis stil, dit bly stil. Dit kon nie bergganse vroeër gewees het nie. Hy hoor hulle nie, hulle het weggevlieg, daar's nie genoeg water oor in die Gamkarivier om hulle hier te hou nie. Die lug is swaarder met blou kleur en die eerste ster hang, dit sal die aandster wees. Hy hou daarvan, hy kan nie vir haar sê hoe baie hy daarvan hou om vir haar hier iets te beteken nie, weg uit haar bedompige ouvrouvoorhuis en haar lawwe musiek wat sy vir haar gerief speel.

"Kom ons gaan drink eerder iets by my," sê sy uiteindelik. "Jy kan die massering maar los vanaand."

En hulle is terug soos sy wil hê hulle moet wees; die ou manier soos sy dit voorsê of liewerste dikteer as jy daai woord wil gebruik. As hy eerlik wil wees, sy is nie 'n moeilike kliënt nie. Nr. 1 noem hy haar op sy boeke (net in sy kop, hy't nie regte boeke nie) omdat sy die meeste betaal. Sy kán. Nie moeilik nie, maar ook nie makliker as enigiemand anders nie. Haar standaarde is hoog. Maar makliker as kliënt nr. 5 wie se oë hy nog op sy blaaie voel as hy daar by hom wegstap.

"Nog een?"

Hulle rook saam nog een. Die aand gaan langer word as wat hy gedink het. Hy hoop sy betaal hom daarvoor.

"Druk vir my buite uit." Sy laat nie toe dat die sigaret in haar asbakkie doodgedruk word nie, jy kan strawberries uit daai asbakkie eet. Hy sou nog langer daar langs die rivier wou gebly het. Mevrou nie.

"Wat het jy gaan soek daar by die huis in Kerkstraat toe ek jou opgelaai het?" Sy's gepla oor iets wat sy by hom aanvoel en sy weet nie wat dit is nie. Sy's altyd bang sy verloor hom soos sy haar seun verloor het, dis haar kruis. Sy ry agteruit en trek op die pad in en oor die Gamkarivierbrug met die kloste swaelneste onderkant aan sy holtes.

Die veld staan net nog uit die donkerte op soos hulle die pad terugvat Santa Gamka toe. Die veld is kaal en dood. Ook lieflik, maar die kos vir die diere is op. En eensamer daaroor. Daar is niks so eensaam soos Karooveld in die nag nie. Met sy pa en die honne het hy spoor gevat agter rooijakkalse aan hoeveel nagte op die einste veld.

Mevrou ry nou stadiger, sy's stemmiger. Haar buie swaai kwaai. Stadig is slim, want koedoes loop juis dié tyd van die aand pad toe om iets sappigs te soek. Rustig, sy's aan die stuur, dis hoekom.

"Kan ek maar oopmaak, Mevrou?"

"Ja wat."

En hy druk die knoppie wat sy aan haar kant gestel het sodat hy sy eie venster kan oopmaak. Enigiets mag nou gedoen word, dis hoe dit werk. Sodra sy weet sy beheer die ding tussen hulle, word alles toegelaat: "'n Plesier my kind." Sy hol sy professionalism uit.

Hy het gevoel vir haar, hoekom sal hy dit ontken? Hy druk sy kop by die venster uit en laat die droë lug teen sy gesig aanwaai. Hulle kom aan, ry op die hoofstraat deur kolle straatlig die dorp binne. Die bloekoms op linkerhand hou die donkergroen nag in hulle krone. Hulle rus, die bloekoms sal deur die droogte kom. Hulle ry verby die huis waar Eddy & Eamonn-hulle ingetrek het.

Dis 'n kans toe hy hulle vanmiddag ontmoet het. Daar steek nie geld in nie, dis 'n anders soort kans as met sy kliënte en hy weet nie presies hom om hom te vat nie. Maar dit is 'n kans. Sal hy dit met Mister D'Oliviera aanroer? Dis amper weer tyd dat hy daar inval.

Dit was die tweede of derde keer by mevrou September, dit maak nie saak nie, toe hy agterkom daar is mos nou 'n papier tussen sy boud en die laken. Hy lig sy boud – dis 'n gymaksie – en trek die papier onder hom uit en hou dit op in die geel van haar bedlampie: *St. Gamka Olywe Edms. Bpk.* – 'n gewigtige brief kan mens sien. Geteken: Tom Bradley.

"En dié, Mevrou," sê hy net met sy lippe, mevrou September duld nie hard praat in haar slaapkamer nie. Sy sit daar op die kant van die bed in haar slippie en kyk oor haar skouer na hom.

"Ag dit," en sy vat die papier en laat val dit op die vloer.

❦

Hy staan voor antie Yvette se lang spieël in sy wit hemp vars gestryk deur antie Yvette en sy grys skoolbroek en sy swart-en-rooi-en-geel das. Al vyf jaar op hoërskool het hy gevoel na iets, na 'n besigheidsman om die waarheid te sê. *Pretty handsome, too – I'll admit it,* gesê van die jong man in *The Catcher in the Rye.* As mense eendag op sy foto in die skooljaarboek afkom, gaan hulle wil weet: Magties, wie's daai seun?

In die skoolgange wat van die vloer halfpad hospitaalgroen geverf is, het hy eendag twee blankemeisies hoor sê: "As ons die dag by hierdie skool uitstap, is ons vry."

Vry van wat nogal? Die skoolruik van die gange? Nie hy nie. Die blankemeisies (hy ken hulle, maar hulle praat nie eintlik met hom nie) kon nooit raai wat sy skooluniform vir hom beteken het nie. En as hy amptelik met sy laaste skooldag klaarmaak, wat dan? Dan lê die eksamen nog voor en wat dan?

Hy sien vuil snot. En werk vir peanuts, dis te sê as jy werk kan kry. Hy wou vrek so bang was hy om uit die skool weg te loop. Sy graad 11-punte in Engels en Afrikaans het uitgeblink en op Mister D'Oliviera se aanbeveling het hy toe maar vir 'n beurs aansoek gedoen. Al was sy wiskundepunt middelmatig reken Mister D'Oliviera dat hy die beurs dalk net kan kry. Hy's so te sê in 'n hoek, wat anders is daar vir hom om te doen?

Die ding is, in sy wit hemp en grys broek al daai vyf jaar het hy geweet waarnatoe is hy elke oggend op pad. 'n Vyfrandjie 'n paar keer in sy sak gehad as hy saam met antie Doreen los werkies by haar B&B gaan uitslaan het en Missus Meissens hom getip het.

Meestal was daar niks in sy sak nie. Dis nie 'n besigheidsman nie, jou fool, 'n besigheidsman het altyd geld. Nogtans. Hy was daai vyf jare trots op homself. Sy ma was trots op hom, sy anties ook. Hier voor die spieël lyk hy na iets, sy wit hemp pas hom goed oor sy bors. Wat nou? Genade. "Here," bid hy.

Toe kom die uitslae en hy't toppunte gekry in Engels en Afrikaans en daai aand drink hy hom sat op kakwyn. Toe hy by Elvis se Tavern uitval, kyk hy nog terug na die skemerte in daai Tavern, na skouers gebuk oor die pooltafel en gesigte gesuip en hy probeer vinniger wegkom, hy sien homself daar in die einste Tavern jaar na jaar op 'n Vrydagaand nog net so in sy blou overall waarmee hy daai dag gewerk het, sement gemeng het of op een van die boere se hoë lorries met die tralies mal volstruise help aanry het. Wat nou? Hy trap agteruit en die hakie van die hekkie vang sy hemp en hy tiep, druk met sy hand op die grond op bierbottel-glasstukke, op honnekak.

"Vat daai man hier weg," hoor hy Skommie, die Taverneienaar. Hy kom daai nag by sy anties se huis uit, hoe weet hy nie. Hulle kry hom die volgende oggend in droë kots op die stoep, sy kop halfpad teen die pot met die spekboom in. Die son bak al en sy klere stink tot waar, korrels kots tot in sy voue, in sy menslikheid. Wat nou?

"Here, die kind," sê antie Yvette. Hulle is almal lief vir hom, hulle gee meer om vir hom as wat sy pa kan omgee. Antie Yvette help hom op om te gaan was: "Siesa!" Maar nie verwerplik nie. Sy ander twee anties toe hulle werk toe loop: "Oe, ons het tog altyd sulke high hopes van die kind gehad het met sy skoolwerk wat dan so goed was en nou dit." Toe's hulle daar weg, aangetrek, skoon en netjies. Hulle stap flink nes al die ander honderde werkers soggends van die Onderdorp na die Bodorp waar die werk is as daar is. Maandae tot Vrydae sonder dat iets verander en naweke bly ook nog dieselfde as jy op die job is soos antie Doreen in die B&B of antie Darleen in die hotel.

Toe druk hy antie Yvette se hande weg uit respek vir haar higiëne, sy kop hang.

"Kan met almal gebeur. Maar net een keer, die Here is my getuienis," sê antie Yvette en loop na haar Elna om aan te gaan en hom met sy skaamte alleen te laat.

Hy gaan stort deeglik, hy kan nie genoeg van die seep en water kry nie. Sy armholtes en sy asem ruik soos nooit tevore nie, sy hemp na vrot kots. So ruik jy as jy in die trêp inmoer. Maandag tot Vrydag werk jy jou gat af vir 'n paar randjies in jou broeksak. Vrydagaande loop alles net so uit daai selle broeksak. Saterdae ook, reguit bottel toe. Sondae kruip jy weg vir die son en jy't niks eetlus nie, jou ribbes steek uit, die alkohol is deur en deur in jou bloed. Teen die tyd dat die nuwe week kom, het jy net genoeg oor vir witbrood en pilchards, nie eers nie.

Eerste kans. As jy weer indonner, kom jy nie daaruit nie. Dan bly jy halfgebak soos jy klaar is, bestem vir lewenslange armgeid tot die dag dat jy in jou armansgraf toegepak word met spoelklippers, amen.

Die ding wat hom die meeste opgeval het, is dat daai Holden Caulfield gees genoeg gehad het om sommer op 'n gewone dag weg te loop uit sy bedremmelgeid wat hom wou wurg. New York City toe. Dis nie 'n plek wat hy toe al kon verbeel nie, dis anderkant drome. Hy't daai boek bewonder en op Mister D'Oliviera se stoep uitgelees, dertig middae van 'n maand het dit hom gevat: *The Catcher in the Rye*, 219 bladsye. (Deesdae lees hy al spoediger.) Elke middag het

Mister D'Oliviera vir hom een yskoue bier glads in 'n glas ingegooi gebring, maar nooit nog nie. Hy't seker gedink hy't nog net een bier in sy lewe agtermekaar gedrink.

Toe kom die koevert in die pos geadresseer aan meneer Lucky Marais, Kanaricstraat 21. Hy bel sommer vir Mister D'Oliviera op sy sel, sy hart klop soos seks.

"Wat sê jou brief?" Mister D'Oliviera se stem raak piep nes 'n meisie s'n.

Die Universiteit van Wes-Kaapland betaal sy klasgelde vir drie jaar, voorgraads. Toe sê Mister D'Oliviera sommer net so asof hy al lank daaraan gedink het, hy het seker, hy sal die eerste jaar vir Lucky se koshuisgeld betaal.

Antie Darleen reël vir hom 'n lift saam met meneer Bradley Kaap toe. Dit was die eerste keer dat hy vir meneer Bradley in lewende lywe reg langs hom gehad het. Hy kan nie sê dat hy nie 'n bietjie senuwees gehad het nie. Daai tyd het meneer Bradley nog nie 'n Jaguar gery soos nou nie, dit was 'n BMW, helemaal verby ou Rooiboer se twin cab met die padda wat onder die spieëltjie swaai. Tot daai trip toe het hy nog nooit so classy gery nie, en 'n blits op die N1, hy is seker meneer Bradley het hom geniet daar in sy kar.

Hy't meneer Bradley dopgehou met alles, maar nie om te leer soos in Mister D'Oliviera se ou Corollatjie nie. Hy't gekyk na smart, na hoe meneer Bradley die rat liggies inskuif as hy wil agteruit ry, outomaties, en die smart knoppies van die air con, en hoe jy jou sitplek skuif: op af vorentoe agtertoe tot jou lyf in water drywe en die smart DVD-speler. *Jojo was a man who thought he was a woman.* Meneer Bradley luister net Beatles. Daai dag op die N1 het hy gevoel of hy geld in sy broeksak het.

Meneer Bradley het van hom gehou, dis wat hy hom wou wysmaak. Hy het vooraf besluit om in sy spoor te trap en nie nonsens te praat wat net vir hom snaaks is nie. Toe meneer Bradley vir hom 'n sigaret uithou, het hy geweet dit werk.

Daar's 'n stille ooreenkoms tussen hulle twee, niks gelollery, die kar binne-in is te klein daarvoor. By Worcester het hy soet, sterk koffie by die Wimpy gekry.

"Kyk die pou daar," het hy gesê toe hulle saam buitekant staan en drink, amper soos mansvriende wat 'n blaaskans vat tussen die jagtery.

Meneer Bradley het hom maar bly uitvra, dis hoe hulle samesyn was. Asof hy hom nou nie ken nie. Meneer Bradley het seker maar gehoop dat hy iets anders oor sy komaf te hore sou kry omdat hy so anderster was, ekstra netjies daai dag. Maar wat bra anders kon hy vir die vooraanstaande man met aftershave in sy nek sê. Hy't kaalhol uit sy ma gekom in 'n huis van klip en modder, dis al.

Hy't langs meneer Bradley gestaan in die manstoilette en langs hom uitgestap en hy't meneer Bradley fyn dopgehou. By Uitgang het meneer Bradley so in die loop half gestop en 'n tweerandjie vir die besemstoter daar geglip, gou en glad, no big deal. As hy hom nie in die oog gehad het nie, sou hy dit gemis het. En toe het hy geweet wat beteken classy nou eintlik.

Kort voor die Hugenotetonnel was daar bobbejane langs die pad, 'n groot trop. 'n Ma met 'n kleintjie geabba peuter met bessies en goed, sommer net hier by sy deur op die pad. Wragties, meneer Bradley swaai die stuurwiel skerp links en op die ma en haar kleintjie af asof hy hulle wil platry, sy's net betyds. Meneer Bradley ene tande, net 'n speletjie. Dit was nie. Lucky het niks, niks, gehou van wat hy gesien het nie. Toe kom hulle in die lang tonnel dwarsdeur die berg, aan en aan en net hy en meneer Bradley en die Beatles in die donker tonnel. Hy haat dit. Hy sorg dat hy nie een keer na meneer Bradley kyk nie, net voor hom na 'n trok se rooi agterliggies. Hy kan sy slegte uitlaatgas ruik. Net een keer sien hy meneer Bradley se breë bobeen uit die hoek van sy oog en weet vir seker die man hier langs hom sou daai bobbejaan en haar kleintjie sommer vrek gery het. Toe's hulle gelukkig uit.

Op die N2 draai jy af en dan weer op die N10, die Modderdampad, tot jy op regterhand die Universiteit van Wes-Kaapland se bordjie kry. Dit was al skemer. Die hekke by die ingang het hom beïndruk en ook die nuwe teerpad wat na die kampus aangeloop het. Hy het die knoppie van sy venster afgedruk en opgesnuif aan die soet kruie en wilde stuifmeel, want jy ry mos deur so 'n park binne. Die BMW se rubberbande het geswiep oor die gladde teer en meneer Bradley se sigaretkooltjie was net daar op die stuurwiel en die glans van die speedometer op hulle al twee se gesigte. Vir Lucky was die pad te gou verby om iets wat tussen hulle gekort het ná daai ding met die bobbejaan reg te maak. So het hulle binnegery en Lucky het gehoop die's 'n plek anderkant ryk en arm.

Tot voor sy koshuis het meneer Bradley hom gevat: "Dié een?"

Hy wou uitklim en ook nie en het toe maar ordentlik blad geskud met meneer Bradley, die reis was nou klaar.

"Skouer aan die wiel," sê meneer Bradley en lag. En Lucky twyfel, weer, of hy dit helemaal met mening sê. "As jy hier klaarmaak, drie of vier jaar, jy sal sien hoe vinnig gaan die tyd verby, kom maak bietjie 'n draai daar by my. Ek kan jou altyd help." Dit het meneer Bradley bedoel, dis in sy mag.

༼༽

Die naam van sy koshuis was Cecil Esau en eers later is daar aan hom verduidelik dat dit een van die vername manne in die struggle van die tagtigs was. Maar al sou iemand dit ook met erns aan hom gesê het daar op die drumpel toe hy die koshuis instap, sou dit nog steeds niks vir hom beteken het nie.

Daai nag in sy bed, hy't sy kamer met Ryan Janssens van Wellington gedeel, het hy rondgerol en tob op goete. Nie soveel oor hom en meneer Bradley nie, eerder oor meneer Bradley se swart skoen wat die petrolpedaal van sy BMW wegtrap en sy swart sokkie wat net uitsteek en niks wit enkel nie. Smart op hom geverf vanaf sy sokkies op tot bo by sy windgat hempkraag, drie knope oop ook nog. Plus sy aftershave wat by die nek van sy hemp uitblaas. Nou ken hy die aftershave-merk, maar daai tyd het hy net geweet dis goed wat jy nie in Spar van die rak aflig nie.

"Hoeveel suiker vat jy in jou koffie?" het meneer Bradley by die Wimpy vir hom gevra.

"Vier," sê hy toe. Vir lekker vat hy gewoonlik vyf.

"En Meneer?"

"Net een. Dis soet genoeg vir my, jong."

Lucky het nog nooit gehoor van 'n man wat net een suiker in sy koffie vat nie en dit het hom verder laat tob totdat hy seer was. "Hoveel suiker in jou koffie?" Dit was 'n toets wat hy nie kon slaag nie: Meneer Bradley het klaar die antwoord geweet. Hoe armer, hoe meer suiker in jou koffie. Vier fokken suiker en jy't jouself weggegee, jy ís die arm man wat bang is vir die maer en die bitter, jy gryp na 'n laaste bietjie soet.

Moes gaan pis so het die gedagtes hom gemaal. Die gang was soos die gang in die koshuis op Santa Gamka, net langer en met 'n ruik meer soos dié van grootmense. Daar was meisies ook in die koshuis, almal saam liquorice allsorts. Later het hy die ruik geken: dis wat studente afgee wat nooit ophou jags-sweet sweet nie.

Hy't die ewe beskeidenheid van die Afrikaanse lektor dopgehou, asof hy niks het om aan sy studente te vertel nie en al die tyd het hy baie. Hy het van sy smal goueraambril gehou. Dr. Stewart was nie 'n bietjie verbaas toe hy hoor Lucky weet klaar wie's Jock Silberstein nie. En dis seker maar oor sy gaafgeid en sy opregte aandag aan al sy studente dat hy gedink het met Afrikaans as hoofvak sou hy aangaan. Seker maar onderwyser in sy kop gehad, hy kon nie helder dink daai tyd nie, van opdragte en leeswerk was daar oorgenoeg.

Oor die etensuur speel hy domino's in die kafeteria soos almal, los, vry, grootbek, jags, tjek jou selfoon elke twee minute, jy's bínne-in man! Snoop Dogg, Zola, KanYe West daai soort cool back-to-back op 'n moerse skerm. Elfduisend studente op Wes-Kaapland se kampus, maar wag 'n bietjie. Liewerster: bly agterdogtig. Vir drie jaar dink jy jy's deel van iets groters as net jyself, maar as jy by daai hekke uitstap, wat dan?

Een middag sluit hy hulle kamer oop en daar staan sakke boep met klere en twee matrasse oopgerol en jy kan sommer sien die intrekkers het hulle klaar tuisgemaak, tot sy bed is weggeskuif om plek te maak. Toe's dit skwatters, al twee swart manne. Ene, James, maer met lang, maer vingers, kom van Tsolo in die Transkei. Nee, hulle het met Ryan Janssens gereël hulle sal soveel help betaal elke maand vir die kamer. Toe kom hulle aan die einde van die maand nie met die geld te voorskyn nie. Dis ook oukei. Wat hom krap, is wanneer hulle Xhosa praat en hy sweer hulle skinder. Jy kan hulle seker nie kwalik neem nie, dis hulle ma's se taal. Die ander een, Vepi, het dagga gerook. Teen vyfuur elke middag het Vepi daar in die kampus se kruietuin gaan drom met 'n troppie draadtrekkers, jy sien net dampe. Dit het Lucky nie afgesit nie, dis nie asof hy op dwelms gaan vasdraai nie.

Die ding is, as hy eers by daai kamer inloop en sy ruik sny en sy oog val op die twee sponsmatrasse ingedruk tussen die twee beddens en gesaaide goed waar jy kyk en vensters pottoe, alles helemaal deurmekaar, jy kry niks en in die een hoek 'n kous soos 'n ou muis en in die ander hoek die kookplaat met 'n rens pan wat antie Darleen sal naar maak – dan, dan slaat dit hom tussen die oë.

Hy loop daar uit nes daai oggend toe hy by Elvis se Tavern

uitgeloop het en kyk om op wat? Op skemerte ja, op die moontlikheid van 'n oop trêp, en hy word hoendervleis al die pad. Hy kon nie meer keer teen teleurstelling nie, stadigaan kou dit hom op.

Toe gebeur daar twee dinge: Van doktor Stewart met sy goueraam-bril hoor hy dat sou hy met Afrikaans as hoofvak aansoek doen vir 'n nagraadse beurs, kom hy nie in aanmerking daarvoor nie. Afrikaans is nie gereken as 'n skaars vakgebied nie. Net studente met Engels of Xhosa of wiskunde as hoofvak kom vir daardie gesogte beurs in aanmerking. Hy was lam van moedeloosheid toe hy dit hoor.

Goed, hy kon na Engels oorslaan en die beurs probeer losslaan, maar wat maak hy met die onsekerheid oor die loopbaan van onderwyser en oor daai skemerte wat jou kan insluk en uitklim is nie meer 'n moontlikheid nie. En waar's sy ID-kaartjie miskien? Hy't dit ure gelede afgestaan aan James dat hy hom by die sekuriteitshek van Cecil Esau kan inlaat.

Hy stap maar na The Barn *It's Miller's Time* – James maergat, waar's die ID-kaart met Lucky Marais ingegrif plus foto van my bakkies? Die onsekerheid. In die son langs Human Sciences lê kolle katjies en daar staan bakke met kos. Die universiteitsowerhede wou die honderde, miskien duisende katte op die kampus laat uitsit en toe kom daar protes van barmhartiges. Katpille in bakke orals, te oulik.

In The Barn *It's Miller's Time* verkoop hulle voetlange burgers met sappige boerewors binnekant ingestop, maar hy't nie geld om sy honger so te stil nie. Sy laaste sakgeld gebruik hy op 'n quart Black Label, yskoud vat hy die bruin bottel aan sy nek vas, hy gaan hom geniet. Hy raak aan die gesels met twee Kongolese studente, Immanuel en Agripini, dierbare mense, pa's en ma's verloor in die oorlog. Toe gee hy hulle maar al twee vet slukke, lag en gesels, die onsekerheid eers weggebêre.

'n Paar dae later ry hy met 'n Intercity-bus huis toe vir die vakansie. "Jinnetjie, jy vat nie 'n taxi nie, Lucky. Dis jou dood, daai goed word oorlaai, hulle tyres spring af nog voor julle Du Toitskloof deur is." Toe klub sy anties saam vir sy busgeld, geseënd is hulle, hulle wou hom so graag weer sien, antie Darleen gaan sjokoladekoek bak.

En toe kom die volgende ding: Die Saterdag vra antie Doreen of hy dalk kan kom uithelp by die B&B, dis vol en met haar rug. Nee maar oukei. Hy is vars, hy is opgewek. En hy stap arm in arm met sy antie saam op na Missus Meissens se B&B en soos hulle verby Korrektiewe Dienste kom en die bloekoms op linkerhand roer hulle dikkoppe en die gewelhuise pryk en sommige van die blankemense wat jy teëkom groet en sommige nie en hy snuiwe die droogheid van die lug op en onder sy sole is die sypaadjie met stompies en miere, toe word almal en alles van Santa Gamka soos syne, sy plek, en so was dit nog altyd.

"Steek hier agter my blad, voel bietjie." Antie Doreen laat hom vat aan haar vetkoekrol wat alkant om tot agtertoe 'n tyre maak. "Ja, net daar sit hy." Hulle stop eers by die apteek vir Panado.

"Laat ek vir jou wildekeertjie bring as ek weer berg toe gaan, antie Doreen." Nee wat, sy sit haar geloof op goete wat uit die apteek kom.

Teen uitvaltyd daai middag vee hy 'n tweede maal die voorstoep van die B&B. "You're doing a grand job there, Lucky." Hy's bekend met Missus Meissens se standaarde: G'n saadjie of goggadoppie of voëltjiekakkie mag op daai rooi stoep misgevee word nie of jy's vrek. Streng maar het die blankevrou 'n oop hand, jy dink dis jou ma, Missus Meissens die Ier van Dublin. Sy't ook arm grootgeword, vertel antie Doreen, maar dis swaar om te glo.

Hy vee vrolik, niks, niks kan hom teen die bors stuit nie, hy's op tuisveld. En toe stap drie Duitse toeriste deur die hekkie en lui die klokkie diep binne-in Missus Meissens se welige B&B.

"Come in come in come in." Missus Meissens gelipstick en gestryk vir besigheid dié tyd van die middag.

Twee kamers, een dubbel, al twee en suite. Prys? "Oukei alles gut. Beautiful cat."

"O, dis Toodles daardie, bedel heeldag vir kos. Look how she flirts with the eyes. Look!"

En daar oorkant op die stoep kyk hy nuuskierig op van sy besemwerk na die jong borselkop laaste op die trappie. Hy't 'n swart frokkie aan met die wapen van die Duitse staat op sy bors. En daar vlie 'n teken heen en weer tussen hulle oë wat hy verstaan net oor sy eie menslikheid – dis nie duidelik soos 'n padteken nie – eerder soos iets wat 'n mens geheimenisvol aangee aan 'n ander mens, dis al.

Dit was sy kans en hy't hom gevat, die Duitser ook, wie gaan hom kwalik neem of veroordeel? Dis hoe sy job begin het.

※

Hy het die uitdrukking gehoor, maar kan dit nie meet aan sy ervarings nie. Halsoorkop verlief. Dis nie opregte liefde nie, vermoed hy, dis iets pofferigs wat miskien met skoolmeisies kan gebeur. Hy verwag nie so iets in sy lewe en weet ook nie wat dit is wat hy veronderstel is om te mis nie. Hy sal vat wat hy kry, al is dit onhandig. Ten minste het hy drif, potential, en daarvan sien hy nie veel waar hy bly nie. 'n Gelaggery Saterdagaande in Elvis se Tavern, ja, en dis ook lekker. Jy laat jouself helemaal lostorring totdat jy nie meer weet waaroor jou lewe of jou job gaan nie. Dis al manier om jou kop in rat te hou. Maar onthou vir blinkers op die perd se oë. As jy die volgende oggend opstaan met 'n kop en die wind waai seer terwyl jy buite staan en bier pis: Wat nou? Wat gaan jy nou doen?

※

Hy't uitgestel om vir Mister D'Oliviera van sy besluit te gaan sê en die drag het swaar hier agter op sy skof begin lê. Kyk, hy het daai man met sy hart geëer. Hy't toe reeds met sy job begin, klaar professional kan jy sê.

Toe loop hy op met Kerkstraat wat stil geword het van hitte en gaan kuier met 'n present by hom, sy gewete pla. Mister D'Oliviera se voordeur staan oop. Hy maak die onderdeur stilletjies oop en trap op die mat daar in die sonkamer en die welkome ruik van al die boeke is terug, hy's so lief daarvoor. Gebuk by die heel onderste rak sit Mister D'Oliviera se kakiehemp, sy hande vroetel na 'n boek. Lucky loop tot reg agter hom en staan vas en wens Mister D'Oliviera moet hom maar eerder hoor, asseblief, sê nou maar hy skrik hom 'n papie en daar versaak sy hart hom.

Toe kraak Mister D'Oliviera op met sy boek, 'n rooie. "Lucky, jou klein hel," met 'n skree. Hy bloos tot agter sy seuntjieore en laat val die boek, stof styg uit die mat op.

Hy val hom sommer om die hals, hulle het mos nooit eintlik aan mekaar gevat nie. En Mister D'Oliviera bloos hom nog rooier en Lucky wonder of hy reg raai dat Mister D'Oliviera van skrik skoon 'n stywe gegroei het. En toe kom hy mos op die gedagte van hoe hy Mister D'Oliviera kan terugbetaal. Dis immers Mister D'Oliviera wat vir sy koshuisgeld betaal het en hy skuld hom kwaai.

"Hierso, ek het iets vir Mister D'Oliviera gebring."

Mister D'Oliviera vat verbaas die bruin kardoes. Toe val hy maar met die deur in die huis: "Met 'n gewone onderwyser sal ek tog net 'n rukkie tevrede gewees het. Ek is 'n onrustige mens, Mister D'Oliviera ken my mos. En ek hoor toe ook nog ek kan nie 'n nagraadse beurs kry met Afrikaans as hoofvak nie. Dis nie 'n vak wat skaars is nie. Jy moet Engels of wiskunde hê."

"Sit eers, Lucky. Jy maak my uitasem. Wat is dié?" En hy trek die bottel White Horse uit die kardoes. "Lucky, jy het mos nie geld vir sulke duur geskenke nie."

"Ag, Mister D'Oliviera." Hy glimlag skitterwit. White Horse, hy't nog nooit so 'n duur bottel gekoop nie. Hy't nou geld, jy sien.

"Nou hoekom maak jy nie jou hoofvak Engels nie? Het julle dan nie in elk geval twee hoofvakke nie? Gaan aan met Engels en kry jou beurs, man. Jy is tog nie versukkeld nie, Lucky. Jy weet ek koester hoë verwagtinge van jou. Magties, jy het my laat skrik," sakdoek uit sy broeksak vir die voorkop, onder die kakie-kieliebakke twee swete.

"En wie sê ek kry 'n job ná my graad?" sê Lucky en praat soos 'n man wat klaar besluit het. "Eric hier by Shell het 'n diploma by die technicon en hy moet karre volmaak en glimlag heeldag lank. Ek kon nie meer aangaan met daai goete nie, Mister D'Oliviera. Ek is jammer, Mister D'Oliviera."

"Wat bedoel jy presies, Lucky? Wat is jou 'goete'? Definieer, asseblief."

"Kwessies, Mister D'Oliviera. Handicaps en terugslae." 'n Mens mag nie wollerig praat in Mister D'Oliviera se geselskap nie. "Skemerte," sê hy toe.

"Skemerte?"

"Daai gevoel wat ek in die kamer in die Cecil Esau-koshuis gekry het, Mister D'Oliviera. Hy wil onder my vel inkruip soos lintwurm. Ek ken hom."

Mister D'Oliviera skuif terug in sy stoel en vou sy hande oor sy bors sodat die sweetkolle versteek is, hy is 'n stigtelike mens. Die whisky het hy versigtig op die koffietafel op die hekellappie daar laat staan. Dis nie seker of hy Lucky se ding met die skemerte verstaan het nie, maar met sy ontwikkelde gevoelentheid vir boeke miskien tog, want hy vra nie verder uit nie.

"Ek het jou hier in die dorp gesien ronddrentel. Toe dink ek, ag, my liewe mens tog, wat het die kind nou aangevang? Die begaafdste van al my leerders en nou gooi jy jou talent sommer so weg. O, ek kan my klere skeur . . .

Stephen Dedalus is my name,
Ireland is my nation.
Clongowes is my dwellingplace
And heaven my expectation.

. . . wie het dit geskryf, Lucky?"

"James-iemand, ek weet nie." Hy dink nie nou aan skrywers nie, hy dink aan homself en aan sy besigheid, sy planne. Hy dink: Hy's nie naastenby moedeloos as dit is wat Mister D'Oliviera van hom dink nie.

"James wie?"

"James Joyce, die man van Ierland, dink ek."

"Jy sien! Jy sien wat ek bedoel. Ek het jou alles geleer en jy kon dit alles absorbeer. Jy het 'n skerp verstand."

"Ag, Mister D'Oliviera!" Hy kry tog skaam al het Mister D'Oliviera al hoeveel maal vir hom gesê jy moet leer om komplimente te vat. Hy en al die ander bruin leerders is almal gawe jong mense met 'n mooi manier van praat en pragtige tande en 'n skerp humorsin en nog baie, baie ander komplimente en hulle moet leer om nie hulle koppe te hang nie as hy sê geluk, jy's nommer een. Kyk vir Bryan Habana.

"En wat gaan jy nou met jouself doen? Jy weet net so goed soos ek daar is nie werk in hierdie dorp nie. Nou is jy op straat soos 'n deurbringer. O, ek huil, ek huil namens jou, Lucky."

"Ek is jammer, Mister D'Oliviera." Hy kyk na sy naels op sy knieë, al tien een vir een skoon. Hy is nie jammer oor sy besluit om sy studies weg te gooi nie, net bitter jammer dat hy Mister D'Oliviera teleurgestel het, miskien seergemaak het.

"Nou ja toe," sê Mister D'Oliviera. Hy gaan hom nie verder laat pynig oor Lucky se besluit nie. Dis Mister D'Oliviera. Die woord is detachment.

"Koffie? Coke het ek nie. Ek het mos nie geweet jy kom kuier nie." Hy't 'n glimlag wat jy net-net uitmaak, ondeund miskien.

〇〇〇

Hy dink Mister D'Oliviera het daai middag verstaan dat hy baie en ernstig oor geld was. Dit was bedrukkend om alles vir hom te sê, byvoorbeeld oor sy job wat hy vir homself gemaak het. Kyk, Mister D'Oliviera sou nooit waag om met hom oor sý innige gevoelens te praat nie. Hy kon dit net deur boeke oordra. 'n Vers, 'n passasie, soos hy gesê het, het hy gesoek en gevind, en dan het die boek klaar op die bladsy oopgelê as hy daar by die sonkamer inval. Dan het Mister D'Oliviera sy kniekoppe oor mekaar gevou en sy broek het opgetrek en vel en bleek haartjies gewys en hy het begin voorlees. Mister D'Oliviera kon lees. Jy moes van klip gemaak wees of jou hart trek op 'n knop. Dis waar Mister D'Oliviera se gevoelens maar gebly het, in boeke in, nooit eintlik daar buite nie.

I am an American and go at things, eerste om te klop, eerste om in te gaan. Al daai goed van die Amerikaner Bellow, jy ken dit mos. Dit wou hy die middag opgesê het toe hy Mister D'Oliviera met sy nuus gaan knou het. Maar hy kon nie al die woorde van daai stuk, daai passasie, onthou nie. Net die gevoel: kordaat en kom-wat-wil en ook eerlik, dis die ding. Uiteindelik kan jy nie jou hand in 'n handskoen wegsteek nie. As hy die stuk onthou, sal hy Mister D'Oliviera gaan verras en dit vir hom opsê en Mister D'Oliviera sal hom tot in sy grein toe verstaan, deur boeke raak alles duidelik.

〇〇〇

Toe roep sy pa hom skor en hy kom uitasem van die spelery buitekant in en sy pa sit sy twee hande op sy skouers. Hy't al harde skouers gehad vir 'n scuntjie, sy ma het dit self gesê.

Sy pa sit op die stoel daar in hulle huis, sy bottel ook daar op die tafel. "Wie se kind is jy?" Sy pa se asem reg in sy gesig dat hy hom moet wegdraai. Sy pa klap hom tot hy in sy wateroë moet terugkyk. "Jy lyk nie soos ek of jou oupa nie. Jy lyk nie op die Marais-mans nie. Wie's jou pa dat jy sulke oë het? Kyk jou kinnebak," en hy gryp sy ken.

"Los hom," skree sy ma met 'n krag. "Los my kind. Waar kom jy vandaan met jou kwaadaardige vrae?"

Hy hol uit die huis uit, ene trane.

"Loop, gaan speel ver," skree sy ma agter hom aan, sy's die een wat vas is. En hy hardloop weg na die ander toe, hulle kinders het al geweet wat gaan kom, die werf was te klein om van so 'n euwel-ding af weg te hol. Hulle kinders het dit gesien kom, hoe hy haar gaan opdonner, hulle het dit al vantevore gesien. Dit was nie vir hulle gegewe om weg te kruip nie, waar? Rooiboer toe? Die Here bewaar hulle daarvan.

Dit was vir hulle oë gemaak om hulle pa en ma so te sien. Dit was 'n las, jy sien, maar dit was ook soos 'n gewoonte. Lucky weet sy ma het gebid as sy eers eenkant weg van hulle af was, miskien as sy rivier toe geloop het vir houtmaak: "Here God, laat my seuns tog nie asseblief, Here, die gewoonte eendag saam met hulle indra in hulle eie huise nie."

"Wie se kind is Lucky?" het hulle pa binnekant aangehou en sy ma aangerand, lelik daardie aand. As sy nugterder was, sou sy seerder gekry het. Die verskriklike ding was dat sy pa nou die valsheid gevat het en hom daardeur laat opkou het en dit het 'n letsel gelaat.

Partykeer het sy gestruikel op hulle jaart om van sy vuis af weg te kom. Op staan sy weer en die kinders laat spaander soos maer varke. "Die Here help my, is jy my man?" skree sy vir hom dat die hele mensdom kan hoor.

"Dit is my lot," sê sy ma, "dit is die lot van ons bruin mense. Waar kom dit vandaan, die heidense aanganery op jou eie werf reg in die oë van die kinders? Daar is nie 'n erger vuilnis en kwaad as die vuilnis en kwaad wat uit die bottel kom nie, my kind."

"Jy's myne en jou pa Isak, maar nou is ek te seer om verder te praat." Sy snik. "Ek kry hom ook jammer."

ooo

In die draaie van sy ore was hy en agter waar stof en sweet teen sy nekvel onder sy kraag kan pak en sy naeltjie was hy en twee, drie maal onder albei arms en tussen sy boude in, diep, hy vat 'n paar snorbaarde daar vas wat hy sal moet afskeer en teen die waaie van sy bene af was hy en om sy balle, die seepbolle staan skoon, sy balle glad geskeer met een van daardie sagtevat-meisieskeermesse en sy voël mooi ook, voorvel word weggetrek en daar was hy skoon en rol terug, tussen sy tone, glad soos custard oral. Hy hou van sy lyf, hy hou daarvan om oor sy borsspiere af te vee en oor sy rippelmaag en oor sy fris boudspiere en oor sy voorarms, hy kan hom daarvan opwen of hy kan hom terughou en honderd persent sukses met sy kliënte behaal.

ooo

Kliënt nr. 2. Kyk, laat hy dit sommer nou al sê sonder skuld – hy het niks nie – sy kliënte is genommer hoe hulle hom betaal. Die ou mevrou is nr.1 soos hy gesê het, sy betaal amper dubbeld sy tarief wat klaar nie min is nie. Dan kom Nieta, kliënt nr. 2. Maar hy's vrek, dis die een kliënt wat o sowaar as wragtig as daar kennis oor hulle gemeenskap moet lek, is dit verby. En sy het dit die nodigste. Sy is soos 'n getoorde teefkatding met al die hare op haar poephol penorent.

Kliënt nr. 2 gee niks om vir liefde, wat dit ook al is nie. Nieta is honger soos sy pa kwaad kan wees, die twee lê langs mekaar. 'n Bakkie swart olywe blink onder die leeslamp, deken klaar afgetrek en nou net oorgetrek met sylakens wat span oor die groot matras, 'n queen. Vir haar, en vir hom, is daai glipperigheid van die lakens jags.

Hy werk hard in die gym voor sy besoek aan Nieta. Sy gebruik as hy moet raai een en 'n half gym workouts se energie op. Sy raak hom nie baas nie. Die voorspel word kortgeknip, sy's honger. Olyf nog in sy mond dan sak hy al in. Kat, sy. Hy lag, hy geniet haar. Kyk, sy is 'n turn-on as dit in dié stadium kom. Die eerste sessie is in die tyd ingedruk, jy kan dit nie afgetel kry nie. Sy kom ampertjies. Sjoe.

Tweede sessie wil sy meer van 'n voorspel hê. Dit kan die Prozac wees wat maak dat sy so sloer om te kom, hy vra nie. Hy moet van voor af sy hemp en broek aantrek, nie onderbroek dié keer nie. Sy sit kamtig op die punt van die bed en cutex haar toonnaels. Haar satynonderrok kruip by die bobeen op, lieshare te siene. Hy moet voor haar uittrek; sy cutex en beloer hom. Die volle diens word dié keer vereis. Begin onder. So smaak hitte as jy dit kan proe. Hy verloor sy bewussyn by haar, hy moet erken, sy maak 'n man 'n man.

"Bier?"

"Oukei, as jy wil." Sy't nog nie genoeg gehad nie. Sessie nommer drie lê ook nog voor.

Hy staan papnat op en loop op die dik mat tot by die kort vet yskassie en vat 'n bier, sleep die yskoue bottel al om en om sy nek, draai die prop af en sluk, driekwartbottel bier pak hy weg in een slag, sy stywe hou hy. In die visier hou sy hom soos sy daar lê met afsku amper, sy lyf wil sy vir haarself hê, maar nie sy oë nie. Hy kyk weg. Sy gaan dié keer betaal. Hy rol 'n nuwe kondoom aan.

Vierde sessie darem met toebroodjies tussenin. Ham en tamatie en kaas. En olywe, meneer Bradley se trots.

"Waar's hy vanaand?"

"Kaap toe."

"Vir wat?"

"Eet op jou toebroodjie, my dier. Wat maak ek sonder jou?"

Hondjie-hondjie dié slag. Sy dring aan om te hurk, wat eintlik te veel van haarself gevra is sodat hy haar met sy linkerarm om die middelyf (hotelkos – antie Darleen gebruik kwaai botter) moet ophou, hy self op sy hurke, dis 'n triek wat sy eise stel. Hy geniet dit, dis oukei-verby, sy wil omtrent sterwe.

Fosforwysers op haar wekker met outydse pootjies: elfuur. Moet begin dink aan loop. Hy's getap. Nog 'n bier, olyfbakkie weer volgemaak. Hy's erg oor olywe en sy weet dit. Dis as hy die bitterige, sout-en-fluweelsmaak van die olyf proe dat hy weet hy't regtig ver weggeloop van hulle huis van klip en modder.

Teen die muur, haar arms en bene gesprei. Haar palms vat kolle op die satin finish. (Sy sal later afvee, lakens in die wasmasjien, nie 'n teken oor nie. Sy vrek, hy ook, as hulle ooit uitgevang word deur meneer, hy kan dit skaars uitkry om dit te sê.) Uiteindelik voel hy haar kramp, krimp, kramp, 'n mondjie om hom. Uiteindelik is sy daar, haar asem hard en hoog deur haar neusgate, sy huil so bly is sy dat sy die kruin op is, min kom tot daar. En hy ook dat hy kon bybly totdat haar plesier kom. Sy stoot hom weg.

In die wit, silwerskoon badkamer pis hy ordentlik, stort koud, trek aan. Hy't sy klere badkamer toe gevat.

Nes jy by die badkamer uitgeloop kom, hang daar 'n foto in die dowwe lig wat hom horries laat kry al die pad met sy ruggraat af. Dis die foto van die olywebaas met sy jaggeweer staangemaak langs 'n dooie koedoebul, die olywebaas sit een been gekniel met 'n gryns, jy weet mos hoe neem hulle jagters af. Nieta is sy derde vrou. Sy stukkie stroop, sy Goldilocks.

"Nou vir wat is jy met die ou-bie?" vra hy haar nou die dag. Sy kyk hom, sy sny hom. Hy los dit dadelik net daar, hy wil nie sy eie besigheid bedonner nie.

Hy sorg dat hy op sy manier verby daai foto kom. Hy kyk aspris in die doflig weer na die jagter se gevreet – net 'n oomblik – sodat hy nie uitloop en agterna moet sê hy was te lafhartig nie.

Nooit bring hy iets saam, nie eers sy horlosie nie, as hy na suite 17 toe kom, ingeval hy iets daar laat lê. Sy beter ook nie agtelosig wees en iets vergeet nie. Die lug in die kamer en lakens en matras, die laken het weggeskuif sodat die Sealy se punt uitsteek, alles is net sy. As die olywebaas op die daad in die bekendheid van Nieta moet ingeloop kom, kan hy net een ding aflei, of hy's die onnoselste man op aarde en hy is nie. Hy's skerp, o hel té skerp vir hom. Nog een keer in die spieël gly hy sy vingers oor sy glimmende poenskop en sy maag draai, draai.

"Koebaai."

"Soentjie?"

Dit verpes hy. Hy maak nie sy lippe oop nie. Dan vat sy hom aan sy pols en druk hom van haar af weg. Uit.

Sy trek vinnig die bedkassie oop sodat hy self sy koevert kan vat. 'n Pienke. Hy sal eers tel as hy by sy anties se huis kom en op sy eie matras sit. Geld kom altyd in 'n koevert netjies toegelek, Mevrou s'n ook. Die Boere is te vertroue as hulle vir jou sê hulle is, en tot op die sent toe reg.

Nou kom die kak: Hy moet by suite 17 uit en by die gang af en by die nooduitgang links uitskiet en trappe afhol – stofbolle en rotmis – en onder gekom, moet hy uitskiet onder die buitelig deur asof hy onsigbaar is en nie bestaan nie. Dis 'n verligting as die krag uitgeskop het, donkerte is veilig, hy ken donkerte van kleins af. Oor die hotel se agterjaart met die storm droskatte (antie Darleen gooi bene vir die arme skepsels) skiet hy uit en hups oor die wit ringmuur agter om die hotel in Gertsmitstraat waar daar diep skaduwee gooi, onder die wildevye aan, koes-koes. Hy skraap sy keel skoon en spoeg in die donkerte.

○○○

Sal hy nou op sy knieë gaan vir kakgeld? Daai dag langs die rivier het hy die jeans van die doringtak afgehaak en gaan wegsteek en klaar besluit: Sy pa is reg, hy is anders.

Nou die dag hoor hy mos hoe meneer Bradley met Ockert Daniels in die tuin van sy hotel praat. Ockert pak rivierklippe, hy maak patrone met die klippe. Nogal mooi, lyk nes rûe van witbrode. Ná 'n rukkie gee hy die bougainvillea by die ingang van die hotel water. "Ek kan jou van dese week af nie meer negentig rand dagloon betaal nie," sê meneer Bradley, "daar's omtrent niks vir jou oor om te doen nie. Besemstoot op my stoepe en wat nog? Sestig rand, of jy moet maar 'n ander job gaan soek. Kyk, as dit reën, sal daar weer meer werk loskom."

Van die sypaadjie af hou hy die twee dop. Daar raak Ockert nou tjoepstil en kyk duskant toe, nie na meneer Bradley nie.

"Of is jou oog verkeerd omdat ek reg is?" vra meneer Bradley toe.

Lucky verbaas hom dat 'n klipchristen hom sommer so na die Bybel kan draai.

"Nee, maar dis reg, meneer Bradley."

Laat hom eerder vrek voor hy kak vreet soos Ockert.

"Ken antie Doreen vir Ockert Daniels wat in die tuin by die hotel werk?" vra hy by die anties se huis gekom.

"Ockert? Die man met die groen vingers. O, hy maak die pragtigste tuine."

Dis aand, gesellig, hy werk nie en antie Doreen is ook by die huis met ingesmeerde rug, Deep Heat net waar jy ruik. By die tafel skryf sy broertjie Dian aan 'n opdrag. Lamplig op sy skryfhand op sy oefeningboek. Die krag is uitgeskop.

"Life Sciences," sê hy toe Lucky vra. "En dis in Engels ok nog." Dian lees vir hom met sy neus teen die bladsy: *Down's syndrome is a genetic condition in which an extra chromosome 21 leads to changes in the way a child develops. Because of the extra chromosome 21, the condition is correctly called trisomy-21. Children with the syndrome have similar physical features such as a flat face, eyes that slant upwards, small ears, a prominent tongue and a single crease across the palm of the hand,* en so aan.

Die stuk is agt paragrawe lank en dan volg 'n rubriek met kriterium en punte, die laaste opgedeel in vier kolomme en daarvolgens moet jy dan die stuk evalueer. Lucky draai die boek om om na die voorblad te kyk: *Matric exam practice papers.*

"Konsentreer net, Dian, dis nie swaar nie, jy dink maar net dit is." Hy sit die boek by die lamp neer. "Ou Lingie wat by die naggate werk, is Down's syndrome."

"Ten minste werk hy darem. Het hy dan net die een vou oor die handpalm, ek het dit nog nooit aan hom gesien nie," sê antie Doreen.

"Hy het," sê Dian.

"Dis so deur die Here vir daai kind uitgesit."

"Antie Doreen," vra Lucky toe, "hoeveel kinders het Ockert Daniels?"

"Ockert en Poppie het vyf. En dit lyk daar's nog enetjie op pad. Hoekom?"

In die hoek onder 'n lap oor sy hok maak die anties se budjie budjiegeluide.

"Ek vra maar net." Hy praat nie te veel uit met sy anties oor geldsake nie. Hy laat dit net inkom. Tot nou toe was dit net die kar-begeerte, sy Chico, waarmee hy besig was. Nadat hy vir Eddy & Eamonn leer ken het, het hy ander gedagtes bygekry. Laataand ná sy job val hy daar in en word dromerig op daai stoep van hulle. Altyd met 'n yskoue bier. Kalm word ná sy werk en leeg tap soos hy vertel met wie hy gewerk het. Eddy is die een wat hom melk. Partykeer vertel hy hulle 'n storie oor hoe dit was. Hulle kom dit nie agter nie.

En stadigaan loop hy van vooraf vol met wat saak maak. Eddy begin oor New York City vertel en Eamonn, wat plat op die aarde is, praat sommer oor hulle twee honne (dis nuwe familie, die honne) en hoe die liefde tussen hulle werk, asof hy nie 'n brak ken nie. Dan het hy homself teruggevat na sy grootwordjare en gesien dat daar nooit eintlik liefde was in hulle huis nie – dis 'n nuwe gedagte.

Soos in die hemel so ook op aarde – by Eddy & Eamonn op die stoep, hoeveel keer het hulle saam deur tydskrifte geblaai en hy praat nou nie van *Huisgenoot* of *Drum*, daai soort kak nie. Hulle wou hom iets van hulle wêreld leer. Nooit aangesit en gesê daai is 'n beter wêreld nie. Net gepraat oor die wye wêreld wat daar is. For the taking. En Eddy altyd oor New York City. Dit was sy stad daai. En hy't die ding in sy kop gekry: Hy wil ook weet wat Eddy aan daai stad het. Daai miniatuursirkus van die ou man, die kunstenaar, waarvan hy altyd so gepraat het, so mooi dat dit self 'n storie geword het: "Nee, voor ek doodgaan, moet ek weer New York toe om die sirkus te gaan kyk." Dit was 'n manier van praat daai van Eddy. "Voor ek doodgaan." Dit was 'n manier om die dood altyd naby te hou. "Handig in my broeksak," het hy gesê.

Op hulle stoep, daai soete wegkruipplek, wys die twee vir hom in die stoeplig 'n foto van 'n porno-filmster, Cicciolina, wat politikus geword het deur kaaltiete oor 'n brug in Rome uit te hang vir stemme; Rome wat die hoofstad van Italië is en waar die pous septer wat's goed en wat's kwaad. Vir Eddy & Eamonn was dit snaaks dat daar 'n land op aarde is waar 'n porno-filmster 'n politikus kon word. Nee, hy't nie gedink dis so 'n snaakse ding daai nie. Kyk vir mevrou September, hulle munisipale bestuurder, uit 'n huis sonder badkamer, hoenders en honne deurmekaar op die stoepie.

"Kyk daai gesig van Cicciolina, she's a hot chick, man. Burn, baby, burn." Eamonn kon mos so aangaan, so in 'n stroom met sy woorde. Om 'n woord te kry, was niks vir hom nie. En dan't hy daai woord ook nog gespin ook. Turn of phrase, dis Eamonn.

Eddy sê toe hulle die suide van Amerika deurgery het, kon hy outydse rassisme raaksien soos by die huis en hy't niks ontuis gevoel nie. Eamonn het beef jerky gekou, Amerikaners se biltong, soet en sleg, en oor elke stad 'n liedjie probeer sing. En hy kon: *I'm goin' to Jackson, I'm goin' to mess around. Yeah, I'm goin' to Jackson, look out Jackson Town.* Jy ken dit mos.

Hy het die tydskrif net so in Eddy se hande met syne opgelig na die stoeplig toe. 'n Mot fladder teen hulle voorkoppe vas en los motstuifmeel, alles op daai stoep onthou hy net so.

"Laat ek weer na haar kyk," het Lucky gesê. Hy was nog nie tevrede nie, hy wou die Cicciolina-vrou op haar plek sit. Hy het aan hom en Nieta gedink.

Maar wat was dit, as hy nou mooi daaraan dink, wat wou hulle vir hom wys met hulle geaanhouery oor die pornofilmster Cicciolina en die kleinste sirkus op aarde en later oor die ou Russiese badhuis. Hoe kan sulke buitestaande goete ooit deel van sy lewe word, arm van Santa Gamka? Sy vel, sy kroeshare (afgeskeer), die kyk in sy oë: Wat help dit jy las New York City daarby? Dit gaan altyd 'n stryd wees om te keer dat dit teen hom tel: sy bruin vel 'n paspoort. Maar net met baklei, kaalvuis, sonder handskoene.

Of. Of wou hulle miskien vir hom inlywe in hulle geheim: Jy kan lewe, jy kan asemhaal, jy kan eet en werk, naai, alles op jou eie houtjie, net joune, en niemand op hierdie aarde hoef eens daarvan te weet nie. Nie die dorp, nie die skinnerige mense, nie die familie nie. Net jy en met wie jy wil wees sonder dat enigiets taais aan jou vassit. Net, vir daai klas afsondering het jy geld nodig.

Die pad loop maar altyd terug geld toe. Geld en trots. Jy moet trots wees op die manier waarop jy geld maak. Ockert Daniels word nou sestig rand per dag betaal en hy werk nie eens al vyf dae van elke week nie. Hy en Poppie het vyf en nog een op pad. Oukei, laat hy nou nou daai geld Spar toe vat en kyk wat bly oor ná hy die nodigste ingesit het. Hoeveel oor in sy hand? Ockert sal kyk en kyk of hy daai geldjies wil seermaak. Paar sente miskien nog oor vir lekkergoed vir die kinders. Waar kom sy twak nog by? Vrydagaande het hy sy dop nodig. Agt rand vir 'n halwe liter geel wyn wat hom nie naastenby tevrede gaan hou nie. "Die Here hoor my, Ockert, as jy net ophou wil suip. Kyk jou kinders." Dis Poppie, dis hoe alle vrouens van alle mans wat dop, praat. Maar hoe kan Ockert Daniels voor die wil van so 'n man soos meneer Bradley bly staan?

Kyk na sy pa op die plaas waar hy werk. Kyk na die agterbaksheid waarmee hy sy kruipery voor Rooiboer probeer wegsteek en die hele tyd weet die boer wat gaan aan. Sy pa haat Rooiboer, sy pa haat homself, sy pa haat homself voor Rooiboer.

Lucky word mal as hy daaraan dink, hy staan op, warm van die trane en loop uit op sy anties se jaart, net die malva word nog met skottelgoedwater aan die gang gehou en die spekboompie daar. Uit stap hy op hulle straat met die glasstukkies. Hy skreef sy oë op en af met Kanariestraat onder die straatlig daar totdat hy net derduisende blinkogies kan sien in 'n wonderlike patroon, dis soos om 'n kapokvlokkie onder die mikroskoop te kyk, hulle het een keer in die klas. Dit was in die kapoktyd en hy trek toe by sestien, moes plaas toe om kamtig te gaan vier. Daar was nie eens geld vir 'n koek vir hom nie. Vir niks nie. Kapok op die Swartberg, dis al. Sy pa het verteerd gelyk en sy velkleur donkerder soos die koue op die veld hom tot in sy vleis toe gekou het en hy't meer gedop toe, nog meer as gewoonlik. En daar was omtrent niks geld in die huis nie daai tyd. Nou is daar darem meer, maar net omdat hy help.

Sy ma het gister gebel (hy't vir haar 'n selfoon met beltyd op gekoop): "Jy hou jou so skaars, my kind. Ons verlang vir jou." Hy moet 'n taxi huur en goed vir hulle uitvat plaas toe. Sy sissies, hy mis die speletjies met die twee.

Die ding is, Ockert Daniels en sy pa is maar net twee van baie blou overalls in die Onderdorp en hulle is nie eens van dié wat die slegste af is nie. Ou geslag, op die gat geskop deur apartheid en nou nog krom getrek. En die moer in nes hulle begin dop.

Sy pa! Man, sy pa is die beneukste man wat hy ken as hy suip. Hy sal moord pleeg, hy gaan nog eendag, en hy sal hom nie kwalik neem nie.

Maar alle paaie loop terug na geld toe. Alles draai om geldmaak. En om trots. Jou kop ophou terwyl jy verdien. Dis daai kombinasie van die twee, daai balans wat sy pa nooit gaan regkry solank hy lewe nie.

ooo

$7 - 3 = 4$ minute oor. Vier gevat om uit sy ma te kom, het antie Darleen gesê.

"Jy skiet spek, jy Darleen, wat weet jy." Sy pa. Sy pa donner aanhoudend hier by hom in. Vir wat? Klaarmaak met homself, dis al waarvoor hy krag het.

Vier minute. Sy lewe het hy geniet. Hy't probeer. Altyd, altyd: Met sy vinger tel hy af teen sy slaap. Mag nie bewussyn verloor nie. Sy kliënte op 'n ry: Mister D'Oliviera en Nieta en mevrou Kristiena-Theresa. Wat wil hulle nou nog van hom hê?

"Laat my lag, Lucky. Vertel my iets. Ek mis lag." Ou mevrou Kristiena-Theresa, haar tande rooi van die wyn. "Kom skink my glas weer vol, Lucky. Hoe's jy dan so stadig vanaand? Nee, net onder half, man, dis hoe jy wyn skink, het jy nog nie geleer nie."

Die fyn maniere. Die fyn, fyn fokken fyn, hy kon alles doen, of is die ou lady blind gewees? "Wie't Mevrou gehelp met al die pyne? Sê bietjie."

Skroeikop. Sy stekelhare begin nou vlam vat, dit ruik na brandhare. Die hare braai van die lammersterte af. Sy pa het die goed huis toe gebring in 'n koerant. Hulle spring op om sy bene: "Pappie!" Jinne , kon die man hulle nooit liefde gewys het nie. "Pa?"

Sy kopvel bars oop, sy breins sal nou-nou begin uittap. Hy kan lankal nie meer mooi kyk nie. Blou gemoer, oogbank afgesak. "Vuilis," het hulle hom beskreeu. "Jy kan sulke oë mos nooit vertrou nie." Oë, hare, velkleur, kyk in die oë. Alles aan hom vat hulle en span vuil teen hom in. So't hulle gemaak dwarsdeur sy lewe. Hy't bly baklei, aangehou tot hy nie meer kon nie. Sweet nou in sy oë. Net mevrou Kristiena-Theresa, net in haar teenwoordigheid het hy geswik. En sy het dit geweet.

Sweet loop riviertjies in sy oë, hy's nou-nou dood wat. Dan's alles oor. Sy't dit geweet ook, mevrou Kristiena-Theresa. Dat hy voor haar nie kan nie. Triomf van haar vel, komaf, al daai goed. En sy't lekker gekry.

Koue sweet, warm sweet bo-op mekaar. Hoe het meneer Bradley toe ore gekry van Nieta en hom? Issit jy Nieta? Die hitte van daai vrou en nog, altyd nog. "Proe hoe proe hitte. Onthou jy dan nie, Nieta? Wat ek vir jou kon gee? Met jou kon doen? In jou oor, oor en oor." Memory loss. Nieta het haar bek teen hom gerek. Moes sy gewees het.

Nou weet hy Nieta s'n was nie regte hitte nie. Nou weet hy hoe proe hitte. Hy kan dit kou in sy mond, sy spoeg is lankal op. Bakstenerig. Bar. Hitte. Sy tong opgeswel soos 'n vrek brak s'n hang by sy bek uit. Soos Bybie s'n daai dag ná sy gif ingekry het. Mevrou September se vriendinne op 'n streep met hulle sympathy: "Jinne, die dingetjie se tong is dan groter geword as haar mondjie." Dit was die gif wat gepraat het.

Aai tog, mevrou September druk die knop in die kragstasie, laat al die krag van die dorp uitskop en Lucky Marais skytbang kan ophou om sy minute te tel.

Hitte kom in vlae, sy sweet tap uit sy sweetgaatjies, daar is nie 'n ledemaat van hom wat nie tot binne in sy spierweefsel pyn nie. Hy begin bewe soos die banggeit hom vat en los sy hoop raak min. Uitgebakte beendere. Die pottebakker stoot die deur van haar oond oop: "Shit, mense, wat het hier in my oond aangegaan?" Môre, oormôre sal sy kom. Wanneer ook al, dit sal altyd te laat wees.

In sy neusgate die donkerte, sy eie bang. Sy ouma Keiser toe sy besig was om te sterf toe sê sy dit raak mos nou donker om haar. Swart asem. Die dood reeds op haar.

"Vat my nou weg." Sy woorde vas tussen sy vasgedrukte arms, bene, knieknoppe, niks kan hier uit nie.

"Dit kan nie en dit sal nie," yl hy. Hy proe: so proe hitte. Hy gaan nie eens die vier minute wat oor is kry nie. Hy's voor sy tyd op.

○○○

Hy huur Kosie se taxi vir die dag en ry Beaufort-Wes toe. Eers loer hy in by Cloëtte-hulle wat nou in 'n hok bly. Cloëtte se ma is uit met haar pa en toe hou hy die baksteenhuis en die ma moes trek. Nou bly hulle in een van die hokke en wag op hulle eie huis, hoe lank? Cloëtte en haar vriendin Richa kom saam, hulle is uit hulle velle net om 'n bietjie weg te kom. Hy trek af by Leeu-Gamka Ultra City vir Cokes en vleispasteitjies vir almal, hy betaal.

"Lucky, jy's dik van die geld."

Hy lag net. Die koue Coke laat pasteitjievet aan sy verhemelte klou. Hy's trots, dis wat hy is. Hulle ry by Beaufort-Wes in: Daar's die nuwe hothouse, dit beteken werk vir 'n klomp. Oorkant is die truckstop waar lorries aftrek as hulle hulle kwota ure per dag opgery het. Die truckstop is al beroemd oor die meisies wat daar hang, veertig, vyftig rand vir 'n slag as hulle gelukkig is. Party van die drywers gaan kansvat, hy weet mos. Hulle wil rou voel sonder 'n kondoom.

Mister Sandman – Tattoos & Piercings. Hy lui die klokkie en die staaldeur spring oop. Cloëtte en Richa gaan loop in die dorp rond. Hy't tien rand vir elkeen gegee. Hulle is soos kinders.

"Maak dit seer?" vra hy sommer, hy's nie regtig kleinserig nie.

Die tatoeëer-meester kyk vir hom sonder om iets te sê. Hy dra 'n hang-vest om sy eie tattoos te adverteer, maar hy's kwaai blas, byvoorbeeld die rooi van die hart se punt op sy biceps lyk nie eintlik na iets nie. Hy trek 'n laai oop en plaas 'n houer op die glasblad van sy toonbank. In pers fluweel staan rye ringe, elkeen in sy gleuf. "Goud of silwer? Jy kan bly wees dis einde van die maand, ek is nie so besig vandag nie." Hy wys met sy oë na die venster en Lucky lees die agterstevoor woorde: *appointment necessary.* "Besny of voorvel?" vra die meester.

"Ek het net kom kyk, ek is 'n man wat eers alles mooi uitkyk. Ek gaan nie nou al ja of nee sê nie. Kan jy die ring afhaal as hy eers een maal aan is?"

Die man sien hom: Hoekom het hy nou eintlik gekom? "Jy is nie regtig ernstig nie," sê hy. "Gaan nou maar eers huis toe. En moenie na ander se piercings kyk en dink jy wil ook een hê nie. Niemand dwing jou nie. Ek sê altyd 'n piercing is 'n plesier. Iets om te geniet. As jy besluit het, het jy besluit."

Hy kyk Lucky op en af, kyk of hy kan geld sien. Met sy pinkie lig hy 'n goue ring uit die fluweel. "Top of the range, 18 carats. En vyf en sewentig rand vir die piercing. Sterile, alles. Jy loop nie by Mister Sandman uit en twee dae later sit jy met ontsteking nie. My kliënte is safe, ek het zero persent comebacks. My comebacks kom terug vir nog een, tong of neus, waar ook al. Of nog 'n tattoo. Wit is mooi, wit tattoos is nou in die mode." Hy kyk op vandag se bladsy in sy afspraakboek: name in blou Bic. "Oor vyf minute het ek 'n afspraak. Wat wil jy doen?"

"Ek dink nog."

"Ek kan dit sien." Hy draai om en skroef 'n termosfles oop en gooi vir hom swart koffie in 'n beker. "Dis nie eintlik wat ek sal seer noem nie," sê hy met sy rug op Lucky, "veral nie as jy nog 'n voorvel het nie."

"Maar as jy styf raak, bedoel ek."

Die man skud sy kop op en af, vat 'n slukkie. "Dit hang af. Combine jy jou business met 'n bietjie pyn, of gly jy soetjies deur die lewe. Hoe pak jy die storie aan? Waarvan hou jou partner, dis die goed wat jy moet gaan staan en oordink." Sy koffie ruik na staankoffie wat 'n ander lekker is.

"Sê my eerlik, hou jóú partner van so 'n ring? Kry sy die ekstra kicks? Hè?" vra Lucky.

"Nie my vrou nie. Sy hou daarvan netjies en skoon en altyd dieselfde. Beter as niks. Jy kry jou klas vrou vir wie 'n princealbert geval. Probeer is die beste geweer. Hierso, bel my as jy lus het vir die ding." Die man hou een van sy Mister Sandman-kaartjies uit na hom. Die klokkie lui en twee skoolmeisies in wit skoolhemde en donkerblou pinafores laat hulleself binne en giggel.

Buite kyk hy na Mister Sandman se kaartjie: goue letters

op blinkrooi papier. Hy's hier omdat hy gedink het hy kan sy job met 'n piercing verder vat en hy kan nie. Nie oor wat sy má altyd sê nie. Oor wat dan? Sy kop brand. Hy moet ophou dink.

Waar's julle? SMS hy vir Cloëtte-hulle. Hy loop aan op die hoofstraat van Beaufort-Wes, honderd maal besiger as Santa Gamka s'n. Lorries kom deur die dorp, hier gaan iets aan, seker meer werk vir hom ook, maar hy twyfel of hulle sy prys sal betaal. Hulle soek nie classy nie. Nieta sal miskien nog van so 'n ring hou, maar Jolene September sal dit nie vat nie en Mister D'Oliviera sal sê dis goed wat in 'n boek hoort. Miskien is net die buitelandse toeriste gewoond aan sulke trieks. Gepierce is hy een tree verder, dieper, affer, dit weet hy. Hy gooi Mister Sandman se kaartjie in 'n vullisblik daar.

By die Wimpy, SMS Cloëtte terug.

Hy kom in. "Hallo, julle." Hy is gelukkig vandag, voorspoedig, hy gaan nie probleme maak vir homself nie. Hy gaan vir elkeen van hulle 'n burger met chips bestel.

"Wat skryf jy elke dag so, Eddy?" vra Lucky een aand laat. Hy was weer by kliënt nr. 2. Hy is sat.

"Hoekom wil jy weet?" Eddy se gesig skuil in die donkerte. Hy's op sy gewone stoel waar daar niks stoeplig val nie.

"Hoekom lees jy nie vir hom nie," sê Eamonn toe. "It's no big deal."

"Hoekom moet ek? Wat wil ek daarmee bereik?" Eddy doen net iets as hy die betekenis daarvan weet.

"Jy bereik niks daarmee nie. Jy sê dan self dis net 'n oefening, daar hoef geen doelwit daarmee te wees nie."

"Dis waar. Dis die moeilikste ding van ons lewe om te aanvaar. Die disposisie, die geneigdheid om altyd te wil begryp en jy kan nie. Oukei," en hy staan uit die donkerte op en loop binnetoe.

"There you go," lag Eamonn. Hy lag oor alles. Hulle wag daar op die stoep soos in 'n nes en sê verder niks vir mekaar nie.

Eddy kom hurk langs Lucky, sy skouer raak aan hom. (Is Nieta nog op sy vel? Hy het mos gestort.) Eddy het drie velle papier by hom. Hy skryf net met die hand, skoonskrif op sy beste. Hy ken sulke skrif van mevrou Kristiena-Theresa se koeverte af. "Dis die klassieke manier en dit dui op beskaafdheid, take it or leave it," sê Mister D'Oliviera van sulke skrif. Al die tyd met Eddy & Eamonn in die dorp het hy nooit daaraan gedink, nee hy het, om vir Mister D'Oliviera aan hulle voor te stel nie. Hy wil hulle net vir homself hou.

Eamonn kom staan ook by hulle, hy's getrek. "Miskien dink Lucky dis stront," sê hy nog voor Eddy kan begin lees.

"Nee," sê Lucky, "ek sal nooit dink dis stront nie. Ek sal nooit nie." Toe flikker die stoeplig en al die ligte gaan uit. Die straatlampe op Kerkstraat daar anderkant ook. Die krag het uitgeskop.

Hy sien die bleekheid van Eddy se hand wat die drie velle papier, sy kosbare arbeid, op sy bene bymekaar maak en terug binnetoe loop, en op die drumpel skakel hy die flits af. Al drie bly net so waar hulle is, Eddy daar by die deur, hy en Eamonn hier agter die stoel waar Eddy nou net gesit het. Die Bodorp piep nog een of twee keer ná die krag uitgeskop het en dan raak dit stil hierbo, die blankemense skrikkerig tot op hulle vingertoppe.

Lucky kyk om na waar Eddy gaan staan het, daar waar hy behoort te wees. Sy oë is nou gewoond aan die donkerte. Hy's 'n regte Marais wat sy oë gou by donkerte kan aanpas. Die ding is, toe hy deur die halflig kyk, is dit nie Eddy wat daar in die deur staan met die drie velle papier in sy hand nie, maar Eamonn. Hy loop bietjie nader: dis waarheid, hy lieg nie. Hy ruik hom ook. Eamonn ruik na mansrook, anders as Eddy.

"Eamonn, Eddy?"

"Ek gaan bêre net die goed." Die breër skouers soos Eamonn s'n, maar die stem stadig en rustig soos Eddy s'n. Hy loop deur die dubbeldeur binnetoe. Snaaks, hè?

Hy voel homself nog in sy broek al is dit nou al twee uur of so later ná op-die-job. Nou-nou sal hy loop, weggaan uit die klein hemel van die stoep. Een van die dae is die twee tog weg en alles verby.

Daar's Eddy se stoel in die donkerte en daar's die riempiesbank waarop hy gesit het toe Eddy vir hom 'n yskoue bier aangee en daar is die ander stoel en die plat tafel met die leë glase, drie, en bierblikkies ingeduik, hy kan die duike nie sien nie, hy weet dit net. Eamonn duik altyd sy bierblik in met gespierde hande totdat die blik nie meer kan nie. Eamonn sê graag hy is van die werkersklas, maar as 'n man van Ierland sê werkersklas is dit 'n ander man wat jy kry as byvoorbeeld sy pa met sy blou overalls en die gedaanheid.

Hy kyk die hele stoep deur, sy ooptes en sy donkertes, hoek tot kant. Hy's al mens oor, hy kan mos sien. Eamonn is regtig ook binnetoe, maar hy kan sweer hy't net een gesien ingaan. Wie?

Die stoep se vlermuis kan hy ook nie meer sien nie, hy hoor net sy swiepe en wirre en die droë lug wat daar hang, jy kan amper daaraan vat, en dan die ding dat dit so privaat daar is soos 'n binnekamer. Alles kan gebeur, daar is nie lede van die publiek om te kyk en getuienis te lewer nie. Hy reken dis net hy wat van die ding van Eddy & Eamonn weet, maar meestal weet hy nie eens wat dit is wat hy van hulle af weet nie.

Dit was nie volmaan nie en sy pa was nie eens aangeklam nie, dis wat hulle dubbeld hard slaan toe hy sommer sê: "Weet julle wat is 'n kleurling? Dis 'n mens wat uit twee verskillende soorte mense saamgefok is. Dis wat ons is."

Sy pa het met 'n beker tee gestaan, die groenetjie, hy was eers nie kwaad soos as hy gedop is nie. Net soos hy is, het hy daar teen die kosyn geleun en uitgekyk buitentoe oor hulle jaart wat netjies gevee was en toe teruggekyk na hulle toe, na sy mense, en hy was baie treurig.

Lucky wens nou nog sy pa was eerder gedop toe hy dit gesê het, nou sal hy dit nooit vergeet nie, hoe kan jy?

Sy ma het gelag, want dis al wat sy kon doen, sy lag mos nie regtig nie. "Waarmee kook jou kop vanaand?" het sy gevra.

Dian het niks verstaan nie. Dit was beter vir hom in die huis as sy pa nie dronk was nie, maak nie saak wat hy sê nie.

Sy pa was klaar so seer dat hy saam met hom seergekry het. En hy't maar eerder nie gesê wat hy oor homself geglo het nie, dat hy 'n truggooi is, suiwer, breins oor alles op aarde. Sy ma het dit lankal so gesê. Dit is hy.

Toe kom sy ma met iets, haar stem vals: "Basters is beter. Hulle is sterker as gewone mense. Kyk maar na die honne."

"Jy kan kak glo," sê sy pa.

ΩʊΩ

Partykeer ná sy werk as daar g'n siel op straat is nie behalwe die sipiere wat rook op Korrektiewe Dienste se stoep en hy trap sy fiets, rou en leeg – dis 'n job wat jou leeg tap – dan moet hy homself moed inpraat om bo te bly.

ΩʊΩ

Daai dag amper 'n volle jaar terug het hy sommer vir antie Doreen by die gastehuis gaan hand gee. Missus Meissens ken hom mos, hy word uitgenooi vir middagete saam met almal onder die druiweprieel. Brood en botter en kaas en blaarslaai, jammer niks vleis nie. Hulle skinder al die pad, alles in Engels sodat Missus Meissens haar nie bloediglik vererg nie. Sy beloon hom goed, Missus Meissens het 'n oop hand soos hy nog nie ene teëgekom het nie. Net voor uitvaltyd moes hy nog vir oulaas weer die voorstoep gaan vee al het hy dit die oggend gedoen, die stof en die droogte is kwaai.

Eers het hy gedink dis 'n pa en 'n ma met hulle seun toe hoor hy nee, dis die suster en haar man en haar broer, almal saam op vakansie. Duitsers. Hy tjek hulle uit, kyk is vry en hy is op sy plek. Met hulle euro's kos alles in Suid-Afrika niks. Hy stap nader om hand te gee met die tasse, dis waarvoor hy daar is. Duur knippe en gespes, duur donkerbruin leer.

Hy word gewaar daar word na hom gekyk: dis die jong man met sy geel borselkop. Hy was besig om na hom te flikker, hy's nie onnosel gebore nie. Kyk, sy antie Doreen het hom al vertel die grense tussen Europese mense en hulle bruin mense is waterig, nie soos by die plaaslike blankemense wat eerder die afstand hou nie.

Toe gee die borselkop vir hom 'n kaartjie met sy selfoonnommer op. Flinke reëlings. Hy bel hom toe op die kop halftien en dit was toe dat sy job begin het. Hy het dit nie dadelik geweet nie, hy het dit nie so beplan nie.

Hy't gesorg hy kom aan die sykant van die B&B in sodat hy nou nie vir Missus Meissens skrik op die lyf jaag nie. "Bless us and save us, what the hell are you doing here this hour of the night?" Die gruisklip trap hy soos 'n watervoël, jy hoor waaragtig niks nie. Missus Meissens met haar vry gees – kyk, sy sal nie omgee oor die beplande onderonsie nie, solank hy net nie op enige wyse haar besigheid bedonner nie.

Die jong man se naam is Heinrich, net soos die Heinrichs wat jy in die Onderdorp kry, hy ken drie. Sy kamer loop op

Missus Meissens se binnehof uit waar die visdammetjie is met sy slymerige staanwater. Hy ken die kamer, hy't al die bed help opmaak met antie Doreen. Heinrich is uit sy klere en hy ook quickstep, die man is oop en gaaf en dood op sy gemak. As hy nou daaraan dink: Dit was die regte kliënt om mee te begin.

'n Biertjie, gesels, speel-speel. Toe Heinrich vertel waar hy vandaan kom, probeer Lucky die uitspraak van München regkry.

Heinrich sê: "Nie sleg nie."

"Wat verwag jy, dat ek nie woorde kan uitspreek nie? Ar-ti-cu-late? Kyk, ek kan biblioteek toe loop en gaan kyk hoe lyk die stad waar jy vandaan kom, maar ek sal nie regtig weet hoe dit daar is nie, maak nie saak wat jy vir my vertel nie." Dat hy gebore is in 'n huis van klip en modder sê hy nie aan die vreemdeling nie.

Toe hy eindelik net so oor sy taai mik sy onderbroek aantrek, sy skoene vasmaak en regmaak om te loop, vra die borselkop: "Kan ek jou iets gee? Something. I don't want a good man like you going hungry."

Hy't dadelik geweet wat met die something bedoel word. Hy dink so 'n rukkie, hy weet nie wat hom oorgekom het nie. "Ja, ek wil."

"Goed, hoe klink vyf en twintig euro vir jou?"

Hy weet nie wat oor hom gekom het nie daai aand. Hy kry nou nog lag. By 'n kruispad en hy't geweet hoe om te loop. Voor hom: sy kans. Toe sê hy sommer: "Nee, dis te min. Ek wil dubbeld dit hê."

Heinrich kam sy borselkop so met sy vingers en glimlag. "Goed, as dit jou prys is. Ek het die aand geniet."

Vyftig euro. Vyftig maal elf is vyfhonderd en vyftig rand. Laat sy anties hiervan te hore kom.

"Lyk my jy's 'n ou hand. Het jy al vantevore joyrides vir toeriste gegee?" Hy was so bietjie cool met sy taal, die Heinrich, en so 'n bietjie los in die kop. "Is dit jou werk?"

Lucky het net gelag, maar agter in sy kop praat hy met homself: Hy is by 'n kruispad.

"Ek was 'n ruk lank rentboy in München. Dis 'n hot job as jy jonk is. Jy kan baie tegnieke leer en die geld is goed as jy jonk en in aanvraag is. Dit het sy gevare, daar's die drugs," (hy sê drughs, nie draks nie), "en daar's die perverte wat seks te ver wil vat. Jy kry al die soorte. Daar's skurke wat jou uit die pad wil hê as hulle met jou klaar is." Hy maak so 'n mes oor sy Duitse adamsappel.

"Jy moet net sorg dat jy oopoë loop en besluit waar is jou grense. Dis 'n perfekte job om jou op jou voete te kry. Pasop net dat jy nie daaraan verslaaf raak nie. Jy het 'n kort lewe soos 'n atleet s'n en jy moet weet wanneer jy by jou use-by date kom."

"Ek kort 'n kar. As ek 'n Chico het, kan ek doen net wat ek wil."

"Hoeveel kos karre hier by julle? Jy sal 'n rukkie moet werk om 'n kar te kan koop. Slaap wel. En good luck. En as jy ooit in Europa kom, jy's welkom. Kry my e-mail by Missus Meissens."

In sy noppies soos hy afloop Onderdorp toe, windgat op die hoofstraat sonder 'n siel. Daar's dowwe lig op die poliesstoep en binnekant lyk die aanklagkantoor moeg. En oral net tralies, wie wil nou by die polieste inbreek. Hy wens sommer hy sien sy oom Mervyn buite op die poliesstasie se stoep, dis sy ma en sy anties se neef. "Konstabel Merf, jy sal nie raai hoeveel ek vanaand verdien het nie."

Hy kan 'n fiets aanskaf, skatryk, hy kan nie slaap kry nie. Nie een van sy anties eers op om sy glimlag te sien nie. 'n Lekker man, Heinrich. 'n Lekker mens om mee te begin het. Die Duitser se waarskuwings oor die job se dark side, al daai goed, dis nie hy nie, nooit nie.

Toe hy in die oggendgeraas wakker skrik, onthou hy sy droom: Hy speel rummy met antie Yvette en ná elke skommel kry hy drie aces.

Skoolkinders in hulle wit hemde en skoolskoene op die grondpad buitekant verby, Dian sy boetie ook al op en weg en die vrouens, antie Doreen en almal op pad om huiswerk te gaan doen en al die manne in die blou overalls werk toe, dié wat 'n versorgende vrou het, loop met 'n rugsak koffie en brood en 'n hoenderboudjie miskien vir middagete. Taai werk, veertig grade in die somer en koud op 'n wintersoggend en waar's die hout nog vir vanaand se kook, nie almal het elektriese plate nie. Huise bou en plaaswerk en toerisme. Die drie goete wat jobs verskaf in Santa Gamka en verder is daar nie om van te praat nie.

Dis opruierig by sy anties se huis verby, dis 'n ent Bodorp toe as jy wikkel. Hy hoor sy mense waar hy nog in sy bed skuil, hoor hoe hulle vir mekaar grappies aanskree en praat oor die rugby laas Saterdag op TV en bly praat om die lus vir die job aan die gang te hou al is dit hoe kak, werk is te skraps om weg te gooi.

Hy't gisteraand sy kans gevat met die borselkop en vir die eerste keer geld verdien wat saak maak. Sy studies by Wes-Kaapland is 'n lang pad van afsloof met 'n onsekere beloning, as jy weer sien, is jy terug op Santa Gamka met 'n los job soos volstruise aanry op een van daai hoë trokke. Vir peanuts.

Kookwater op Frisco vier suiker en longlife hy krap wat kriewel in sy slaapbroek sy lewe het begin.

○○○

Een van sy ma se min stories was van die skaapboud Sondae toe sy nog vir mevrou Kobus-hulle in die huis daar gewerk het; nou nie meer nie: "Groot Wit Deeg, jy kan self jou dressers afstof."

Lucky kruip op die grond. "Nog, Ma!"

"Dan sit jy nou die boud mooi in die bakpan en dan pak jy die aartappels so al om in die rondte nes ou wit eiertjies van 'n hen, te oulik, en sout en peper ook, teen daai tyd is my oond al gestook vir bak. En dan steek jy hom in die oond, deurtjie toe. So ná 'n uur haal jy hom uit, hy begin net-net bruin word en van dan af elke keer as jy hom uithaal, moet jy hom so bietjie wikkel en van sy eie sous oor hom drup en nog een keer omdraai ook, maar pasop nou net dat jy nie daai aartappels fyn druk nie, so 'n boud weeg iets. Van daai tyd af word hy al hoe bruiner en al hoe mooier. Jy drup van sy sous oor hom, net mooier en mooier word hy. Totdat hy klaar is ná so drie uur, sê maar drie en 'n bietjie. Jy moet die vleismes kan indruk en die sop is net nie meer bloederig nie. Dan kom mevrou Kobus ingestap, sy ruik mos daai stuk boud van die tuin af waar sy gesit en afblaas het ná hulle kerk. Tog net nie oorbak nie, Marta, sê sy elke keer in my ore asof ek dit nie lankal weet nie."

"Ma!" skree Lucky. Hy kan nie genoeg kry van sy ma soos sy verrys en 'n ander vrou word, 'n regte mens.

"Nee, sy het my mos kêns gemaak daai vrou met haar wit gesig. Die boud is klaar, Mevrou, sê ek elke Sondag vir haar terug in haar gesig. Nou laat ek sien, sê sy elke Sondag terug in my ore."

"In my ore," sê Lucky en Dian en die twee sissies nes apies agterna.

"En dan hoe vat Groot Wit Deeg aan die boud, Ma?" vra Dian.

En dan wys hulle ma en druk haar wysvinger so ver uit nes 'n heks met euwel vingers en dan moet Valerie haar rokkie optrek en haar pantietjie wys en dan steek-steek hulle ma so op haar boudjie. "Dis hoe mevrou Kobus die boud toets." En dan wil hulle kinders hulle amper morsdood lag. Hulle ma ook so 'n bietjie, die kepe om haar mond kom so 'n bietjie los. "Aai tog, my ma."

"Is dit die lekkerste ding op aarde, Ma?" vra Dian dan. Dis eintlik Lucky se vraag. Hy het altyd in sy mond probeer proe hoe so 'n boud moes proe en die sous om die boud wat sy ma met sprinkeltjies meel dik gemaak het en die aartappels wat so kraak. Nou dat hy ouer is en hy 'n job het wat geld inbring, het hy ophou vra.

"Ja, my kind, dit is die lekkerste ding op aarde," sê sy ma soos klokslag op die vraag wat sy weet sou kom.

Daar is 'n lang blink tafel in die hotel se kombuis en as hy antie Darleen kom handgee, is sy werksplek regs op daardie tafel.

"Staalman by die staaltafel," sê antie Darleen dat hy net goed voel in haar kombuis, niks anders nie, en lag met haar breë gesig soos die man in die maan. Sy het hom vir vanaand.

Daar's 'n berg aartappels liederlik met grond nog net so aan, laas het hulle al klaar in water in die emmer gelê, klaar skoon, hy moet daai berg afskil en vinnig ook.

"Nou moet ek nog was ook," brom hy.

"Wat sê jy, Lucky?" skree sy onder haar sjefmus.

"Nee, antie Darleen, ek sê net iemand was lui, want die aartappels is nog nie eers gewas nie."

"Cherilene is al die hele week plat met 'n virus. Skud op, Lucky. Jy's mos 'n plaasseun."

Hy plons die aartappels in die emmer halfvol met skoon water en skommel van die boonstes wat dryf so 'n bietjie rond en skep sy eerste kom uit en begin skil. Hy's rats met sy vingers. Wie't vir sy ma gestaan en vertel van hom en sy kliënte? Hy wil eerder nie weet waar daai skinderstorie vandaan kom nie. Niks slegs, niemand word kwaad aangedoen nie, dis hoe sy job is. Maar dis nie 'n storie vir die dorp se ore nie. Om 'n storie vleis te gee, moet van alles bykom. En dan versprei jy hom en daar kom nog by, dis wat 'n storie sap gee. En so word leuenagtig gemaak die ene, hy, waaroor dit gaan.

En sy ma sal bitterlik seerkry: Het hy dan niks geleer nie? Het hy nie geluister nie?

Jinne, skrik hy by homself voor sy berg aartappels, die emmer halfleeg met sy water wat nou modderbruin staan. Dis mos mevrou Nieta wat daar ingevlieg kom, agter haar swiep-swiep die twee saloon doors weer toe. Hy kyk dadelik terug op sy skillery. Jinne, die hare lyk glad nie soos hy haar in suite 17 kry nie, helemaal vaalsarie.

"Wat soek hy hier?" skree sy teen haar verhemelte vir antie Darleen. Mevrou Nieta het ook geskrik vir sy teenwoordigheid. Hy't haar nog nooit vertel hy help partykeer hier nie. Die bloos slaan uit en kruip tot by haar voorkop, hy ken haar kleurtjies.

"Mevrou Bradley," sê sy antie (Nieta en meneer Bradley is nie regtig getroud nie, sy antie wis dit nou nie), "Cherilene het 'n virus, ek kort hande. Dis my susterskind dié, Mevrou, Lucky kom groet vir Mevrou."

"Naand, Mevrou," sê hy oë gesak. Hy prop 'n aartappelskil in sy kies en kou teen die proes.

"Naand. Darleen ek wil nie sommer vreemde mense hier in my kombuis hê nie." ("My" nogal, hy spoeg rou skillesop uit dat dit na hoes klink.) "Jy moet dit eers met my uitklaar. Enigiemand kan mos sommer hier inloop en hulle self help as dit so aangaan." Sy druk agter aan haar hare die ene muisnes, dit lyk of sy die eerste keer vandag op is uit daai dubbelbed met al daai kussings, hy't twaalf getel, grotes en kleintjies, een soos 'n hart. Het sy haar Prozac gevat?

"Nee goed, Mevrou. Hoe lank voor die tyd moet ek met Mevrou kom uitpraat?" Antie Darleen lig vanaand se pot spek-en-bone-sop en steun: "My wêreld tog, Mevrou moet weet ek dra nie vooraf kennis van afwesigheid nie. Dis op die nippertjie dan sê dié of daai een nee, vanaand kan hulle dit nie maak nie. Nou dan kry ek sommer vir Lucky, dis handig Mevrou, hy bly mos by ons in."

"En wat van die boud?" Mevrou Nieta druk weer agter aan haar koeksel hare en wys na 'n gebakte skaapboud van gister wat halfpad opgebruik is.

"Cling wrap, Lucky," roep antie Darleen, "gou."

Lucky kom met die dun boksie cling wrap, nuttig in so 'n hotelkombuis, in hulle huise sal jy sulke geldmors nie sien nie.

"Mevrou, ek gaan dat Lucky daai boud vir my afkerwe en dan word dit mos die lam-en-fetapaai vir môre. Teen die been. Hy weet hoe." Sy draai na hom. "Jy weet mos net hoe, nè, Lucky?" En draai terug. "Ek wys hom alles netjies." Sy vou die cling wrap styf oor dat dit oor die boud en deeglik onder om die pan span en dan trek sy die cling wrap weer uit die dun, lang boksie tot teen haar maag en tree agtertoe sodat sy 'n hele stywe plastiekvel voor haar het en tree nader en vou behendig 'n tweede laag cling wrap om die boud in sy pan.

"Wat maak jy?" sê mevrou Nieta byna van haar kop af nou van nie weet wat en hoe.

"Toe, Mevrou."

"Jy mors mos nou meneer Bradley se geld."

"Mens moet seker maak teen brommers, Mevrou." Antie Darleen lag en wag vir 'n antwoord van die mevrou.

Mevrou Nieta kyk rond, tik met haar vingernael teen haar tand, sy kan ontplof. Haar oog na Lucky fluks terug by sy aartappels. Sy trap nog so 'n bietjie rond en nader na die warm stowe toe en verder van hom af by sy staaltafel sodat sy hom van 'n sykant af vinnig op en af kan beskou in sy jeans en sy swart Billabong T-hemp en die hotel se swart voorskoot helemaal styf om sy smal heupe.

Hy kyk met die minste erkenning, maar darem tart hy haar met sy knop onder sy voorskoot. Antie Darleen en die ander twee personeel gaan hulle gang, weet van niks, tyd is kosbaar en hy begin van die geskilde aartappels in 'n skottel stapel. Bruintjies het klaar weer begin neurie, dis 'n kombuis dié.

"Nou ja toe, ek wil niks moeilikheid uit hierdie kombuis hê nie. As meneer Bradley nie hier is nie," sê sy dan en frons en swiep-swiep by die saloon doors uit.

"Naand, mevrou Nieta," sê 'n koor.

"Wat's dit met haar?" vra Bruintjies. Hy's verantwoordelik vir al die groentes, die boontjies en blomkool en soetpatats, al daai goete. "Vir wat loop sy hier in? Sy't mos nie besigheid hier nie of het sy? Lucky?"

○○○

Eamonn veral – hy kan nooit sê dat hy hom helemaal verstaan het nie. Nie eers alles wat hy daar op die stoep gesê het nie. Altyd naby Eamonn probeer plek soek op die lang riempiesbank as hy laataand van sy jobs af terugkom en daar inval vir 'n biertjie of dit sy eie huis is. As hy reg langs Eamonn sit, kon hy die trilling van sy stem teen sy eie lyf voel. Dit stel hom gerus soos niks nie. Naby Eamonn kan niks slegs met hom gebeur nie, het hy geglo, al het hy geweet hulle is nog net 'n rukkie daar op Santa Gamka. Swerwers, jy kan hulle nie op hok hou nie.

Eamonn se stem bas in die holte van sy eie borskas. Hy't trots vertel van sy komaf, die Vikinge, wilde mense op lang skuite met drif en 'n eie soort taal wat die Ierse eiland binnegeval en gevat het wat voorkom, vrouens die lot. Van die wildheid het in Eamonn oorgeskiet, jy kon hom nie kleinkry nie. Hy kon jou kry ja, hy kon jou met sy woorde en sy lyflike nabywees toor, kon jou in 'n trans gooi. Kon jou ook van hom af wegstoot.

Hulle drie sit die aand in die ladies' bar. Op die stoeltjies daar by die toonbank op dieselfde plek waar die samesyn tussen hom en Nieta begin het. Sy was op haar tone daai aand, skrikkerig. So iets. Hy vir wat? Hy't net die een slag met sy plat hand op haar been gevat, te skelm om gesien te word, toe het haar nuuskierigheid ingeskop. Bruin en ballsy, dis hy. En sy wou hom hê.

Die aand met hom en Eamonn & Eddy is daar 'n paar toeriste en jong boertjies deur die bank spraaksamig, hulle drink dubbel-brandy-en-Coke. Party van hulle het Lucky geken, meneer Koorts van Duiwepoort se seun en so aan. Party het hy nie geken nie. Hy het gegroet soos mens maak in Santa Gamka en minstens twee het darem teruggegroet, maar die res het hom ge-oog omdat hy saam met Eddy & Eamonn was, vreemdelinge, inwaaiers. Die woord is wantroue, dit kom vanself. Hy het die onderonsie geregistreer en weet ou Wella die kroegman, bedonnerd met hom soos altyd, het ook gesien wat aangaan. Hy en Eddy & Eamonn bestel Guinness, mens kry dit in die ladies' bar.

"Watse goed is daai?" vra een van die boertjies luidrugtig, lus vir kak soek, hy weet mos.

"Treacle, sê een. Dis vir koeie. Wella draai bietjie harder, man." Afrikaanse popmusiek, langarm-dansmusiek, dis waarvan hulle die meeste hou.

Een van die boertjies het toe vreeslik stink in die gents gaan skyt en laat die deur tussen die gents en die ladies' bar net so oopstaan. (Hoekom het ou Wella met sy een arm nie die deur teen die stank gaan toemaak nie, dis sy werk, het Lucky nog agterna gedink.)

"Would you mind closing that door or do you want us all to suffocate?" sê Eamonn, hy ken nie van bekhou nie. As jy hom geken het, sal jy geweet het daar's lag in sy soort Engels, nie onbeleefdheid nie, en hy verwag 'n gevatte antwoord. Ontspan.

"Saffoukyt?" Die boertjie het 'n rooi, opzip-baadjie aan en agter is sy nekhare nog natterig. Jy kan sien hy't homself 'n bietjie afgestof vir vanaand.

"Ons praat Afrikaans hier," haak hy af, fris, beneuk, van die distrik en van nêrens anders af nie. Droogte op sy plaas, voer moet aangery word vir die volstruise, sybokke, dorperskape. Sy werkers moet hy Maandagoggende gaan oplaai in die Onderdorp en Maandagaande gaan aflaai in die Onderdorp en dieselfde op Dinsdag en dieselfde elke dag vir die res van die week vir die res van die jaar en wed jou een van sy werkers is 'n opsteker en probeer altyd aanja onder die ander werkers. En lyfwegstekery op Maandae is wet, veral as hulle oormatig gedop het oor die naweek en hier kom 'n bliksemse kont van 'n Engelsman wat vir hom wil tune, maak die fokken deur toe – sý deur in sý kroeg in sý fokken dorp.

O jinne, Eamonn het baie, baie min daarvan gehou. Hy snap dadelik die bedoeling van wat in Afrikaans gesê is en voel baie, baie onwelkom. Dis asof jy op sy knoppie druk en op die knoppie bly druk: Van nou af is jy neergeslaan tot jy uit hierdie gat kruip. Hulle het opgedrink, nie eintlik meer gesels nie.

"Let's get the fuck out of here. Bunch of halfwits." Opgestaan en uitgeloop. Onwelkom in Santa Gamka vir ewig en altyd. Kwessie van tyd, dan's hulle weg.

Eamonn het verder daai aand aangehou en aangehou drink op die stoep. Eddy het gaan slaap, hy sou nie 'n oog toemaak nie, Eamonn se stem was heluit hard en pal die hele stoep vol daarmee, hy was verskriklik kwaad.

Só, dronk, het hy Eamonn verstaan. Dronk is 'n gelykmaker. Dronk ken hy vanuit sy eie huis uit.

Hy's daar weg, self aangeklam en bedruk en ook nie. Die boertjie met sy kak in die ladies' bar was niks nuuts nie. Hy het die volgende middag gaan werk en weer daar ingeval. Eamonn se bui het oorgewaai, maar hy wou nie meer uit nie. Nie Spar toe of koöperasie vir spykers of ladies' bar niks nie. Eerder net op hulle stoep, 'n gevangene.

Oukei, Lucky gee niks om nie. Hy drink, hy bly daar, hy

kan van daai stoep af eet net omdat dit hulle s'n is. Warm as jy warmte wil hê, koel as jy koelte wil hê. En altyd iets om jou mee te laaf, iets om die gat in jou maag mee toe te stop. Hy't daar weggekom van sy gedagtes wat hom ry: Hoe gaan hy ooit uit sy job wegkom voor dit te laat is. Sy jonkheid, sy lyf wou hy nie verloor nie. Sy oë, hy weet hy't anders begin kyk na mense en hulle het dit klaar gesien, ín sy oë.

Op daai stoep het hy gaan skuil, oor alles daar kon hy vry praat. Oor die politiek van die land en oor die blankemense en die bruin mense van die dorp en oor die blankemense met die bruin mense en andersom en Lucky het probeer verduidelik oor die ding die aand in die ladies' bar. Nie om die boertjie se kant te vat nie, net om sy geliefde twee manne nog 'n bietjie vir homself te hou.

"Dié klas manne kyk net binnetoe, Eamonn. Hulle ken nie 'n man soos jy nie. Hulle verstaan nie jou Engels nie. Ons is muile met blinkers hierso." 'n Grappie. Dit het niks van die suur vir Eamonn weggevat nie. Suur soos in klaarvrot. Jy kan dit nie opfix nie.

En die gat tussen die haves en die have-nots het Eamonn ook nie gehinder soos dit Eddy gehinder het met sy gewete nie. Eamonn het net gesê: "Dis nie nodig vir my om hier te bly nie, ek het 'n keuse en ek kan dit gebruik."

Geld is die wortel van alle keuses. Vergeet die twee manne dit? Eers as jy geld het, ja, dan kan 'n man kies. Hy't dit nie hardop gesê nie.

Vir Eddy is dit ou probleme wat nie gaan verander nie. Hy sê sy pa het gesê die armes sal ons altyd tussen ons hê, dis uit die Bybel. Dit is so. Maar hy's die een wat ellendig word by die Spar as hy goete koop soos olywe en duur fetakaas en duur bruinbrood en lamstjops, al daai goete, en agter hom staan 'n man in 'n blou overall met suiker en meel en 'n pakkie tee en polonie. "Ek voel of ek moet skuldig voel en ek wil nie," sê Eddy.

"Daai man in sy overall kyk nie eers na jou nie," sê Lucky. Hy lag.

"Wat kry 'n tuinier hier per dag?" vra Eamonn.

"Deesdae sestig of sewentig rand," sê Lucky.

"Wat kan jy met sewentig rand in die Spar koop?"

"Oukei, jy kan blikkies pilchards met tamatiesous koop, dis so tien rand, en 'n brood ses rand, dis net gewone brood, en 'n tweekilogram-braaipak, dertig rand."

"Wat is 'n braaipak?"

"Dis hoenderstukke."

"Oukei, wat nog?"

"En longlife, dis sewe rand vyftig, een koolkop so sewe rand, Frisco vyftien rand, dis seker omtrent amper al sewentig rand. As jy arm is, weet jy wat kos goed."

"En mevrou September julle munisipale bestuurder ry 'n swart vier-by-vier?"

"Sy kan maak wat sy wil," sê Lucky.

"Ek dink mevrou September is tegelykertyd korrup en onskuldig, sy weet nie daar is 'n ander manier om die dorp te bestuur nie. Dit is moontlik om so te wees," sê Eddy.

"Hoekom moet ek in so 'n dorp bly?"

"Ek gaan jou berg toe vat, Eamonn," sê Lucky toe om te probeer goedmaak.

"Julle sal my nooit, nooit oortuig nie."

Teen daardie tyd het Lucky en Eddy sonder dat hulle weer verder daaroor gepraat het al twee geweet dat Eamonn nooit in die dorp sou aanpas nie. Dit was nie sy voorkoms wat die blokkasie veroorsaak het nie. "Wie's hy?" het Nieta een aand vir Lucky gevra. "Ek het hom sien loop." Wat wou sy kamtig met Eamonn maak?

Nee, dit was glad nie sy voorkoms wat Eamonn uitgestoot het nie. Sy houding en sy sangerige taal, dis die probleem. Steeks soos donkies, die mense wou hom nie 'n kans gee nie.

Eamonn kon kry wie hy wou as hy maar wou, hy wou nie.

Dis hoe Lucky oor hom gedink het. En hy self? Kan hy kry wat hy wil hê by ander mense? Of nie? Hy kan. Net wat hy wil hê: Dis hoe hy al geword het.

Op die stoep raak hulle moeg van praat en bly eerder stil. Daai stoep kon stilte vat, jy sit daar net so gemaklik soos wanneer daar gepraat word. Swart olywe, meneer Bradley s'n, word aangegee. Die vleis van 'n vet olyf in sy kies tot hy dit souterig, glibberig kan proe. Hoe beskryf jy olyfsmaak? En koejawels op 'n fancy bord kom ook uit die kombuis. Eddy tjek eers sy koejawel vir wurms.

"Hierso." Lucky hou sy knipmes vir hom. So ruik 'n koejawel as jy sy pens oopsny, 'n koejawel uit 'n watertuin, nie daai stywetjies in die Onderdorp nie.

Bier, wyn drink hulle. Eddy het sy wyn geken. Skommel hom eers liggies in die glas vir die dampe en dan spoel jy hom in die mond en kyk of jy sy vrugterigheid en sy suiker en sy tannien soos in swart tee kry, proe op die verskillende plekke van jou tong. Dis die drie dinge wat 'n wyn maak wat hy is. Wyn het hy al baie saam met die ou mevrou gedrink, shiraz is haar smaak.

Kyk, hoekom sal hy by Eddy & Eamonn sy mond hou? Môre sit hulle in New York City, wie kan skade ly deur kennis wat hy oorgedra het. Hy't teruggekom van sy jobs af, lyfseer of kopseer of net opgewarm, hang af met watter kliënt hy was, en dan vertel hy wat hulle wou hoor, al die draaie en dinge. Dit was sy stories. Niemand anders op die dorp kon daai stories opmaak soos hy nie. Lucky Marais s'n. Dis al.

Eamonn & Eddy – dis die enigste mense op aarde vir wie hy lief geword het, al weet hy self nie wat liefde is nie. Alles vir hulle vertel soos hulle dit wil hoor. Hoekom sal jy nie vir mense plesier verskaf as jy vir hulle lief is nie? Dis sy job: Lucky on tap.

Eamonn & Eddy. Kan hy hulle deurkyk, dwarsdeur tot in hulle siele toe sodat hy regtig kan sê: Eddy ek voel jou, Eamonn ek voel jou? Sê byvoorbeeld soos hy die lywe van sy kliënte bevoel van kop tot tone en naderhand ken hy hulle moesies en voue en mosreuke?

Altyd maar het hy getob oor die twee wat sy lewe binnegekom het. Nie húlle nie. Hy skat hulle het nooit oor hom gewonder nie.

Eamonn & Eddy. Hy't altyd sy sokkies en Adidas uitgetrek ná sy jobs. "Asem skep," sê hy as hy sien Eddy kyk vir hom, nie afkeurend nie, net: wat vang hy nou weer aan? Eamonn partykeer langs hom, hy't hitte afgegee, en partykeer oorkant hom. Eamonn met sy yskoue bier – een, twee, drie kon hy hulle wegpak soos nie een van hulle twee kon nie. En Eddy met sy vrae. Hy kon nooit te lank op sy gat sit nie. "Hoe moet dit voel as jy net voor dooimansdeur staan, net voor jy ingaan en jy't nog 'n laaste bietjie kennis van jou toestand oor?" Sulke vrae het Eddy mee getorring.

'n Geskenk vir hom, dié twee. Altyd, altyd het hy oor hulle gewonder, altyd hulle probeer ompraat om net nog 'n bietjie te bly. Die lou van die aand op daai stoep met die krieke in die krake en die kooltjie van die smeulende muskiet-spiraal en die papierblomme van die bougainvillea wat jy onder jou voetsole poeier trap, het hy probeer hou. Eddy & Eamonn eintlik, hulle het hy probeer vashou.

Eddy staan op, hy's altyd eerste vir die bed, en kom vat aan sy kop. "Lekker slaap." Lucky buk en trek sy sokkies en sy runners aan en maak die veters vas. Eddy se vat nog aan sy kop nes 'n hoedjie. Oor 'n paar maande, korter, sou hulle weg wees en hy vergane in hulle lewens, aai tog.

OgO

En tog. Tussen hom en Nieta, soos met geen ander kliënt, was daar 'n belofte. Iets wat miskien kan gebeur. As hulle twee net kon wegkom uit die dorp na 'n plek waar daar niks oë of verwyte is nie. En geld. "Ek sal na jou kyk, my diertjie," sê sy.

Maar hy het opgegee: love gone missing. Tussen sy hand op haar blaaie in suite 17, tussen daardie oomblik en die oomblik wanneer hy op straat kom en terugry en die kilte tussen sy eie blaaie voel, gaan die kans dat die ding tussen hom en Nieta op liefde kon lyk, verlore. Dat dit miskien nog iets kon word soos jy eiers tot skuim kan opklop – nooit. Dis wat aan hom eet.

"Nie samp vir my nie, antie Yvette."

"Jy gaan nie vol kom nie." Sy kyk onder haar swaar swart ooghare deur na hom.

"Lyk of antie ook uitgaan vanaand."

Sy lag, haar lippe is klaar opgemaak. Ná ete sal sy weer optouch. "Nommer wie sien jy vanaand?" Tikkie bitsig, dis sy antie Yvette.

Hy antwoord haar nie. Die kinders sit aan tafel en hy praat buitendien nie uit oor sy besigheid nie. Eet ook nooit samp voor 'n afspraak nie, hy wil nie sy kliënte van hulle beddens af poep nie.

Mevrou September is een van sy interessantste kliënte omdat dit nie eintlik vir haar om sy diens gaan nie. Sy sien hom anders, nes sy die hele wêreld anders sien. Hy hoef ook nie in die geheim na haar huis te kom nie. "Laat die mense hulle tonge warm skinder," sê sy en sy kan. Selfs sonder haar titel van munisipale bestuurder is mevrou September een van die manmoedigste mense wat hy ken. Elke tweede week, staande afspraak: Sy is kliënt nr. 4, sy betaal vierde beste. Hy's trots hy kan so 'n vrou bedien.

Mevrou Jolene September is nie 'n mevrou nie, sy't nie

kind of kraai en niemand het nog ooit 'n trouring aan haar vinger gesteek nie, maar dis hoe sy haarself beskrywe en dis nie vir hom om haar teë te gaan nie. Sy bly in die Bodorp tussen blankemense. Nou nie in een van die ryk huise met 'n gewel soos Eddy & Eamonn nie, maar darem. Sy het vier slaapkamers, drie staan leeg met opgemaakte beddens. Partykeer kry sy mense uit die Kaap, amptenare, hang net af.

"Laat die mense sien wat hulle wil sien." Lucky weet sy bedoel dit miskien net halfpad. Mevrou September is gesteld op die eer van haar amp, soggends as sy uit haar swart vier-by-vier klim, kan jy haar deur 'n ring trek. Die ding is, sy sien verkeerd in niks nie. 'n Jong man vars gestort en netjies aangetrek kom kuier vir haar, so what?

En sy't 'n besigheidskop. 'n Sjebien in Mitchellsplein, Lola's, met 'n restaurant aan die een kant. Snoek, patats, kerrie, samoesas, al daai versnaperinge. Sy trek Duitsers en Hollanders wat hulle nie beskyt vir al die bendestories en kak nie. "Jy kan vir my kom werk daar, Lucky. Maar dan's dit net Lola's, onthou, jy kan nie jou eie besigheid uit myne bedryf nie. Kies maar."

Hy sal 'n bord snoek bedien, die glas wyn netjies skink, nie te vol nie. Hy dink.

"Nee wat, ek sien jou sommer. Jy sal wil meer geld hê as wat ek jou kan betaal. Jy sal die versoeking nie kan weerstaan nie. Jy's vas, Lucky."

Hy hoor haar. Hy sê niks nie, maar nie omdat hy nie kan nie.

Elke nou en dan ry mevrou September met haar vier-by-vier Kaap toe om te gaan optjek. Daai vier-by-vier is 'n tweehonderd-en-vyfig-duisend-rand-storie. "Ek is geheel binne my jurisdiksie, Lucky." In haar oë loop die munisipaliteit seepglad. Sy is 'n regte postapartheid-spesie, sy sê dit self. Sy vat niks kritiek nie, laat die klaers maar kom as hulle wil.

Sy gaan meng cocktails vir haar en Lucky by haar drankkabinet, allerhande soorte glase in rye op die spieëlblad. Hier voor hom op haar koffietafel lê *Oprah*-tydskrifte en vandag se *Son*-koerant en 'n stapel papiere, leêrs, alles amptelik met die tjap van die St. Gamka Munisipaliteit.

Toe sy kombuis toe loop vir ys, grawe hy in haar papiere sommer net vir hansgeid. Dit help hom in sy besigheid: Oukei, die man is vol geld, hy kan dalk 'n nuwe kliënt word. Daai een betaal haar huis af, sy's gestres, sy't afleiding nodig. Vorms in triplikaat. Aansoeke vir 'n onderverdeling van 'n erf, dis hoe die welgestelde mense maak om nog meer welgesteld te word. Byvoorbeeld op 'n baie groot erf sny hulle die agterste stuk af en verkoop daai stuk teen 'n prys, jy wil nie weet hoeveel nie. Haakplek is, hulle moet eers 'n tjap van mevrou September kry, anders is hulle hande afgekap.

Hierso, dis van Missus Meissens in triplikaat met 'n briefie bo-aan vasgespeld: *Dear Missus September. This is the third time I am submitting an application for a small swimming pool, as you know. I stress 'small' as that will be all I am applying for.*

Daar is nie water nie. Hy moet Missus Meissens opvat berg toe en vir haar gaan wys hoe lyk 'n rivier wat helemaal opgehou het met loop. Hier kom sy nou. Mevrou September drink graagste van alles cocktails. Smaak soos koeldrank, jy weet nie jy sit dop weg nie.

Hakkieskoene uitgeskop, net nog sykouse en haar twopiece-pakkie aan. Sy vryf haar toon op en af teen sy knie. "Cheers, Lucky." Haar voet ruik sykouserig.

"Hou die boorgate nog, mevrou September?"

"Flouer. Een se gô is uit. Die sterkste een se sleutel lê hier in my sak." Sy lag te lekker. "Ons hou darem nog." Sy lag weer. "Daar word biddienste vir reën geskeduleer bo in die NG kerk en onder in die VGK. Daar gaan gebid word dat die sop spat. Krag, Lucky, jy sal sien."

"Die rivier in die berg het helemaal opgehou."

"O, ek weet dit! Torens inspekteer watervlakke daagliks.

Nou kom 'n man met verstand soos Tom Bradley en vra water vir sy olyfbome. Wat ek nie kan maak nie, is water. Mense moenie dit van my verwag nie. Ons water is boonop suiwer, drink maar en jy proe. Selfs van ons mense in die Onderdorp loop verkondig die munisipale water gee hulle loopmaag. Ek het in hierdie vyf jaar van my munisipale bestuur nog nooit sulke nonsens gehoor nie."

"Beter saam met 'n bietjie whisky."

"Jy praat."

"Wat kyk ons vanaand?" Lucky gaan hurk voor haar rak DVD's. Jolene September spoel haar groen cocktail-olyf van kies tot kies.

"Hè, Lucky?"

"Wat?"

"Onthou net ek kan jou nie help as jy in die sop beland nie."

"Waar val jy nou uit met dit? Het ek al ooit aan jou deur geklop? Waarvan praat jy nou Jolene?"(Hy wissel af met mevrou September en Jolene, hang af hoe sy bui is. Of hare.)

"Ek sê maar net. Jy loop loshande met die trofee weg, Lucky. Maar jy weet mos jy beweeg tussen die blankemense en die bruin mense op 'n manier wat, wel, ek dink jy's die enigste wat ek van weet hierso wat dit so doen. Daar kan maklik verkeerde emosies opwel, afguns, daardie klas goed. En jy moet onthou daar is blankemense op die dorp wat 'n lae dunk van ons oorhet. As jy verkeerd trap, is ek nie daar vir jou nie. Ek sê maar net. Dit val nie binne my jurisdiksie nie. Ek praat nie van nou nie. Ek praat van op 'n dag iewers vorentoe."

"Weet jy iets wat ek nie weet nie?"

"Ek is die eerste een wat vir jou sal sê as ek iets te hore kom, Lucky. Ek is aan jou kant. Dis maar net iets wat by my opgekom het."

"Ek het nog nooit gedink om op Mevrou se knoppie vir hulp te druk nie. Ek is besig om vir 'n Chico te spaar. Ek gaan vorentoe. Kyk ons vanaand eers iets?"

"Kom ons kyk 'n stukkie van *Romeo & Juliet*. Maar nie die hele fliek nie. Ek het môre water-vergadering."

"Waar's hy?"

"Meer links, langs *Titanic*."

Hy wil later vanaand nog 'n draai by Eddy & Eamonn ook maak. Hy skuif die DVD in. Hy gaan haar nou-nou kamer toe vat.

"Nog 'n cocktail?"

"Sal lekker smaak, dankie."

Sy staan op en praat in die loop: "Dan kan ons maar kamer toe gaan. Ek sal nie te veel aksie vat vanaand nie. Dis alles in my kop, ons kantoor was nog nooit so bedrywig nie. Dis die water-storie. Daar gaan nog gehuil word in die dorp."

Sy raak doenig met die twee cocktailglase. Halwe suurlemoen pers sy flink al om die rand van die glas uit. Alles net so. "Het jy dit al gehad, Lucky? Dat jou kop so besig is dat jy verder niks by wil hê nie."

"Nee, ek kan nie sê nie." Hy bedoel ja, maar hy wil haar nie afsit en laat dink hy dink nie aan haar nie. Sy swaai dalk sommer om en weier om kamer toe te gaan en dan's daar niks om voor te betaal nie.

Sy kom teruggeloop met die twee glase, pragtig, en gaan staan en kyk. Die film het klaar begin. Dis daai drie jong mans in hulle bakkie op die Los Angeles freeway, jy kan nie glo 'n pad kan so baie bane hê nie. Mister D'Oliviera het die fliek in graad 12 vir hulle gewys om te help met Shakespeare se taal. Die bakkie, 'n moerse blinke, trek af by 'n garage en die een op die agtersitplek, sy naam is Gregory (mooi naam, seun van 'n Engelse tandarts miskien) begin praat en Lucky sê agter hom aan:

> *A dog of that house shall move me*
> *to stand: I will take the wall of*
> *any man or maid of Montague's.*

En toe sê hy agter Vetgesig aan, die een voor in die kar, sy naam is Sam:

> *That shows thee a weak slave; for*
> *the weakest goes to the wall.*

En toe agter die Gregory-outjie ook aan, hy't die fliek al honderd maal gesien:

> *True; and therefore women,*
> *being the weaker vessels, are ever*
> *thrust to the wall: Therefore I*
> *will push Montague's men from the*
> *wall, and thrust his maids to the*
> *wall.*

Mevrou September laat sak haar ken so 'n bietjie, kyk vir hom met 'n oog. En bly so met die olyfpit tussen haar vingers sit. Respek, bewondering. Of niks nie. Jy weet nooit met haar nie.

"O, jy't die ander *Romeo and Juliet* opgesit. Die Amerikaanse bendes. Ek verstaan nie wat hulle sê nie. Daai filmster, wat's sy naam?"

"Leonardo DiCaprio."

"Leonardo DiCaprio. Hy is 'n regte Romeo."

Halfgedrinkte glase, toe raak sy kriewelrig. "Sal ons maar kamer toe gaan?"

"Ek dink so. Dè." Sy hou die pieringpoedeltjie vir hom uit. "Sit Bybie vir my in sy hokkie."

Bybie ken hom al en probeer op tot by sy gesig lek. Hy

sorg dat hy die wriemel-dingetjie weghou. Dis nie dat hy kil is met honne nie, hy gee net meer aandag aan mense. Solank honne net nie wil byt nie.

As jy in die donker in mevrou September se slaapkamer tiep of as jy jou maermerrie vasloop teen iets, gaan jy niks seerkry nie. Alles is opgepof en saf en wollerig. Op haar bed sit 'n wit, flaffierige teddie, bene en arms na vore, en op die mure is prente van Sneeuwitjie en Rooikappie. Mevrou September sê haar lewe is 'n sprokie, sy kan dit nog steeds nie glo nie. Voor die venster is bolle wit gordyne met valle bo en kant en goete. Hy't al probeer, maar kan nie uitgewerk kry hoe om hulle oop te trek nie.

Die toppie altyd aan by mevrou September, partykeer die pantie aan en partykeer uit, hang af. Vanaand is hy uit, sy's tammerig, daar sal nie 'n gespelery wees nie. Hy kan bed toe kom soos hy wil, sy neem min notisie van hom, nie soos Nieta nie. Dit skeel hom as 'n kliënt hom bestudeer soos 'n gogga.

"Lig asseblief."

Hy skakel af en tel die laken op en kruip langs haar in en begin werk. Sy's lou en leweloos, hy glip sy hand onder haar pantie in en werk haar daar. Sy beweeg niks, lig nie haar hand om aan hom te vat nie, al weet sy hy is reg vir haar. Soen? Sy hou nie eintlik daarvan nie. Nie met hom nie. "Miskien eendag met 'n man met 'n lekker snor," sê sy. Hy gee nie om nie.

"Wat's dié?" Hy het op 'n papier gaan lê. Lig weer aan. "Wat's dit dié?" Hy trek die papier onder sy boud uit, hou dit op en lees nuuskierig.

"O dit," sê mevrou September. "Moet nog van gisteraand wees. Gee hier laat ek kyk. Is ou Tom Bradley se aansoek vir water vir sy olyfies." Sy laat dit vloer toe gly. "Hy kan wag."

Teen sy flank kom die vegie, as hy nie kennis van haar dra nie, sou hy dit nie eers as 'n teken gevat het nie. Om haar pantie helemaal af te stroop, hys sy haar boude net genoeg op. Hy lig hom bo-op, maar so dat hy sy gewig op sy hande van haar weghou en dring deur: asempie uit. Hy begin ewe en sagkens, hy ken haar behoefte. Sy's helemaal passief.

Wil sy darem nog aangaan? wonder hy. Hy loer. In die straatlig deur die bolle wit gordyne is haar oë toe, sy smaak hom. Miskien. Oop oë beteken jou kliënt se plesierwyser bly plat lê, registreer net mooi niks nie. Die honeymoon-naai: stadig in, stadig uit.

Haar voorvinger se nael op sy boud. Sy's daar. Hy weet nie hoe sy dit so gou regkry nie.

"Oukei?"

"Oukei."

Hy lig homself uit haar en bly nog 'n rukkie langs die stil lyf lê, tel dan die laken aan sy kant op sonder om iets van haar te laat wys en trek sy onderbroek en sy Levi net so oor hom aan, hy't klaar gesien dis te laat om 'n draai by Eddy & Eamonn te maak, hy sal by die huis gaan was. Dis net dat sy anties nie daarvan hou as iemand so laat raas met hulle stort nie.

Sy geld. Op haar spieëltafel waar die meeste vroumensgoete staan wat hy nog ooit op 'n spieëltafel gesien het, verskillende lipsticks en 'n poeierboksie, dik potlode vir wenkbroue en dunnes vir eyeliner, vra iets, sy het dit. Sy sit altyd sy geld onder 'n piesang of 'n appel. Paasnaweek was dit 'n sjokoladehaas in goue papier en rooi strik. Vir sy sissies gevat.

"Koebaai, Jolene." In die dowwe wit lig draai sy haar kop na hom daar by die deur met sy appel.

"Toe, gaan slaap nou lekker. Ék gaan. Ek droom altyd lieflik en jy?" Dis nie 'n vraag nie. "Dis wat jy daarvan maak, weet jy."

Hy loop deur haar huis, mat oral, al die ligte is reeds afgeskakel. In die sitkamer tjank Bybie toe hy verbykom, die kleintjie moet nou daar in sy hok sit en maak of hy gelukkig is.

"Bybie? Slaap nou, toe wat."

Hy trek haar deur op slot en kry die ketting van sy fiets af en ry. Die hoofstraat is kaal en die lug droog nes altyd, miskien nog droër vanaand, en bokant is die sterre helder genoeg om getel te word. Hy ken die naghemel. Hy ry aan met niks besonders in sy kop nie. Sy is getik, Jolene, dis al wat hy dink. Dit sou lekkerder vir hom wees om net te gaan kuier by Jolene sonder die kamertoeganery. Eintlik is hulle dik in en hy steur hom min as sy eers begin oor sy job en al daai goete. Hy weet nie hoe ander munisipale bestuurders hulle dorpe bestuur nie, maar mevrou September laat hom lag. Sy't haar eie manier, "VIP style," sê sy. Elke munisipale vergadering is 'n partytjie. Sy bestel catering van die hotel af wat onder cling wrap afgelewer word. Die mans wil altyd baie vleis op die bord hê, maar mevrou September sê vir antie Darleen solank dit met fynheid gemaak is.

Op in Kerkstraat tussen Pep en die poskantoor sien hy 'n kar se ligte gaan aan en draai agter sy fiets op die hoofstraat in, twee strale op hom soos 'n bok. Oor sy skouer: dis 'n twin cab. Hy trap, hy's nie naastenby moeg nie. Mevrou September het net gevat wat sy nodig het en dis maar min. Die kar se koplampe gooi op sy agterkop tot op die straat voor hom. Nou wil hy verbykom lyk dit.

Verby die museum, klipfossiele triljoene jaar al aan die slaap. Nee, die twin cab lê op sy gat. Hy's nie iemand wat hom maklik vererg nie, te veel kwaad al op sy pa se gesig gesien. Die kar kom nie verby nie, hy wens hy wil. Wie's dit? Hy skrik nie, dit is sy dorp. Hy sal nooit vra of hy hier mag wees nie. "Sê my hoe moet ek wees as ek bang is," sê hy hardop, hy trap. Miskien is die twin cab nie vir hom nie. Miskien is dit maar 'n siel dié tyd van die nag uit sy bed. Hier is soorte mense in Santa Gamka wat nie gewoonweg lewe nie.

Hy lig sy voorwiel en met een hop is sy bergfiets op die sypaadjie. Sal hy op die stoep van die hotel 'n sigaret opsteek? "Lekker aand, meneer Bradley, ons jobs maak naguile van ons, lyk my." Binnekant brand die hotel se welkom-almal-lig.

En toe skielik 'n slegte gedagte: Is dit suite 17 se gevolge dié, het Nieta haar mond verbygepraat? Hy bedink hom en jaag al op die sypaadjie aan met die twin cab aan sy regterkant tot hulle reg voor die poliesstasie kom. Toe eers gee die twin cab vet of hy die een is wat skuldig is, jy sien, en hy trek verby hom totdat die donkerte rigting N1 hom uit die gesig wegvat.

By die anties se huis ry hy sy fiets stilletjies binne die jaart in en sluit hom vas. Hy seep sommer sy waslap, die bloue, met Sunlight in en was sy onderlyf oor die wasbak en sy armholtes, skoon genoeg. Toe sy tande. Iemand gebruik kwaai die strepies-Colgate. Binne minute kruip hy in. Iets, 'n rilling, klamp hom sodat hy sy knieë teen homself moet optrek nes 'n seuntjie.

Jammerte hy't nie by Eddy & Eamonn uitgekom nie. Môreaand moet hy al weer vir antie Darleen in die hotel se kombuis gaan handgee. As iemand op sy spoor is omtrent iets, moet hy homself bekend maak. Hy sluip nie laag op die skenkels soos sy pa nie. Hy strek hom van kroon tot toon en lê en luister na die Onderdorp, honne wantrouig en voetstappe buite op Kanariestraat verby en 'n kar boem-boem, sexy hip-hop en stemme wat ver roep en naderkom en verbygaan, kattemaaiery agtertoe, 'n vrou los 'n blaffie, sy eie sug hoor hy. Uitgestrek. Hy sal homself nooit laat bang word nie, dit sweer hy.

ᗡᛕᗡ

"Wie is hulle nou rêrig?" wil antie Darleen weet. "Ons ken nie sulke soorte nie. Wat praat hulle alles by jou kop in, dis wat my kommer, Lucky."

"Ek ook," skree antie Yvette, besig om 'n splinter met 'n knyptangetjie uit haar meisiemens se voet te trek.

"Eddy, Eddy, Eddy. En die ander een, ek kan nie eens sy naam sê nie."

"Eamonn," sê Lucky. Vandat hy met Eddy & Eamonn stoeppraatjies begin maak het, het hy mag soos sy anties nooit sal kan hê nie. Sy anties sal hulle ook nooit kleinkry nie. Hy's bly. Hulle is sy privaat vriende, syne: Eddy & Eamonn of Eamonn & Eddy, nes jy wil. Hulle gee hom wysheid.

Antie Darleen weer: "Watse soort mense is hulle dat jy so knaend by hulle lê? Wat maak hulle? Ís hulle drosters?"

"Hulle is nie drosters nie. Ek het verkeerd gesê. Eddy & Eamonn is swerwers. Hulle los ook nie voetspore waar hulle weggaan nie. Hulle het ons nie nodig nie."

"Beter om 'n voetspoor te los," sê antie Yvette en hou die knyptangetjie met die splinter sodat Shané kan sien wat uit haar vleis gekom het, dis altyd interessant vir 'n kind."

"Swerwers," sê antie Darleen. "Nou waarvan leef hulle? Van hulle skatryk ouers af? Hulle is mos te oud al daarvoor. Ek sien hulle nie werk êrens hier in die dorp nie."

"Is antie Darleen nou groen op hulle?"

"Moenie laf wees nie. Ek hou van my werk by die hotel. Ek en meneer Bradley ken van mekaar. Hy is ordentlik en hy betaal. Wat moet ek met my hande aanvang as ek nie werk nie? Dis nie dit nie, Lucky, en jy weet dit. Daai twee, Eddy en Watsenaam, het 'n invloed op jou. Hulle betwyfel jou."

"Betwyfel?"

"Hulle prop jou kop vol goete, hulle neem jou weg van die doodgewone mense en sit twyfel in jou kop. Ek kyk jou so: Jy loop en dink. Jy't mos nooit gedink nie. Jy is altyd net plesierig. Wat is dit nou met jou?"

"Dink is soos geld, dink maak jou 'n vry man. Jy kan daarmee gaan net waar jy wil. Het antie al daaraan gedink?"

"Ek dink nie, dit gee my net koppyn. Ek is gelukkig soos

ek is, hierso, ons huis, al ons kinders. Jy inkluis. Wat wil ek nou dink oor wat ek nie ken of wat ek nie het nie."

○○○

Somermiddae so tussen vier en vyf het lug in die Swartberge versamel. Die lug het van bo af gekom waar dit in elk geval koeler is en oor die bosse en langs die kante van die berg af en oor die fonteine en die rivier op die bodem gewaai. Die koue wind het heel bo opgebou en dan afgestoot tot by die wye bek van die tregter heel onder. Van hier af het die wind oor 'n stuk veld verby 'n voetheuwel tot binne-in die dorp gejaag.

Dit was die lugverkoeler, die air con soos by Missus Meissens se B&B, net sterker. Dit was 'n tevrede-maker. Die koue wind deur die tregter was die redding van die dorp. Elke middag het hy getrou gekom, die mees betroubare ding op die dorp.

Maar nou het daar 'n verandering gekom en die meeste weet nie hoekom nie. Dit het so gebeur. Elke jaar het bergbrande van die natuurbos op die kante van die berg verkool. As reën daardie jaar wegbly, het die bos nie weer teruggegroei nie. Die kante van die berg het kaler geword en warmer.

"Sommer heelwat warmer, dit moet jy in gedagte hou, Lucky," sê mevrou September, hulle drink cocktails in die ladies' bar. Hy en mevrou September praat aandagtig oor al die goete, mense dink verniet mevrou September is net half slim.

"Omdat daar nou minder natuurbos is, is daar ook minder kans op verdamping. Presipitasie, dis 'n woord wat jy maar kan onthou. Al minder vog sypel uit die bosse die grond binne en gevolglik kry die fonteine en onderaardse bronne swaar, die watervlak van die rivier het lelik geval en val nog steeds tot byna niks. En die droogte wil ook nie breek nie. Ek laat die siener kom. Wat sê jou koppie, vra ek vir die ouma."

O, hy ken die siener waarvan mevrou September praat. Sy anties ken haar ook.

"Die siener sê sy sien barheid, baie. Toe eet sy maar verder aan haar koek wat ek laat kom het. Ek slaap nie op die uitspraak nie. Die volgende dag gee ek al opdrag dat daar twaalf boorgate in die bek van die tregter geboor moet word, sommer dadelik. Ek gee opdrag dat die skagte gesink moet word totdat hulle die onderaardse rivier wat eeue lank daar loop, raak boor. Onthou, daai onderaardse riviere loop ook al vlakker weens verminderde presipitasie. Jy moet bykom, Lucky." Sy laat haar nael op die punt van sy neus land.

"Dink jy ek weet nie wat aangaan nie?"

"Lyk nie aldag so nie. Nou ja, die dag toe die boorgate almal klaar was, het ek vir Bybie gevat en 'n klein gevolg bymekaar laat kom, 'n bohaai wou ek nie maak nie. Ons het plegtig die gate ingewy. Elke boorgat het 'n ronde betonprop op gekry. Uit die prop kom 'n staalkraan wat oop- of toegedraai kan word om water per staalpyp na die opgaartenks van die munisipaliteit te voer. Elke kraan het 'n slot aan wat eers oopgesluit en uitgehaak moet word voordat jy die kraan kan oopdraai. Torens dra die sleutels. Net nommer twaalf dra ek self, dis die ou sterke. Ek hou hom hier in my handsak.

"Hoe sterk die sterk boorgat gooi, weet net ek en Torens en die boorders. Maar die boorders is lankal na 'n volgende krisis en hulle kennis is nie ter sake nie. Die dorp het nog nie daai laaste boorgat nodig gehad nie, Lucky, laat ek dit maar vanaand vir jou sê. Net vir jou ore. Toe gaan hy bly tot op die laaste nippertjie. Ek sal besluit.

"Ek en Torens en 'n handjievol amptenare, sonder uitsondering almal van die Onderdorp, het die dag daar tee en koekies onder die bloekoms geniet. Nie 'n enkele een van die ryk watereienaars is vir die seremonie uitgenooi nie. Die twaalf boorgate het hulle nie aangegaan nie, het ek in my verslag aan sy edele die Minister van Waterwese geskryf. Verstaan jy dit alles, Lucky?"

"Hoekom sal ek nie, Jolene?"

"Lucky, weet jy wat?"

"Wat?"

"Ek is erg oor jou."

"Ek weet."

"Ek wil nie onnodig aan jou torring nie, Lucky."

"Wat nou weer?"

Haar rooi naels vou om sy been. "Ek lees jou soos blare in 'n teekoppie, weet jy. Jy's klaar vas. Jy gaan nie uit hierdie job van jou loskom nie. Net vaster draai. Jy gaan jouself nog vernietig, weet jy."

"Dis 'n mooie om van 'n ander mens se toekoms te sê." Hy is baie meer ontsteld oor wat sy sê as wat hy voorgee.

"Askies," sê hy en stoot haar been liggies weg om uit te kom. Hy loop deur die tafels gents toe.

Van al sy kliënte moes Nieta sy diepste geheim bly. Dis hoe sy dit wou hê. "As jy ooit enigiets sê oor suite 17," sy sê nooit "oor ons" nie, "dan gaan jy les opsê, my maatjie. En pasop ook maar dat jy nie per ongeluk iets laat uitglip nie, dit tel ook."

Sy't hom altyd op die nippertjie per SMS bespreek, sonder haar naam asof dit haar ID bewaar, shame, sy verstaan nie selfone nie. Wanneer hy eers in suite 17 was, mag hy ook nooit haar naam gebruik het nie. En daar was lappe gegooi oor al die spieëls in haar kamer. Haar gewete maak dat sy hom nie saam met haar wil sien nie. "Velvet," het sy een slag gesê toe sy aan hom vat toe hy slap was.

Een slag in suite 17 het hy mos gesê: "Nou stamp ons twee darem te lekker." Sommer net soos jy in die Onderdorp hoor, dit sê nie veel nie. Nieta het daai woord gevat en hom opgeblaas. Toe hulle klaarmaak en hy langs haar opsit, pof sy sy kussing waar sy kop gelê het dadelik op. Toe opgestaan met die bolaken om haar en haar oë van hom af weggehou of hy laag is. Hy't gesien dis beter as hy nou loop. By die deur sê sy toe: "Jy kom nooit weer hier in met daardie woord nie. Ek sal nie toelaat dat jy met my standaarde mors nie." As jy stamp in haar kamer gebruik, word sy 'n low life. Hoe werk daai vrou se kop?

 Hy't uitgeloop met die gang af en by die buitedeur uit en toe hy omdraai, daar staan sy nog en kyk hom op sy rug. Die ligte, een vir elke stuk muur tussen twee kamerdeure, het so 'n snaakse, vuil geel in die gang en op die prente daar van allerhande voëls gegooi. Hoekom kom sy nou weer agter hom aan? Hy kon haar nie helemaal verstaan nie. Haar gesiggie het verkrimp en in die snaakse lig kon hy sien sy was nog al die tyd omgekrap, maar nie meer kwaad nie. Sy't nie geweet wat sy wou hê nie. Of miskien het sy, maar nie met hom nie. Of tog. Helemaal onvoorspelbaar.

○○○

Twee honne het in die huis kom bly en hulle word Eamonn se liefde. Blink swart jassies en wit onder die pense met 'n bruin streep op elke flank om die boonste swart van die onderste wit te skei, te oulik. Spierwit hulle tande ook, die oogtande kan jou been sommer maklik 'n lelike hap gee. En regop swepe vir sterte, met 'n wit kwassie op elke punt.

 "Hulle is edel," het Eamonn aangehou, al het almal geweet hulle is maar net bastertjies. Onder 'n afdakkie gebore waar vlooie en bosluise hulle ma in haar draagtyd gebyt het. Eddy & Eamonn het hulle self gaan haal toe die veearts kom sê hy soek 'n huis vir twee honne.

 Nege altesame tel die werpsel en die ma se oë vra hulp.

Een oggend gedros. Tette dolleeg, daar was niks meer oor wat sy vir haar kinders kon gee nie. Dis beter as hulle nie die lewe ingehelp word nie. Sy't weggehol berg toe om te gaan oorleef.

"Slegte innings gehad. Nogtans edel," het Eamonn gesê. Hy het 'n hele oggend en agtermiddag die twee honne dopgehou en niks verder gesê nie. Vir die eerste keer het Lucky Eamonn so sonder sy woorde gesien. Bene gevou soos 'n monnik op een van Mister D'Oliviera se goue prente. So bly hy sit met die twee honne in die nessie van sy gevoude bene. Sy kuif val oor sy oë en as hy opkyk, lyk hy nes 'n seuntjie. Sy skouerknoppe is vorentoe gebuig en so sonder sy woorde is die meeste van sy krag ook weg. Baie mooi vir Lucky.

Rol en skuiwe op die lino van hulle kombuis. Swart en wit, wit en bruin soos Rompie vir Sarie omkeer en vasdruk tussen die voorpote.

"Weet jy wat speel hulle, Lucky?"

"Dis mos maar soos honne maak."

"Hulle speel silly buggers," sê Eamonn. Woord vir alles. Bier uit die yskas, bitter en lekker, bier smaak anders in hulle huis, anders uit Eamonn se hand. Hy hurk, bekyk die hondjies. Lucky hurk ook en lyk of hy die eerste keer in sy lewe na jong honne kyk. Die edel ding oor die honne kan hy nie gevat kry nie.

Sarie het nou herstel ná die gevasdrukkery en spring sykant toe, 'n blits sy, sy wys slagtande reg teen Rompie se snoet, hy's op sy hoede. Daar rol hulle weer en kom regop op die agterpote, boks met die voorpote, agtertoe die kwassies wat swaai op die stertpunte. Dis 'n dans van skepsels wat mekaar kan uitkyk en mekaar ken, elke spier en sagte velletjie hier by die pens rond.

Eamonn gaan haal olywe uit die yskas en staan so na die twee honne en kyk met die piering in die hand, sê niks nie. Verwonder hom net. Lucky nou nie meer nie: Honne in die

Onderdorp blaf en aas en maak kleintjies. Hulle is maar net daar, dis nie asof jy jou moet verwonder oor wat hulle nou weer aanvang nie.

Van die olie waarin die olywe lê, drup per ongeluk op Sarie se agterkwart. Dadelik ruik Rompie die rykgeid daar en laat staan die gespelery om dit van Sarie af te lek. Sarie kyk oor haar rug terug: Rompie se skurwe tong vee en vee. Sy raak vererg hoe verder die lekkery gaan. Sy blaas haar ribbes op, raak nog meer wantrouig oor die bog van Rompie totdat sy dit nie meer kan verdra nie en draai haar nek hard en wys slagtande.

Daar staan Eamonn, piering in die hand, agtermiddaglig val deur die klein kombuisvenster op sy sterk voorarm, sy oë spits op die vegtende honne. Die oublou van die lino gooi op op sy gesig en van sy ken boontoe kom 'n anderwêreldse glans, sy oë blink.

Toe skree hy: "Genoeg nou," en tel die piering op en smyt dit neer op die sienk. Rompie skrik en sluk haar tong in, Sarie draai haar nek terug. Rompie nou teen Eamonn se bobeen op om guns terug te vra.

Die middag sak, die lig krimp en word rooier soos die hitte meegee. Nog 'n halfuur gaan verby en Eamonn het net op die een plek in die kombuis bly staan. Lucky ook. Hy kan lank hurk. Lucky het nog van die bitteroliesmaak van die olyf op sy tong. Hy's gemaklik in die stilte so net met Eamonn. Die middaghitte word ook draagliker.

Hy kan sien Eamonn wil niks hê nie en dis ook nie 'n probleem nie. Wat hy daar met die honne het, is oorgenoeg. Hy's anders as Eddy wat altyd iets moet doen, al weet hy nie eers wat nie.

Die honne raak aan die slaap. Sarie op haar sy, vier pote lank langs haar. Nog een keer lek Rompie haar, nie op die olierige rug nie, net op haar snoet. En Sarie se oë swig en sy laat val haar kop op die koel lino, rustig nou voor die honneslaap kom. En Rompie kyk nog een keer om na Eamonn en laat sy kop op Sarie se nek sak.

Toe roer Eamonn eindelik en kyk na Lucky wat nog die hele tyd daar hurk, 'n klip.

"Wat jy daar tussen die twee honde sien, dit is die antwoord op jou vraag. Dit is liefde," sê Eamonn.

Lucky dink lank. "Ek glo jou nie. Mense is anders."

"Mense is nie anders nie. Ek praat van ritme. Rompie and Sarie are in tune with one another. As jy dit kan regkry, maak jy liefde."

"Ek glo jou nie." Rhythm. Hy vat dit nie. Dis asof hy nie wil weet wat liefde kan wees nie.

"Please yourself." Eamonn loop uit stoep toe waar Eddy sit. Lucky ook. Dis al donker, hy sal nou-nou loop.

Daar kom 'n gevoelentheid op die stoep amper soos 'n afjak van jou eie ma, jy wil seep vat en was, enigiets net om weer in haar boekies te kom. Toe vertel hy maar vir Eddy & Eamonn hoe's hy gebore. Hy las aan, vertel die storie op 'n ander manier as wat dit miskien was:

"Op 'n nag toe woestynwind stof en los bos oor die vlaktes van die Groot-Karoo aangewaai het, is ek gebore. Ons huis is van rivierklip en modderpleister en wys noordekant toe. Dankie, onse Liewe Vader, sê my ma, nou kry onse darem bietjie warmte op wintersdae.

"Nou was sy in haar baring met haar eersgeborene wat ek is en ouma Mietjie Keiser om haar soos 'n benoude by. En net 'n skiflap tussen my ma en my pa-hulle wat anderkant sit met 'n papsak en daggapraatjies. Net my antie Doreen was daar, nie een van die ander anties nie, hulle kom nie maklik uit Bethesda toe nie, hulle het hulle redes.

"En die wind, Here, help my, skree my ma en haar gedagtes rol uit, sy het nooit baie gehad waarvan ek nie weet nie, tot nou toe. Maar sy't haar geprime vir die besigheid en niemand eers vertel hoekom: Nee, sy't opgehou dop. Net 'n bietjie hier en daar en toe nog net bietjieër en toe niks meer nie. Sodat my pa, Isak Marais, vir my ma begin vra het: Maar is my donnerse meit nou siek? O, sy het gebid tot die Vader dat sy nie 'n bybie met wyn gebore en met wyn in ontvangenis geneem, moes uitstoot nie. Sy het hulle gesien en sy ken hulle, die verrimpelde bybies wat dwergies bly. Sestien jaar oud en 'n seun wat wynbybie gebore is, lyk of hy agt is.

"Dit was 'n geboorte wat gou was en diep en seer. My ma het bo en onder geskeur soos sy nie weer later met die ander drie gehet het nie. Sy het geskreeu totdat my pa die zol om die lap aangegee het en ouma Mietjie dit voor my ma se blou lippe gehou het. Die kind, ek, wou uit haar moer uit, daar was nie twyfel nie.

"En die wind, aai tog. In haar derde weë het sy gehoor hoe my pa opkom en vloek en die voordeur agter hom toeslaat en sy vloekery saam met hom uitloop die wind in. Buite klouter hy bo-op die dak, sy hoor hom lostrap en gly op die roessinkplate: Laat hy hom nou doodval vanaand ook nog. Sy verantwoordelikheid het hom darem gevat, die dronk daggading. Here, wat is dit met mans dat U hulle nog kans gee?

"Haar susters, my anties Doreen, Darleen en Yvette, het lankal hulle mans uitgesmyt, bly tevrede soos sitkamerkatte in die dorp. Uit is hy om die klippe vas te gaan pak, die donnerse sinkplaat wou afmoer. 'Dis jou pa daai aand, Lucky,' het my ma gesê, een van haar min stories.

"Sy het gesê: 'Lucky,' toe sy pa vra. 'Lucky Marês. Ons van word nie gesê soos die blanke Marais's op die dorp hulle van sê nie. Ons is Marês.'

"Die kind is afgespoel en het tiet gevat. Ek was klaar dorstig en dit was vir my ma 'n voorspoedige teken. Toe ek asem skep en my ma haar seer beklae, grawe ouma Mietjie Keiser 'n bol spoeg uit haar krimpmond en bring dit op haar voorvinger nader en smeer die pienk kindertong daarmee in.

"Ek was 'n anderster soort kind gewees, ek was. En dis nie

net my ma wat dit agtergekom het nie. Die vel wat oor my beendere getrek was, het van ons voorsate af gekom voordat die vroue by die blankesetlaars kinders begin kry het. My vel was glad soos vis in die Gamkarivier en my oë het mos soos 'n Asiaat s'n getrek, nog 'n teken van suiwere komaf. My hare was kwaai korrelrig, nie soos een van die Marais'e s'n of soos die Keisers van my ma se kant af nie.

"Vandag se dae skeer ek my skedel glad," sê hy en hy kyk na Eddy & Eamonn, aan sy lippe. "Ander groter kinders in ons familie wat miskien kom kuier het toe ek nog 'n bybie was, het met my kom lol. My vel, my oë. Afgunstig. Hulle het my nie uitgelos nie. Dis hoe ek nog anderster geword het. En my ma het stilletjies gelag: Sy't 'n suiwer bybie gegooi.

"Toe op my hakke kom Dian en toe my sissies Valerie en Toytjie, almal maklik in die wêreld gekom, almal my pa s'n, laat hy nou maar lag. Wat het hy nou eintlik as jy mooi daaraan dink?

"Nog?" wil hy weet. Eddy & Eamonn sê niks nie. Eamonn dra net bier aan.

"'Bring vir my kondoms saam, Lucky, as jy kom,' sê my ma. By die garage se winkel nes jy uitloop is daar so 'n boksie waar jy verniet kan vat. Het julle al gesien? Want hoekom? Want my pa, Isak Marais, moet weet sy wil nie nog hê nie. Sat, my ma. Sy gly die ding sommer self oor my pa, hy kom dit nie eers agter nie.

"Op 'n nag toe die woestynwind stof en los bos aanwaai – sien julle dit?" Hy sê dit so om koddig te wees, maar Eddy & Eamonn lag nie eers skalks daaroor nie. "Julle wat van buite af na ons dorp toe kom soos brommers kan nog miskien dink stof en los bos al om 'n modderhuis is mooi, dis soos 'n cowboyfliek of iets. Deur julle sonbrille is dit net 'n prentjie, julle dink mos so, nè?" Hy probeer in die donkerte kyk of daar enige ware menslike gevoel registreer oor wat hy sê.

Niks. Gesnoer. Nog 'n bier. Hy't nou alkohol in sy bloedstroom en hy's ongenadig en spyt oor niks. En hard.

"Maar as jy in so 'n huis op modder en teenaan klip gebore is en grootgeword het en weet dis jou lot vir die res van jou lewe en teen daai klip struikel jy op 'n dag en vrek – dis 'n bitter ding daai." Hy praat hard. "Ek het julle soort al gesien, die kunstenaars en rykes en al die Europeërs wat stop en uitklim langs die pad en afneem met julle digitals. 'n Kliphuis met roessinkplaat miskien of private vrouewasgoed oor die doringdraad of kleintjies se nêppies al met die draad af of die broodwinner se blou overalls dat dit skoon kan wees teen Maandag. Julle dink dis te pragtig, dis kuns. Gratis langs die pad.

"Op 'n nag toe die woestynwind stof en los bos aanwaai. Fokkit, Eddy, fokkit, Eamonn, weet julle wat dit is? Dis armgeid. Dis al wat dit is."

Die twee het net so daar in die donker op die stoep teruggetrek en hulle bekke gesnoer gehou en hulle oë dof en net verder teruggetrek soos een man, die twee honne ook nog saam met hulle in hulle groot donnerse huis in wat hulle seker uit hulle agtersakke betaal; in is hulle, weg van sy gesuipte goete, sy kop wou bars.

Hy staan op, siek soos 'n hond, nog laer en klim op sy fiets, tiep moerig, klouter weer op, toe glip sy knipmes uit sy broeksak, blink op die teerstraat. Hy skraap hom op, hy kan daai lem oopmaak nou, sommer nou, en Eddy & Eamonn, sy kamtige drosters, sal een maal weet wat hy van hulle dink. Hy verwens hulle, hy haat hulle, homself haat hy, alles fokkit.

Eenkeer toe kom hy verby sy pa wat op die een stoel in hulle kombuis sit, niemand het op die ander stoel gesit nie, oorkant sy pa was daar niemand by die tafel nie. Sy bottel met die geel wyn staan by sy hand en 'n glas ook, maar hy gebruik nie die glas nie, hy lig daai bottel en drink net so. Hy kom verby en hy vat aan sy pa, amper soos 'n pa aan sy seuntjie se kop vat, jy weet mos.

"Pa," sê hy.

"Wat?" Maar sy pa kyk nie eens na hom nie, net styfoog op sy bottel geel wyn driekwart leeg. Hy sit alleen daar.

"Pa," sê hy weer en loop uit die huis uit met die voordeur wat net so ooplê soos altyd, winters miskien toe. Hy wou iets sê, nader kom, hy wou hê sy pa moet ook aan hom vat soos 'n pa aan sy seun vat. Hy't nie geweet wat hy ná "pa" moet sê nie.

❦

Sy kliënte met hulle smake tog.

"Wat is dit nou eintlik, die liefde, Mister D'Oliviera?" Hy't kom inloer.

Woerts by die sonkamer in, Mister D'Oliviera se hond James kwispel vir die bekende mens. Lucky vat sy kans en gaan lê onder die bank daar en hou asem op. Toe Mister D'Oliviera verbygeloop kom, vat hy aan die sokkie om die dun enkel, hy dog Mister D'Oliviera kry 'n papie.

"Kind van satan," sê hy toe hy sien wie's dit. Hy's opgewonde, krane oopgedraai. Nou weet hy net hoe met Mister D'Oliviera. Oukei, volgende keer sal hy die ys breek. Hy skuld hom iets.

Mister D'Oliviera laat homself bedaar, eers 'n glas water, toe 'n peperment uit die houtbakkie daar. Hy plof in sy leunstoel, nog net so mooi rooi. "You devil you."

Hulle gesels.

"Wag." Mister D'Oliviera gaan skink whisky in twee bolglase spesiaal vir whisky. Lucky sit op sy gewone donkerbruin stoel met sy vet kussing. Noudat hy die belydenis afgelê het dat die universiteit hom nêrens sou vat nie, het hy sielerus.

Hulle gesels, slukkies whisky tussenin. Whisky is 'n man se drank of liewer 'n baie ryk man s'n. Dis goud: branderig en glad en vol op jou tong en agtertoe net-soet, maar nie soos lekkergoed nie. Dis grootmens-soet. Dis koningsdrank.

"Ek het nie met liefde grootgeword nie," sê Lucky uit die bloute. "Ek ken dit nie. Ken Mister D'Oliviera dit?"

"Nou ja, wie het volmaak grootgeword?" Mister D'Oliviera staan op en loop reguit na 'n plek op sy boekrak, rak nommer drie van bo af en trek 'n bleek boekie uit, blaai sonder baie soek en begin voorlees:

> *I'll love you, dear, I'll love you*
> *Till China and Africa meet,*
> *And the river jumps over the mountain*
> *And the salmon sings in the street.*

En so aan oor die liefde wat al dieper gaan tot hy by die laaste twee verse kom, Mister D'Olivier se stem eensaam:

> *O stand, stand at the window*
> *As the tears scald and start;*
> *You shall love your crooked neighbour*
> *With your crooked heart.*
>
> *It was late, late in the evening,*
> *The lovers they were gone;*
> *The clocks had ceased their chiming,*
> *And the deep river ran on.*

"Maar dis mos nie liefde daai nie, Mister D'Oliviera."

"Ag, sê tog vir my Jo asseblief." Mister D'Oliviera is vanaand losgetorring. "Dis Auden, Lucky. Hy het waarlik geweet."

"Dis verlange na verlore liefde daai waaroor hy skryf. Dis g'n die ware Jakob nie. Wat ís dit dan? Jo?" Hy moet regskuif toe hy Mister D'Oliviera se naam sê, dit kom nie outomaties nie.

        ⚬⚬⚬

Die eerste ding wat 'n bruin man wil weet oor 'n blankemens se hond: Byt hy nie? Hulle sê altyd nee, maar jy weet mos nie. Hulle ook nie. Kyk daai tande.

        ⚬⚬⚬

Mevrou Kristiena-Theresa vra vir hom of die dorpswater sal hou, asof sy weet hy weet 'n ietsie meer. Hy kniel langs haar in die onderrok en ander onderklere, kuis, en smeer haar uit. Hy raak net aan die plekke waar hy moet werk. Hy begin by haar nek tot onder die stringetjies nekhare in die agterkop waar 'n kaal kol begin groei van jare op die kussing lê en af tot by die skouertjies en af met die ruggraat doen hy moeite, sy duimtoppe loop soos hakke oor die laerug.

    "Aai tog, dis gevoelig, versigtig daar, Lucky. As jy my uit lit uit masseer, wat dink jy sê ek vir dokter Leibrandt hoe het dit gebeur?"

    Lucky kraai soos hy lag. Dis 'n grappie wat eintlik teen hom gemik is, teen sy mense, maar hy gee nie om nie. Sy is gemaklik met hom.

    Toe hy by mevrou se bobene kom, werk hy katvoet. Dis oud daar en die kuitspiere ook al weggesink.

    "Water, Mevrou?" sê hy saggies oor haar vraag van netnou. Sy bedoel haar water, wat sou sy omgee oor ander mense s'n.

    'n Gesmoorde snik kom uit die kussing, sy is nog nie in droomland nie, sy hou nog vas. Hy werk aan, hy beskou homself as bedrewe.

    Mevrou Kristiena-Theresa het mos leiwater. Op haar gronden transportakte staan dit opgeskryf. Haar water kom in die kanaal van die berg af en Mevrou se tuinier maak die sluis op 'n uur oop, sê maar drieuur die middag. Mevrou Kristiena-Theresa koekeloer vir Japie deur haar kombuisvenster, op 'n skreef oop, sy sien hom, maar hy sien haar nie. Net om seker te maak. Sy vertrou enige bruin man net so ver. Vir hom, ja. Om vir 'n jong bruin man te sê: Kom werk so en so met my lyf, dit kos vertroue. Hy glo hy het haar gewen.

"Ek vrees my leiwater gaan ophou," praat sy teen die kussing.

"Mevrou moenie nou oor water kommer nie. Dis uit ons hande." Hy lag stilletjies bokant haar oor wat hy gesê het.

Almal weet die leiwater vloei onder jou voet verby sonder dat jou toonnael nat word, so laag het die stroom uit die berg al geword. En dis al water wat daar is. Mevrou se bome, die ou akkers, is besig om in te gee. Sy's bang asof sy ook daarmee saam sal ingee. Dis hoe ouderdom met jou vuil speel.

Ja, goed, as daar nie water is nie vrek 'n boom op Santa Gamka. Gaan kyk maar in die Onderdorp. Maar die lewe gaan aan. Dit sal hy nie hardop vir mevrou Kristiena-Theresa sê nie, hy smeer haar uit, hy is professional. Hy sê: "Nee, maar ek sal bietjie my ore uitleen as ek iets te hore kom oor die water, Mevrou."

"Hulle verbrou," sê sy. "Jy moet my betyds laat weet as die water gaan ophou, Lucky. Ek reken op jou."

Hy kan die knoppe op haar lyf raak voel. Sy's bang vir alles. "Ek sal jou nie teleurstel nie, Mevrou."

Hy't vergeet om te sê as hy na mevrou toe kom en regmaak vir 'n uitsmeer in haar kamer moet hy net in sy frokkie wees en sy ligblou sweetpakbroek.

"Waar is Mevrou nou?" vra hy ná 'n ruk. Hy wil weet of sy werk haar gelukkig maak.

"Danie," sê sy in die kussing. Nou's sy by haar seun, te jonk morsdood op die N1. Mevrou het die ongelukplek gaan soek en anderkant Laingsburg gekry en daar toe sy afgeskeurde horlosiestrêp opgetel. Hy gaan haar nie vandag weg van haar gedagtes af kry nie.

Hy werk haar papiervel met sy duimtoppe en handpalms stewig en nooit seer nie, nooit orig nie, en streel af waar hy klaar gesmeer het. 'n Bietjie troos. Ná 'n lang ruk toe hy begin moeg raak: "En nou, Mevrou?"

Sy antwoord nie meer nie.

Dan lig hy homself saggies van die bed af en trek sy hemp aan en loop sitkamer toe en vat 'n bier uit die yskas. Hy sit daar tevrede in die ryk sitkamer met lampies hier en daar. Die gordyne, alles, is pottoe. Jy sal nooit raai jy's in Santa Gamka nie. Net mevrou se hond hou hom in die oog asof hy moet skuldig wees oor iets, hy vertrou daai slagtande niks nie.

Later kom sy ook in. "Ek kan darem so vas slaap, Lucky. Weet jy, dis hoe ek geslaap het as jong meisie, ek kon mos nie ophou slaap nie, o die lewe darem," sê mevrou Kristiena-Theresa in haar japon. Hy skink vir haar 'n sjerrie, hy weet hoe.

"Totsiens, Mevrou."

"Totsiens dan, Lucky." Sy wys met haar sjerrieglasie. In die staanlamp daar sien hy haar klein glimlag. Sy koevert is in die Davenport se laai, nes altyd.

Deur die kolekamer uit buitentoe, mevrou Kristiena-Theresa se huis verlaat hy mos by sy gatkant.

"Jy moet nie probeer opstaan en dalkies jou kop teen die tafel stamp en probeer vat wat op die tafel gedek is nie. Jy moet jou tevrede hou met die krummels, my kind. So sê die Heilige Skrif. So het ek en jou pa gelewe."

Hy kyk na sy ma. Sy's klaar besig om haar lewe af te ent, hy kan dit soos daglig sien.

"So het my pa en ma ook gelewe, jou oupas en oumas

almal van hulle tot in die ewigheid toe. Die hemele wag vir ons. Jy sal jou nie dik eet hier op aarde nie."

Hy brand om te vra: Wat doen hy dan wat so verkeerd is, maar hy vra nie. Hy sal nooit vir sy ma strikvrae vra wat haar verleë maak nie. Daar sit sy, voete in haar plastieksandale. Die knobbel op haar groottoon steek deur die gat in die oranje plastiek. "Hoekom bêre Ma die nuwe sandale wat ek vir Ma gebring het, vir wat?"

"Dié twee is nog nie gedaan nie."

Hy koes vir sy ma se soort geloof. Hy staan op en loop teen die rant agter die huis op, 'n ou loopplek, hy ken elke klip, elke bossie. Hier lê die armmansgrafte van sy voorsate, vyf-en-twintig, miskien meer.

Hy kom graag hier, hy sal dit nie ontken nie. Daar is van die ronde wit klippe wat na 'n graf lyk of wat sommer net lê en niks beteken nie. Hy buk en tel van die klippe op en pak hulle terug op 'n kindergraf. Elke jaar sak grafte verder terug totdat party plat met die aarde is, net gewone klippe wat daar lê wanneer jy verbykom. Jy sal nooit raai onder lê 'n geraamte nie.

Hy loop aan. Hierso op 'n grootmensgraf skuif hy die groter kopsteen weer terug ooste toe waar Jesus Christus gaan verskyn en al die heiliges gaan opstaan uit die grond en Hom gaan ontmoet.

Hy is eensaam oor homself, oor sy werk, hy sal dit nie wegpraat nie. Die mens wat hy is, sien sy ma nie. Sy behoeftes. Nee, haar kop is net besig met kos en houtmaak. En Bybelversies. Sy ma twyfel of hy kan onderskei tussen goed en kwaad, dis al. Maar die ding is, sy vat darem maar die koek wat hy van die dorp af saambring. Sjokoladekoek met dik icing, melktert, al daai goete.

Sy mense in die Onderdorp. Krullers in die hare vir Saterdagaand, dop, 'n dans, 'n soen, lyf aan lyf tot dagbreek en Sondagoggend leepoog luister na pastoor Johnny Mackay, mooi die koor van meisietjies in kantrokke en seuntjies in onderbaadjies. Ene onskuldigheid, jy sien dit in hulle skoon oë. Hulle sing seker maar namens hulle pa's en ma's teen die skemer-ding in, teen die wegsak, die wegsak. Soos kots van kakwyn, soos vernedering. Dis stank wat jy nie ruik nie, jy's te arm, dis aan jou.

I Love New York. Hy het iets nodig om aan vas te hou. Eddy & Eamonn sê hulle wil hom saamvat. Partykeer praat hulle sommer. Partykeer is hulle ernstig: Kom saam. En hy moenie te veel verwag nie, New York het verander, ná 9/11 het die mense agterdogtig geraak. Jy moet oppas. Hy moet oppas.

"Dink julle ek ken die lewe nie goed genoeg om in my lyf te kan wees nie," vra hy vir Eddy & Eamonn.

Eamonn sê: "Wat bedoel jy?"

"Net wat ek sê." Hy weet nie hoe om dit verder uit te lê nie. Maak hom vies as Eamonn altyd uitleg vra.

Hy bly droom, oor wat? Daar's 'n sauna in New York, 'n Russiese badhuis waarnatoe hulle hom wil vat. Ou Russiese mans slaan hulleself op die rug met 'n tak. Eers sweet jy jouself uit in 'n stoomkamer en dan gaan spring jy in 'n yspoel dat jou asem wegslaat.

"Hoekom?"

"Nee, jy moet dit ervaar om te weet hoekom." Eddy se oë blink sommer. "Dis op 10th Street. Weet jy al hoe werk die Streets en die Avenues? By die Russiese sauna gaan jy altyd ná die tyd boontoe en gaan lê op die sondak en al New York se appartemente is om jou. Dis uniek. Dis 'n ander wêreld. Net reg vir ons." Die woord wat Eddy gebruik is titillating.

Wat anders is daar om aan te glo? Hy het 'n skok nodig soos 'n bliksemstraal in die veld. Hoekom sal jy nou mayonnaise van 'n ganseier wil maak? Nee, dis wat die New Yorkers wil proe. Hy kan hom doodlag.

"Moenie die plek idealiseer nie," sê Eamonn. Hy wil en hy weet hoekom. Nie oor die badhuis nie, dis maar net een goetjie in die resep. Op jou eie, niemand kyk na jou nie, niemand kyk jou af en jy kyk ook nie uit van daai plek waar jy is nie. Hoekom? Want jy hoef nie.

    Hy moet die rantjie afklim en terugloop huis toe en die vleis wat hy saamgebring het, begin stowe vir sy ma en sy pa en sy sissies. Baie keer kook hy nou die kos as hy kom kuier. Hy sit ekstra smake by: nartjieskil of tiemie. Sy pa lag homself 'n papie as hy 'n "bossie" op sy bord raak steek en dit aflek en ophou. Sy sissies lag ook saam en Dian, as hy daar is, almal onder die doringboom lag saam, sopper op die skoot.

"Gaan kuier, hoekom?" vra Lucky oor Eddy wat na Bethesda toe wil uitry om sy pa en ma te gaan ontmoet.

    "Hoekom nie," sê Eddy. Hy kort dit om stories van ander se lewens te maak. Dis Eddy.

    "Ek gaan eerder nie saam nie," sê Eamonn. "Jy kan mos sien Lucky wil nie hê ons moet kom nie, Eddy. Lucky, ons was eenkeer in die agtiende distrik van Parys waar dit soos Afrika lyk. En Eddy trek my by sulke agterstraatjies in, hy wil inloer by al die klein, privaat kleremakers en barbiers en tot by 'n huis waar die deur oopstaan. Ons is voyeurs. Weet jy wat is 'n voyeur, Lucky?"

    "Fok jou, Eamonn."

    "Ek maak net seker." Hy lag. Hy wen. "Ek sê vir Eddy: Dink jy miskien ons hoort hier?" "Prying," is die woord wat Eamonn gebruik. "Ek sê vir Eddy, ek loop nou. Toe luister hy na my. Hy't ook nie so op sy gemak gevoel soos hy voorgegee het nie."

    "Nee, kom julle. Kom. Poppies gaan lekker dans." Lucky wil nou skielik hê hulle moet kom. Hoe interessant gaan dit nie vir sy ma wees nie. "Kom sommer dié Sondag al. Hoekom nie?" Hy sal koek vat dat daar iets lekkers is om na uit te sien. En hy gaan hulle dophou, die twee. Hy gaan lag.

Vir sy ma se part. Hy wil vir sy ma wys dis sy vriende, manne van die wêreld. Manne wat van hier af na New York City in Amerika toe gaan. Hy wil haar gerusstel. Sy ma sal dink hulle is kliënte. Sonder om dit te kan sê, sal dit in haar agterkop speel. Laat hulle kom. Hy is nie 'n swernoot soos sy ma in haar dink nie. Sy kan eerder dankie sê: koek, skoene, Stormy-komberse van Pep, haar selfoon, wat nog? Sy vra net, dan kom dit. Sy ma sal wonder oor die soort mense wat hulle is. Sy pa sal nie die mans verstaan nie. Hy sal hom eenkant hou met agterdogtige oë. Naderhand sal hy vir hulle lag, hy ken mos nie mense soos Eddy & Eamonn nie.

Dis 'n windstil Sondag en warm, maar nie te nie. Hy sit agter in die swart kar. Stompies in die asbak, bierblikke wat nog na bier ruik, boeke, Brendan Behan, wie's hy? 'n halwe bottel sjampoe en 'n Shell-kaart, ou appels, 'n Swiss army-mes, goete. Hy hou van die volopgeid, dat jy sommer sjampoe in jou kar kan vergeet, want daar's nog waar jy stort. 'n Armmanskar kan nooit so lyk nie. Eddy bestuur, Eamonn wil springbokke of koedoes of steenbokke sien. Bobbejane ook.

"Die veld duskant die draad is te droog vir wild. Jy sal hulle nie maklik daar kry nie," sê Lucky. "Hulle koes berg se kant toe. Miskien nog in 'n rivierloop. Daar, sien jy die doringbome wat so 'n groen rif maak, dit beteken daar's onderaardse water daar. Die eerste afdraai nou moet jy regs draai, Eddy."

Eddy & Eamonn het al twee swart hemde aan, Eamonn s'n met geel stiksel en ekstra knope, geel, op die sakkies, dis nie 'n hemp van hier nie. Lucky het gevra, maar hy wou nie sy cowboy boots ook aantrek nie. Not appropriate. Hy't ook ghries in sy hare, hy lyk baie handsome vir Lucky, miskien soos iemand wat beroemd is, iemand wat steak kan eet vir brekfis as hy wil.

Die grondpad maak 'n vurk, links draai af na meneer Kobus-hulle se huis en regs draai af na hulle huis van klip en modder. Daar staan sy pa in die middel van die pad en wag vir hulle. Wydsbeen, die een been 'n bietjie voor die ander.

"Ek kan van hier af sien my pa was klaar by die bottel." Lucky sit vorentoe, arms gevou oor die voorste sitplekke. "Julle gaan lag vandag."

Eddy stop. Sy pa geplant in die pad. Die grond is rooi en kol-kol staan daar granaatbos, jy sal dink hulle is lankal vrek as jy na die dooie takke kyk, maar laat daar nou net 'n paar druppels val. Lucky klim uit en skuif sy pet reg, 'n rooie.

"Dag, Pa." Sy pa se hand is slap en warm en klam en koud.

"Dag, Lucky." Hy tree na hom toe, tiep teen hom en met sy hand vat hy plat op Lucky se bors, op sy wit langmou-T-hemp met opgestikte letters: CHICAGO.

"Wie het jy saamgebring?" vra sy pa. Hy druk op die dak van die kar en kyk by Eamonn se kant in.

"Pa, dis Eamonn dié."

"Eimin? Watse ge-Eimin?"

"Eamonn, dis my pa, Isak."

"Middag, Meneer," sê Eamonn met sonbril nog op.

"Pa, hy's van Ierland af, Pa. En dis Eddy daar agter die wiel. Eddy, dis my pa."

"Eddy?" Hy kyk deur na hom toe. Eddy het sy sonbril afgehaal, hy is 'n opgevoede mens, outydse maniere van sy ma af.

"Wil Pa die entjie saamry tot by die huis?" Lucky maak die deur vir hom oop en skuif van die goete op die sitplek weg. Sy pa buig af en val op die sitplek en sit soos hy ingeval het. "Ek praat nie English nie," sê hy en vat aan Eamonn se skouer in die swart cowboyhemp.

Lucky moet nog inklim. Hy besef hy gaan nie sy pa opgeskuif kry nie en hy draf om die kar, lag, wat help dit tog, dit is mos sy pa, en klim van die anderkant af in sodat hy weer die goete moet oorskuif, dié keer na die middel van die sitplek toe. Binnekant gee sy pa af van die dop. Eddy & Eamonn is min gepla, hy't al biersweet by Eamonn ook geruik.

"Marta, maak nou kerrie en patats vir die gaste van Lucky, sê ek gister vir jou ma." Sy pa kyk na hom. "Nee, sit haar voet neer. Ek probeer aan haar. Nee. Sy staan daar met die arms," hy wys hoe, "sy sê jy't gesê dis net tee en koek."

Die kar hop oor 'n kwaai bult. Sy pa lag: "Ja, ry hom!"

"Dis meneer Kobus se bulte vir afloopwater, maar waar's die reën kamtig. Daar kom nog twee, Eddy," sê Lucky.

"Rooiboer," sê sy pa en lag met wilde asem. "Het jy vir die manne vertel dis die boer waarvoor jou pa werk, volstruise, dorpers en lusern, alles, daar's niks op Bethesda wat ek nie kan doen nie. Waatlemoene ook en stêre-pampoene op goeie jare, ons besproei uit die Gamka. Net jammer hy het so lanklaas geloop. Ek weet nie waarvoor straf die Here ons dié keer nie."

"Wou jou pa-hulle dan nie vandag kerk toe gegaan het nie, Lucky?" vra Eddy met die opvoeding van hom. Hy ry nou versigtiger.

"Vra hom."

Eddy kyk oor sy skouer na die seningrige man met oë wat loop, maar hy vra nie.

"My vrou is erg oor die pastoor," sê sy pa. "Pastoor bid so lank dat ek naarhand dink aan blommetjies en bobbejane wat vlooie op mekaar soek en my ou ma wat ek so liefgehad het, sy moes nie toe al gesterwe het nie, aai tog." Waterigheid uit die oë. Lucky kan sien hy probeer keer, vee met die agterkant van sy hand af, hy wil hom nie voor die vreemdelinge uittrek nie.

"Pa?"

Hulle begin hulle huis sien en die ander huisies verspreid daar teen die koppie. Die ander is almal huise van eertydse werkers wat nou windverwaaid en dolleeg staan, net sy pa-hulle bly nog op Bethesda aan. Hy wonder self hoekom trek hulle nie ook en werk van die dorp af plaas toe nie, nee. Daar kom sy ma uit in haar Sondagsrok en kopdoek en sy sissies met poniesterte bo-op hulle koppe met rooi en geel strikke, parmantig vasgemaak. En al die los honne ook nog, Dian het op die dorp agtergebly. Die honne blaf vir die blankes wat uitklim. Sy pa het 'n bietjie reggekom en klim amper ordentlik uit voor sy ma.

"Ma, dis Eddy. Eddy dis my ma, Marta." Sy is erg skaam voor die mans.

"Môre, Mevrou." Dit laat haar lag, hand voor die mond.

"Ma, dis Eamonn, hy is van Ierland, dis nie Engeland nie. Eamonn, dis my ma, Marta."

"Hallo, Marta," sê hy reg, nie *Martha* nie. Hy het haar naam geoefen.

"En dis my sissies, Valerie en Toytjie." Die twee kom nie nader nie, staan net daar oë afgeslaan en hardloop dan in sy arms in. "Wat het jy vir ons, Lucky?"

"Wil hulle tee hê?" vra sy ma, sy kyk nie na die mense nie.

"Ons kan maar drink, Ma."

Sy ma draai om en loop by die oop deur in, die jaart is gevee, silwer-ke-pilwer. Toe onthou hy daar is mos net die twee bekers en die vier kleineres en een koppie, maar sonder sy piering. Hy moes koppies gaan koop het by Pep sodat daar dieselfdes vir almal is. Sy ma sal nou daar in die kombuis staan: Wie kry watse beker? Van hier af lyk die binnekant van hulle huis koud en donker, al is dit warm

Die tee kom uit, hulle sit onder die doringboom buitekant. Dis 'n vrolike dag, net die regte windjie om vlieë weg te blaas, die honne ook tevrede, elkeen het 'n blik regte honnekos gekry, net so verslind in twee minute of minder nog. Sy sissies klouter oor hom en trek CHICAGO op sy bors langs met hulle vingertoppe. Hulle ruik vir hom 'n bietjie na seep, maar nie proppers gebad nie, dis swaar hier op die plaas met die min water. "Eendag kom ek nog hier aangery met my eie Chico en reggae kliphard tot daar onder by ou Rooiboer-hulle, ek sal niks omgee nie," sê Lucky en gee aan. "Hierso." Eddy kry 'n beker en Eamonn kry die ander ene.

"Koop hom, Lucky," sê sy pa. "Wanneer?"

"Eendag. Gou. Mag wheels, alles."

Sy pa kyk na hom: "Jy gaan daai Chico spin."

Lucky kry lekker. Hy lag, sy sissies lag, hulle is oor hom. Eddy & Eamonn lag. Sy ma bietjie. Dit word 'n kwaai dag.

"Maar die manne wil seker eerder 'n bier drink dié tyd van die dag. Het jy dan nie drinkgoed gebring, Lucky?"

Hy gehoorsaam en staan op. "Ja, Pa." Hy wou nie nou al die bier gaan aflaai nie. Hy gaan sluit die bak oop, die karsleutels nog warm uit Eddy se broeksak, en haal vier quarts Black Label uit, vir elke man een. Elkeen kry ook 'n sny melktert uit die foeliebord van Spar. Dis verskriklik lekker.

"Die ou mevrou as ek daar by haar is, sit soetgoed op 'n kleinbordjie met 'n vurkie, 'n koekvurkie. Het julle al 'n ding soos 'n koekvurkie gesien?" sê Lucky. Hy wil hom morsdood lag. Praat sommer uit die mou uit oor sy privaat job, so lekker los voel hy.

"Wie's die ou mevrou?" vra sy ma dadelik. Tot nou toe het sy niks gesê nie.

"Ag, Ma sal haar nou nie ken nie."

"My kind, my kind."

Sy pa sit sy mond aan niks nie, net dop. Sy ma sê verder niks nie. Melktert is haar dood. Sy lag net so 'n bietjie verleë toe sy haarself met nog 'n sny help. Hy kan sien sy kry nie opgehou loer na die vreemdgeid van die mense, na hulle klere en donkerbrille en na Eamonn as hy praat. Engels kan sy tog nie, maar sy kan hoor dis nie *what can I do for you?* wat sy al gehoor het op die dorp of by dokter as jy daar op sy ondersoek-katel lê, skaam vir jou kaal kniekoppe.

"How long have your parents been living on this farm?"

Die honne maak vriende met Eamonn, hy krap agter hulle hareore.

"Ma, hoe lank bly Ma-hulle al hier?"

"Oe nee, baie lank al, my hele lewe. Kyk, ouma Keiser is op 'n plaas in die distrik van Merweville gebore en daar ook grootgeword en teen die tyd dat sy vir my gedra het, het hulle getrek. Toe het jou oupa nog hier vir Rooiboer se pa kom werk. Toe is ek gebore in dié einste huis van ons. Jou pa het al reggemaak waar die muur krummel, die huis is ouer as wat hy miskien vir jou lyk." Sy ma kom 'n bietjie los, ingenome oor die belangstelling.

Sy pa wil nog 'n quart hê en hy gaan haal toe sommer die hele ysboks, Eddy-hulle s'n. Daar's nog vier quarts in. Elke man kry nog ene. Eddy spoeg op sy hande en vee die melktert se taai met sy sakdoek af. Eamonn hou sigarette uit, sy pa vat en sy ma vat ook ene. Sy pa wil weer Eamonn se hand skud.

"Pa, los nou maar."

Toe loop Lucky oor en gaan die skemer vertrek in waar jy inkom en sy reuke een vir een herken, tot in sy krake en skrewe ken hy hulle huis, en kom met die radio uitgeloop, klaar op Yvonne Chaka Chaka. En toe begin sy pa eers loskom en sy ma ook. Sy haal die foto in die plastieksakkie omsigtig uit haar roksak. Dis Lucky toe hy klein was.

"Hierso," wys sy vir Eddy-hulle. "Kyk die korente-ogies." Sy kyk op na Lucky se oë en af na die foto en vergelyk. "Hy't die oë gekry van ons voorouers. Hy is suiwer ras."

"Oulik." Eddy gee aan vir Eamonn.

"Ag," sê sy pa. "Sy het altyd dié ou storie. Vertel vir ons van jou goete, Lucky. 'n Marais wat die geld inbring. Dis mos iets."

"Los maar, Pa."

"Los wat?" Hy staan op van die houtboks waarop hy gesit het en gaan pis agtertoe op 'n plek en kom teruggeloop, trek sy gulp op. "Lucky Marais is 'n armman se kind, dis wat hy is." Sy pa se tweede quart is leeg, nou's daar niks oor nie.

Sy pa grynslag na Eamonn & Eddy en na hom en na sy ma op die plat bankie onder die boom. Sy sissies kniel voor teen hulle ma se knieë, almal kyk nog na die foto al is hy al hoe bekyk. Hy ken mos sy pa, hy gaan nou uitgesluit begin voel.

"Ek gaan vir die manne 'n hoender slag," sê sy pa. "Lekker hoendervleis van Bethesda." Hy trek sy belt in, hy't te los vasgemaak, sy Sondagsbroek sak af. Hy korrel oor die werf links van die huis waar vier, vyf hoenders op geel pote loop. Hy kyk, hy ken mos hulle hoenders. Ene bad in die sand, dié tyd van die dag is dit te warm vir pik en soek.

"Lucky, wat wil jou pa nou weer aanvang, hy kan mos nie 'n hoender vang op sy bene nie?" Sy ma vat die foto van hulle af en steek dit versigtig terug in sy plastieksak en terug in haar roksak. "Suipgat."

"Los hom nou maar, Ma. Hy wil mos nou." Lucky lag. Hy wil nie dat daar verder oor sy job gelol word nie. Hy is slapspiere van die Black Label en hy't nog hard ingetrek op sy sigaret ook, hy's koel en plesierig. "Laat hom sy hoender vang, Ma, laat hom." Eddy & Eamonn het opgestaan om te gaan kyk na die hoendervangery. Deur hulle oë probeer Lucky na hulle werf kyk. Wat sien dié twee: kwaak-kwaak.

Die radio krap, die sein het verswak. Sy sissies het ook oorgehol.

"Gaan annerkant om," skree sy pa vir sy sissies, "keer voor! Vang die rooie, sy's die vetste." Daar vat die radio weer die sein, almal local artists. Sy ma is op en gee so 'n dansie in haar plastieksandale. Die laaste van sy bier het hy vir haar geskink.

"Wie's dié mense van jou, Lucky? Waar's hulle vroue en kinders?"

"Hulle het nie, Ma. Hulle is goed vir my, Ma, hulle gee vir my wat niemand anders kan nie. Ek ken nie mense soos hulle nie."

"Watse mense?"

Daar kom die gekekkel nou, sy pa gryp vas om die hoendernekkie. Lucky draf ook nader. "Ky da, Pa het hom wragtag. Ou man kan nog spring as hy moet."

Toe die mes kom, sê Eamonn: "Bless us and save us all, I can't watch this. My ouma Catherine het ook haar hoenders geslag. County Down. Sy het die hoender vasgedruk op die grond en die besemstok platgetrap oor sy nek en die voël in twee stukke uitmekaar gepluk."

"Komaan, Eamonn. Tjek hom, hoe rats kan hy wees," sê Lucky oor sy pa met die knipmes. "Dis ons. Daar's nie een van ons manne wat nie sy mes by hom dra nie."

"Ek kan nie."

Sy pa vat-vat oor die lem, vlym, en hy sny die nekkie net daar af. Een slag. Waar was daai lem al, miskien in 'n ander mens se been, 'n vrou se sy? Jy sien manne in die Onderdorp sonder een oog, hy wil eerder nie weet nie. Bloed spuit 'n boog soos die hoender al in die rondte stuiptrekkings uithol.

"Ky da," skree Lucky, hy dag hy's weer 'n klein mannetjie voor alles begin het.

"Keer die honne," skree sy pa nog, daar's vals in sy stem. Dié slag kyk sy pa sy agterdogtige kyk na Eddy & Eamonn. Skeef teen die son in bekyk hy die vreemde manne op sy werf en draai sy kop weg en kyk na hom met dieselle agterdog. Hy's dan sy seun, dink Lucky nog, vir wat kyk hy hom so, die moerskont. Toe tiep sy pa agtertoe en keer nog op sy hand wat lyk of hy net daar knak teen die getrapte grond. Die hitte en die dop en die jaery het sy blus uit hom uit.

"Kyk nou." Sy ma kyk na haar man wat daar so vrotvel lê. "Wie moet nou die vere aftrek en die binnegoed uithaal? Dis mos slegte maniere om die hoender so saam te gee vir die mense. Lucky, jy gaan moet kom help."

"Aai tog, Ma, los die ding sommer so."

Hulle gaan drink eers iets in die ladies' bar. Gentry is die woord, miskien. Hulle skuif gesellig in op die hoë stoeltjies by die toonbank, Lucky regs, mevrou September met Bybie op haar skoot. Die haarkapper het 'n rooi strikkie tussen Bybie se ore ingesit.

"Vodka lime en 'n brandy-en-Coke," sê Lucky vir Wella. Die vodka is vir Jolene, hy ken haar smaak.

"Single of double?"

Lucky hou twee vingers op, Wella weet hy drink net doubles, maar hy hou hom weer stuurs. Behendig tap Wella die tots uit met die een hand wat hy het.

Mevrou September het 'n rooi rok aan, haar special. Rooi lap vou van al twee kante soos twee vlerke oor haar bors met 'n ekstralae sny reg in die middel. Sy dra net opstootbra's. Nou-nou gaan hy haar losknip as sy in die regte bui kom.

Lucky betaal. Hy sien hoe Wella oor die toonbank loer wat's in sy beursie. "Jy's nuuskierig, nè?"

"Streng gesproke," sê Wella, "laat meneer Bradley nie honne in die ladies' bar toe nie." Hy kyk na Lucky toe hy dit sê, na mevrou September durf hy nie kyk nie, sy is die munisipale bestuurder.

"Meneer Bradley ken vir Bybie." Mevrou September roer haar vodka met haar vingernael om.

Wella wys met sy oë na iewers agter hulle. Daar's hy nou, meneer Bradley in sy suit, daar staan hy op die drumpel van sy ladies' bar, ene glimlagge. Net toe druk 'n rugbyspeler 'n drie op die TV-skerm.

In die geraas van die TV-applous praat mevrou September in Lucky se oor: "Hy's soos agter 'n teefhond aan. Ek weet wat kom soek hy."

"A, mevrou September, goeiemiddag. Hallo, Lucky," groet meneer Bradley met sy liefderike glimlag. "Nog 'n rondte vir hulle, Wella."

"Meneer Bradley bederf al weer," sê mevrou September en lek haar vingernael af.

"Darem maar nie vir 'n mens gemaak, dié hitte nie." Meneer Bradley het links van mevrou September gaan sit en slaat sy dubbel-brandy-en-Coke net so weg. Nou steek hy sy hand uit om Bybie op haar skoot te kielie, maar dié maak tandjies en hy ruk weg.

"Mevrou September, as ek op die punt af mag wees, jy het tog my vorm gekry. Ek het dit in triplikaat ingehandig, dis nou al twee weke."

"O natuurlik, meneer Bradley. Ons gee aandag daaraan."

"My olyfbome vrek voor die voet, mevrou September. Ek het dringend water nodig. Dit was 'n enorme investering in hierdie dorp."

Sy vat die kort strooitjie wat Lucky uithou en roer haar on-the-house vodka lime om. "Nog 'n blokkie ys, asseblief, Wella."

"Geld is nie 'n probleem nie. Ek wil nie 'n druppel verniet hê nie."

"Meneer Bradley, verstaan my goed, ons doen alles wat ons kan. Maar al betaal jy my ook al die geld in die wêreld, Meneer, daar is net eenvoudig nie water nie. Ons moet altyd eerste aan die mense dink, dis wat jy nie uit die oog moet verloor nie."

"O, maar ek dink eerste aan die mense, mevrou September. U is tog terdeë daarvan bewus hoeveel arbeiders in die boorde werk. As die bome moet vrek, is die werk ook gedaan, onthou net dit. 'n Ekstra bietjie water nou sal my deurhelp tot aan die einde van die seisoen toe en dan sal daar darem 'n oes wees. Die kalamatas hou nog mooi. Die oes sal kleiner wees, maar daar sal pluk- en sorteerwerk wees. Die jobs sal behoue bly. U moet dit in gedagte hou, mevrou September. My boorde is 'n spesiale geval. Ek verdien spesiale behandeling daarvoor."

Sy het haar van hom weggedraai sodat haar lyf meer na

Lucky wys. Die rooi lap oor haar linkertiet trek weg en as dit nie vir die twee dose in die ladies' bar was nie, het hy net daar ingeglip en haar nippel lekker seer gedraai.

"Meneer Bradley, daar is mense in die Onderdorp wat hulle groot bome, sê maar perskebome wat hulle oupas nog geplant het, nie meer mag natmaak nie. Nou moet hulle die arme bome voor hulle oë sien doodgaan. Ek sal sien wat ek kan doen, Meneer, maar ek kan niks belowe nie. En dankie," sê sy sag en wys met die pinkie na die bottel swart olywe van die vorige jaar se oes wat hy Wella van die rak laat afhaal het.

"Net 'n plesier, mevrou September. Lekker saam met 'n chardonnay. Ek wag vir my vorm, ek weet dat ek op u kan staatmaak." Hy slaat sy tweede brandy-en-Coke weg en met daai selle asem sê hy in haar oor: "Moenie later spyt kry oor wat jy nou kan regmaak nie, Jolene. Ek speel lankal nie meer nie." Toe steek hy sy hand uit na haar en sy laat hang hare in syne sonder om eers helemaal na hom toe te draai, Bybie weggebêre van die man, honne-oë pierings.

Meneer Bradley kyk skuins deur na hom agter mevrou September en Lucky sien hoe sy lippe op 'n vieslike glimlag gaan staan, dit laat hom tot in sy hol toe gril. Uit loop meneer Bradley in sy suit.

"Kom ons loop ook, Jolene."

Mevrou September is kwaai geaffekteer deur die ontmoeting. In die gleuf voor by haar rok loop dit sopnat op haar bruin vel af en dis nie oor wat hulle miskien nou gaan aanvang nie.

ooo

Hy skrik homself hoendervleis toe hy Rooiboer se wit twin cab skielik skuins agter hom sien. Die man ry boonop stadiger, asof hy 'n plan met hom het, en kruie tot reg langs hom waar hy op die sypaadjie met sy fiets aanstryk, dis laatmiddag.

"Kyk wie het ons hier! Lucky Marais, jou boggher. Waar kruip jy weg, ek sien jou dan nooit nie."

"Meneer? Wat wil Meneer hê?" Al sy geld in sy broeksak, al sy geld in die bank, al sy oorwinnings in slaapkamers kan voor 'n man soos Rooiboer slapval. Rooi haartjies staan regop op sy deurskynende ore. Hy't laas op skool met die man gepraat. Paar woorde. Hy't nooit rêrig lus gehad, nie eers om naby die man te staan nie.

Hier reg langs hom steek Rooiboer sy kop by sy twin cab uit. "Maar hy't mos astrant geword, die Lucky wat voor my oë grootgeword het."

Lucky steek met moeite sy senuwees weg. "Meneer, ek moet ry. Ek het nie nou tyd nie."

Tussen die rooi snor en rooi baard gaan die mond oop: "Jy het nie tyd nie! Het ek in my lewe al gehoor 'n kleurling sê vir my hy het nie tyd nie." Hy het sy twin cab gestop en hou Lucky langs hom op die sypaadjie gevange.

Die laatmiddag om hom word stil. Spreeus, 'n windpompwiel wat skree op ghries, die geruis Onderdorp toe, alles hoor hy en hoor hy nie en bly net so staan.

"En waarvoor as ek mag vra, het jy dan tyd? Ek hoor jy doen goed vir jouself hier op die dorp."

Hy mag nie voor hom swig soos sy pa nie. Hy bewe, haal 'n sigaret uit, die man sal hom nie breek nie. Nie soos sy pa nie wat dop Vrydagaande om te maak dat sy laaste bietjie trots staande bly. "Wat het Meneer met my te doen?" Hy sukkel om sy sigaret aan te steek.

"Hierso," en Rooiboer leun uit en steek sy sigaret met 'n lighter vir hom aan. Die harde, harige agterkant van sy hand raak aan Lucky s'n. En Lucky, altyd op die uitkyk vir enige teken, steier voor die gedagte wat by hom opkom.

"Goed gedoen vir jouself," Rooiboer het nou self 'n sigaret aangesteek, "ons wil tog maar almal goed doen vir onsself. Ek kan jou begryp, man. Jy moenie dink ek is 'n kont nie."

Die ys breek 'n bietjie terwyl Rooiboer se gesig agter sy sigaretrook sagter word. Hyself trek diep in, besig om sy balans terug te kry.

"Ek weet nie waarvan Meneer praat nie." Hy kan pad vat. Hy kan ry en die eerste straat regs vat en hom netjies afskud. Die munisipaliteit grawe dreine in Smutsstraat, die pad is vir karre gesluit.

"Hoor nou vir hom. Moenie vir jou oom sê jy dink die mense van hierdie dorp is almal blind nie. Ons weet waarmee jy jou besig hou. Sê my," hy leun verder uit sodat die driehoek van sy kakie-elmboog byna aan Lucky raak, "agter die toe deure, wat gaan daar aan? Laat jy hulle lekkerkry? Ek is nuuskierig, man."

Oor sy skouers hardloop muise, hy trek diep, steek sy tweede sigaret met die stompie van die eerste aan en laat los, laat sy skouers val. Sy speletjie hét begin. As dit verraad is teenoor sy pa en ma, gaan hy reguit warmplek toe. Die ding is, nou, vanmiddag op hierdie sypaadjie in hierdie dorp moet hy doen wat hy die beste kan doen.

"Nuuskierig?" Lucky byt op sy lip, hou Rooiboer dop vir enige tekens. Hy wil nie 'n fout maak nie.

"Hoeveel?" vra Rooiboer.

"Hoeveel wat?" Die speletjie. Syne. Hy maak die reëls.

"Moet net nie met kak kom nie, Lucky. Moenie vir jou staan en onnosel hou hier voor my nie. Hoeveel, vra ek jou weer?"

"Honderd-en-tagtig rand."

"Honderd-en-tagtig vir die man wat jou grootgemaak het? Gaan kak."

"Tweehonderd."

Rooiboer trek aan sy sigaret dat sy oë klein word. In sy kantspieëltjie kom mense op die sypaadjie agter hulle aan. Hy skiet sy stompie teen Lucky in dat hy moet wegspring, fiets en al. "Bliksemse klein vuilgat. Tweehonderd rand? Ons sal sien." Hy gooi die twin cab in rat en trek weg.

Die goor van sy woorde bly hang, maar sy skrikkerigheid vir die man het hy afgeskud. Hy trap sy stompie dood, klim op en ry aan. Aan die anderkant van 'n rietheining begin iemand se hond blaf.

"Voertsek, jy."

༺༻

Eddy of Eamonn, wie van die twee het dit gesê?

'n Sin, 'n gedagte op 'n aand vanaf Eddy & Eamonn, en 'n dag of wat later bly die sin agter, maar die man wat dit gesê het, vervaag. Eamonn of Eddy? Stille waters, diepe grond. Eamonn is die een wat oor alles lag en die lekkerste ook. Eddy kan ook lag, maar net oor goete wat amper vir niemand op hierdie aarde snaaks is nie. Dis asof hy 'n gaatjie sien en net hy pas daar in en lag hom vrek.

Volgende oggend onthou jy waaroor, maar nie meer wie dit gesê het nie. 'n Triek. Opsetlik? Met wie kan hy sy afleidings toets, wie ken hulle so goed soos hy hulle leer ken het?

Edmond het sy pa en sy ma hom gedoop, maar altyd maar vir hom Eddy gesê. En hoor nou hier: Eamonn is die Ierse naam wat ook Edmond beteken. Eintlik die Ou-Engelse naam van Eadmund. En Edmond én Eadmund beteken: ryk beskermheer. Maar dit maak nou nie saak nie. Die ding is dat die twee eintlik dieselfde naam het.

Die geheim lê nie in die triek nie, maar daaragter: hoe dit gedoen word. Dis wat jy moet snap, die triek van die triek.

༺༻

$7 - 4 = 3$. Sy borsspiere, sy trots word jellie. Bloed uit die wonde het opgedroog, dis hoe warm dit is. Hy ruik ou rofiebloed. Hy wonder hoe hy halfgebraai gaan stink hier by die skoorsteen uit en daar kom Alexandra ingeloop met vandag se blommerok. "Shit, mense, wat ruik so na gebrande hare en pensvet?" Sy sal nie weet wat om te doen nie. Water gooi? Water wat waar is?

Hy het getel: ingeboender deur vyf hande. Twee en twee en een, daar's nie twyfel nie. Dit was mans, kan hy met sekerheid sê. In die tweede plek was van hulle blankemans, want bruin mense het nie welige hare op hulle voorarms nie. Minute oor. Weet hulle hoe werk die oond, hoe skakel jy hom aan?

Hulle het hom geknou met die inboendery, ten laaste om hom in die beknopte plek in te forseer, het een hom van agter gesool. Boots vol op sy boude, weer en weer, sy boude al twee gekneus. Hy probeer vermy om sy gewig alleenlik op sy boude te plaas. Kwessie van onmoontlikheid, te beknop, fok.

Die boots sool hom van agter af en sy kop stamp teen die bokant van die kar en hy gee hulle wat hy kan en sy donnerse kop stamp en stamp soos hulle hom inforseer totdat bloed loop. Hy ruik dit, die bloed tap oor sy gesig. Nou's dit droog gekoek. 'n Wond soos 'n streep oor sy voorkop van oor tot oor soos 'n plooi behalwe dat hy nie plooie op sy voorkop het nie, net fyn lyne wat bewonder is deur Nieta, deur haar vingernael. Hulle sê naels en hare bly groei as jy eers onder lê.

Ingeboender. Die vyfde hand het van die begin af anders gevoel op sy kaal arms en anders teen sy rug, sy hemp was naderhand ook af. Daai hemp, waar's hy nou om 'n verband te maak vir sy kop.

Dis een ding: Sy vel was een van sy grootste bates, nie die grootste nie, en op sy vel kon hy enigiets registreer: spoeg teenoor water en 'n hand wat handearbeid doen teenoor 'n hand wat by 'n lessenaar goetjies skryf en 'n vrou se vel en 'n vrou se nat tong.

Daai vyfde hand het anders gevoel, dit was mos 'n bruine daai teen sy blaaie. 'n Bruin hand met 'n bruin vel het hom gedruk tot hy donners in was. Dis seermaak: Een van sy eie het teen hom gedraai.

Vyf hande. Sewe minute waarvan daar net drie oor is volgens sy rekeningkunde. Hy't ook sewe kliënte gehad as hy antie Yvette, die twee kere, en Cloëtte saamtel. Nou is alles nie ter sake nie. Van sy kroontjie af voel hy hoe verlamming toeslaan. Hand op sy kop, hy voel niks meer nie. Hoe lank is daar nog suurstof in hierdie beknopping?

Hy wou met plesier doodgegaan het, nie soos nou alleen in 'n pottebakker se oond ingeprop met sy tong wat hang op sy voete nie. Sy deltoids en sy trapezius en sy gluteus maximus, eintlik maar boude, hy lag nie, elke liewe spier opgebou in die skoolgym sal uitbraai tot op die been wat sal krummel tot as teen duisend grade Celcius. 'n Bergie fyn as sal daar staan as Alexandra die oonddeur oopmaak. Sy sal nie eens weet om te vra nie: "Op dees aarde, wie's dié?" Miskien 'n bietjie wonder, dis al.

Onmenslik en onrespekvol is wat hom laastens nog hinder. Dis nie hoe 'n mens moet sterwe nie. As hy maar op 'n waardige manier op 'n bed was, met 'n wit laken tot onder sy ken en Mister D'Oliviera se asem wat nie sleg of lekker geruik het nie oor hom: "Nie nou bang wees nie, Lucky. Hierso, ek lees vir jou."

Wat sal Mister D'Oliviera kies vir die besonderse okkasie? Miskien die ou Griekse digter wat oor sy *kindly father* skrywe, die ou Griekse digter, Mister D'Oliviera se liefling, wat treur oor *my old man, kindly father*.

"Is hy die man wat bokant 'n bordeel gebly het, Mister D'Oliviera?"

"Ja, dit was hy, Lucky." Hy hoor Mister D'Oliviera sy naam sê dat dit rêrig soos "geluk" klink, hy wil amper huil. "Sê weer my naam, asseblief Mister D'Oliviera." Hoor nou niks.

"Die hoerhuis was sy inspirasie, dit was tog, Mister D'Oliviera."

"Nee, man, wag nou, jy kan nie sommer goed aan die man toedig tensy jy grondig navorsing gedoen het nie. Grondig. Die ou *kindly father, who died just the other day, a little before dawn.*
Dood met respek. Daar is tot tyd om woorde oor die dooie uit te dink en neer te skryf. "Ag, Mister D'Oliviera, ek het jou mos vasgehou, nè. Ek wou jou nooit seermaak nie."

○○○

Lucky ry reg suid uit die dorp op 'n sending. Meneer Bradley het deur antie Darleen laat weet hy soek swartstormbossie, dis bloeddruk, hy's nie soos hy moet wees nie. Hy loop nie weg van so 'n boodskap nie. Hy wil meneer Bradley se speletjie enduit speel, dis nou ook nie of die man onredelik met hom is nie.

Hy trap eers kloof toe waar die berg lank, lank gelede gesplyt het en die water toe sy pad kon loop. Selle woord in Engels: cleft. By Eerstewater stop hy met sweet in sy oë, trek lug op. Die lug in die Swartberge is nie meer koud nie, dis die verandering van die laaste paar jaar.

Op pad terug loop hy in die veld in waar hy weet swartstorm groei, klompies bymekaar sodat hulle kan aanwas. Versigtig kerf hy takkies met sy knipmes af, net plek-plek en nie te diep sodat die moederstam kaal daar staan en die bossie ophou met groei nie. Hy dra sulke kennis.

"Magtig, Lucky, jy's net die man wat ek wil sien," sê meneer Bradley toe hy ingeloop kom met die bossie swartstorm. Meneer Bradley en 'n maat speel veerpyltjies in die ladies' bar, die venster oop suidekant toe. Dis middag en die twee maak al dop: dubbel-Klippies-en-Coke, die leë glase staan soos berede perde daar.

"Gee vir die man 'n bier," sê meneer Bradley vir Wella, sy regte arm, nie die stompie nie, kom in aksie. Onwillig skuif hy 'n Castle aan en loer met geniepsige ogies na Lucky.

Hy sit die bossie swartstorm op die toonbak en vat 'n sluk. Ou Wella het aspris vir hom 'n lou Castle uitgesoek, maar hy hou sy bek, hy kan tien sulkes wegslaan. Wella het om die toonbank geloop om 'n vuil asbakkie te kom vat.

"Ja, Wella?" Lucky sien mos hy kyk na sy nuwe runners. Op ou Wella se salaris kan hy sulke klas maar vergeet.

"Jy leef lekker, nè?" Wella en vee die asbak met 'n vadoek uit.

"En hoekom nie?" Hy draai om na meneer Bradley-hulle.

Meneer Bradley-hulle gooi en tussenin eet hulle van sy olywe wat daar blink van die olie in 'n kommetjie staan. "Vir my bloeddruk," sê hy toe sy maat vra nou hoekom al die bossies. Meneer Bradley kyk oor sy skouer na Lucky en knipoog vir hom asof daar 'n kontrak tussen hulle is, miskien is daar.

Hy sit maar so en kyk hoe die twee speel. Meneer Bradley is nie sleg en sy maat is ook nie sleg nie.

Meneer Bradley druk nog 'n olyf in sy kies, tree terug en dan vorentoe op sy linkervoet en mik bord toe. Net toe blaas 'n wind reguit deur die suidvenster. Die olywebaas se veerpyltjie hou nog koers na die allermiddelste kolletjie op die bord, maar verander rigting, verloor spoed en steek in die oor van die opgestopte koedoekop wat daar teen die muur hang.

"Hei jou satansasem," sê meneer Bradley. Sy aandag van die veerpyltjies af weg. Hy stap na die suidvenster en steek sy hand uit, frons. "Voel bietjie hoe voel vuur."

Die pyltjie kom los uit die koedoe se oor en val dood op die grond, meneer Bradley tel hom nie op nie, ou Wella doen daai klas werkies.

"Jong, ek is bekommerd oor my olywe, die situasie het ernstig geword, baie ernstig." Meneer Bradley kom staan aan sy sy, aartjies rooi op sy wange. "Ek gaan dringend nog water in die hande moet kry, of hulle vrek onder my uit." Hy breek 'n wind op. "Ek het nie 'n keuse nie, ek móét nog water kry, dis nie eers ter sprake nie," en hy vat die bottel

Klipdrift ongeduldig uit ou Wella se hand en skink self 'n dop, drie vingers.

"Ek praat nie van honderd of tweehonderd nie. Ek praat van derduisende olyfbome. My olie gaan nog op die hele wêreld se borde wees, pasta, wors, eiers, alles toegegooi met my olie. Ek is liewer vir my olywe as vir hierdie pragtige hotel. Dis waar jy my douvoordag sal kry, tussen my olyfboompies. Elke oggend. Weet jy dit, Lucky?"

"Ja, meneer Bradley."

"Wat weet jy?"

"Meneer se olyfbome gaan vrek, Meneer."

"Behalwe," en meneer Bradley vat Lucky se ken in sy hand vas, "as jy my help." Hy fluister in sy oor met brandewynasem: "Jy moet vir Jolene September oorhaal om vir my meer water te laat kry." Nog sagter: "Ek weet jy kan," toe laat hy los. Sy ken hou nog van die gevat agter.

Lucky sluk sy bier, hy wil lag, hy beter gou padgee: meneer Bradley se aansoekvorm vir ekstra water, o my ma tog. Hy dink aan die vorm tussen sy boud en die laken nou die aand:

Beste mevrou September
Hiermee rig ek 'n ernstige versoek aan u vir ekstra water. Ek is diep begaan oor die belegging wat ek gemaak het in my olyfboorde en hulle is op die rand van verdroging. St. Gamka Olywe Edms. Bpk. is 'n geweldige bate vir hierdie dorp, om van werkskepping nie eers te praat nie, en so aan.

Jy weet sommer dit het meneer Bradley gekos om so plegtig te vra vir die bruin vrou met die tjap. En mevrou September se oë swiep nie eers vir een sekonde nie oor die vorm (*dringend asb.*) en die vorm glip uit haar hande: "Bybie, kom bietjie na Mamma toe."

"Dag, meneer Bradley, ek loop nou eers. Ek los jou swartstorm hierso," en hy vat aan die gerfie op die toonbank.

Meneer Bradley kom weer oorgeloop, spoeg 'n olyfpit uit, stamp teen een van sy tafeltjies. "Lucky, moenie vir jou fokken steeks hou nie, waarnatoe dink jy miskien vlug jy? Nog voor hierdie week om is, wil ek jou onder vier oë spreek. Jy gaan kom rapporteer, ek sê jou nou."

Lucky stap by die ladies' bar uit en deur die sitkamer daar met opgepofte stoele waar niemand ooit sit nie en gaan by so 'n sydeur uit wat hy ken van party nagte. Die sydeur is weggesteek agter 'n vertoonkas met leë skilpaddoppe en pers volstruisvere in blompotte. Toe hy uit is, dink hy wat ander miskien kan dink: Hoe weet Lucky Marais miskien daar is 'n sydeur agter daai kas? Hy hoop niemand het hom gesien nie, ou Wella veral.

Hy kom tussen die hotel en Missus Meissens se B&B, die lug in daai gangetjie wil hom net vasdruk. Hy sorg dat hy wikkel op sy Adidasse en kom op die parkeerterrein waar jy die hitte met jou blote oog kan sien. 'n Swart kat jaag agter 'n vispapier aan. Daar staan karre, nie baie nie, want die toeriste het kwaai afgeneem. Jy kan 'n eier op die bonnet bak, soos die mense sê. Hy wil dit nog probeer. Die blomme van die twee bougainvillea-bome agter by die ingang is helemaal verskroei, die wind nou amper rooi.

ogo

Sy swart voorskoot is vol aartappelsopspatsels teen die tyd dat hy klaar is met die berg aartappels. En die onderpunt van sy wit T-hemp ook. Hy's sommer dik vir antie Darleen dat sy hom so knaend opkommandeer vir haar vuilwerk, dis nog net sy gewete wat hom laat kom.

"O, meneer Bradley is weer weg Kaap toe," praat die mense in die kombuis. "Nee, hy het glo self met die Minister van Waterwese gaan praat om toestemming te kry dat hy van die dorp se water vir sy olywe mag kry. Wat sê mevrou

September? Gaan hy water kry? Weet jy dalk hoe praat sy, Lucky?"

"Nee, hoe sal ek nou weet. Is ek haar hoeder?"

"Ons vra maar net." Almal kyk na hom met sulke oë.

⸙

Hy't lam aan die slaap geval. Toe sy sel brom, is dit 'n SMS van Nieta soos hy voorspel het. Hy bedek homself toilet toe, hy't nog nie gesak nie, van wie lekkers het hy dan gedroom?

Nieta benodig hom vanaand, dis dringend. Sy weet dis swaar om so vroeg al ongesiens by die hotel in te kom, sy gaan moet betaal.

Toe kry hy 'n oproep van die ou mevrou, ook dringend. Oukei, hy gee Nieta twee uur tot halfnege, dan 'n draai by mevrou Kristiena-Theresa. Hy gaan.

Hy gaan stort eers en was sy kaal kop. Daar's nog niemand in die huis nie, die twee anties nog by hulle jobs, die kinders op straat. Dian nou-nou van die skool af terug, antie Yvette loop rond, sy het mos miere, daar staan haar Elna met naaldwerk onklaar onder sy stik-voetjie. Hy gaan staan kaal voor antie Yvette se ligpers hangkas met sy lang spieël en kyk na sy arms en bene en maag en draai om om sy rug in te kry, waar kort hy oefening. Dian nou die dag: "Jy kyk jou nog dood na jouself, Lucky. Jy kan nie jouself liefhê," en lag hom vrek.

Wat weet Dian van liefde, minder as slangkak. Voor die lang spieël smeer hy sy kaal kop in met spesiale room totdat dit blink. Hy weet hoeveel om te gebruik. "Jy moet begin met jouself, Dian. Dis waar liefde begin." Maar Dian het net bly lag, nog te klein om te verstaan.

Hy trek 'n vest aan. Maak nie saak hoe warm is dit nie, as hy na die ou mevrou toe gaan, is dit altyd nog 'n vest ook onder sy hemp, dis hoe sy daarvan hou.

Hy hang nog 'n bietjie. Een-een kom die mense terug, hy groet almal, almal kan sien aan sy hare en skoon hemp hy's aangetrek vir werk, hulle praat oor hulle eie goed wat die dag gebeur het. Hy klim op sy fiets, trap stadig deur die strate om nie stof op te tel nie en kom aan die onderpunt van Kerkstraat, dis die tyd tussen laaste lig en eerste donkerte, jy kan treurig word. Die dorp is stadiger as soggens. Mense kla so 'n bietjie, nie te nie, oor die werk, wat sal dit help. Dis afgekoel, katte kom op hulle pote om te begin jag, streepmuise, tortelduiwe, die dorp is genadiger. Sy mense kan 'n bietjie agteroor sit en kleingoed op hulle skote tel, 'n dop of soet tee vat. Dis aftyd, mensetyd.

By Nieta gekom, het sy die air con aan en dis ys, yskoud daar in suite 17. Sy sit en wag op haar sylakens, opgehits. Toe sy sy hand vat en daarnatoe stuur, dog hy sy het koors, die vrou. Hulle baljaar, maar hy is nie vanaand saam nie, waar's sy kop? Die ding is, Nieta voel dit aan, so gaan sy wragtig nie kom nie.

"Verskoon my asseblief, ek gaan net gou badkamer toe." Hy lig hom van die bed af. Sweet loop in koue strale langs sy boude af.

"Het ek jou verloor vanaand, Lucky?"

"Nee-nee, gee my net 'n minuutjie." Die air con raas omtrent. Hy kyk terug na haar op die omgekrapte sylakens, hy kan nog haar asem in uit, in uit teen sy adamsappel voel.

In die badkamerspieël gaan staan hy voor homself en laat rimpel sy spiere onder sy maagvel en draai sy nek diékant en daardie kant toe en probeer in homself kom. Hy probeer sy kop uitvee, hy's nog seweduisend vyfhonderd rand weg van 'n deal: *'99 Chico royal blue low kms mag wheels MP3 player Call Dawie.* Hy dink die stuk pad tussen Santa Gamka en die N1 presies soos hy loop, op die kop veertig kilometer ver, dan's hy op die N1, vetgee met sy royal blue Chico, reggae op sy MP3 speakers. Wegkom, dis waaraan hy dink.

Hy buig af en daar waar sy naeltjie is, raak sy maag aan die koue rand van die wasbak en hy draai die kraan vol oop en skok sy gesig met vars, koue water en droog af, hy's reg.

"Wag," sê sy. Hy hou op. "Dit sal tog nooit rêrig werk tussen ons nie."

"Wat?"

"Daar's net een mens in jou wêreld en dis Lucky Marais. Ek moet jou koop soos mens 'n pakkie sigarette koop. Daar kan niks real tussen ons wees nie."

"Ag, Nieta." Hy gebruik sy vingers, ekstra sag. "Nou's jy die een wat kwaai dink." Hy wil haar nie as kliënt verloor nie. "Wie weet hoe om jou soos ek te kielie. Kielie-kielie." Hy lig homself om na haar te kyk. Daar kom 'n stadige glimlag. Hy begin net 'n bietjie, baie bietjie werk en sy swik, sy gly weg onder hom. Hy ken haar te goed om nie te weet hoe om met haar te maak nie. Sy't hom nodig.

Twee uur later het hy haar klaar. Sy kyk nie na hom nie, maar sy lyk ook nie ontevrede nie. Hy stort, droog deeglik af, trek aan en kyk nie na die foto in die gang daar van die jagter en sy dooie koedoe nie.

"Soentjie?" sê sy uit gewoonte, haar oë weggedraai van hom af.

Soentjie, betaal, weg is hy. Taai gewees. Smaak van 'n hond se hol in sy keel.

○○○

Die Bodorp het doodstil geword. Toe hy instap by die ouvrou kan hy sien sy's ongelukkig. Hier kom nog werk vanaand. "Wat is dan die fout nou, Mevrou?"

"Weet jy dan nie?" sê sy.

O, dis die herdenking van haar seun, Danie, se verjaardag. Natuurlik, hoe kon hy vergeet het.

"In die fleur van sy lewe. Skink vir ons asseblief, Lucky."

Mevrou sal nooit self skink nie, skink is vir mans.

In haar kamer op die dubbelbed lê klaar handdoeke uitgevlei. Sulke ligbruines, beige. Oud soos sy koop jy nie meer handdoeke soos sy anties, blou en geel en rooi met dolfyne en bikini-meisies op, nie.

Mevrou gaan sit haarself versigtig neer op die bed, haar arms eensaam langs haar ingevou. "Werk aan my nek, asseblief. En aan my agterkop en oor my blaaie."

Hy kyk op haar rug, op haar langmou-vest. Klein lyk sy vanaand, kan sy ma gewees het.

Hy haal eers sy twee ringe en sy horlosie af en steek dit in sy broeksak. Hy vinger van die room uit die potjie, klaar oopgedraai vir hom op haar nagkassie daar. Dit het ook klapper in, maar dis romeriger en duurder as die goed wat hy aan sy kopvel smeer. Hy werk dit in haar nek in, vrywe sag tot die room begin wegsak en dan 'n bietjie druk met die duim. Hy is jammer vir haar van agter af. Op met haar nek werk sy vingers en agter die ore, sy kreun en steek haar hand uit en soek na sy been en rus daar.

Hy werk van die room onder haar vest op die skouerblaaie in, daar is 'n klomp knoppe daar. "Nou hoe's Mevrou so opgekrop vanaand? Het Mevrou waar seergekry?"

Net die skouertjies wat inkrimp. Hy respekteer haar. "Iets het gebeur met Mevrou, ek voel die spanning hierso, laas was jy nie so styf nie." Vat nou net nie van mevrou Kristiena-Theresa se waardigheid weg nie, as sy nie wil antwoord nie, dan laat staan jy haar.

Sy praat oopmond teen haar kussing. Sy't van haar oorlede man gedroom dat hy ingeloop kom en daar sien hy haar met Lucky Marais. "Tye het verander," sê sy vir hom, "wees tog bietjie sagmoediger met my. Ek het ook my behoeftes." Maar hy is nie te vinde met die toedrag nie. Hy sien nie hoe eensaam haar eensaamheid is nie en dat sy daarom met hom, 'n jong bruin man, bevriend geraak het.

Hy verfoei haar daarvoor. As straf neem hy vir Boelie saam hemel toe, haar lieflinghond.

Lucky se vingers hang bokant haar. Sy gaan haal die bruin ding van ver uit 'n droom en maak of dit nie hare is nie. Hy wag, sy vingers hang. Wag. Sy blaas onder hom uit en los die ding. Hy werk verder.

"As hy net gekyk het," sê sy teen die kussing. Haar gedagtes is miere. Nou's sy terug by haar seun, Danie, wat voor 'n vragmotor ingedraai het. Net een-en-twintig.

"Maar Mevrou het mos later by die polisie gehoor dit was al oor vyf en hy't westekant toe ingedraai met die son reg in sy oë. Toe sien hy mos nie wat aankom nie."

Sy los die treurigheid oor haar seun nooit nie, twee jaar gelede gebeur, sy's nog nie daar verby nie. Nog nie een aand het gekom of gegaan dat sy nie oor Danie gepraat het nie. Foto staan in 'n silwerraam langs die potjie klapperroom. Mooi seun met die groen kyk van Mevrou, reguit skouers, nie van Mevrou nie.

"Fleur van sy lewe," sê sy. Altyd. Die Here het geneem en al daai goed. 'n Nat kol asem vorm daar op haar kussingsloop. Hy sien sy kliënte op hulle gevoeligste. As hy in die magistraatshof oor hulle moet getuig, sal hy die rouste stories in die openbaar kan oopvlek.

Hy werk afwisselend sag en hard met sy vingertoppe al langs en terug soos 'n muis op die knoppe op haar skof. Die hele kamer ruik al na klapper soos een van antie Darleen se klapperkoeke op verjaardae. Die gordyne van Mevrou se kamer is swaar toegetrek en daar in die skemerte kyk al die portrette in ovaal en reghoekige rame na hom: Mevrou in haar trourok en die bruidegom, haar man, en ander vreemdelinge met streng oë en krimpmonde, soorte mense wat hy nie ken nie. Wil ook nie, dankie. Almal kyk na hom daar waar hy wydsbeen oor die mevrou ligsit en masseer vir al die geld wat sy besoek werd is.

En Danie op die bedkassie kyk en kyk met sy groen blik, g'n wonder sy kan hom nie los nie.

"Hoe voel hy nou, Mevrou?" Lou hand op sy been: aangaan. Hy wens hy kan al sy bier uit die yskas gaan haal.

Hier kom die hond ingeloop, snuffel aan sy skoenpunte aan oorskiete van die honne in Kanariestraat. As hy hom vol geruik het, loop lê hy so 'n ent van hulle af op Mevrou se mat en loer na hom. Moet net nie vir daai hond wys jy's bang nie.

"Mevrou," sê hy naderhand toe hy die tyd sien. "Mevrou, ek dink ek gaan Mevrou nou toemaak." En sonder om te wag op haar antwoord – hy weet wanneer hy leiding moet neem met sy kliënte – vou hy die bokkombers oor die skoffie. Is haar oë toegeval? En kom saggies op vir geval sy dalk nog op pad diep slaap toe is en trap weg van haar pantoffels wat met hulle neuse langs mekaar daar staan. Die hond se kop lig, elke aksie van hom word dopgehou. Hy wens Mevrou se man het maar eerder met die hond weggeloop soos in haar droom.

"Mevrou? Ek loop maar nou, Mevrou." O, die potjie room. Hy tree nader en skroef die deksel styf toe. Skuif sy ringe aan sy vingers. Alles net soos toe hy ingekom het. Sal hy aan haar rug vat, hy sien dan niks meer asem nie.

"Mevrou?" sê hy weer.

"Jou koevert is in die Davenport."

Hy loop op sy tone verby die hond se sluwe asem tot teen sy sokkies.

"My seun?" sê sy agter hom aan tot in die gang, en tot in die sitkamer dog hy hy hoor haar nog: "Danie? Die Here het my harder geslaan as ander."

In die sitkamer brand die staanlamp. Hy gaan sit en trek sy skoene aan. Dis 'n verligting hier ná daai klapperskemerte en die dodelikes in die portrette wat so staar. Wie anders sal vir Mevrou kom help soos hy dit doen. Hy ken die sitkamer, die kombuis ook. Sy bier. Daar staan sy blikkie bier heel voor dat hy nie agtertoe in haar yskas hoef te karring nie. Kaas, brode in plastieksakkies, wit skottels met glasdeksels, nog kaas, botter, bakkies met ou kos, strawberries, melk, sap, hier is kos vir 'n saamtrek en sy is maar net een mond. Hond kry seker van alles opgeskep. Hy sluk daai bier in twee slukke op. Nog een? Maar die hond het hom agtervolg, tippetie-tippetie, en kom hou wag. Die bliksem, lat hy net probeer om nog 'n bier te vat.

In die laai van die Davenport lê daar 'n smart pen (helemaal nie 'n Bic nie) en 'n skerp HB-potlood en 'n pakkie bruin koeverte links en 'n briewemes met 'n hef van ivoorbeen en in die ivoorbeen is uitgekerwe 'n apie wat 'n boek oopgevou voor sy apieneus hou: 'n aap wat lees. Oulik. Elke keer wanneer hy die laai ooptrek, verwonder hy hom oor daai mes, altyd op dieselfde plek langs die pakkie koeverte, dat iemand soveel moeite kon doen om 'n apie wat lees uit te kerf op 'n ding waarmee jy maar net briewe oopmaak.

In die middel van die laai lê sy koevert met *Lucky* op, in haar handskrif, en 'n streep onder sy naam. Mister D'Oliviera se handskrif op die swartbord is die tweede naaste aan Mevrou s'n en Eddy s'n is die naaste, behalwe dat jy syne nie kan lees nie, tel dit dan? Byvoorbeeld, as hy die mevrou s'n moet beskryf: Elke l soos wat hy opgaan en bo 'n langgevormde druppel maak en dan reguit afkom met sy afwaartse been, elkeen van hierdie l'e lyk elke keer presies op 'n druppel water dieselfde al is sy al oud. Dit wil gedoen wees. Hy sal nog vir Eddy een van die koeverte bring om te wys hoe die mevrou haar skoonskrif kan uithaal.

Hy maak die agterdeur oop en kom in die kolekamer en laat die deur in sy slot teruggly. Laaste ding wat hy sien, is dat die hond tot in die middel van die kombuisvloer met sy hekseoë kom staan het.

Wie was dit wat dit die eerste keer agtergekom en vir hom laat weet het, hom uitdruklik gewaarsku het, dat daar mense in die dorp is wat na hom op 'n manier kyk? Nie sommer soos jy na 'n gewone mens sal kyk, sê byvoorbeeld na 'n maat of 'n ou kennis wat jy weer raakgeloop het nie. Dis meer soos 'n kyk waarna jy knik asof jy iets weet van die persoon waarna jy nou net gekyk het en nog meer as dit ook – 'n nare soort kyk, amper soos na 'n los vrou in die Bybel se dae.

Die nag is vars buitekant, nie te droog en nie te warm nie. "Droogte maak dat die nagte koud kom," sê sy pa, hy weet. Hy's klaar met vanaand se job. Toe hy verby Eamonn & Eddy se huis ry, brand geel lig nog op hulle stoep.

"Ja en toe?" vra Eddy. Hy't begin vertel van die aand se job met die ou mevrou. Dis nou elke aand se ding dié. Tot van die skytstreep op die binnekant van Mister D'Oliviera se toilet (jy verwag dit nie van hom nie) vertel hy. Sy resep met elkeen van sy kliënte – hy vertel alles, hoekom nie?

"As ek daar aankom, dankie Eddy," (hy't sy eerste bier soos 'n glas water weggeslaan, Eddy gentleman bedien hom met 'n tweede) "dan staan die bed klaar so oopgemaak. Die laken en die kombers is in 'n driehoek weggevou, net reg vir inklim. En dan klim ek maar in soos Mevrou dit wil hê. Ek is professional, kliënt kom eerste." Lucky lag. Die stoeplig vang sy tande, nat met bier.

Eamonn staan agter Eddy se stoel en leun net 'n bietjie vorentoe met al twee sy arms los en weg van Eddy se kop af, los oor sy skouers, dis hoe hy staan. En Lucky wonder oor daai manier van luister van Eamonn.

"Ek hou my vest en my onderbroek aan en dan klim ek daar tussen die lakens in en dan moet ek altyd my kop so op my arm stut," hy beduie vir hulle hoe, "en na haar kyk, want dis mos hoe Danie altyd gelê het."

"Dan kom sit Mevrou nou op die stoel daar, daar's nog 'n trui van Danie oor die rug van die stoel met stof en blare op, net so gelos soos Danie hom uitgetrek het. Die trui bly net daar, hy gaan nie kas toe nie. Dan slaan sy 'n boek oop en sy begin lees. Altyd dieselfde stuk oor die ou boer wat aan die slaap geraak het onder die kameeldoring en toe hy opkyk, wat sien hy: o alla magtig, 'n spotty luiperd by die tone van sy boots. Herman Charles Bosman, julle weet mos."

Eamonn nie. Eddy vertel in drie, vier sinne die hele storie. Lucky luister stom na die woorde wat Eddy kies om met só min die hele storie kant en klaar te vertel, hy is 'n kunstenaar. En hy kyk na Eamonn wat luister (want hy luister nie altyd nie) en hy is by hulle twee, hy is. Nie soos partykeer by sy kliënte waar hulle hulle ding net vir hulleself doen en hy trens agterna: opskud, opskud, hy móét. Dis anders by Eddy & Eamonn. Dis gewilliglik sonder dat hy eers gekies het. Dis soos 'n nies, hy druk op in jou neus en vat jou en jy lat jouself vat. As daar liefde is, is hy vir dié twee lief op dees aarde.

"Oukei en dan?" Eddy is die een wat van elke draai en ding wil weet.

"Sy lees elke keer dieselfde storie met 'n stemmetjie nes sy dit gelees toe Danie nog klein was. En haar stem op dieselfde plek op en af ook. Kyk, dis nie die storie wat tel nie, maar of sy dit kan regkry om elke keer op dieselfde manier te lees. En ek moet net so op dieselfde manier met my arm onder my kop bly lê totdat my arm stokstyf staan soos 'n been wat jy in die veld optel. As dit warm is, tap sweet uit my kieliebak op die laken. Danie se leeslampie is ook nog aan en hy maak net hitte.

"Daar staan sy komputer en sy plastiek-soldaatjies bo-op die komputer met hulle gespierde arms, jy kan nog een van hulle optel en 'n geveg begin nes Danie dit gedoen het.

Daar hang sy kalender nog op April oop en nooit weer aangeblaai nie. Paasnaweek se ekstraswaar verkeer op die N1, toe kyk hy nie mooi nie, toe donner sy bakkie onder daai lorrie in. Fyn. Die jong man. Het hy ooit 'n meisie by hom gehad? Ek vra nie vir die mevrou nie. Policste het uit troos vir Mevrou gesê dit sou op slag gewees het.

"En sy vistenk ook nog, maar gelukkig is dit darem leeggetap, klipharde slym sit aan die glas nog net so. Ek dink nie Mevrou, ek dink nie Mevrou wou haar opsaal met visse en viskos dié- en daaityd. Maar anders is die hele kamer nog net so. As jy die hangkas oopmaak of die laaie ooptrek met sy sokkies, alles net so gelos.

"En aan die einde van haar storie sit sy die lampie af en lê haar hand op my voorkop, maar so dat sy nie aan my kaal kop vat nie, want kyk, Danie het mos reguit ligbruin hare gehad. En dan loop sy uit met die tissue voor haar oë. Dan staan ek op en trek my broek en my hemp en my skoene aan en ek loop sitkamer toe. Daar staan my bier klaar geskink. Die beneukte hond lê in die deur, ek moet oor hom trap om nie te triep nie."

"Waar sit jy dan?" Kleinste goedjies, dit wil Eddy ook weet.

"Nee, ek sit oorkant haar, weg uit die lig. Sy wil nie dan te veel van my sien nie. Die spelery is mos nou verby. As ek klaar gedrink het, sê sy: 'Op dieselfde plek.' En dan loop ek na die Davenport toe en trek oop, en daar lê my koevert met die geld met my naam op: *Lucky*, met 'n streep onderaan."

"More than one way to skin a cat," sê Eamonn.

En Lucky dink nog op sy fiets aan wat Eamonn eintlik bedoel het, hy't deur hom gekyk, dis die ding. Skin a cat. En op "cat" lig daai sangstem van hom. Gaan jy nou so 'n man kan verneuk? Dis baie laat en die straat lê voor hom soos in 'n dooie dorp. Hy trap sterk, hy's lus vir bed.

"My kind, die Bybel sê die sorge van onse wêreld en die verleidings van al die mooi goed, karre, alles. Dis alles begeertes van die mens en dit kom en verstik die woorde van die Bybel, en die woorde verdroë een vir een nes pannetjies water in die veld. En sommer gou ook. Solank jy maar kan sê wat is goed en wat is kwaad, my kind, anders val jy in 'n ongenade. En daar gaan nie 'n hand kom wat jou daaruit kan optrek nie."

ogo

'n Oproep op sy sel. Hy's in Pep, kies rokke uit vir sy sissies om saam te vat as hy Sondag gaan kuier. "Ja, dis Lucky, hallo?"

"Dis meneer Kobus van die plaas."

"Meneer?"

"Ja, dis ek Lucky, meneer Kobus van Bethesda."

Hy druk dadelik die rooi knoppie met sy duim in. Afgesny, morsdood. Is daar fout met sy pa of sy ma of sy sissies? Sy ma het mos haar sel. Sy's een om te bel vir enige ding. Hy laai gereeld krediet op haar sel. Rooiboer van Bethesda wat weer met hom wil neuk.

Daar brom sy sel weer. As dit weer hy is, is dit nou maar missed call. Hy gaan nie met Rooiboer praat nie, hoekom?

Dit is hy, selle nommer as netnou. Lucky gee pad na die agterkant van die winkel, daar's min lig daar. Pep probeer saamwerk en bespaar. Die regering het gesê 'n nuwe kragstasie sal 'n jaar ná die Wêreldbekersokker klaar wees en intussen moet almal so min krag vat as wat hulle kan.

Lelike goet, lelikes, van jare gelede op Bethesda maak dat hy van vooraf stomp raak: sy pa voor Rooiboer voor die blink waenhuis. Sy pa! '94 het nooit iets gemaak aan sy pa nie, hy't nooit niks mag bygekry nie. Saterdagaande gefok swaai hy sy bottel geelwyn voor hom en Dian se neuse: "Mandela het ons bruines deur sy gat getrek."

Sy sel lui weer. Hy't padgegee tot reg agter teen 'n stapel Stormy-komberse, wintervoorraad nou al.

Sal hy? "Ja, dis Lucky, hallo?"

"Lucky, dis meneer Kobus, gee my net 'n kans. Laat ek net bietjie praat. Moenie skrik nie, ek is nie 'n man wat jou te na wil kom nie."

"Wat wil Meneer hê?"

Toe val hy met die deur in die huis, probeer 'n ander taktiek as die ander middag. Nee, hy sit mos nou die dag in die haarkapper en vertel sommer 'n bietjie vir Eleina van homself, dit gaan mos maar so daar, hy't sommer sy hart oopgemaak daar onder haar skêr. Sien, sy vrou, mevrou Kobus, het mos nou haar inmaakbesigheid, die koemkwatte in stroop is nou so gewild, sy voer glads uit Kaap toe. En die laaste tweetjies wat nog by die huis is, hou haar ook maar besig, dis nie dat hy nie vir haar lief is nie. Eleina het gesnap wat hy bedoel, jy sien. Sy doen baie mense, sy verstaan hartsake. En toe kom sy met die ding dat daar iemand op die dorp is wat hom 'n bietjie kan help en toe kom dit nou so dat sy naam genoem word.

Lucky leun hom teen die stapel komberse, sy oor teen sy selfoon het begin brand. Hy hoor wat hier gesê word, gevra word, liewer, en hy brand. Hy sal in sy spore moet trap. Hoe weet Eleina miskien van hom? Kakdom. Is dit die woord vir hom?

"Meneer, ek moet loop." En hy druk die rooi knoppie op sy sel. Die donner.

Hy stap uit Pep sonder om rokkies vir sy sissies te koop en klim op sy bergfiets en ry Swartberge toe, hy het asem nodig. Hy ry tot hoog in die berg en probeer van Rooiboer vergeet en kan nie. Hy rus by die eerste piekniekplek met die bloekoms, by Eerstewater waar sy mense Sondae kom braaivleis maak en swem, tjopbene oral en nou's die water ook nog gedaan, en Rooiboer bly op sy gedagtes. Kort, fris bene gebrand in die son. So anders as sy pa s'n, harde senings en altyd in 'n langbroek. "Ou Rooiboer is 'n dwergie," sê sy ma en druk die patats een vir een tussen die warm kole in vir aandete. "Nou hoekom is jy bang vir 'n dwergie, Isak?"

Sy pa antwoord nie sy ma nie, hy gaan haar nou-nou klap, getartery vat hy nie.

Verder en hoër trap hy met sy fiets tot by Tweedewater en laat die fiets versigtig (dis 'n dure, hy pas hom op) weg van die pad teen die rotsmuurtjie daar staan. Hy klim af tot op die rivierbedding, op die klippe wat nog mos op het totdat hy by 'n poel kom, laaste van die watertjies. Dis koeler hier tussen die rivierkaree en kiepersolle, en op die koelte ruik hy die wildemalva en die vars van die wildekruisement. Rooiboer se ore is groter as die meeste mense s'n. Hy is 'n dwergmannetjie, dit help nou nie, hy gaan jou kry. Nee, hy gaan nie. Die hout daai dag wat hy teen sy pa gelig het voor die waenhuis. Kyk, as dit nie vir die nuwe wette was nie, het Rooiboer sy hand teen sy pa gelig al die pad tot in die hospitaal. Rooiboer se pa was ook 'n volkslaner. En sý pa voor hom ook, Rooiboer stam uit 'n geslag van volkslaners.

Lucky buk en skep met sy hand van die staanwater uit die poel en ruik daaraan. Slym sal hy nie drink nie. Hulle sê dit vat vyf geslagte voor jy jou naam suiwer van volkslanery.

En Rooiboer los hom nie uit nie. Net 'n dag later bel hy hom weer. "Gee my net 'n kans," sê hy. "Eleina het gesê ons kan in haar tuin ontmoet, dis baie privaat en as ons haar sê wanneer, sal sy die deur na haar stoep ooplos vir ons, sy sal nie sluit nie."

Hy besluit om te gaan. "Jy bring die oordeelsdag op jouself," sal sy ma sê as sy moet hoor. Net die een keer. Hy kan nie ontken dat hy 'n bietjie nuuskierig is nie. Wat is dit wat hierdie ryk boer met 'n vrou en kinders en 'n mooi huis en plaas van hom wil hê, die seun van sy arbeider vir wie hy nie 'n greintjie oorhet nie. Hy kan onmoontlik weet wat van hom geword het, watter soort mens Lucky Marais nou is.

As daar enige agterbaksheid gaan wees, is hy meer uitgeslape as Rooiboer. Hy staan vandag twee, drie koppe hoër, hy's jonger en ratser en sterker. Rooiboer gaan moet betaal. Hy gaan hom melk, laat hom kom.

❦

Hy't hom daai aand met moeite daar weggeskeur. Die stoep bly 'n lafenis, miskien net gelyk aan Mister D'Oliviera se sonkamer en dan op 'n ander manier.

"Lyk my die wêreld raak warm hier vir jou," sê Eddy. "Kry vir jou 'n paspoort en doen aansoek vir 'n visum. Ons vat jou saam New York toe," sê Eddy, Eamonn ook. Sommer so asof dit peanuts is, nie eens.

Hy gaan aan die vlie, hoog, hy's vry soos hy nog altyd wou gehad het, hy gaan na die hemel op aarde toe.

Op pad terug Onderdorp toe trap hy sy fiets of hy hom wil stukkend trap, hy vlie nog steeds en skielik 'n duwweltjie reg in sy vlees: of hy nou vir hulle sy stories moet vertel met al die aandikkery, vir wat? Vir hulle smaak?

Hy het agtergekom hoe ouer hy word, hoe minder weet hy wat reg is om te sê of te doen. Byvoorbeeld. Hy kan nie nou aan 'n voorbeeld dink nie. Dis net as hy iets sê, iets uit sy hart omdat hy reken dis die beste manier om iemand te plesier, dat hy ná die tyd nie weet hoe daai man dit gevat het nie. Hy is onseker oor homself voor Eddy & Eamonn. Hy weet nie.

❦

$7 - 5 = 2$. Hy's bly dis amper verby. Bly. 'n Bietjie plesier reg aan die einde, wie't gesê dood is treurig.

Die laaste ding wat hulle gedoen het met die aanval op

die pad, was om 'n prop in sy mond te stop. Snotsakdoek om iets hards gedraai, kan 'n petrolprop gewees het, anders hoekom het hy petrol geruik? Hulle het omtrent gespook om daai prop in te kry: Sy bek moes hulle net smoor. Hy't die wêreld moeilik gemaak vir sy aanvallers, hy't sy lippe opmekaar gepers en woes met sy arms geklap, al het hulle hom al vas gehad, hy sou nooit sonder baklei ondergaan nie. Daarna het die bobbejaanspanner, sy eie, hom weggevat. Tot hierso in die oond.

Wanneer het die verlamming ingetree? Van bo van sy kroontjie af ondertoe, met nog net sy breins wat binnekant sy warm skedel werk. Hy wens hy't Eamonn gehad. Eamonn sing, man: "You're not worth the full of your arse of roasted snow and bugger ya."

Of het die verlammming van onder af opgekom en soos hitte opgestyg in sy koue lyf soos as hy voor die mevrou se verwarmer staan, die ou mevrou in die kombuis doenig met tertjies in die microwave, iets spesiaals wat sy vir hulle twee het. En hy vat sy kans om sy tone bo-op die verwarmer te sit en die golfies hitte te sien opstyg, net so. Daar's sy: bord, servette en stram glimlag.

Wie's nou hier? Dis antie Darleen met haar groot gesig. Wat? "Vyfuur op die kombuishorlosie en waar's jy. Ek het nooit gedink 'n mens soos jy sal my in die steek laat nie."

"Los my, antie Darleen. Kan jy nie sien hoe's ek? Amper dood."

"Ek het altyd gedink ek kan op jou getrouheid reken, Lucky. Maar jy."

"Water, antie Darleen. Net 'n bietjie water."

Niemand kom meer hier nie. Te ver heen al. Sy nek swak. Pap geword. Daar's nie meer bloed daar om van te praat nie. Voete, kuite, boude sonder krag – hy't gespierde boude gehad, kon honderd kilogram met sy bene uitstoot, daai masjien werk jou kuite en boude, dis 'n bevrediging om so met jou onderlyf te stoot, amper beter as seks. Niemand eis performance van jou nie. Fokkit, tot voor by sy voël kan hy niks meer voel nie. Verlamming. Lyk of dit van onder af ingesit het. Kans dat hy hier uitkom (hy probeer lag). En as hy miskien nog gered word, is hy lam in 'n rolstoel. Beter lat hy maar morsdood vrek.

Luister hier, vir oulaas: *Worrie nie bra Montie: safe bly, sweet stay*. Petersen het so soet gedig en snaaks ook nog, hy kan sommer tjank. Bra Lucky, nie om te worrie nie. Ons bêre jou safe onder die grond, RIP-kruisie by jou kroon.

◊◊◊

Hy sorg dat hy eerste in Eleina se tuin is om hom 'n voorsprong te gee op die verrigtinge. Hy gaan staan onder die peperboom, dis lawend. Hy rook twee en 'n halwe sigaret klaar voordat die wit twin cab voor die hekkie stop. Daar is niks verdags aan meneer Kobus wat voor Eleina se huis stop nie. Sy's by haar salon en meneer Kobus laai seker maar iets af, steggies, eiers. Above board.

Lucky sien hoe hop Rooiboer uit die twin cab op sy hoë wiele. Hy bly net daar in die skaduwee van die peperboom op die ent van sy sigaret. Daar is niks om senuwees oor te hê nie, die man het nie sê oor hom nie, hy is helemaal vry. Wat sê jy vir so 'n man?

Rooiboer kom op die paadjie aan deur Eleina se stoftuin, aalwyn aan elke kant van die trap waar die paadjie lig en voordeur toe loop. Die son vang sy een oor wat nie helemaal onder sy hoed se rand in is nie. Hy kyk rond soos 'n akkedis: Waar's Lucky Marais? Die man het senuwees, voorspel niks goeds nie. So 'n man kan omswaai en iets onverskilligs aanvang wat hy nie vooraf beplan het nie. Rooiboer kom na die peperboom, gelei deur sy sigaretrook.

"O, daar staan jy. Dag, Lucky."

Handskud. Sal hy? Hy kan nie weier nie, anders moes hy

nooit gekom het nie. Hy het maniere. Hy skud met 'n kort, sterk grip. "Meneer." Hy ruik hom, glads aftershave aan.

"Lekker skaduwee hier. Jy kan nie verkeerd gaan met 'n peperboom nie. Ek sien selfs party van die doringbome gee die gees." Hy lag hogerig, die man probeer sy bes.

Om nie so bo-oor die man te troon nie, gaan sit Lucky op die klip wat daar staan, 'n gebaar, hy het dit nie so beplan nie. Hy druk sy stompie op die grond dood en sit wydsbeen, hang sy hande oor sy knieë af. Sy handpalms is nat en onder sy arms ook. Sy sonbril, Diesel, is nog op. Hy't sy ligblou sweetpakbroek aan, die dunne, en 'n wit vest en hy't sy nuwe runners aan. As hy moet hol, is dit waarin hy gaan hol.

"Waarmee kan ek Meneer nou eintlik help?"

"Kyk man, Lucky, laat ek jou nou so sê. Hoe sal ek begin? Ek dink jy sal my verstaan. Ek dink ek kan staatmaak op jou begrip. Eleina het my verseker, ek het jou mos gesê. Jy't groot geword, weet jy, ek sien jou mos nie meer op Bethesda nie."

Hy kan nie onthou dat Rooiboer se blankevel ooit so was nie. Daar waar hy 'n ent voor hom staan, hy kom ook nie nader nie, is sy vel gelooi, die hare op sy arms en bene gebleik teen sy rooi vel. As hy onder die boom in die son uitloop, sal hulle weer een vir een rooi skyn.

"Ek hurk eers so 'n bietjie. 'n Man raak moeg van so staan."

"Jy kan doen wat jy wil, Meneer." Hy het 'n las, dié man. Hy begin spyt kry dat hy ingestem het. Rooiboer is nie sy soort kliënt nie.

Rooiboer haal sy pakkie sigarette uit sy hempsak en tik twee uit, trek die een langer uit as die ander een en hou oor na hom toe. Lucky bly sit op die wit rivierklip daar sodat Rooiboer moet opkom van sy hurke af en vorentoe leun om by hom te kom. "Een vir jou?"

"Dankie." Nie sy brand nie. Syne steek hy met sy eie lighter aan en maak dat Rooiboer sy vuurhoutjies terugprop in sy sak.

"Nee, Lucky man, Eleina het vir my gesê jy service mense, ek speel maar oop kaarte." Rooiboer kyk op na hom. Sonbril op, sy uitdrukking sal hy nie kan uitmaak nie.

"Ek speel oop kaarte, soos ek sê, ek glo ek kan jou vertrou. Nou ja, jy sien, die ding is so in ons huis, in ons bed kry ek nie meer wat ek wil hê nie, wat ek nodig het nie. Jy weet as mens ouer word, verander dinge. Vinnig ook. Nou, Eleina het my verseker jy kan help. Jy's die man op die dorp wat met dié klas goed jou bemoei. En toe dag ek ek sal by jou kom aanklop. Hulle sê mos ons bly nou in 'n vry land."

Dit is seker wat hy doen, mense service. Uit die jagse ou donner se mond klink dit na honnekots. Daar gaan 'n lig op vir Lucky: Mevrou Kobus op die plaas, die Groot Wit Deeg, op 'n sonskyndag is sy vol ipekonders. Stug ook, sy ma het hom vertel. Op 'n mooi dag met haar yskaste vol en haar roostuin pragtig het sy nie die gawe van die Here gekry om plesier te verskaf nie.

Hy kyk na Rooiboer wat ook nie wegkyk nie. En toe weet hy, toe hy hom daar so sien hurk soos 'n kind, dat hy die oorhand het. Nou. En hy's nie meer bang nie. Maar hy het 'n fout gemaak met die ontmoeting, dis spilt milk.

"Ek is nie goedkoop nie."

"Nee, ek weet. Eleina het gesê jy kom teen 'n prys. Jy het ook mos so gesê nou die dag. Nee, maar 'n man betaal mos vir wat hy kry. Dis besigheid. Maar ek het darem ook gemeen omdat ons mekaar ken, jou mense daar op my plaas, jy weet, kan ons twee 'n special deal maak."

"Wat vra jy nou, Meneer? Wat is jou bedoeling? Special rates? Daar's nie sulke goed by my nie." Miskien is dit 'n manier om hom uit die ding te los. Hy sal sy prys te hoog maak vir iemand soos Rooiboer, sy hand was nog nooit oop met sy pa-hulle nie.

"Nee, nee, dis nie soos jy dink nie. Moet my nie verkeerd verstaan nie. Ek het iets anders in gedagte. Spesiale versoek, wag so 'n bietjie laat ek net 'n draai loop." Hy loop uit die skaduwee, die son skyn tot op sy kopvel deur. In die loop skuif hy sy hoed terug op. Hy loop haastig en krom. Hy't hiernatoe gekom met 'n las, dis dit.

Rooiboer loop met die paadjie af, hekkie oop, twin cab oop met sy langafstand-sleutel. Hy's haastig. Seker nie te veel tyd om te gebruik nie, mevrou Kobus is seker ook op die dorp, moet nog net die kinders by die Boereskool gaan oplaai, dan is sy klaar.

Hy kyk op sy horlosie: net na tweeuur. Fout gemaak, Rooiboer is nie een van sy kliënte nie, met sy kliënte hou hy dit plesierig.

Rooiboer kom teruggeloop met 'n Mister Price plastieksak, 'n grote, en gaan weer op sy selle plek hurk en maak die sak oop, koorsig. "Laat ek eers vir jou verduidelik voor ek uitpak, Lucky. Jy't nie dalk water daar by jou nie?"

"Hier's seker 'n kraan hier in Eleina se tuin."

"Wag. Ek sal nou-nou gaan drink. Wag eers. Kyk, Lucky, ek neem aan jy sal verstaan met jou job en so aan. Daar is verskillende maniere om die ding aan te pak. Dis nie maklik vir my nie." Hy kyk op en soek na sy oë, na 'n bietjie simpatie.

"Laat ek nou vir jou verduidelik: Die gereedskap is nie vir jou bedoel nie, ek wil dit vir jou vooraf sê dat daar nie aan die begin 'n misverstand kom tussen ons nie. Dis vertroulik, nè? Die goed is vir my bedoel. Ek bedoel, ek wil dit nie op jou gebruik nie, ek wil hê jy moet dit op my gebruik. Verstaan jy my?"

Toe pak hy uit voordat Lucky iets kan sê. Hy pak uit: 'n paar handboeie en 'n perdekarwats wat lyk of hy goed geolie is. Wie sou ooit kon raai? Meneer Kobus Lodewyk van Bethesda is glad nie sy kliënt nie, hier moet hy skoert. Voor hom op 'n sandpaadjie draf 'n stofdakkie-gogga, jy kan hom net sien omdat jy vir hom uitkyk.

Rooiboer sit met die boeie en die karwats, een ding in elke hand en dit lyk of daar nog van die gereedskap in die sak is.

Lucky het opgespring van die klip, hy wys met oop palms na Rooiboer toe: no ways. Hy't geskrik. "Is jy nou laf in die kop? Ek loop nou. Ek doen nie sulke trieks nie. Met jou? Los my uit die ding uit. Dis jou goete daai. Dit het niks met my te make nie."

"Kyk, Lucky. Kyk hierso, mannetjie." Hy blaas af en blaas weer op nes 'n trekkertube.

"Ek loop nou."

"Jy gaan wragtig nie loop nie, jy. Jy gaan my uitluister, knopgat. Ek het my verneder om hier na jou toe te kom, reg? Ek het nie gekom vir smeek nie." En hy prop die boeie en die karwats terug in die sak, die karwats se pietspunte steek nog bo uit, hotnosgot-spriete. "Jy kan my nie sommer so los nie. Nie nadat ek vir jou al die goed gewys het nie. Dis nie besigheid nie, dis nie hoe dit werk nie."

Hy kom op, die sak net so daar in die stof tussen sy harige beentjies. "Jy gaan nie sommer so wegloop en my hier los nie. Dis nie hoe ek dit begryp het nie. Nee, mannetjie, dit gaan jy nie aan my doen nie. Ek het jou vertrou siende dat jy in die professie is, nou wil jy my wegsmyt. En ek het my oopgevlek teenoor jou, man."

"Meneer? Ekke . . . ek moet loop, asseblief." Hy's byna onder die skaduwee van die peperboom uit, byna op die paadjie, daar voor is die hekkie wat hom kan uitvat op Gertsmitstraat en knap links af hoofstraat toe met die bloekoms, hy kan aan g'n beter plek dink om te wees nie.

Rooiboer het sy hoed weer op, hy skreef sy oë en kyk, en hy onthou nou skielik daai kyk, dis hoe hy sy pa op Bethesda gekyk het. Sy eie oë agter sy sonbril kan Rooiboer egter nie sien nie, dis in die oë wat jy iemand se vrees die maklikste kan uitken.

"Moenie my vandag hier los nie. Dis nie hoe jou speletjie werk nie. Dan nie? Ek weet mos wat vang jy hier in die dorp aan, dink jy ek is 'n poephol? Ek wil jou nie dreig nie, my maat. Dis nie hoekom ek gekom het nie. Ek het gekom omdat ek uit 'n betroubare bron gehoor het dat jy die man is wat ek kan vertrou."

"Kyk, meneer Kobus, met respek, ek het oorgenoeg kliënte. Ek kan jou ongelukkig nie help nie. Ek moet nou rêrig loop."

Die skrewe oë onder daai hoedrand en die hare wat op sy voorarms gaan staan het en sy voorarmspier, wit en haarloos, drie keer dikker as sy pa se seninkie, lig die spar teen sy pa. "Jy kan my nie slaan nie, meneer Kobus, daar's wette in die nuwe Suid-Afrika, jy moet die wet gehoorsaam." Helder kom die geskiedenis terug onder die skerp, warm peper van die peperboom en hy's bang. Hy is.

"Goed, Lucky, kom ons maak so. Kom ons maak 'n deal, net tussen my en jou."

"Ekke . . ."

"Net tussen my en jou. Niemand weet daarvan af nie, niemand hoef ooit te weet nie. Kom ons vergeet eers van die gereedskap." Hy rol die bek van die Mister Price-sak in 'n rolletjie op en sit dit eenkant toe en die rolletjie rol terug oop.

"Kom ons maak eers net soos gewone mense, ek het 'n bottel Klipdrift saamgebring, ons kan eers 'n bietjie ontspan. Ek is nie so 'n slegte ou nie, Lucky. Komaan, man, jy ken my mos nie privaat nie. Ons kan dit geniet, ek en jy. Wat sê jy? Kom ons gaan in, Eleina het haar sleutel vir my gelos. Kom ons probeer weer. Ek wil jou nie dreig nie. Jy's die man wat jou dienste aanbied hier op die dorp, dan nie, Lucky?"

"Ek loop nou eers, Meneer." En hy swaai weg van Rooiboer en sy sak en hy's deur, met een aksie het hy die hekkie agter hom in sy mikkie toegemaak en op straat staan hy en weg is hy, links af in die son hol hy dat die helle op hom staan. As hy moet, kan hy nog vinniger, hy't stamina, hy kan ver wees voor Rooiboer sy twin cab opgestart kry. Honne blaf uit tuine, bestorm die hekke soos sy spore klap op die teer, hy't die regte sole onder hom.

Die man wil hom met mening onder kry soos hy al die jare met sy pa-hulle reggekry het, stomme drommels. Die ding is, hy't 'n ander klas mens geword as sy pa en sy ma, en Rooiboer weet dit nie. Hy kan sy man teen hom, enigiemand, staan.

Voor die poskantoor vat hy 'n blaaskans, hande op sy knieë, sy asem kokend uit sy borskas. Hy kyk op en af by die hoofstraat en hol verby Pep en aan tot in die Seven-Eleven.

"Een Coke, asseblief." Hy haal sy sonbril af, vee sweettrane weg. "Dankie, Meneer."

"Hoe hardloop jy dan soos 'n mier op 'n stoofplaat, Lucky?"

Talm in die kosyn van die Seven-Eleven, agter hom lag meneer Petrus nog, sy gemmerkat uitgestrek op sy toonbank. "Dat 'n man in sulke hitte nog kan hardloop," sê hy.

Kyk links, kyk regs, en hy's agter om die winkel tot waar die bank staan, vir mense onder die boom daar. Rooiboer het hom nie agternagery nie. Rooiboer het opgegee en aanvaar. Hy kan hom nie dwing om te maak wat hy nie wil nie.

"Ma, moenie met my lol nie."

Sy't weer skrams na sy job verwys. Nou wil sy niks verder sê nie. Hulle twee sit onder die doringboom met sy kolle skaduwee. Die blare in die boom het yl geword om minder son en wind te vang. So maak doringbome in droogte en oorleef. As die reën nou maar net wil kom. Sy ma se voorkop vang son en vanaf die ken is daar skaduwee ondertoe tot op haar gevoude hande en dan eers vang haar knietjies weer son. Sy ma se lyf het 'n ou perskepit geword. Sy klap nie die vlieg op haar neus weg nie.

"Ma," Lucky leun vorentoe om die vlieg weg te klap. Laat hom mos aan 'n dronke dink, iemand wat nie oplet op 'n vlieg nie.

"Jy is 'n ordentlike geborene mens, Lucky." Sy lag, maar nie regtig nie. Vroeër dae het sy ma miskien nog gelag.

"Ek het vir ma-hulle al die goete gebring. Melktert en skoolskoene vir al twee die meisiekinders en 'n sak aartappels en snoek en agt rolle toiletpapier en longlife en nog al daai ander goete ook, daar lê dit nog net so." Hy wys met sy kop na hulle huis toe, die voordeur lê oop. "Wil Ma nou hê ek moet dit terugvat?"

"Jy het my garing vergeet." Sy hou haar hande gevou, haar oë op haar hande. "Dis nie wat ek meen nie, Lucky. Die Here het sy oë op jou, Lucky."

"Ek doen wat ek kan, Ma, dis wat ek sê. Ma lol nou met my. Ek maak niemand seer nie. Ma trap my soos 'n wurm vanmiddag."

Sy lag so effens, vroetel in haar roksak en vat haar twak raak wat sy in 'n stukkie koerantpapier rol. Een van die honne draf skeef aan en kom staan onder sy hand.

"Jy gat seerkry, Lucky. Jy is my kind."

"Nie maklik nie, Ma. Ma weet mos ek is slim. Moet ek die eetgoete vir Ma gaan uitpak?" Hy staan op en loop oor die hardgetrapte jaart na die huis toe, hond drentel op sy skene.

Toe hy in die deur staan, roep sy ma agter hom: "Mense sê hulle het jou gesien met die man hier onder, dis wat ek meen. Jy moet in jou spoor trap. Kyk hoe mors hy met jou pa." Sy blaas haar rook op in die doringboom, sy't gesorg dat sy vinnig praat voordat hy met iets kan inval.

"Waar het Ma gehoor? By wie nogal? Daar's niks. Net mooi niks nie, hoor. Ma moenie jou ore uitleen vir skinner nie, hoor nou vir my." Hy't geskrik, skrik dwarsdeur hom soos gatpyn.

Nou kan hy nie meer in hulle modderkliphuis inloop nie, die binnekant gaan hom vasdruk daar met sy reuke en knapgeid. Hy vat aan die karsleutels in sy broeksak om hom sekerheid te gee dat hy kan wegkom van hierdie plaas, Rooiboer s'n, hy't weer Kosie se taxi gehuur om uit te ry. Hy's skielik kwaai oorrompel hier vanmiddag.

Stories oor hom begin hom inhaal, lelikes, tot uit sy ma se mond. En daar is niks, hy het niks verkeerds gedoen nie. Net as hy aspris begin dink soos aspris 'n siekte gaan staan en opdoen. Hoekom? Dis anderman se gedagtes oor sy job. Hy vat dit nie. Hy glo dit nooit.

Sy sissies kom uitgeloop, elkeen met een van die sjokoladesuigstokkies wat hulle uit een van die Spar-sakke gaan krap het. Hy buk af en druk eers die kleintjie en dan vir Valerie.

"Lucky," sê die stemmetjies gelyk en vat taai aan sy hemp met die borduursel op die sak. "Wag, laat ons daai perdjie op jou sakkie bietjie voel, Lucky."

"Ma, ek ry maar nou. Waar's Pa?" Hy moet hier wegkom. Hy kyk bo na die koppie toe en oor hulle huis heen en af ondertoe al met die paadjie langs wat na meneer en mevrou Kobushulle se huis toe lei, so 'n twintig minute se stap, miskien minder winters as jy woeker. Te eniger tyd kan Rooiboer 'n gier kry om op daai paadjie aangestap te kom hiernatoe.

Sy ma sit en kyk vir hom met haar papgerolde sigaret, spyt op haar gesig, sy's erg oor hom en nou weet sy nie meer wat om te sê nie.

In Kosie se taxi, ook 'n Chico (hy't sy oog op 'n nuwer model) sit hy die musiek aan en weer af: Hy sal wag tot hy van die plaas af is. Nie nou geraas maak en onwelkomes lok nie. Sy sissies waai, daar staan die kroeshonne ook en kyk. Vanaand sal hulle pense dik staan, hy't weer van daai hondekos gebring.

En sy ma. Hy sien haar nog een keer in sy kantspieël, nog net so op die bankie onder die doringboom. Opgekrimp. As sy nog iets gehad het, sou sy hom daarmee wou agterhou. Hy sal vir Eddy-hulle gaan kuier vir die res van die Sondag, nee, Mister D'Oliviera, hy's beter met raad oor plaaslike goete. Wat weet Eddy-hulle van 'n man soos Rooiboer af? Maar die veiligheid van Eddy & Eamonn se stoep trek hom aan. Sy kop raak deurmekaar, hy klim uit om gou-gou die hek oop te maak en draai in op die teerpad na Santa Gamka en gee vet.

༽༼

Rompie en Sarie daar voor hulle. Eddy & Eamonn en hy wat op die stoep bier drink, bene lank uitgestrek, en die honne maak sirkus. Hap en trek terug, hap seer en skree en wys tande, trek die stert in hol dat dit klap, gaan lê en gee oor en kom skielik op, verras deur die ander een, en klips hom op sy neus, nou is Sarie se hele neus binnekant Rompie se bek – Rompie is groter – en dan los hy weer en Sarie spring om en vat Rompie van agter af, hondjie-styl, en Rompie se oë val toe soos 'n regte meisie wat pyn en plesier te selle tyd vat. Waterbak: drink die kosbare water, die twee kyk op na die drie mans, lag met hulle honneoë en val neer, Rompie met sy nek in die holte van Sarie se maag en binne oomblikke is hulle in droomland.

༽༼

Dis Dinsdagaand, die maan is net nie vol nie en hy's laf, los vir enigiets, hy's lief vir so 'n aand. Dit sal vanaand Mister D'Oliviera s'n wees.

Nog 'n bietjie vroeg, hy wil nie te betyds wees vir die afspraak nie, hy sal vanaand sommer stap. Hy loop reg oos van die hoofstraat totdat die teerstrate ophou en die grondpad voor hom begin. Hier draai hy links tussen meneer Bradley se olyfboorde op regter- en linkerhand. Hy klim deur die draad en loop tussen die vaal olyfbome deur – daar's 'n ystervark, swart en wit, swart en wit skoffel hy agter sy aandete aan – en aan deur die vaal bome, wes, terug, die maan op sy skouers, hy moes nie 'n wit hemp gedra het nie, behalwe dat Mister D'Oliviera hom in 'n wit skoolhemp verkies, hy weet mos.

Hy kom by die einde van die boord waar 'n rif doringbome net so gelaat is vir uile en ystervarke en erdvarke en die kleiner voëltjies. As hy nou net 'n gaping kry om deur die bome blik te kry op Mister D'Oliviera se huis, sal hy weet of hy voor sit of nie. Sommer om hom 'n bietjie skrik te maak vir die lekkerte, so gemaak, kry hy sy hart klaar aan die klop. Die privaat hart van Mister D'Oliviera. Hy probeer altyd op die partikuliere kliënt konsentreer soos hy aankom. "Noem my Jo," dit kom al natuurliker. Los, sanderige kluite, hy moenie gaan staan en tiep oor die sproeierpypies van een olyfboom tot by die volgende ene nie. Drupbesproeiing. Olyfboom is 'n taai ding.

Van al sy kliënte is Mister D'Oliviera die minste met sy lyf gepla. Kyk en verbeel is genoeg vir hom, sy waarheid hou hy binnekant homself. Van ruik hou hy ook. Hy praat van 'n flawed character soos David Lurie in die *Disgrace*-boek en kan aanhou oor hoe menslik sulke flaws karakters maak, naderhand begin jy dink hy praat oor homself.

Hy sweet onder sy hemp oor die ompad wat hy gevat het, Mister D'Oliviera se huis lê helemaal aan die oostekant van die dorp, eenkant soos hy dit wil hê. Hy't gestort net voor hy gekom het, aftershave, al die trieks in die boek. Hy knoop sy hemp oop. Nee, los maar, vatmerke wil hy nie op die wit hê nie, dis nie Mister D'Oliviera se keuse nie. Oor vars sweet sal hy nie omgee nie.

Hierso, 'n opening waar doringtak afgebreek is vir vuurmaakhout, maanlig op die pad voor Mister D'Oliviera se huis verby, koejawelbome links en regs van sy voordeur. Hy is nêrens te sien nie. Binnekant, neus in 'n boek. Hy sal om die rif doringbome loop en op die pad kom, deur die doringbome gaan hy homself nie forseer nie, die pendorings winkelhaak dalk net sy hemp.

Kos, slaap, seks, Mister D'Oliviera het nie die gewone behoeftes nie, sy hart lat hy jou ook nie deurkyk nie. Lees, dié moet hy. Uit sy boeke haal hy die meeste van sy idees. Jy sal dit nie sê nie, maar Mister D'Oliviera is ook 'n avonturier. As hy byvoorbeeld voorgelees het in die klas uit die grootste skrywers van die eeu en by die warm stukkies kom, het sy stem sappig geraak, sy woorde kon beeld vir beeld oordra sodat jy agter toe oë kon sien, vat, voel: 'n vrou of 'n man of 'n vrou en 'n man saam, jy kon hulle presies so verbeel. Mister D'Oliviera se stem het 'n fliek geword.

Deur die draad, pasop dat sy hemp nou op sy rug bol nes hy buk en deurklim en een van die doringdraadjies vang die lap. Karligte van onderkant die olyfboord. Kan die poliesvên wees, nee die ligte gooi te breed vir 'n poliesvên. Kan meneer Bradley wees wat agter ystervarke aan is, hulle maak moles tussen sy bome. Hy wil liewer nie dat hy hom hier tussen sy bome sien nie. Daar het kwansuis 'n gevoelentheid tussen hulle gekom ná die skielike dood van Bybie (hy't gaan help met die begrafnis en agter tussen mevrou September se appelkoosbome gat gegrawe, grond was soos klip, baie tragies).

Die kar is breed van voor, poliesvên is dit nie rêrig nie, kom vinniger aan as wat hy verwag het, hy trap terug en steek homself weg. Die ding is, die bome is al te yl vir skuilplek. Hy drafstap verder tussen die ry af en sien 'n watervoor daar. Hy val plat sonder om twee maal te dink aan sy hemp, kliënt nr. 3 se fiemies.

Is meneer Bradley se Jaguar. Sy koplampe gooi vol oor die pad. Hy koes nog platter daar in die voor waar hy homself vuil lê.

Arm by die venster uit, kyk die nag deur. Hy weet iets van die man. Altyd op sy hoede vir geval iemand hom indoen. Agterdogtige geaardheid, jy sal dit nie uit hom kry nie. En bloeddruk ook nog. Meneer Bradley met daai tandegevreet van hom. Dis die man wat Nieta moet soen. As hy maar weet. Sy anties reken dit was meneer Bradley wat Bybie laat vergewe het.

Meneer Bradley kom op die teerpad wat voor Mister

D'Oliviera se huis verby loop en Lucky hoor hoe die man vetgee en opdraai in Smutsstraat en opry dorp toe. Hy sug en lig hom uit die voor op.

James het hom lankal gesien deur sy uitpeul-honne-oë. "James, good boy, James." Hond praat net Engels op 'n Afrikaanse dorp. Smoorblaffies, drie. Die Jaguar met sy koplampe het nie 'n bietjie sy bui omgeflip nie en soos hy hom sluip-sluip by Mister D'Oliviera se onderdeur inlaat en die knippie terugskuif, geluidloos, bodeur steeds ooplaat dat hy niks agterkom nie, probeer hy hom weer aanpas, terugpas, todat hy losraak van iets, iets boos wat by hom wou registreer. Hy is hetig tot op sy vel, hy't hom in die loop so goed hy kan afgestof, sy onderbroek ten minste skoon. Hy's reg, hy is nie. Hoe kan hy ooit 'n match wees vir Mister D'Oliviera? Sy vonk is in sy verstand, daarso. Hy's 'n seëning vir Santa Gamka en wie besef dit? Dankie Goeie Gewer vir Mister D'Oliviera.

The Van Eedens felt that it was about time for their only son to marry someone who, in other respects, was worthy of their standing. The young man had had, thank God, a sophisticated enough upbringing to realise that love should enter into the matter only in the last instance.– "Wie het sy boek so begin?" Tjoepstil, die hele klas. Net sy hand skiet op. "Yesss, Lucky?" En net die manier waarop hy "yesss" vir hóm sê, verteder hom. Moes hy tog maar sy studies by Wes-Kaapland uitgesit het?

"Hallo, Mister D'Oliviera, is mos vanaand?"

"Ja seker maar, Lucky, seker maar, jong. Met jou kan dit seker maar enige aand." En hy lag te ondeund vir woorde. Op sy stoel, geplant. En so sal hy dwarsdeur die sessie bly. Oukei, Lucky, dit, oukei, Lucky, dat. Tot hy uitasem raak net so in sy stoel net van kyk. Sy eie erotiese instink (soos hy dit noem) aangewakker. Maar vat? Nooit nie. Van verrassings hou hy, dit weet Lucky verseker. Maar 'n slag sorg dat daar van hom besit geneem word nog voor hy aan dink kan dink?

"Moet ek staan of sit?"

Net so bly staan, beduie Mister D'Oliviera vir hom. Daar's amper niks lig in die sonkamer nie. Hy vat die whisky wat hy vir hom ingegooi het, drie vingers, en sluk dit met een slag weg. Glas terug op die lappie daar. Hy kyk nie na Mister D'Oliviera nie. Begin net.

Vanaand gaan hy ver, hy't 'n allamagtige stywe van waar af gaan haal. (Nie van dink aan Mister D'Oliviera nie, miskien nog Cloëtte). Mister D'Oliviera kug. Sien wat hy sien. Om die arms van sy stoel vat sy kneukels vas en los en weer dieselle. Lucky dog: Nou staan hy op, lyf tot lyf gaan dit wees. Nooit.

Toe staan Mister D'Oliviera op en loop by die voordeur uit, James agterna.

"Jo?" Lucky is deurmekaar oor die reaksie. Ná 'n rukkie kom sigaretrook van buite af in. Hy't Mister D'Oliviera nog nooit sien rook nie.

Hy maak dat hy in die badkamer kom, hy ken die huis baie goed. Warm water, suurlemoenseep. Die water in die dorp het bruiner en brakker geword. En 'n lang pis, hy moet altyd ná die tyd sy ervaring met wie ook al uit homself uitpis. Iets moes met Mister D'Oliviera gebeur het. Hy voel vir die man, hy voel vir hom. Het hy iets in hom losgemaak wat maar moes binnekant gebly het? As hy het, wou hy nie. Asseblief, Mister D'Oliviera.

Tande in Mister D'Oliviera se eiervormige skeerspieël, ewe en spierewit. Sy tande van wie? "Jy't rondgenaai," hou sy pa nou nog met sy ma aan, die ou dagga-asem.

Voor die spieël druk Lucky sy wit hemp terug by sy broek in en trek die toilet net halfpad, want dis net 'n pis, water is water, en kom uitgeloop deur die gang, skilderye en goed teen die mure tot in die sitkamer. Mister D'Oliviera is nêrens te siene nie, maar die koffietafel daar staan weer haaks, James plat op sy kennebak.

Uit die CD's kies hy Luther Vandross en draai die volume middelmatig op en gaan haal 'n bier uit die yskas en gaan sit en vat hom vas sodat hy nie verder aan sy job en sy kliënte dink nie, hy't genoeg vir 'n nag gehad. Hy's bly waarvoor hy gekom het, is verby. Hy kan nou lag en Mister D'Oliviera aan die lag maak, dis nie moeilik nie. Die ding is, van al die huise van al sy kliënte hou hy die meeste van Mister D'Oliviera s'n.

Mister D'Oliviera kom ingeloop, netjies gemaak, kyk na die CD-speler, na die musiek wat hy gekies het. Hy gaan sit die staanlamp aan en toe weer af en hulle sit lank so met net die hond se asem en Luther Vandross tussen hulle en die maan wat regtig lyk of hy vol en nie net driekwart vol is nie, wat by die oop bodeur ingooi en wat die agterkwart van die hond silwer maak, al is hy swart.

"Ek is seker dis volmaan vanaand."

"Nee, jy kan op my maankalender gaan kyk, ons is twee aande weg van volmaan. Maar hier in die Karoo, jy weet mos hoe helder skyn die maan hier. Jy sou kon sê vyf nagte volmaan met in die middel die grote, die regte een. Ek het 'n boek vir jou wat ek wil hê jy moet lees, Lucky."

"Waar's jou bier vanaand?" vra antie Yvette nog.

"Niks vir my vanaand nie."

"O, maar jy's my man." Al die anties kyk vol bewondering op. Enigiets met alkohol te make maak hulle lywe gespanne.

Lucky gaan ook vroeg slaap sodat sy gesig skoon en sy oë helder kan lyk vir die foto's. Dis die laaste ding wat hy nodig het voordat hy sy Non-Immigrant Visa Application kan gaan ingee. Daar was net een probleempie met vorm DS-156, maar hy gaan nie nou daaraan dink nie. Eddy & Eamonn het hom dit help invul. Eamonn was die man met die helder kop. Die woorde is common sense.

Michelle kyk omtrent nie op nie toe hy inloop by die prokureurskantoor en vra vir 'n paspoortfoto. "Nou toe, daar is die stoel, gaan sit maar."

Hy tjek eers sy hare in die spieël daar. Die spieël is opgesny in skerwe en weer saamgevoeg in die vorm 'n flamink. Sy neus sit langs sy oor. Hy vryf met sy sakdoek oor sy kaal kop en gaan sit. Stoot sy bors uit, maar nie te kwaai nie.

"En waarnatoe dink jy miskien gaan jy?" Michelle verstel die kamera, een van die driepote is laer as die ander twee, hy kan dit van hier af sien.

"Amerika toe saam met my vriende." Hy probeer gaaf wees.

"Jy sal nooit daar inkom nie. Petro het al vyf keer probeer en elke keer weier hulle haar. En sy't 'n gerespekteerde werk. Nie soos party mense nie."

"Wie's Petro?"

"My boesemvriendin op Oudsthoorn. Baie sexy. Oukei, smile vir die kamera."

"Jy's nie veronderstel om te smile nie, Michelle." Hy's seker die paspoortfoto-ding is 'n sideline vir meneer Hattingh die prokureur, dis nie asof dit haar besigheid is nie, daarvoor is sy te slordig. Sy gee ook niks begeleiding nie: Sit 'n bietjie regopper of meer na die kant toe, jou een skouer is van die foto af. Hy't 'n das vir die foto aangesit, is een van Mister D'Oliviera s'n. Klaar geknoop by hom gevat, niks mag verkeerd loop nie.

"Sit ek regop? Die foto moet jou volle gesig wys."

"Dink jy ek is simpel?" Sy kliek. "Oukei, dis klaar." Sy vang die blink fotopapier wat agter by die kamera uitkom, waai dit heen en weer en blaas daarop. '"Dè. Dis tien rand per foto, met ander woorde veertig vir al vier. Moet ek dit tjap?"

"Nee. Hierdie foto's is nie reg nie. Die muur agter jou mag nie kleure en patrone ophê nie." Hy kyk rond. "Ek moet teen 'n neutrale muur sit soos daai een daar."

"Ons het nog al die jare ons foto's so afgeneem en geen klagtes ontvang nie. Moet net nie dink 'n wit muur gaan jou help om 'n kamtige visum te kry nie. Amerikaners verdra nie skorriemorries in hulle land nie."

Hy kan haar klap. Hy sluk wat hy vir haar het en dra die

stoel tot voor die wit muur en gaan sit weer. Hy's uit die veld geslaan oor hoe swak hy op die vier foto's lyk. Om sy oë is dit bloupers soos iemand wat te min slaap en sy lippe het met te veel kleur uitgekom. Dis nie naastenby hy nie. En hy't boonop 'n uitdrukking op sy gesig wat hy nie ken nie.

Michelle stel weer die kamera op. "Jy sal moet betaal vir al twee stelle. Ek is jammer." Sy tuit haar lippe om hom nog maller te maak.

"Neem nou asseblief mooi, Michelle. Is die lig reg gestel? Dit lyk nie soos ek daai nie."

Sy marsjeer agter die kamera uit en kom vat die vel met die vier foto's by hom. "Nou wie dink jy is dit as dit nie jy is nie?"

"Asseblief, Michelle."

"Oukei, is jy nou reg?" Sy't versag.

Hy hou sy skouers reguit en kyk vas in die kamera-oog. Hy kan amper huil. Hy onthou iets wat Eddy gesê het: "As jy na te veel pornografie kyk, begin dit jou naderhand affekteer. Jou siel raak troebel en onsuiwer."

Sy kliek weer. Hy is stom, gedagtes raas deur sy kop. Hy dink goete oor homself waaraan hy nie eens wil dink nie. Second-hand. Dis nie die woord nie. Dis nie hy nie.

Hy betaal vir alles. Die hele aansoek-ding het hom 'n fortuin gekos, meer as wat sy pa in 'n maand verdien. "Het jy nie 'n koevert nie?"

Sy trek 'n laai oop en haal onwillig 'n koevert uit. "Jou soort," sê sy en gaan aan met haar simpel werk sonder om weer na hom te kyk.

Hy groet die sipiere by die Korrektiewe Dienste toe hy verbyry. Netjies in hulle bruin uniforms, langbroeke met 'n plooi in gepars. Sipier Eduard Jansens en Klein John en oom Oortjies. Hy ken hulle almal, hulle weet wie's hy. Manne wat tel op die dorp. Manne met 'n trots, al doen hulle nie veel meer as so op die stoep sit en gesels oor wat nie.

Oor en oor eggo hulle huis by hom, nes 'n liedjie in die kop wat jy nie soek nie. Die sinkplate op die brakdak en die klippe bo-op wat die plate vaslê en die ou modder onder die plate teen die hitte en die goete binnekant, die alleenheid daarvan, die tafel daar en die twee stoele en die dresser en sy ma se private kassie en die ander kamer met die gordynafskorting daar en die plat matras waar sy sissies slaap noudat Dian ook uit die huis is en sy pa en sy ma se arme klere, niks eintlik, aan die hake aan die muur asof hulle daar hang en kyk na die bed waar sy pa en sy ma op slaap.

ΩϘΩ

Nag. Hy waai en slaat met sy arms na goete, wie? Hy kan nie uitmaak wie's dit nie. Vier foto's almal van hom kom op 'n ry voor hom verby, hy lyk soos Michael Jackson met te veel lipstick, hy lyk soos 'n pimp-ding. Hy skree by die kamer by die huis by Kanariestraat af dat die honne aan die blaf gaan.

"Wat's fout, Lucky?" Sy drie anties knipper, hulle het in die deur kom staan, die lig aangeskakel.

Antie Yvette hand-oor-mond teen nagasem: "Wat is dit, Lucky? Jy laat ons skrik, mens. Wil jy bietjie suikerwater hê?"

"Daai's nagmerries." Dian trek die kombers oor sy kop.

ΩϘΩ

Nieta bekyk haarself, gooi die lap terug oor die spieël en trippel bed toe en trek die laken vinnig op toe sy sien Lucky hou haar dop. Hy het 'n handdoek om sy lyf, nog vol druppels. Nee, vandag word 'n stort van hom vereis voordat hy met haar mag begin, selfs al is hy gestort van die huis af weg.

Sy weet hy weet sy't na haarself in die spieël gekyk. Hoe sy begin uitsak.

"'n Lyf is 'n lyf," sê hy vir haar.

Sy kyk lank na hom. Of hy dit bedoel. Lucky kyk nie weg nie.

"Nou hou ek nog meer van jou," sê sy. "Weet jy hoe sad maak dit my?"

"Dis respek, dis al." Hy vat haar hand in syne en sy druk al twee hulle hande teen haar bors wat klop.

Hy kan nie sê wie het respek vir hom geleer nie. Dit het met die lyf daar te make. Die letsels: moesies en rowe en onder by die lies 'n geboortevlek, kleur van pruimvleis. Nieta se tiete wat uitsak. Hy sien dit en sien dit ook nie. Respek vir die liggaam, tempel van die siel. Môre is jy dood, stof.

Selfs die ou vrou wat nooit baie van haar lyf gewys het nie, miskien 'n hals wat bietjie laer uitgesny is, velle, ou vel, selfs vir haar lyf het hy net respek gehad. Sy het dit ook geweet. As hulle bymekaar was, was daar nie 'n Bo- en Onderdorp nie. In daai nabyheid was hy op haar vlak. Haar hand op sy arm of op sy jong hand, net dan kon hy in haar oë sien sy kyk nie op hom neer nie.

"We've got a particularly bad lot here" – hoe kon mevrou Kristiena-Theresa agterna, toe hy opgestaan en van die bank af weggeloop en hulle sjerrieglase gaan volgooi het, hoe kon sy toe so skielik omswaai en so iets van hulle bruin mense, van hom, sê? Hom sommer so helemaal uitskakel uit haar lewe? Vloek eintlik?

Weg van sy kliënte af, wat het hulle dan oor hom gedink en gesê? Laat hy homself nie verneuk nie, elkeen van hulle was maar net geïnteresseerd in sy lyf tot op die punt waar hulle hulself met hom bevredig het. Tot dan het hulle hom gebruik, daarna is hy wat vir hulle? Gebruik, geniet en gelos. Die skeiding tussen Onderdorp en Bodorp is terug soos staanwater; en hy loop weg met hulle geld in sy sak. Nieta inkluis, al wou sy hulle twee se samesyn verleng tot iets weet hy wat. Transaksie klaar, almal tevrede. Wat van respek? Wat van sy bomenslike vermoë om respek te wys vir hulle blankevetjies en -rolletjies, kielie-kielie. Knypspiere wat besig is om voos te raak. Nieta se lakenlappe oor elke liewe spieël. En doodgebore peesters: Mister D'Oliviera wat eers sy leeslamp moet afsit.

Een verkeerde stap en hulle sal almal teen hom draai. Hulle drelle en papperasies en vooskoeke, hy het al hulle swakhede aanskou, hy, Onderdorper. Een verkeerde stap, een skewe woord en om hulle respek te behou, verkoop hulle hom uit. Hulle sal nie eers twee maal daaroor dink nie. Wat beteken hy dan vir hulle? Wat beteken sy lewe in 'n land waar jy vir 'n fokken selfoon vrek geskiet word en jou saak kom nie eers by die polisie uit nie. Vlak graf, paar klippe. Môre kom grawe brandsiek honne die hopie oop.

○○○

"Mense sê die weer moet sewe maal opbou voor die reën kom. Die bergskilpad moet oor die pad loop. Reën kan uit die suide of die noorde kom en dit kan op enigeen van daai twee plekke opbou."

Eamonn lag oor Lucky se praatjies. Dis vroegaand en hulle twee ry om bier te gaan koop. "Julle Suid-Afrikaners is lief daarvoor om dié goed te sê. Julle sê dié berg lyk soos 'n renoster en daardie berg lyk soos 'n leeukop, maar ek kan dit nooit sien nie."

"Die ou oom wat my help met die kruie, oupa Jaffie, sê daar is altesame vier-en-veertig tekens wat reën voorspel. Hy ken almal van hulle."

"En hoeveel van die tekens het jy al gesien? En wanneer kom die reën?"

"As daar 'n wolk soos 'n man se sigaar oor die Swartberge lê, kom die reën verseker. Maar ek het lanklaas die sigaar daar gesien lê. Kyk hierso op die driveways is die leemklippers middeldeur gekloof van die son en jy kan sien aan die spek van die spekbos hoe maer dit is, net vaal oor. Ek weet nie wanneer kom die reën nie," sê Lucky. "Ek hoop net hy kom, dan is dit beter vir almal. Vir jou ook," en hy kyk na Eamonn met sy gesig, vieserig en skepties.

Hy het homself al gevang dat hy wens Eamonn of Eddy moet hom vasdruk soos hy dink 'n pa sy seun sal vasdruk: Kom hierso my kind, daai soort ding. Maar hy sal dit nooit vra of toenadering soek nie, hy kan amper 'n bietjie terugtrek uit respek vir hulle.

Lucky vra vir die sespak bier, want hy weet die man by die drankwinkel kan 'n pyn in die gat wees. Eamonn betaal en hulle loop uit. Hy't Eamonn beskerm teen die man se onbeskoftheid, hy het, ten spyte van wat Mister D'Oliviera sê: "Lucky, uiteindelik kan jy nie verantwoordelikheid vir 'n ander man vat nie."

Hier kom die munisipaliteit se bakkie op die hoofstraat afgery met mevrou September en haar side-kick Torens met 'n megafoon. As daar een man op die dorp is wat hom nogal 'n bietjie aan homself laat dink, is dit Torens, Mister Smooth.

"Mense van St. Gamka, van môre vroeg af sal watereienaars wat tot nou toe hulle water gekry het, vind dat hulle water afgekeer word ten einde dit in te span vir dorpsgebruik. Ons agbare munisipale bestuurder, mevrou September, het van die Kaap af toestemming gekry by die Minister van Waterwese. Die noodmaatreël verloop dus streng volgens wet. Ons hoop om so verligting te bing aan die mense van St. Gamka."

Die bakkie kruie aan verby die hotel en verder af Onderdorp toe, Torens se driehoekarm steek ver by die venster uit. Jy kan hoor hy geniet dit. Hy's vanaand nommer een en hoekom nie. Aan haar kant het mevrou September die venster opgedraai asof sy niks met die ding te make het nie, maar Lucky herken haar taai, blink krulle.

"Mense van St. Gamka, van môre vroeg af sal watereienaars wat tot nou toe hulle water gekry het, vind dat hulle water afgekeer word ten einde dit in te span vir dorpsgebruik. Ons agbare munisipale . . ." Torens se stem word dunner en val agtertoe weg totdat jy nog net die klank hoor maar nie meer wat hy sê nie. Hy't vlesige lippe, die Torens. Hy wonder soms oor Torens en Jolene September na-ure.

"Mevrou Kristiena-Theresa het lank al nie meer room op haar melk nie. Net as die lusern groen is, kry jy room op jou melk. Nou is die gort gaar op hierdie dorp. Waar gaan meneer Bradley nou water kry vir sy olyfbome? Hy sal nie toesien dat hulle sommer so staan en vrek reg voor sy oë nie. Die hare gaan waai." Lucky kyk na Eamonn wat lyk soos iemand wat planne maak. "Julle moenie nou al gaan nie," sê Lucky. Dwing wil hy nie. "Nou begin dit eers. En-ter-tain-ment." Hy weet as daar een ding is wat jy nie met Eamonn doen nie, is dit vasdruk.

"Watter entertainment? Dis net entertainment as jy hier bly en jy ken almal en jy weet hoe dit alles werk. Ek verstaan nie eens julle taal nie."

"Maar jy weet hoe dit werk."

"Ek gee nie om nie. Dit traak my nie as meneer Bradley se olyfbome niks meer water kry nie. Dit sal my nie verbaas as dit nooit weer kom reën op hierdie dorp nie. Dit traak my ook nie."

"My ook nie," en Lucky lag kliphard. "Vir my glad nie." En hy lag al die pad tot by hulle huis en voel 'n verskriklike vryheid dat hy so iets kon sê, en hy kan sien hoe baie hou Eamonn van sy mal streek.

○○○

Sy's nie op haar sel nie, hy's verplig om die munisipale kantoor te skakel: "Kan ek met mevrou September praat, asseblief?"

"En wie sal ek miskien sê vra," vra haar sekretaresse, Magdalena, sy probeer hom ondermyn van die eerste dag af.

"Dis Lucky Marais, jy hoor mos."

"Mevrou September is nou besig," sê sy bot.

"Maak nie saak nie, sy wil met my praat."

"Ekskuus?"

"Luister jy, Magdalena, ek skrik nie vir jou nie. Skakel my deur, hierdie is nie jou besigheid nie."

"Jy moenie jou hans hou met my nie," en plips skakel rissiepit hom deur.

"Mevrou September, is Lucky, ek bel net om 'n guns te vra, asseblief."

"Ja, vra maar."

"Ek het 'n lift nodig Kaap toe. Dis belangrik."

"Hoekom belangrik?"

"Ek moet my Non-Immigrant Visa Application gaan ingee, Mevrou. Ek het klaar 'n PIN, dit het my ses-en-negentig rand gekos, nogal baie. Eddy & Eamonn gaan my saamvat Amerika toe."

Daar kom lank nie antwoord nie. Hy hoor net haar vroulike asemhaling anderkant op die lyn. Hy kan haar lippe sien met vandag se lipstick, hy kan haar wangbene sien, Jolene September is aanvallig. Toe sê sy: "Ek ry môre, Lucky. Sorg dat jy reg is. Halfagt voor my huis." Toe weer stil. Toe sê sy: "Non-Immigrant Visa? Jy't hierdie dorp ontgroei, weet jy, Lucky. Ek wens jou geluk."

Hy kon haar net daar teen hom vasdruk.

○○○

"Jy kan Mister D'Oliviera se huis óf van agter óf van voor benader," vertel Lucky vir Eamonn & Eddy op die stoep. "As jy van agter af kom, maak nie saak wie jy is nie, blaf James. As jy van voor af inkom en James herken jou, blaf hy drie blaffies binnensmonds en dan's dit oor.

"Die ooreenkoms tussen my en Mister D'Oliviera is dat ek

hom moet verras, Mister D'Oliviera kry sy idees in boeke, anders is dit nie vir hom 'n turn-on nie. Of soos hy self sê, hy raak nie eroties gestimuleer nie." In die donkerte van die stoep kyk Lucky na Eamonn & Eddy, na die ligkolletjies wat die stoeplig in hulle oë maak. Hy's nou self opgewen deur sy storie.

"En dan?" vra Eddy-wil-alles-weet.

"Nee, dan moet ek Mister D'Oliviera se huis van voor af benader, anders verklap James my, ek moet sorg dat hy my glad nie sien nie. Maar nou gooi die maan asof hy betaal word en as Mister D'Oliviera voor sy huis sit om van die aand te geniet, gaan niks werk nie. Toe sit hy gelukkig nie daar nie. James good boy, ek laat myself by die die voordeur in, James good boy good boy, fluister ek tjoepstil op Mister D'Oliviera se dik matte, waar gaan ek vanaand wegkruip? Ek maak die onderdeur in James se gesig toe, hy moet buite bly anders verraai hy my wegkruipplek, honne weet mos nie.

"Agter sy riempiesbank langs sy CD-kas. Die rug van Mister D'Oliviera se riempiesbank het so 'n Indiese lap oor wat tot op die vloer hang. Agter die bank tussen die lap en die muur gaan hurk ek en ek wil nies van iets, ek byt my nies vas. Nou moet ek wag totdat Mister D'Oliviera 'n CD kom kies. Wag vir die oomblik. En nommer twee wat ek moet doen, ek moet sorg dat ek styf is as die oomblik kom. Ek kan dit doen, ek is professioneel."

Eamonn lag. In die donkerte vang lig sy tande, hy't nie naastenby sulke wit tande soos Lucky nie, al kon sy ma hom tandarts toe vat. Nee, sê Eamonn, hulle was werkersklas, daar was nie geld vir jou tande nie. Lucky wens net hy kan partykeer sy lag beter verstaan.

"En toe?" vra Eddy.

"Daar sit ek nou agter die bank, Mister D'Oliviera se los mat kom tot onder die bank en byna tot teen die muur, dis bedompig met stof. Ek hoor of ek hom kan hoor 'n drankie ingooi of iewers in sy huis rondskarrel. Julle moet onthou

Mister D'Oliviera het 'n klein neus met 'n skerp punt, 'n bietjie streepmuis en rats, ongeduldige ogies. Ek dink jy sal van hom hou, Eamonn."

"Waar kruip hy vanaand weg? Ek is nou reg, my broek maak my seer." Hy't Eddy aan die lag. Hy weet wat steek in Eddy se lag, dis 'n bietjie ongemaklikheid as dit by sekspraatjies kom. "Mister D'Oliviera moet nou sy CD kom kies en kom uithaal dat ek hom kan karnuffel. Oukei, hier's hy nou, trippe-trappe, hy sit mos nie sy hele voet op die vloer neer nie. Laai met vyf rye CD's gly oop.

"Ek wag tot op daardie sekonde dat hy sy hand uitsteek en die CD tussen die ander uithaal, wat hy nie te vinnig kan nie, hulle sit teen mekaar. Nou probeer ek my in Mister D'Oliviera se briljante breins indink: Watter musiek gaan hy kies? Hy het gekies en glip die CD in, dis Richard Strauss se liedere wat by so 'n maanligaand in die Karoo pas as jy mooi daarna luister," sê Lucky en vat 'n sluk bier. Hy's helemaal opgewen met sy storie, hy't die twee onder sy duim.

"Hoe lank wag jy altesame?" vra Eddy.

"Een, twee minute met die manstem wat so weemoedig sing, ken julle dit?"

"Ja, natuurlik."

"En dan en dan, om sy pols gryp ek hom, my hand tien maal sterker as my oudonderwyser s'n. My vyf vingers sal miskien nog op Mister D'Oliviera se vel ingeënt bly lank nadat ek daar wegloop. Mister D'Oliviera skree agter uit sy keel toe ek hom beetgryp, verdwaas tot in sy poepholletjie van lekkerkry. Van buite gryp James met twee voorpote aan die onderdeur en kyk binnetoe, blaf. Alles in orde, goodboy."

"Wag, ek gaan kry net nog biere. Ons moes twee sespakke gekoop het, ek het dit geweet." Eamonn staan op daar waar hy langs Eddy op die bank gesit het.

Nou's dit net Lucky en Eddy en die twee honne wat vas slaap, maar met waghond-ore wat jy nie nou kan sien nie, te donker. Hy en Eddy sit net so en wag totdat Eamonn met die koue biere kom, hulle sê niks vir mekaar nie. 'n Motvlerk miskien as jy luister, maar verder net stil en warm soos die warmte van een mens se vel wat aan 'n ander een s'n raak. Hy sal nooit in sy lewe vir Eddy of Eamonn vergeet nie.

"En dan?"

"Nee, dan moet alles gou-gou gaan. Uit my skuilplek worsierol ek en staan regop, 'n hele kop bo my kliënt." Daar's 'n staanlamp daar wat hy met sy voet afskakel.

"En dan?"

"Nee, lag Lucky, die res moet julle maar self invul. Julle is mos volwassenes." En hy bly so sit en sê niks meer nie. Die twee dink nou wat hy met Mister D'Oliviera aanvang. Eddy sal te veel goete bymeng en Eamonn het nie nodig om daaroor te dink nie, dink Lucky, maar hy weet nooit regtig hoe reg hy met hulle is nie. Nie met Eamonn nie, hom kan hy net raai. Hy hoor Eamonn se asemhaling deur sy neus anderkant, maar asof dit teen hom is en Eddy s'n diékant. Twee mans se asemhaling teenaan hom, warm tot op sy vel, een warmte, jy kan nie warmte in twee deel soos 'n koekie nie.

Toe sê hy maar vir Eddy se part, want hom kon hy met sy storie fop, hy sê: "Die volgende keer kruip ek miskien in sy klerekas weg tussen sy baadjies, elke keer op 'n ander plek en op 'n ander tyd. Condition of entry."

"Lekker job," sê Eddy.

"Lekker vir Mister D'Oliviera," sê Eamonn. En Lucky hoor dis smalend daai.

Hy sal vir antie Yvette, wat van alle skinder boekhou, vra om vir hom te sê watter storie oor hom en Rooiboer rondes doen. Dan sal hy weet watter soort storie dit is wat oor hom gemaak is, want daar is niks en dis hoekom hy bang is. Nie vir die niks nie, maar vir die storie wat alles kan wees, veral valse getuienis. En mense sal dit soos soetkoek opeet.

◊◊◊

"Kom loop saam Spar toe," sê antie Doreen. Hy wil eers nie. Dis Saterdag en antie Doreen en antie Yvette is aangetrek.

"Oukei dan." Hy sit sy rooi pet op. Hy't eers vanaand negeuur 'n job met kliënt nr. 2.

"Die mense is uit, die hitte hou hulle nie terug nie," sê antie Doreen terwyl hulle aanloop. Toe hulle op die hoofstraat kom: "Oe, laat ons net eers bietjie hier wag, my rug."

"Daai rug van jou," sê antie Yvette, "wat sê dokter?"

Antie Doreen buig vorentoe en hou haar hand plat op die pyn. Lucky steek 'n sigaret aan. Hulle wag onder 'n gehawende boom totdat antie Doreen krag kry.

"Jinne ," sê Lucky toe hulle naby Spar kom. Rooiboer het sy wit twin cab nader getrek en verkoop spanspekke van die bak af.

"Wat nou?" sê antie Doreen.

Spanspekke netjies in 'n piramide gestapel. "Laastes uit die Gamka," roep Rooiboer. "Kom proe, kom koop. Soeter kry jy nie."

"Kom ons loop diékant om, antie Yvette-julle." Lucky stuur knap verby 'n krokkar wat daar geparkeer staan en al teen die wit muur van die Spar langs bepis met honnepis.

Sy anties het gaan staan. "Wat's dit nou met hom?" sê antie Doreen. "Kom ons gaan kyk na meneer Kobus se spanspekke."

Grootmense en kinders loop verby, almal Spar toe, dit lag en babbel al die pad.

"Oukei dan," sê hy en en gaan staan skuins agter sy anties naby die twin cab met die stapel spanspekke. Om weg te hol vir wat? Hy maak homself taai.

"Môre, Meneer. Ek sien Meneer het die regtes," sê antie Doreen. "Ek hou mos nie van die ou winterspanspekke nie. Die liggroenes met die pap vleis, oe, te soet. Brand my keel."

"Dis reg, dis net reg," sê Rooiboer.

Antie Doreen ruik aan die growwe skil van die spanspek wat sy van die top afgelig het. Lucky hou agter sy anties met die inkopiesak in sy hand en loer onder sy rooi pet deur na Rooiboer. Laat hy kyk wat gaan die man aanvang as hy hom tussen die mense eien.

Antie Doreen het nog 'n spanspek opgelig en toe nog een. Sy weeg en skud hulle een vir een. "Maar jou goed het dan niks gewig nie, Meneer. Lyk my jy verkoop ou droogtespanspekke. Hulle't niks suiker in hulle nie."

Rooiboer ruk hom op. "Glad nie, as jy my dan nie wil glo nie, laat ek een vir jou oopsny, magtig." Hy knip sy knipmes oop.

"Nee, los maar," sê antie Doreen en skuif haar chiffonserpie terug in waar hy losgekom het. Sy's klaar deur meneer Kobus se ware afgesit. Dink hy miskien sy is toe?

"Koop is vry," sê Rooiboer. Hy gaan nou nie dat die vrou sy Saterdagbesigheid bedonner hierso nie.

"Sê ook," sê antie Doreen en gee teken dat hulle moet loop.

Toe kyk Rooiboer oor sy anties na hom, tensy jy uitkyk, sal jy dit nie raakgesien het nie. Rooiboer se oë trek plat en daar kom so 'n skynsel op sy gesig, nie eens vir 'n sekonde lank nie. Nie helemaal 'n glimlag nie, meer soos 'n ou op die skoolgrond wat jy uitnooi om lekker opgedonner te raak, nou-nou daar onder die bome. En jy gaan nie 'n moer nee sê nie.

"Kom." Lucky stoot sy anties aan. "Binnetoe. Waar's Antie se lysie?" Antie Doreen het al die nodigste groceries neergeskryf, alles wat bykom, Lucky betaal uit sy eie sak.

Die ding is, jy moet Rooiboer nie onderskat nie. Hy gaan nie ophou om hom uit te daag nie. Hy skrik vir g'n wat, die man. Kyk, as enigeen van die boere van hulle maat se lus te hore moet kom of net 'n snuf kry, is sy naam modder toe. Hulle sal hom vertrap. As Groot Wit Deeg daarvan moet hoor, skiet sy hom wragtig met een van sy eie gewere reg in die voorkop.

"Blomkool ook," sê antie Yvette toe hulle by die groente verby kom, dis nie op die lysie nie. "Blomkool is altyd teen 'n goeie prys. En drie tamatietjies ook."

En hoender vir Sondag se kerriehoender, jou mond water klaar. Antie Yvette of antie Doreen kook, nooit antie Darleen nie, sy's opgekook by die hotel. Hulle is gelukkig, hy en sy drie anties en die kleingoed. Vir sy ma as hy haar Vrydae in die dorp sien, gee hy geld. Honderd rand of honderd-en-vyftig. Net partykeers vra sy vir meer, maar sy is nie begeersugtig nie. Sy anties het al lankal 'n wasmasjien. Sy ma wil darem ook een hê, jy kan haar nie kwalik neem nie, haar hande aan hulle binnekante pienk deurgewas.

"Hoeveel, vier?" Hulle is by die pilchards.

"Net twee, hulle het opgegaan," sê antie Yvette.

Hy sit drie in en lag. Vandag het hy ook sy nuwe runners aan. Tevrede, dis wat hy is. Rooiboer met sy spanspekke kan niks aan hom doen nie. Jy sien, as hy tevrede is, is hy mooi. "Pasop maar daarvoor," het sy ma hom eenkant gevat toe hy nog op die plaas saam ingewoon het. Dis nie asof daar nie ook ander mooies op die dorp is nie, daar is. Maar hy's eye candy en daar's min wat dit nie dink nie, ydel is hy nie.

"Hei, jy jou deurbringer," sê iemand. O, dis ou Wella van die ladies' bar, kamstig vriendelik noudat hy sy anties chaperone.

"Middag, Wella, middag, Wella," groet hulle. Wella gooi soms 'n ekstratjie by as sy anties hulle in die ladies' bar op rooiwyn trakteer, gebeur maar min.

"Waar't jy geskaai vir daai paar skoene?" Wella wys met sy enigste arm wat lyk of hy gegroei het, en sy oë trek plat soos hy orig lag. Hy weet daai runners aan Lucky se voete kos meer as wat die meeste mense op Santa Gamka ooit in hulle hele lewe kan bekostig, daar's niks wat 'n mannetjie soos Lucky vir hom geheim kan hou nie. Hy's goed nydig, jaloers ook. Sy anties kyk Wella nie deeglik deur nie.

"Jy leef lekker, man," sê Wella en trek Lucky se kop met daai lang arm teen hom, teen sy wil, en probeer Lucky om sy skouers vas te vat, maar hy duik weg. Wella kyk na sy anties. "Alles deug mos deesdae," sê hy, "as jy maar jou oë oopmaak." Hy lag hard.

"Miskien en miskien nie, Wella," sê antie Doreen en skuif aan in die tou om te betaal. Tot meel word duurder, en suiker en kookolie en longlife-melk en 'n sak bevrore hoendervlerke, alles gaan op.

Buite gekom, mik hulle ompad verby Rooiboer se bakkie. Elke tweede Saterdag se gospel band het intussen een kant opgeslaan en speel opgeruimd. Op Rooiboer se twin cab het nog net die onderste laag spanspekke oorgebly, hulle lyk rêrig plooierig. Van die jong seuns probeer hom nou ompraat om die laastes teen halfprys te laat gaan, maar Rooiboer kap sy hakke in.

Tromme en 'n kitaar. Die wind wat stadigaan besig is om op te staan, lig die goue serp van die gospel-sanger se bors met die geborduurde woorde: JOU HART IN SY HAND.

"As jy maar jou oë oopmaak," hoor hy nog vir Wella sê. Wat bedoel hy nou eintlik?

Lucky en sy anties talm om 'n bietjie te luister. Die band tel mooi op te midde van die omstanders wat klap en aanmoedig en iets verwag. Met hees stem onderbreek die gospelsanger sy lied en predik met oorgawe: "Jy kan maar jou blompotjie op jou tafel sit en alles in jou huis mooi maak. As jy weer sien, loer die duiwel om die hoek. Hoor daar!" hef hy aan dat die kinders terugspring. En: "Hoor daar!" eggo die tromspeler agterna. Toe trek die koortjie skoolmeisies agter hom los: "Jesus, Jesus kom my haal; Jesus, Jesus ons praat u taal." Die tamboerstok val op die trom en die prediker trek weer los, hees verby. Sodra hy sien mense tel hulle groceries op en wil padgee, onderbreek hy sy lied en val met prediking weg. "Hoor daar!" eggo die tromslaners agter hom aan. "Jesus, Jesus," skree die skoolmeisies dit nou onder die prediker se aanmoediging uit, jy kan nie meer hoor nie, is dit nou 'n vloek of 'n heiligheid wat uitgespreek word. Die mense woel, dis te veel van dieselfde ding oor en oor.

"Hoor daar! Hoor daar!" Die gospel-prediker panic.

By Rooiboer se twin cab het die seuns buitensporig geraak. Een stamp aspris teen 'n statige blankevrou toe sy in haar kar wil klim, haar cheeky hondjie kry die horries. Die polieste is sommer nou-nou hier. Toe gryp een van die seuns 'n vrot spanspek en hol.

"Ek ken jou," skree Rooiboer, "ek weet waar bly jy." Sy gesig word rooier, sy ore ook. Nog spanspekke word gegaps en Rooiboer probeer breed staan, sy arms en bene windmeul soos hy probeer mik en wegstamp. Hy's geforseer om meer as liggaamlike krag te gebruik, dis asof daar twee Rooiboere voor hulle besig is: Een is die mannetjie wat keer en veg en die ander is die Rooiboer wat om hom hulp vra van ander boere of van bo af.

"Siestog, man," sê antie Doreen ook, "sulke treurige ou spanspekkies. Hy sit laag in as hy dink ons eet robbies-kos. Dis nie asof ons mense sy goed wil hê nie. Ons het genoeg, al is dit min. Vanaand maak ek sommer 'n rysie vir ons. En tamatie-en-uieslaai. Julle hou mos almal daarvan." Sy staan nog en kyk. Rooiboer het 'n besemstok van waar gekry.

"O gatta," sê antie Yvette, "hy moenie daai mannetjies probeer slaan nie, dan gaan hulle nou rêrig onstuimig raak."

Rooiboer hou die stok voor hom vas en skraap die laaste van die ou spanspekkies van die vloer van sy twin cab af dat hulle uitmekaar spat, die seuns spring terug en jou en kry lekker.

"Vat alles, wat maak dit tog nog saak." Rooiboer het nou terug gaan staan, gedaan leun hy oor die dak van sy twin cab.

"Jy kan hom glads jammer kry," sê Lucky nie uit lelikgeid nie. "Kom ons loop, antie Doreen, antie Yvette." Die drie tel hulle plastieksakke met die groceries op en begin loop.

Die wind ruk, gaan lê en staan weer op, gooi 'n vlaag stof oor die karre wat daar geparkeer staan en oor die mense wat maal en staan en kyk, hand voor die mond en vol hoop op 'n sirkus. 'n Ma trek 'n mus oor haar kind se kop dat stof nie in die oë kom nie, en los honne spat, ruik aan die oopgebreekte spanspekke, kom op 'n hoenderbeen af. Van die seuns hang ook nog rond, teleurgesteld.

"Daar's hulle nou," sê antie Doreen toe die sirene van die poliesvên op die hoofstraat afgejaag kom.

༺༻

"Vaderland tog, Lucky." Mister D'Oliviera lag homself 'n papie totdat hy so geskommel is dat hy nie meer kan nie. Lucky staan voor hom en wil begin, enigiets, maar dit werk nie vanmiddag nie. Mister D'Oliviera kan nie. Dis nie dat hy nie wil nie, hy kan net nie. Kliënt nr. 3 is saf.

"Laat ek vir ons koffie gaan maak." Mister D'Oliviera rol van die bed af tot op sy matjie reg op die plek waar hy soggends uitklim en skud sy kop. "Ai, Lucky, jy's al wat my nog so kan laat lag."

Lucky trek sy hemp reg, stryk met vyf los vingers oor sy kop en kyk af na sy oudonderwyser op die matjie. Hy frons, teleurgesteld. Hy is nie een vir gevoelens wegsteek nie, dis 'n blankeding daai.

"Wag nou, Lucky," praat hy van die matjie af boontoe, "moet nou nie vir my verkwalik nie, man. My kop is nog vol skaakskuiwe. Lucky, hoekom leer ek jou nie, dis 'n spel wat jy maklik gaan baasraak. Ek ken jou vermoëns."

"Jy ken my nie." Hy raak bedonnerd. Hy's professional oor sy job.

"Ek weet waaraan dink jy, man. Ek betaal soos gewoonlik."

Lucky kyk weer af na Mister D'Oliviera se mond wat nie toegaan as hy klaar praat nie, stopsels tot in sy agterkake.

"Help my op." Mister D'Oliviera steek sy hand uit. "Moenie jou kwel nie, Lucky. Jy kry wat jy moet kry."

"Ja, maar wat het ek nou vir jou gedoen? Ek staan nie bakhand voor jou of enigiemand nie, Mister D'Oliviera. Dis nie ek daai nie."

"Ja, ja, ja. Koffie. Kom."

Mister D'Oliviera val teen hom met die optrek, sy lyf nog steeds kragteloos. Miskien het dit te veel geword vir hom. Pasop dat Mister D'Oliviera nie sommer omkap van 'n hartaanval nie, vinger sal na hom wys.

Hy gaan sit in die stoepvertrek aan die oostekant, koel dié tyd van die middag, en wag vir koffie. Mister D'Oliviera verdra nie 'n gestanery om hom in sy kombuis nie.

Die stoep is toegebou, voor die vensters is Venetians en dan gordyne. Outyds. Agter Mister D'Oliviera se stoel, 'n vreemde mens mag hom nie daar gaan neerplak nie, begin sy boekrakke. Dis nie al nie, in sy studeerkamer is ook boekrakke en in sy regte sitkamer nog en in sy slaapkamer ook nog en op handhoogte so 'n rakkie met boeke in die toilet sodat jy kan tjorts en lees. Nie dat hy daar sit nie, net pis as hy klaar is met wat vandag nie klaargemaak is nie. Dis nie lekker om geld te vat in sulke omstandighede nie. Mister D'Oliviera, ag, hy moet maar gee as hy wil. Hy't mos moeite gedoen, bene vir James gebring, alles.

Hier's 'n brommer in die kamer.

"Mister D'Oliviera, hoe sou jy sê, hoe lyk 'n donker siel?"

"'n Donker siel? Vertel." Hy lig die blik Doom en spuit agter die brommer aan. "So ja, dis beter."

"Een van my kliënte wil hê ek moet hom met 'n sweep slaan en boeie aansit en al daai goete."

"Jinne, Lucky. Dit bly vir my." Hy stop. "Dit bly vir my 'n jammerte dat 'n man met soveel talent en boonop 'n aanvoeling vir letterkunde dit nie verder wil voer nie. Ek kan die leerders wat belangstel in letterkunde op een hand, ag, op die vingers van 'n halwe hand, tel. En jy wat nou jou geld in die horisontale posisie maak, jinne tog, Lucky." Mister D'Oliviera wil eerlik wees sonder om hom uit te kryt. Hy glimlag treurig. Hy gaan staan voor sy boekrak, sy vinger begin soek. "Daar is 'n boek wat ek in gedagte het, dis 'n ou praktyk daardie. Donker siel. Jy het korrek." Sy vinger al met die regop rûe van die boeke aan. "Wag 'n bietjie."

Die lamp gooi op sy agterkop waar 'n kolletjie kaal sit. Lucky hou hom dop. Sy skouers trek klein saam soos hy moet rek om die boek uit te haal. Hy gee hom nog tien jaar, miskien vyftien. Dit sal 'n gat los by die skool en niemand sal dit eers agterkom nie.

"Hier is 'n roman deur 'n Oostenrykse skrywer, Elfriede Jelinek. Jy weet mos, die land van Wene en Salzburg. Sy het 'n storie geskryf oor 'n piano-onderwyseres wat nie anders kon as om in sado-masochistiese toestande bevrediging te vind nie. Haar jong gesel het hom stadigaan onttrek. Hy het nie kans gesien vir daardie destinasie nie. Hy het 'n opgewekte en energieke disposisie gehad, en jonk, nes jy, Lucky. Hy het hom aan die verhouding onttrek. Dè, jy moet dit lees, of lees jy nie meer nie?"

"Ek kan ook nie verder saam met die kliënt loop nie, Mister D'Oliviera. Hy's nie my klas kliënt nie. Ek wil ook nie."

"Jy moet ook nie, Lucky. Ek smeek jou, voor jy weet, is jy in 'n kolk. Donker siele is besitlik en jaloers en hopeloos obsessief. As hulle nie kan kry waarna hulle smag nie, vernietig hulle voor die voet. En die smagting bly agter." Mister D'Oliviera het weer gaan sit, sy skouers voller teen die stoel, hy't lewendiger geword. Hy dink aan stories, honderde. Lucky weet mos hoe sy kop werk.

"Die ding is die man loop my agterna, hy wil nie aanvaar dat ek hom nie wil vat nie."

"Los hom. Hardloop weg. Kla hom by die polisie aan. James, kom hierso. Good boy," hy frommel sy ore. "Kyk hoe kwyl jy op my matte, James. Het jy dan vir hom bene gebring, Lucky?"

"Ja, Mister D'Oliviera."

"Ek hoop nie dit was hoenderbene nie."

"Nee, Mister D'Oliviera."

"Ag, jou werk," sê antie Darleen sommer so weggooi.

"Kwalifiseer my werk miskien nie?" Lucky bly lank nie meer vir iemand stil nie. "Solank ek die geld uithaal en my bydrae tot die huishouding maak; ek is nie snoep nie, antie weet dit."

"Oukei, sorrie dan." Antie Darleen kyk na hom, vies.

"Antie kan ook maar stilbly oor jou job by die hotel. Ek het al toeriste gehoor praat oor die kos. Hulle sê die smaak is oneweredig. Een dag te lekker vir woorde, jy wil teruggaan, en die volgende dag ondergemiddeld."

Nou het hy vir antie Darleen omgekrap. Wat gaan aan met hom?

$7 - 6 = 1$. Hy moet begin groet.

Konstabel Mervyn sal hom hier kom uitsnuffel. Dan sy ma uit respek op haar selfoon bel: "Netjiese hopie as, Mevrou. Dit spyt my, Mevrou." En sy ma sal sorg dat sy 'n taxi bestel en in haar beste klere inkom. 'n Boksie, 'n plastieksak; henetjie tog, as iemand net die regte ding vir haar kan gee om die as in te skraap. 'n Peanut butter-bottel, sy het een in die dressertjie, links staan hy, moet net uitgespoel word. Wie't nou gedink haar kind se as moet in daai bottel in?

"Dit gaan nie werk nie, Ma. Jou kind is meer as 'n peanut butter-bottel."

Die ding is daar was genoeg van hom om op trots te wees. Jy kan sê hy was afleiding van die barheid en die geweld en die tik en die kak wat vanaf die N1 na Santa Gamka toe saamkom, al daai euwels waarvan hy homself onthou het, meestal. Mense het hulle vermoedens oor hom gebêre en hulle vermoedens oor wie sy kliënte mag wees gebêre en hom vergewe oor daai glimlag, daai gladde vel, sy lekker skouers en sy briljansie wat uit sy oë na 'n mens toe skyn. As jy jou nie inhou nie, kon jy jou net daar oorgee, net een keer om te proe, dis menslik.

"Ma, die blankevrou hier met die pragtige rokke, Alexandra is haar naam, vra vir haar 'n respekvolle houer, 'n container. Sy gaan jou uithelp, miskien met groente ook. Sy't tamaties hier in haar tuin, daar's boerpampoene wat ryp lê."

Sweet. Tog jammer, al moet hy dit nou sê, want dis klaar verby, maar dit bly jammer dat sy sweet nie genoeg was om die hele kontrepsie uit te skop nie. Sy arm kan hy nie meer oplig nie en sy kop ook nie meer draai nie, sy skouers, alles, hy's voosvleis.

"Sê die passasie van Bellow vir my op, Lucky."

"Mister D'Oliviera?" Mister D'Oliviera was versot op openingsinne. En hy sê, hy kán, sy breins is nog oop: "*I am an American,* van Chicago, daai kwaai treurige stad. *I go at things as I have taught myself, free-style, and will make the record in my own way: first to knock, first to enter,* meer kan ek nie, Mister D'Oliviera. Vergeef my asseblief, Mister D'Oliviera."

"Waarvan praat jy, Lucky?."

"Ek het dit te ver gevat, Mister D'Oliviera. Jou begeerte

oopgemaak van daai eerste slag al in die Corolla met die rylesse en alles. Oukei, so sit jy nou die kar in reverse. Jy wou my net leer. Maar ander goed het bygekom. Ek is so spyt. Ek is verskriklik spyt, asseblief. Ek moes jou gelos het in jou enchanting stories. Dis waar jou begeerte plek het. Nie by my kaal arm wat teen jou arm raak nie. Al daai goed. Ai tog, Mister D'Oliviera, ek huil vir jou. Mister D'Oliviera, accept my deepest sorry."

"Ag, Lucky, my liewe mens tog. Dis verlede tyd waarvan jy praat. Dis lankal agter my, jong. Jy moenie nou opgee nie."

"Hoe moet ek nie?"

"Want jy is Lucky Marais. Jy moet dit vasknoop aan jou oor, niks mag jou ooit onderkry nie. Nie mense met mag en geld en die wil om te oorheers nie, sulke mense kry jy oral, ook in St. Gamka. Luister vir my, Lucky, sulke mense is daartoe in staat om jou te intimideer. Voor jy weet, buig jy voor hulle. Vrees hulle nie, nóg enige lot wat jou kant toe mag kom. Niks mag jou ooit laat kapituleer nie. Jy't van nêrens af gekom en jy't uitgestyg, want jy kon." Daai slag het Mister D'Oliviera so begeester geraak, hy moes opstaan vir lemoensap, sy keel wou toetrek.

Hy is besig om te sterwe nou.

En wat bly oor? Woord is neediness. Sy nood het niks meer te make met sy lyf wat nou braai nie, hy is immers getintel en bevredig tot onder sy kopvel toe. Klaar gesoek, alles gekry. Wat hy soek, is om liefgehê te word. "Jy sal dit nog kry, dis binne jou bereik, maar jy kan dit nie self maak nie," het Eddy gesê, "dit kom of dit kom nie." Hy gaan dit nie herken nie, al is dit ook reg voor hom. Dit weet hy nou.

Is dit die straf op sy kwade lewe? Dat hy sy lyf gegee het, altyd maar beskikbaar gemaak het en die liefde, wat dit ook al is, het voor hom weggehol, altyd maar vóór hom sodat hy dit nie kon vasvat nie en ook nie herken nie. Braai hy daaroor?

Klei in sy neus, daar was van altyd af klei in sy neus. Die

kleivloer vanaf sy matras tot by die deur tot in die ander kamer tot by die tafelpoot en aan. En sy pa en sy ma. Hy wil hulle net vasdruk, sy arme pa, sy arme ma.

Laat die hitte hom nou kom haal.

Fluister vir oulaas. Sê: "Lucky." Sê maar: "Onse Vader wat in die hemele is."

Hy's klaar. Hy is reg.

ooo

"Dis die kleinste sirkus op aarde," sê Eddy. "En dis in die Whitney Museum in Madison Avenue." (Dis in New York City en hy gaan soentoe, hy glo dit vas. Sy Non-Immigrant Visa Application gaan nou deur die masjiene.) "Die sirkusmannetjies en sirkusdiere is gemaak van kurkproppe en draad en proppe en lappies en sulke optelgoed. Die kunstenaar se naam is Alexander Calder."

"Al daai goete lê in die strate in die Onderdorp ook, al die kinders maak goetertjies daarmee en speel in die stof?"

"Nee, wag nou, luister."

Hy luister. Hy gee nie om om sy kop oop te hou vir nuwe goed nie.

"Langs Alexander Calder sit sy vrou met pragtige swart hare. Selfs al lyk sy soos iemand wat ryk is en sy is, sit sy ook nes haar man plat op die grond. Tussen haar bene is 'n outydse draaitafel en langspeelplate. Vir elke nommer van die sirkus speel sy 'n ander plaat. Regte sirkusmusiek met blaasinstrumente en tromme om jou nou opgewonde te maak.

"Tussen sy bene sprei Alexander Calder 'n donkerrooi fluweellap oop, dit word die arena. Daarop gaan sy sirkus gebeur. Een, twee, drie, hier kom die ruiters verby, cowboys met regte cowboyhoedjies en vangrieme wat hulle bokant hulle koppe swaai. Die kunstenaar bewerk dit alles met sy vingers. Elke comboytjie, elke perd, elke vangriem. Hie-haa, skree hy, daar's die koei, riem om sy nek. Het hom! Roffelende tromme. Oukei, klaar, perde draf af. Volgende item.

"Moet net nie dink Alexander Calder en sy vrou is kinderagtig nie. Hulle is grootmense. Hulle weet presies wat hulle doen. Alexander Calder het vet vingers soos uitgeswelde piesangs. Hy het 'n bos hare, sy sideburns is grys en ruig en krul oral.

"Nou stap die leeutemmer binne. Hy's op sy kop met sy wit hemp, diep oopgeknoop, en goue kettinkie om sy nek en swart mantel, presies nes jy jou 'n leeutemmer sou voorstel. En daar stap die leeu poot vir poot uit sy hok. Die leeu se kop is 'n kurk en hy het 'n bek wat, as Alexander Calder agter sy nek druk, kan oopmaak. Sy maanhare is rooigeel toue wat woes om die kurk wegstaan. Dis 'n gevaarlike besigheid van 'n leeu dié.

"Om die arena van fluweellap, omtrent so groot soos 'n lekker groot skinkbord, staan al die mense en kyk. Almal het spesiaal na die Whitney gekom om te kyk hoe Alexander Calder sy sirkus aanbied. Daar is kinders by, maar dis meestal grootmense. New Yorkers. Gesofistikeerd. Hulle is waarskynlik almal lede wat hulle ledegeld aan die Whitney betaal. Dit word van hulle belasting afgetrek. So werk dit in Amerika. Die vroue het swaar silwerarmbande en groot, uiters modieuse donkerbrille, nou agtertoe geskuif oor hare wat styf agtertoe getrek is: eenvoud is mode. Die mans dra gekreukelde, ligblou katoenhemde en losserige kakie-langbroeke, klere wat met die eerste oogopslag verslons lyk, maar dis alles designer-goed, alles peperduur. En bonkige, manlike Switserse horlosies aan hulle polse. Dis hoe die gehoor lyk.

"Alexander Calder se vrou sit 'n nuwe LP op die draaitafel, sy weet presies waar om die naald te laat sak vir net die regte musiek om die angstigheid van die toeskouers op te jaag. Haar naels is rooi gelak en haar lippe is rooi, dit steek af teen haar wit vel en haar swart hare, en sy dra 'n laehalsrok van swartblou, blou van die nag. Dis 'n vrou wat jy in 'n sirkus sou verwag.

"Die vet vingers van die sirkusmeester tel die leeu van 'n podiumpie op wat met regaf blou en wit strepe geverf is. Die leeu word agter sy nek gedruk en sy bek gaan oop. Nou roffel die tromme en die leeutemmer swaai sy mantel swierig, buig vir die gehoor, nog tromme en harder, en daar druk hy sy kop reg in die bek van die leeu. Al die grootmense om die sirkus skree van verligting toe die leeutemmer se kop ongedeerd uit die leeubek kom en klap hande. Toneel verby. Die leeu word na sy hok teruggevat, die temmer stap eers af."

En hier kom die ding wat vir Eddy so snaaks is en hy snap dit. Dis iets wat Eddy aan hom gegee het daardie dag op die stoep. Sy anties sal dit nooit verstaan nie. Noudat hy daaraan dink, snap hy dit helemaal. Hy't al by Eddy íngekom. Dis wat vir hom snaaks is, dat hy so 'n man kan begin verstaan het.

"Dis so," sê Eddy, "oor die fluweellap van die arena stap Alexander Calder se twee vet vingers om die blou-en-wit gestreepte podiumpie te gaan haal. Hy kan hom mos sommer net so uit die lug oplig en wegvat as hy wil. Nee, nes 'n mannetjie, nes een van die sirkuspersoneel, stap sy vingers links regs, links regs.

"En hieroor, oor die vet vingers wat die bene van 'n mannetjie word, wat vir alle praktiese doeleindes van 'n podium optel en afdra 'n mannetjie is, skree die gehoor van die lag, van pure plesier. Hulle het hulleself oorgegee. Dis wat vir my so mooi is: dat grootmense nog in staat is om dit te kán doen."

"Oukei," sê Lucky en lag, "dít wil ek sien."

"Jy sal."

○○○

Oor goete, oor voorwerpe, as jy hom daaroor moet uitvra, dan onthou hy uit sy kindertyd net die blikbekertjies waarin hulle soet koffie gekom het en die blikborde waarop hulle kos saands gekom het en die dresser waarop die goete uitgepak is. En hy onthou eenkeer was daar 'n houtolifantjie op wiele in hulle huis. Swart geverf, maar hier voor het die slurp afgebreek en die verf het oral afgedop van baie vat en dis hoe hy geweet het dat dit eers aan ander kinders behoort het. Almal van hulle was baie lief vir daai olifantjie. Sy pa het die olifantjie in die huis ingebring en sy pa het hom ook weer gaan verkoop. Een Sondagoggend toe hulle opstaan, was die olifant weg.

Maar Rooiboer los hom nie so maklik uit nie. Lucky se sel brom teen sy been, hy herken dadelik die nommer. Bewerasies. Missed call. Met wie kan hy gaan praat? Konstabel Mervyn, hy's hulle Marais'e goedgunstig.

Maar dis nie 'n saak vir die polisie nie, ook nie sy gewoonte om polisie toe te hardloop nie. En hoe sal sy storie vir hulle klink? Hulle sal kruip soos hulle lag daar by aanklagte. Mevrou September se besigheid is dit ook nie. 'n Blankeboer met hom? "Sorrie, Lucky, dis nie ek daai nie. Jy lees my verkeerd as jy so gedink het."

"Kan nie uitkom nie, Ma." Dis Sondag en hy sou uitry Bethesda toe.

"Nou vir wat nie?" Sy ma se stem skimmel van teleurstelling. "Is daar 'n fout?" Sy weet klaar daar is 'n ding wat nie regsit met hom nie.

"Nee niks nie, Ma. Niks nie."

Sy vra nie verder uit nie. Sy bly stil soos dit haar geaardheid is. Hy sou die melktert by die plaasstal in 'n opgeblaasde plastiekbol koop. Sy ma sou tee gemaak het. Hulle sou daar onder die doringboom gesit en gesels het of nie, maak nie saak nie. Sy ma is so lief vir melktert.

"Ek sê maar eers totsiens, Ma."

Dis net hy en antie Yvette op die bank. Dis Maandag, dis amper sesuur en die krag is nog af. Op die kombuistafel staan 'n allenige kersie. Die kinders speel buite en Dian loop waar rond.

Hy en antie Yvette en hy en sy ander anties het nie nodig om te praat langs mekaar nie. Gemaklik of ongemaklik kom nie ter sprake nie. Hy's in hulle huis soos 'n kind. Hy's ook nie lus vir praat nie, hy sit net so in die skemerte en kyk wat vang die budjie aan, hy't nog nie sy lap oor nie. Antie Yvette sit handegevou, tot die krag aankom kan sy nie aangaan nie, sy't gordyne om klaar te maak.

"Jy weet nou die dag daar by Spar met meneer Kobus en sy spanspekke het ek gesien jy deins mos nou. Is dit, Lucky? Het ek dalkies iets misgekyk?"

"Nee, niks." Wat's dit nou met haar?

"Jy kan maar uitpraat, Lucky. Jou antie Yvette is hier om te luister."

"Daar's niks om uit te praat nie."

"Nou oukei dan. Maar sê maar as daar iets is." Toe, met so 'n sopperige stem: "Is ek darem nog jou stukkie, Lucky?"

"Antie Yvette is maar my antie."

"Ons kan weer as jy wil." Gommerige laggie.

"Laat staan nou maar die ding, antie Yvette." Dis al lank terug vir hom, jy sien. Dis toe hy net begin het met sy job, nog voor dit. Sy't hom 'n paar goete omtrent 'n vroumens wysgemaak, nou's dit verby. Hy kan nie sê hy beskou antie Yvette nog as 'n kliënt nie.

"Vat maar 'n sigaret, antie Yvette." Hy leun oor en hou die oop pakkie vir haar uit en ruik haar, spesiaal.

"Oukei dan."

000

Daar is min lig, amper niks, toe sy hom inlaat. O ja, wat hy vergeet het om vir Eddy & Eamonn te vertel, is dat hy met Nieta meestal (sy's nooit dieselle) eers 'n stort moet vang. Sy sit vir hom seep uit en 'n handdoek wat hard is, so skoon is hy, en sjampoe en 'n skropborsel.

Kan sy nie sien sy naels is skoon nie, hy dra aftershave, sy kan maar aan sy onderbroek ruik. Nee. Hy gaan stort en kom kruip langs haar in. Eers 'n lang soen wat hoe langer hoe natter word en dan die voorspel van kop tot tone. Sout proe en dors les en sout proe en dors les. Nieta is al te diep in, sy gaan nooit genoeg kry nie, hy weet dit beter as sy.

Sy steek haar wit arm oor sy bors uit na haar brandy-en-Coke, haar langglas gereed op die bedtafeltjie daar en sluk. Die tyd loop aan, tyd is werk. Hy mag nie moeg raak nie al mag sy.

"Ek is net gou lus vir 'n sigaret." Sy kyk, sê niks nie. Sy wag vir asseblief. "Asseblief," sê hy.

"Net as niemand jou sien nie."

"Ek ken die reëls." Hy mag net buite op die veranda rook.

Agter die wit broekieslace daar staan hy kaalgat en rook, hy's lank reeds versadig. Laatnagtee met sy anties en hulle onverskillige geskinner sal nou lekker smaak.

Die woord vir hom en Nieta is transaction. Hy weet dit nou en gee nie meer om nie. Van binne af hoor hy haar na hom roep en dis nie 'n kokkewiet nie, hoor. "Jy moet kan onderskei tussen goed en kwaad, my kind."

Hy druk sy stompie dood en skiet hom tot op die straat, getuienis van hulle saamwees. Laastens trek hy diep asem op en skiet sy borsspiere hard uit: Hy ís professional en sal nie met 'n kliënt opgee nie.

Hy was skaars op haar, toe iets gebeur, sy word ys onder hom. Haar selfoon het gepiep, hy het dit nie eens gehoor nie, net gekonsentreer om weer aan die gang te kom. Sy verstyf en stoot hom weg, toe pluk sy hom weer af, laaste hongerte, eet, eet.

"Hy's op pad, maak donners gou." Haar hart klop en koel sweet gee van haar af, hy't nie geweet 'n mens se konstitusie kan so vinnig verander nie. Toe word sy dierlik, sy eet hom in haar op, hy sluk teen haar nek, hel, hy't gedog sy sê meneer Bradley is nog tot môre in die Kaap.

Dis hy, dis hy, Nieta. Swaar voetstappe in die gang af op pad na suite 17 – sy dog sy hoor hom en iets gebeur (hy is getuie): Haar kontjie eet hom soos nooit tevore nie, sy eet hom helemaal op, op daardie vreesagtige oomblik dat hy, haar baas, miskien kan inloop, kry sy die lekkerste nog.

"Glipsie," sy stoot hom af. "Dis dringend. Maak gou, jy. Trek aan en sorg dat jy al jou gemors uit my kamer kry. Meneer Bradley is op pad, ek het my tyd verkeerd uitgereken. Glipsie. Was ordentlik van hom om te bel. Volgende keer vergeet hy dalk."

"Hoekom vat ons volgende keer nie een van die vrykamers in die hotel nie?" Lucky trek sy T-hemp net so oor sy taai lyf aan. "As hy dan onverwags kom, kom staan hy voor dooiemansdeur. Jy's nie hier nie."

"En waar is ek dan? Wil jy meneer Bradley tart?" Sy het 'n deurskynende japon aangeglip en is besig om die lakens af te stroop, de joos in.

"Nee. Jy's weg. Jy het gaan kuier by een van jou vriendinne. Julle kyk na 'n DVD."

"My liewe Lucky, jy ken nie my baby nie. Wat weet jý miskien? Waar dink jy miskien het jy uitgekruip?"

"Ekskuus?" Hy stoot die lang moue van sy T-hemp op. "Wat het jy daar gesê?"

"Luister, Lucky, maak net gou, asseblief. Asseblief, ek smeek jou."

Hy's besig om sy veters vas te maak. Basterteef, hy sal dit sommer sê.

"Daar's jou sigarette nog op my spieëltafel." Sy draf oor en steek self die pakkie in sy gatsak.

Dubbel gevou besig met sy linkerveter moet hy hom net inhou.

"Wat?"

"Niks, ek is weg." Hy kyk vinnig deur die kamer of daar iets van hom agtergebly het. Daar is regte blomme en nagemaakte papierblomme en sy's nou besig om die lappe van die spieëls af te trek, vyf spieëls altesame teen die hangkasdeure en een met goue krulle op haar spieëlkas. En daar's die skilderye van perde teen die mure uitgeplak met rosemuurpapier en 'n chandelier uit die plafon. Hy maak die deur van suite 17 oop en loer kleinkoppie by die gang af na die nooddeur doer onder links waar hy moet uit en met die staaltrap af. "My geld," hy hou sy hand agtertoe uit na haar.

"Dis in my handsak in die kas. Kan ek jou nie volgende keer betaal nie?"

Hy kyk oor sy skouer na haar. "Vir wat wil jy my volgende keer betaal? Volgende keer betaal jy my vir volgende keer." Hardegat hier teen die einde van sy sessie met kliënt nr. 2 en sy kom hom tegemoet, sy vat dit, maar dié slag is dit anders. Hy kan haar onder die gat skop, bleek staan sy daar.

Die ding is, hy weet hoe om haar te skommel. Sy't skuld oor haar ontrou en sy's skytbang vir meneer Bradley met sy glimlag en nou's daar nog frustrasie ook, hy kan haar nog ruik, sy haal dit op hom uit.

Sy skarrel na haar spieëlkas en soek tussen die kak na die sleutel van die onderste laai. Alles altyd op slot, jy wonder hoekom.

"Ek dog jy sê jou handsak is in die kas?"

Bewerasies. Sy sukkel met die sleutel in die slot, goue krulraampie om die sleutelgaatjie, haar lang nael haak en skeur aan iets en sy trek haar asem skerp in, glip die vinger in haar mond. "As hy nou moet inloop. Is die gang skoon?"

"Gang is skoon."

Sy knip haar handsak oop. "Ek betaal jou net die gewone vanaand."

"Ekskuus?"

"Hemel, Lucky, ons het mos nie klaargemaak nie."

"Is jy nie lekker in jou kop nie? Gewone prys met die ekstra by soos gewoonlik." Vat aan sy gatsak om sy pakkie sigarette daar te voel.

"Jy ry my." En toe moet al twee lag oor sy dit nie so bedoel het nie. Sy knip haar lag af, iets het verander vanaand. Hy't intussen die sigaret in sy mond gesit, onaangesteek. Hy't iets oor haar ontdek en sy hou niks daarvan nie. "Hierso, klein kak." Sy gee hom sy koevert, dan was dit tog klaar uitgesit, wie's nou die klein kak?

Hy steek die gang af en maak die nooddeur stilletjies agter hom toe. Nou is hy op sy eie, Nieta nie meer daar om vir hom te cover nie, sy sal ook nie. As kak aankom, sal sy net haar eie gat red. Oorlewing. Hy ken dit. Drie, vier trappe op 'n slag, muis voor 'n kat, net ratser. Dis nie vir haar wat hy weghol nie, dis vir hom. Meneer Bradley laat hom nooit verneuk nie. Meneer Bradley is trappe hoër as Rooiboer. Meneer Bradley weet presies hoe Lucky Marais sy lewe uitgesit het vir homself. Meneer Bradley kan hom soos 'n pap babatjie net daar vermorsel.

Af met die trap, niemand hoor hom nie, hy sien eerste. Tot voor die toe deur wat op die agterjaart van die hotel uitloop. Eers op 'n skreef oop, steek sy neus buitentoe. Ruik die kattemaaiery daar, luukse karre en vier-by-viers in rye geparkeer, los blare, los vetterige papiere, stof. Dis hoe gevaar ruik. As meneer Bradley terugkom van sy besigheid af, trek hy partykeer hier in en partykeer stop hy in die hoofstraat voor die hotel, dis nes hy wil, dis die vryheid wat geld jou gee. Ruik aan homself, nie kans vir stort nie. Hy ruik na meneer Bradley se Goldilocks.

Alles lyk normaal, stil, hy steek sy sigaret aan, die bekende lou lug stel hom gerus. Hy trap na buite en koes van die sproei van die agterstoeplig weg, daar kom die onrustigheid terug: Hoekom sou Nieta nou 'n glips maak, sy het nog nooit nie.

Hou in die skaduwees plat voor die neuse van die karre verby, dooie motte aan hulle koplampe. Twee katte skree en skei oor die ringmuur uit tot in Missus Meissens se jaart. Sy hartslag waarsku: Daar's iets nie pluis soos dit moet pluis wees nie. Hy buk af, maak homself 'n paar bakstene hoog tussen karre. By die hek van die agterjaart swaai twee ligte na binne.

Hy meet die sterkte van die lig uit die karlampe, die afstand wat hulle gooi, probeer die kar so uitken. As dit 'n hotelkliënt is wat laterig arriveer, bly sy geluk staan en kan hy doodluiters uitkom en verbystap hek toe en vort. Die kar se ligte gooi net mooi daar waar hy wegkruip: vier ligte, die twee grotes buite en twee kleintjies binne, al vier in 'n blink raam wat soos 'n slap ooglid lyk. En tussen die vier ligte sit die grill soos 'n sonbril en in die middel van die grill die ronde wapen. Dis 'n Jaguar XF, of hy's dood. Hy sweet. Druk die kooltjie van sy sigaret tussen sy vingertoppe dood.

Meneer Bradley, Nieta se regte baas, klim uit, steun, haak sy baadjie van die hakie by die agtersitplek af, buk na binne om sy sak met sy laptop te vat, steun, dis weer sy rug wat hom opkeil, hy kliek die sluitknoppie op sy sleutel en kyk reguit oor die jaart na waar Lucky wegkruip, net daar waar hy sit. Hoe weet hy?

Lucky sink op homself in tot een baksteen hoog, sy asem vergaan. Vryheid en gelykheid – wat het nou daarvan geword? Hy's vry om Nieta te service, dis nie eens meneer Bradley se wettiglike vrou nie, maar wat maak dit nou saak? Solank hulle in suite 17 is, is alles doodreg, maar as sy eers haar plesier met hom gehad het, moet hy verdwyn en onsigbaar bly tot volgende keer, anders is dit verby met hom. Wat word van *the law shall guarantee to all their right to speak, to organise, to meet together,* al daai goed.

'n Flits, wat haal meneer Bradley nou daar uit? As hy met een van daardie doodlig-flitse die jaart gaan begin fynkam, is dit klaarpraat. As hy net 'n kaart het om te speel, as hy 'n kans vir homself teen die man kan skep. Wat? "Dink jy nou wragtag die Freedom Charter is vir hoertjies geskrywe, klein kontkop?" Hy't dalk net meneer Bradley se swak plek by Nieta uitgevis, waarom is sy so dorstig met hom? Het hy dalk wat meneer Bradley kortkom?

"Wie is daar?" Meneer Bradley roep. Die baas het gekom, geld praat. Wapen in die sak sal hy ook hê. G'n man ry meer op die N1 sonder een nie. As jy twee kan bekostig, ry jy twee saam. Die flits gooi sy straal heen en weer, soek. Gesuit en getie klim meneer Bradley tot op die hotel se agterstoep en toe trap hy weer af in sy brogues en loop weer 'n paar treë nader, hy kan maar net nie glo daar's niks nie.

"Kom uit as jy daar is!" Hy's niks bang nie. Hierdie jaart hier agter sy hotel, alles, net syne. Net Nieta nie. Sou hy iets aan haar vermoed, iets agterkom as hy haar vat, iets wat sy toegevou probeer hou, maar nie kan nie, meneer Bradley is mos uitgeslape. Wat haar kan weggee, is haar dors: Sy wag vir hom in suite 17, die voue van haar lyf skoongestort, maar daar is ietsie wat sy vir hom nie kan wegsteek nie.

Katte galop oor die oop stuk jaart verby meneer Bradley en verby hom daar agter die karre net 'n baksteen hoog, en meneer Bradley bly vasstaan in die middel van die jaart, gô seker ook maar uit. Die ding is, hy weet nie waarvoor om uit te kyk nie. Hy weet nie van Lucky met sy Goldilocks nie, en nog minder van haar geheim: Hoe groter die betrappens-gevaar, hoe lekkerder kry sy. As meneer Bradley se rubber-sole twee tree weg is van suite 17, wragtig, sy word 'n rêrige ondier. Meneer Bradley kan dit nooit vir haar gee nie en hy weet dit nie eens nie, hy staan daar buite en Goldilocks se plesier is buite sy mag.

Sy plan: as daai brogues nog een tree nader kom, hop hy

agter oor die muur tot in Missus Meissens se tuin, meneer Bradley sal die blinde rug nie kan eien nie.

Toe skakel meneer Bradley sy flits af en stap aan na sy hotel toe, moegheid het seker maar die oorhand gekry. Lucky wag tot lank nadat die agterdeur toegegaan het. Ecrs die sifdeur, dan die houtdeur. Hy wag nog langer, wag net vir die geval dat meneer Bradley hom binnekant die kombuis versteek en deur 'n venster terugkyk oor die jaart. Laat hy nooit meneer Bradley se slinksheid onderskat nie.

Sigaret. Die aanval van vrees wil hy wegrook – vrees wil hy nie ken nie. Hy brand, steek dan tog maar aan en trek in. Ná nog 'n ruk kom hy op, bly holrug staan en kyk deur die nag na die deur waar die man ingegaan het, sy rug net bokant die bonnet van die naaste kar sigbaar of nie sigbaar nie, die kooltjie van sy Stuyvesant 'n rooi ogie.

Fout, groot fout. Die agterdeur bars oop en die sifdeur slaat teen die kosyn vas en in die lig wat van agter gooi, kom meneer Bradley uitgestorm op swaar voete, dié keer paraat, pistool voor hom.

Drie, nee minder as drie tellings, toe's hy oor die muur. Ligblou langmou-T-hemp span oor sy rug soos hy hop en grondvat en sluiphol, hy ken Missus Meissens se jaart. Onderdeur haar droogteprieel tussen vrugtebome deur en oor 'n omgespitte droogland en oor die volgende halfmuur tot in die apteker se jaart. Hond, die apteker-mevrou, 'n liewe siel as daar een op hierdie aarde is. "Oukei, as daai pilletjies bietjie duur is vir jou, vat dit maar teen halfprys, jong." Haar hond, hy kan die hond se naam nie onthou nie. 'n Blaf galm op, en oor die blaf kom die stem van meneer Bradley, geweldig soos 'n stem oor 'n luidspreker by skoolatletiek. Hy't boosheid geword, hy in sy brogues.

"Wagter, Oubaas, Kaptein," paai hy, "wat sê blankemense tog vir hulle honne se name?" Die hond twyfel tog, as sy sweet net nie soveel vrees in gehad het nie. Agter om die apteek verby en deur die nou klippertjiesgang daar en voor op die hoofstraat uit, hou skeef tot op die hoek waar die straatlamp uit is, dan skiet hy oor tot in die skaduwee van die bloekoms en kies die eerste straat voor Korrektiewe Dienste. Hei julle, dink hy, maar roep nie oor na die sipiere wat daar laatnag ginnegaap nie. En hy maak oop so naby aan die huise as hy kan, so ver weg van die lig as hy kan. Honne blaf voor hom, agter hom. Smutsstraat toe, hier is dit donker, uilneste in die oumansdenne, hier bly Goebbels met sy slagtande en sy rifrug, rasend gaat hy af. Oor die laaste straat van die Bodorp nael hy verby Mister D'Oliviera se platdakhuis en op die stuk donker veld gooi hy jakkalsdraaie, duik dadelik weg agter die tamarisk wat daar bosmaak toe hy 'n gevoel van iets agter hom kry, sy asem sny hom. Dié keer het hy meneer Bradley uitoorlê.

Hy is amper in die Onderdorp, amper veilig. Hier is daar te veel huise opmekaar, te veel jaarts met spekbos wat jou kan wegsteek. Selfs al kom meneer Bradley hierso om sy olywewerkers af te laai – hy sien hom smiddae ná vyf – is die Onderdorp in die nag vir blankeoë 'n plek van onbekendheid. Glasstukke skitter, die hemel lê hier in die straat, los honne drel agter tewe aan, mans dwaal gedop, straatlampe lig flou en ver uitmekaar, nie soos in die Bodorp nie. "Wie loop daar?" sal niks help nie, hier lag skaduwees jou uit, hier gooi jou karligte nie teen frangipani, teen wit gewels nie, hier's niks om die nag te versag nie. En as jy nog op 'n verkeerde pad indraai waar daar gegrou word en jy word weggewys na die volgende verkeerde pad (kinders het die tekens met die pyle omgedraai), beland jy sommer gou-gou tussen die hokke in, ín Rondomskrik waar jong mense bly, oorgenoeg messe daar en wat gee hulle om, die Goeie Vader behoede jou, paniek pak jou net daar, al jou geld help helemaal niks. Wat? 'n Mens, iets, duiwel voor die kar in, of misgis jy jou, wat? Jy kry hartkloppens, jou eie ellendigheid blaas saam met jou air con in en om en om, jy's vas. Dié keer het hy weggekom.

Kanariestraat, hier's hy nou, saggies laat hy hom by sy anties se voordeur in, as antie Darleen met haar liefderike gesig nog op is, spring hy bo-op haar skoot. Hy sak op sy bed neer, lê lank so geskrik en flou tot sy kordaatheid terugkom. Hy haal asem, hy dink: Nieta met haar glips. Volgende keer ry hy haar tot sy soos 'n maer vark skree en dros as haar dors op sy piek staan.

Hy vroetel die note uit die koevert: fokkit! Hy lê die note langs sy been op die bedsprei en tel weer. Teef het hom verneuk, sy! Hier's nie eens genoeg vir sy gewone fooi nie, wat nog van die ekstra? Kliënt nr. 2 het nog nooit verkeerd getel nie.

Hy sien die Rooiboer-oog in die kantspieëltjie van die wit twin cab. Hy sien hoe hy hom die hele tyd dophou, dophou soos hy met antie Yvette aankom Spar toe om te kom kos koop. Rooiboer jag hom, hy spook hom. Antie Yvette kom niks agter nie, hoekom sal sy?

By die glasdeure kyk hy weer om: Dis of Rooiboer hom aan 'n riem het. Kyk hy vorentoe, daar's Rooiboer, kyk hy agtertoe, daar's hy weer.

"Wragties, dis nie hy nie." Hy en antie Yvette loop in. "Dis nie sy twin cab daai nie."

"Wie s'n? Wat praat jy?" Antie Yvette kyk vir hom met haar blink oë, sy is darem maar aantreklik, die antie Yvette.

"Nee, dis oukei, dis oukei. Ek het sommer gedink ek sien iemand."

"Jy sien, ek weet daar's fout met jou, Lucky. Jy hol weg vir iets en jy wil nie vir my sê wat nie."

Hy tel een van die rooi mandjies op.

"Lucky, waarmee hou jy jou besig?" Antie Yvette hou nie op nie. "Jy moenie vir jou gaan in die moeilikheid kry nie. Jy weet ons is almal lief vir jou, as jy nou gaan seerkry, gaan jy ons almal laat seerkry. Vat daar vir ons 'n pakkie kaneel, ek wil vir ons soetpatats maak. Hoekom gaan ons so gou deur die kaneel?"

Toe hulle uitkom, staan daar weer 'n wit twin cab, sy borsspiere onder teen sy hemp span of hy geprikkel word met elektriese draad. Nee, dis weer nie Rooiboer se twin cab nie.

Hy kan nie Rooiboer se speletjie speel nie en hy kan hom ook nie uit sy kop uit kry nie. Hy sal moet besluit, die- of daai kant toe. Antie Yvette kyk hom aan.

ΟϋΟ

7 – 7 = niks.

Al mens wat hom nog kan red, is Alexandra.

Dis swaar om te weet dat daar net mooi niks van jou gaan oorbly nie. Sy ma sal huil, sy sal nie verstaan nie. "Wat het dan van my kind se geraamte geword?"

"Hou nou op tjank, jy kraak my kop," – sy pa.

Sy anties sal hom mis. Nieta sal nog so 'n bietjie na woelwater verlang, maar dan sal haar laksheid oorhand kry en die vergeet insit. Dan's dit verby. Hy het nooit bestaan nie.

Hy moet klein sit, as hy aan daai elemente raak, gaan hy hom lelik skroei. Sy kop wil bars. Die verlamming is op fast track. Gebrek aan suurstof, dis wat dit is.

Nou hoekom sal Alexandra haar oond kom oopmaak as sy nie potte ingehad het wat moet bak nie? Hy bid. As die vog uit sy liggaam maar net 'n kortsluiting kan veroorsaak, maar teen daai tyd sal hy klaar deurgebraai wees. As die krag van die dorp maar net op die nippertjie kan uitskop. Hy hoef nie eers sy oë toe te maak nie, dis klaar donker: Hy bid.

Hy wens hy kan vir oulaas vir Eddy sê hoe dit is om op hierdie oomblik dood te gaan. "Dis nie soos jy gedink het nie, Eddy. Jy moet binnekant die dood wees voor jy kan sê." Sout en trane. Hy lek hulle toe hulle by sy lippe kom.

Twee pare blankehande en 'n hand van 'n bruin man. Hulle gaan almal hang, tensy daar geen bewyse van hulle euwel oorbly nie. 'n Hopie as. Wie s'n? Dit kan as van enigiets wees, byvoorbeeld doringboomstomp. Wie sê dis as van 'n mens?

Daar's hy, hulle het aangeskakel. Hulle weet hoe werk die ding. Van bo af steek die verlamming aan en nou begin dit van onder af ook.

Die hitte kom.

Son trek water, lammers in die kraal. Liefde tussen sy pa en ma – waar? Sy ma miskien nog wat sy sissies se hande hou as hulle straat oorsteek, of is dit 'n dierlike instink? Sy pa altyd maar met die kroes kyk in sy oë asof hy aan die hol is. Nooit stil in sy gees, nooit vrede in sy hart nie. En liefde? Hy kan nie sê hy't hom ooit daarmee gesien nie.

Sy tyd is op.

Dalk was die liefde die geheim wat tussen Eddy & Eamonn gebeur het. Een rug, een paar bene, twee ore aan een kop: Eddy of Eamonn? Dis nie een van hulle twee nie, dis al twee gelyk. Maar wie's getuie? Eamonn het altyd gesê: "Nee, kyk eerder na Rompie en Stompie wat nou baklei en tande wys, en as jy weer kyk, lê hulle bymekaar, arms gevleg." Nee, hy sal nooit glo dat dit liefde is nie.

Hy's op.

Dis sy laaste kans, kom laat hy hom vat. Dit was sy hele lewe lank sy sending. Sy hand is nog wakker, sy hand kan nog werk. Dit word sy laaste job: Hy was 'n professional. Lewe roer in sy handpalm, kom laat hy hulle wys, last chance. Kom sy man, komaan. Wys hulle. Hy wil, want hy kan. Wragties, hy kry hom op. Vuka! Sy stywe. Manne, kyk hierso, tussen sy knieë. Dis sy wil tot die einde van die lewe toe. Nog stywer. Hy, dis Lucky. Sy laaste kans vir wat.

Dit was hy.

"Daar's 'n blankevrou gerape gisternag, Vrydag. Sy's gekom haal, George-hospitaal toe. Het jy nie die Rookruis-helikopter gehoor nie?"

"Wie?"

⚰

"Dié een is net vir julle ore."

Eddy se oë gaan oop toe Lucky dit sê.

"Jy mag geen valse getuienis teen jou naaste lewer nie." Lucky lag.

"Jy's op 'n mission vanaand," sê Eamonn.

"Oukei, ek is in Eleina se tuin, dis die haarkapper van die dorp. Dit begin skemer word, daai uurtjie wat jy mos enige ding kan aanvang. Ek wag vir hom onder die peperboom daar met 'n sigaret."

"Wie?" vra Eddy.

"Raai maar." Lucky lag en vat die bier wat Eamonn uithou.

"Daar kom hy aangeloop met sy dwergiebene. Hy sit hulle so neer, kwaad lyk dit my. Ek trek aan my sigaret, sal nie help om op hol te gaan nie. Die groetery is taamlik beleefd. Toe vat ek die voortou in na haar sitkamer, die sleutel weggesteek onder die klipuiltjie daar, alles gereël. Dis skemer binnekant, al die hortjies toe teen hitte, en hy loop oor, na 'n lamp en soek die skakelaar, die lamp gaan aan, dis 'n porseleinballerina met 'n wit kap. Hy snuffel deur haar sitkamer en kry wat hy soek. Die riempiesbank. Agter die bank loop daar 'n pyp al langs sy rug, sy voeë het seker begin lostrek, toe versterk hulle die bank so.

"Toe loop, sê ek vir kliënt nr. 5. Hy stap aan soos 'n skaap, dis mos wat hy wil hê. Snaaks, nè, mense se smake." Hy wag om te kyk of hulle iets wil sê.

Eddy gee 'n hoesie, vat Eamonn se sigaret af. Eamonn

verpes dit as hy nie sy hele sigaret kan oprook nie. Eddy is helder wakker, Lucky weet sommer. Hy maak aantekeninge in sy kop.

"Kliënt nr. 5 trek 'n halfjack uit sy sak en gee my die eerste sluk en toe hy terugvat, vee hy eers die bek van die bottel met sy mou af, my spoeg is mos melaats. Toe haal ek die paar boeie uit die Mister Price-sak wat hy saamgebring het."

"Mister Price?" sê Eamonn.

"Dis 'n klerewinkel," sê Eddy.

"Ek maak kliënt nr. 5 vas aan sy linkerpols en regterpols aan die pyp van die bank, daar staan hy nou hangore. Hel, wat nou? Ek kan my asem hoor en syne ook. Ek tel my sigaret op wat ek daar neergesit het in 'n asbak en hou dit voor sy lippe dat hy kan trek.

"Snaakse ding om jou mee besig te hou en die lug so mooi pienk en oranje buitekant. Die sleutel van die boeie is nou in my broeksak, ek kan besluit oop of toe, nes ek wil. Nou's alles gereed.

"Die goete in Mister Price." Hy bly 'n rukkie stil, dis donker, Eddy & Eamonn kan hom nie mooi sien nie. "Wat is daar nog? 'n Karwats gelooi vir 'n stuurs perd ten minste.

"Net met die kortbroek aan, so 'n kakiebroek wat ek nooit sal dra nie. Ek lig die karwats tot by my skouer op, versigtig, ek bewe self daaragter. Ek sien die vou agter waar die bene knak, wit sonder hare, jammerhartig amper. En 'n een en 'n twee en 'n drie, tel ek af. Ek bewe so bietjie." Lucky maak sy gesig met sy hande toe. Hy raak 'n bietjie verleë nou oor alles wat hy vir hulle sê. Hy's bly oor die donkerte op die stoep.

"Laat maar waai, sê my kliënt, die poephol. Wat is hy, die man, wat is hy? Ek wens dis al oor, dis nie in my natuur nie. Ek lig die karwats hoog tot helemaal bokant my skouer en duiwel die ding neer, die man snik of so iets, maar hy sal nie swik nie, hy is te sterk. Plaaswerk, julle sien. Hy beveel my om hom te beveel, en dan vergeet hy weer sy rol en tussenin vloek hy my nes hy maak met my pa op die plaas.

"Wragties. Ek gaan jou vandag looi, sê ek. Drie houe, toe's daar hale in die lap van die kortbroek ingevreet. Sy hoed het afgeval. Dis sy sielkunde daai, volkslaner, maar dis nie my sielkunde nie. Ek dink net die hele tyd aan my pa. As hy van die ding ore moet kry. Môre, meneer Kobus, môre, Lucky, is al wat hy sal verstaan tussen ons twee. Enigiets meer as dit sal hy my kwalik neem. Ek kyk die hele tyd terwyl ek hom met die karwats looi vas in Pa se oë: Sy bloed het teen hom gedraai.

"Dis genoeg wat, dis oor, sê ek vir hom. Oppak, son trek water. Buitekant toe, sê ek vir hom."

"En hoe's julle twee lovebirds toe uitmekaar uit?" Eamonn het opgestaan en praat van agter af en Lucky weet watter soort smile het hy op sy gesig. Eddy sê net niks nie.

"Uit sy beursie tel hy die note af soos ons ooreengekom het, hy probeer nie eens om my te verneuk nie."

"Nog 'n bier?" vra Eamonn toe Lucky asem skep. Toe hy die bier vir hom bring, laat gly hy sy hand oor sy kaal kop en toe hy sy hand wegvat, gee hy hom so 'n klappie, amper seer. Hy gee nie om oor die storie nie, miskien hou hy net-net daarvan, maar nooit soos Eddy nie. Hy wil net vir Lucky laat weet hy weet, dis belangrik vir hom. En hy kan venynig ook raak, gee hom net kans. Lucky se storie het dit uit hom laat kom.

Droë papierblomme van die bougainvillea vee op en af op die stoep, die twee hondekenne op hulle wit sokkies. Eddy sit regs, hy hou sy mond.

Hy't hom nie laat afsit deur Eamonn nie. Hy't sy storie sterk gehou. "Hy's daar weg met sy Mister Price-sak en ek is daar weg. Eers die ballerina-lamp afgesit. Ons het niks te sê gehad nie, as ons byvoorbeeld iets gesê het – naand, Lucky, naand, meneer Kobus – sou dit 'n kwessie wees van jou mond verbypraat. Ook nie na my gekyk en ek ook nie eintlik na hom nie. Hy was omgekrap. Nie 'n verligting soos ek met my ander kliënte sien ná die tyd nie. Laaste keer, nooit weer nie. Ek is 'n professional en dit beteken ek verskaf plesier aan my kliënte."

Klaar. Maar hoekom hy die storie so wil vertel, dis wat hy nog nie aan homself geantwoord het nie. Homself kan hy nie om die bos lei nie. Eamonn se klappie, die man het hom goed deurgekyk. Wat wil hy nou eintlik? Wat?

"Pasop, die vlermuis," sê hy vir Eddy, vir Eamonn, "hy's al daar om jou kop. Nou-nou is hy in jou hare."

Daar was 'n idioom wat hulle op skool geleer het: om die hef in die hand te hou. Dit beteken om baas te wees oor iets.

Daai slag toe sê die ou mevrou vir hom: "Dit was goeie dae daardie," en kyk na sy bruin vel asof hy moet begin kop intrek soos 'n skilpad, hy sien dit mos, hy's nie onnosel nie.

Sy's armsalig, sy. Hy hoor haar apartheidstories vandat hy voet in haar huis gesit het. Van daardie eerste dag moes hy hom buite sig hou soos 'n skelm by die kolekamer in en weer daar uit. Dit was moeilik om homself in haar huis te wees, hy't nie opgegee nie. Nou's hy oplaas tuis tussen die kussings met hulle tossels en al die goete wat nooit ophou nie, op die mantelpiece, voor die kaggel, op die tafels, onder die tafels, jy hoef maar net op te kyk.

Hy't hier tuis geraak, sy moet nou nog net sê: ja, ja, Lucky.

Nee. Sy het iets verloor, die kosbaarste ding wat jy aan kan dink. Hoe kan hy sê? Dit is diep binne-in die derms van die ou vrou soos 'n klippie wat jou help om kos te verteer. Nou is sy sonder daardie klippie en die kos bly steek. Sy swel, kry sooibrand, kan nie poef nie. Sy kyk na haarself in haar spieël met die goue raam wat soos 'n pou se stertvere uitwaaier en sy weet nie meer wie is die mens wat sy daar sien nie. Toe apartheid jare gelede gestop word, kom sy ook tot 'n einde. Wat is sy nou? Sy kan nie sê nie. Sy weet miskien nie eers daar is so 'n vraag nie. Sy is treurig soos by 'n begrafnis. Sy sal treurig graf toe gaan ook.

"Ek moet seker maar bysê dit was goeie dae vir óns, ons wit mense," sê sy toe. "Vir jou mense was dit seker minder voorspoedig. Nou eet julle die room."

Lucky sê niks en vat slukke sjerrie, dit proe minder vanaand. Mevrou Kristiena-Theresa met haar apartheidstories.

"Ons het niks in die geskiedenisklas geleer van wat Mevrou daar sê nie."

"Dis die probleem, alles word nou verdraai. Al die goed wat ons groot manne vermag het, word onder die tafel ingevee en vertrap. Die wit mense het hierdie deel van Afrika mak gemaak. Ons het die beste infrastruktuur, beste ekonomie, beste van alles in Afrika. Nou het die hef uit ons hand geval. Opgetel deur ander, ek ken hulle nie. Wie is die mense wat my nou wil regeer?"

"Dis mevrou September, Mevrou. Jy ken haar." Hy mik om die glasie sjerrie presies in die middel tussen sy twee knieë te hou.

"Ag sy!" Sy gooi haar hande op, lamplig vang die diamant en die trossie robyne. "Apartheid. Dit is 'n woord wat niemand meer verdra nie. Dit het 'n vloekwoord geword. Op sy dag het dit sin gemaak. Nou is die hef in anderman se hand en die vinger wys na ons. Dis wat ek bedoel, Lucky. Dis wat jy moet begryp van ons, van my. 'n Ou vrou, aan die einde van my lewe en ek moet bang wees in my eie dorp."

"Die poliesvên patrolleer die strate, Mevrou. Mevrou September doen haar bes met die munisipaliteit. Daar is nou die water-ding, maar sy kan dit nie help nie. Ons bruin mense in die Onderdorp werk hierdie dorp, Mevrou. Sonder ons kan julle nie klaarkom nie."

"We've got a particularly bad lot here." Die haartjies op haar bolip roer amper nie.

"Ekskuus, wat het Mevrou daar gesê?"

Swyg soos die graf. "Boelie," roep sy haar hond tot aan haar sy.

"Kan jy dit net weer sê, Mevrou?"

Swyg.

Toe sit hy sy sjerrie neer en loop, dié slag sommer by die voordeur uit.

"Moet my nie los nie, Lucky, ek het dit nie van jou bedoel nie," sê sy flou.

Wat? Wat? Hy's op sy fiets. Weg.

ΠϋΠ

Hy weet hy mag nie vir Eddy loer vanaf die stoep deur bougainvillea-takke deur die venster tot by sy skryftafel nie. Eddy sit met geboë hoof, sy neustoppie net 'n halwe vuurhoutjie weg van die vel papier. Jy kan nie sy hand sien roer nie, maar jy weet hy beweeg.

Toe kyk hy op, hy't die beroering gehad dat iemand na hom kyk. "Kom hier."

Lucky kom staan skaam agter sy rug.

"Nee, meer regs."

"Oukei."

Eddy laat hom kyk hoe hy werk. Die punt van die potlood is reg voor sy regterneusgat en so skryf hy reël ná reël. Altyd fyner moet dit wees. Ná elke twee reëls maak hy die punt van sy HB-potlood skerp. Dan sak hy af, altyd ligter druk hy as hy net bokant die streep op die skooloefeningboek-bladsy opgaan en altyd swaarder druk hy as hy afgaan. Nét bokant die streep op die papier sodat die klaargeskryfde reël drywe.

"Dis 'n oefening, jy sien. Ligter op en swaarder af, maar elke slag met verminderde intensiteit totdat ek op die punt kom dat my hand nie meer weet hy beweeg op of af nie en ook nie meer dat hy die potlood vashou nie. Totdat die skryfaksie as 't ware uit my hand weggeneem word."

"Dis te swaar vir my om te lees."

"Jy's reg, dis on-ont-syferbaar."

Lucky se asem raak dik met spoeg van die lang, aanhoudende kyk na Eddy se hand. Hy wil nie by Eddy dom voel nie. Eddy laat hom. Partykeer. Olie van die olyf wat hy nog op die stoep geëet het, dam in sy kies en die lug in die kamer met die honne opgekrul op die vloer raak ook lomerig en stol soos ou melk. Aanhou kyk: Die potloodkrappe bo-op en onder die streep van die skooloefeningboek swewe van links na regs net onder 'n reël wat reeds klaar is, en daai een word weer 'n nuwe reël waaronder 'n volgende een gaan swewe. In die oopte bo die streep en in die oopte onderkant die streep sien jy net-net die krulle en strepe wat Eddy se potlood maak en dit begin hom toor, amper soos wat jy baie, baie lank na Cloëtte se bors kyk, hoe hy volmaak onder by haar borskas uitswel en stadigaan 'n ronde piek vorm en die piek wat dan die punt van die nippel-vleisie uitstoot, maar jy kan nie meer glo dis mensevleis nie, dit word iets anders, dis nie meer soos op die aarde nie, en die kykery sleep hom aan en aan deur die lou en stadigaan word alles wat hy gereken het hy in sy lewe weet, alles wat hy tot nou toe geleer het, niks en ook hy word niks en sy vel oor sy beendere en spiere en derms diep binnekant word ook niks en alles, niks maak meer saak nie.

Hy skrik homself reg en loop vinnig uit. Eddy draai om op sy stoel en kyk hom agterna, oë rooi. "Ek gaan jou mis weet jy, Lucky," sê hy.

൦൦൦

Vanoggend nie 'n spoor van mevrou September op straat nie. Dit sal die waternood wees wat haar so besig hou, daar staan haar vier-by-vier lankal geparkeer, jy kan sien die bande is al koud. En sy's nog glad nie oor Bybietjie se gifdood nie. Moet hy haar nogtans SMS? Hulle het 'n afspraak vanaand.

ooo

Hy weet die mense praat, daar's niemand wat nie praat nie. Daar is mense wat weet watter job hy doen, daar is mense wat weet dat hy sy job goed doen. Hy't altyd nuwe klere, hulle kan sien daar is geld. Maar hulle kan nie sien dis met sweet verdien nie, die jaloesie wen.

Daai slag was die eerste keer dat hy in die Onderdorp die woord "hoer" gehoor het. Hy't gaan samoesas koop by Sauls vir die kinders toe is dit die vrou met haar Cokes en witbrood, dis sy wat dit van hom sê. Toe loop sy uit sonder lat sy na hom kyk, net so skeeloog loop sy verby hom, uit.

Oom Saul pak die samoesas in 'n kardoes, vat sy hand in syne. "Lucky, jy's 'n goeie seun, jy moet mooi dink oor jou lewe. Ek ken jou pa en jou ma, jou anties almal. Julle is opregte mense, jy kom uit 'n goeie familie."

"Naand, oom Saul." Hy draai om en loop uit in die stofstraat, vies vir die ewige hitte en kak.

Toe weer in die ladies' bar, ou Wella was nie eers daar nie, Cherilene het bedien. Dis sy middagpouse, hy't 'n Castle kom drink en 'n sigaret kom rook in die air con. Daar oorkant onder die koedoehorings by 'n ronde tafeltjie sit twee blankemans en 'n vrou, kop in een mus. Skinner, geen twyfel daaraan nie. Weer daai woord. Hy't nie uitgeloop nie, wat sou dit help? Buitendien, antie Darleen sou nog vir hom 'n stukkie oorskiet uit die kombuis stuur.

Toe die bord kos kom, hoenderpastei en groenboonslaai deurmekaar, wou hy sommer net daar kots. Het Cherilene ook die woord gehoor? As sy het, het sy niks gewys nie, hy hou van haar.

Hy't soos 'n los klip van die hoë stoel afgegly, sy sigaret uitgedruk en binnekant het sy hart geklop: Sy dae is getel op Santa Gamka, help nie meer om doekies om te draai nie.

◊◊◊

Op die voorblad van die koerant wat Eddy-hulle weekliks kry, is daar 'n wêreldkaart wat wys hoe die klimaat vanaf 1970 tot nou toe verander het. Die kaart is plat sodat Amerika heel links en Australië heel regs lê. In die middel is Afrika. Oor die wêreld gegooi soos 'n bedsprei is 'n patroon van blokkies met drie kleure: oranje en geel en groen. Die kleure is dof, asof die lewe uit hulle is. Dowwe oranje staan vir temperatuurstyging van 1 tot 3,5 °C, dowwe geel vir temperatuurstyging van 0,2 tot 1,0 °C en die dowwe groen staan vir 'n klein temperatuurstyging van 0,2 °C of selfs 'n daling van 2 °C. Hier en daar op die wêreldkaart is daar 'n wit blokkie, byvoorbeeld op Zambië. Dit beteken dat daar geen data bestaan vir die land nie. Mense in Zambië weet nie wat die afgelope dertig jaar met hulle klimaat gebeur het nie.

Lucky het die kaart saamgebring om vir sy anties te wys.

"Die eerste ding wat jy op so 'n wêreldkaart soek, is jou eie dorp. Hierso. Oor die hele Groot-Karoo en oor Santa Gamka is 'n geel blokkie. Kyk maar self." Die anties kyk, die kinders druk in. "Temperature het met tot 1,0 graad Celsius hier by ons gestyg."

"Nee wat," sê antie Doreen, "jou kaart is malligheid, dis net so warm soos altyd, ek sweet laat dit bars. Daar's net minder water. Ons moet net nie geloof verloor nie."

"Sit nou weg daai kaart, lat ons eet," sê antie Yvette, haar kos is klaar. Macaroni met kaas en tamatie en witbrood en water met nartjie-squeeze en ysblokkies vir almal.

"Ou mev Kristiena-Theresa kla haar simpel oor korrupsie in die munisipaliteit," sê Lucky en kou nie, antie Yvette se kos is altyd week en sag. "Sy sê, waar kry mevrou September kamtig geld vandaan om 'n vier-by-vier te kan bekostig."

"Vra vir die ou mevrou waar kry hulle blankemense al hulle geld vandaan, kyk hoe lyk die karre wat hulle ry. En sommer meer as een ook staan in hulle garage," sê antie Doreen. "Stadig nou," maan sy vir Lucky, hy's soos 'n wolfhond met kos."

Sy bord is klaar skoon. Hy sleep sy vinger oor die glasbord agter laaste stukkies hard gebakte kaas aan. Macaroni is sy gunsteling, maar hy hou meer daarvan soos antie Doreen dit met meer kaas maak. Hy stoot sy stoel agtertoe nog voordat die ander klaar is. "Dankie, antie Yvette," en stap buitentoe vir 'n sigaret. Die anties dink hulle weet wat aangaan op die dorp, maar hy weet van beter. Hulle straat is stil vanaand, dis nog vroeg in die week en die mense probeer hulle rustig hou sodat hulle deur die res van die week kan kom.

"Die water vlek my linne," sê mev Kristiena-Theresa nog vir hom asof hy minder as fokkolniks omgee, met haar is hy vir ewig klaar, geld of te nie.

En Mister D'Oliviera gaan bedank by die skool, hy kan dit nie meer uithou nie. In die toilette was daar weer een van daardie bloederige goed van die skoolmeisies en hy's al een wat hom daaroor ontferm. "Toe ek by die toilet afkyk, jy weet mos." Mister D'Oliviera druk sy gesig in sy pienk Engelsmanshande.

Die nag is droog en warm en lekker op sy vel soos altyd en hy steek 'n tweede sigaret met sy stompie aan. Meneer Bradley se olyfbome is besig om te vrek, ry op ry staan die boomgeraamtes as hy daar verbyry. Krag het al ses maal uitgeskop die maand. Oom Jassie en Boggem en James en Bokkie en oupa Louis en oom Elie, arme oom Elie, en Christine is almal mense wat hy van weet wat net in een maand hulle jobs verloor het. Hulle kla, maar op 'n ander manier as die blankemense. In die blankemense se koskaste sien jy nog al die eetgoete en die Waterford-glasgoed in mevrou Kristiena-Theresa se vertoonkaste, jy het maar min simpatie daar. Maar as jy aandagtig luister, gaan dit nie oor die klaery nie. Die woord is futility. Handdoek ingooi. Die kraak in die dorp het begin. Hy tik sy as af.

ΩΩΩ

'n Rukwind laat stof uit die dak neerkom. Die laag modder in die brakdak is stadig besig om poeier te word en gooi deur die riete af ondertoe op hom op sy matras. Daar is 'n vlermuis in hulle huis, hy lê, hy kan die wappering hoor. Sy ma kon seker nie die ding uitgeja kry nie, partykeer gee sy nie om nie. Die wappering laat nog stof afkom. Die stof uit die dak is oud en anders as die vars stof wat oor die veld aankom. Daai ou stof is in sy neus, hy kan dit nou, altyd, ruik as hy wil.

ΩΩΩ

Die waterlorrie kom toe en gaan staan voor die nuwe all paygebou. All pay is 'n toelaag – social security – wat die staat uitdeel sonder dat jy 'n vinger gelig het. Party het dit nodig, dis nie hy daai nie.

"Julle stamp nie, mense. Wees gewaarsku," sê die poliesman, gewapen. Hy's 'n nuwe ene, blas, al is hy 'n blankeman, pens kort bench crunches.

Mense vorm 'n los tou met hulle plastiekbottels en emmers om huis toe te dra, kla gaan nie help nie.

"Roes en blik," skree antie Doreen toe sy die water proe, sy ken Evian vanuit Missus Meissens se B&B.

Dis nou 'n nuwe ongerief: In elke huis moet almal op mekaar kak voor jy kan trek.

Lucky spuit twee maal deodorant aan en hy's nog nie helemaal tevrede nie. Die balskoppery in die straat, die stof en hitte. Hy moes hom stiller gehou het. Nooit gedink die waterlorrie sal teen werkstyd nog nie aangekom het nie, maar hy besluit tog maar om sy afspraak met Mister D'Oliviera te hou, arme man vat stress ná sy bedanking. Bowendien het hy met die New York-ding ekstra spaargeld nodig, die Chico gaan moet lank wag.

Op pad soentoe, wie's dit nou hier langs hom? O, dis die Jaguar XF. Venster rol outomaties af, meneer Bradley se nek en glimlag peul by die air con uit. "Ek het opgegee met jou, Lucky Marais."

"Waarvan praat meneer Bradley dan nou?"

"Jy weet goed. Ek praat van my aansoek vir nog water. My vorm. Jy sou Jolene September se arm gedraai het. Vir my."

Die simpel vorm wat daai een aand aan sy boud vasgeplak het. "Meneer Bradley moet nie my invloed op mevrou September oorskat nie."

"Moenie vir my kak spin nie, Lucky."

"Nou hoe lyk meneer Bradley dan vandag of die honne jou kos gesteel het?" probeer hy nog, maar daai wrange glimlag is op hom, teen hom.

"Jy sal daardie woorde van jou onthou, Lucky Marais," venster rol op, Jaguar gly weg.

Lucky trap sy fiets weg, stadig, hy sien skielik sleg. Dis die hittewalms, nee, dit is.

Hy laat hom met sy eie sleutel by Mister D'Oliviera se huis in, James lag en lek. Hy maak seker niemand van die straat af sien hom nie, maar dit maak ook nie soveel saak met Mister D'Oliviera nie. Hy kyk nog weer om, straatop, straataf. "Hè, James?" Weer kyk hy agter hom na die straat voor hy ingaan. Hy loop na Mister D'Oliviera se badkamer toe en draai die kraan oop. Niks.

In sy hele huis hou Mister D'Oliviera net die skeerspieël. Uit sy Levi's-agtersak grawe hy 'n sakdoek en vee sy voorkop en neus af totdat niks blink wys nie. Hy ruik aan homself, eenkant, anderkant. Mister D'Oliviera se standaarde is hoog, maar "onder omstandighede", soos almal van die waterkwessie praat. Mister D'Oliviera moet dalk self eers 'n bietjie afspoel: pot can't call the kettle black.

Hy gaan sit wydsbeen op die bank in die sitkamer en druk 'n stoelkussing agter sy nek in en vergeet van alles en sluimer in en word wakker in die bedompige skemerte van Mister D'Oliviera se oumenssitkamer, hekellappies tot oor die outydse TV in laminated hout en sluimer weer in.

'n Vlieg op sy neus: Snaaks, nou weet hy presies hoe die regte woorde van daai Beatles-liedjie gaan wat meneer Bradley so erg oor is. Dis nie: *Jojo was a man who thought he was a woman*, dis eintlik: *Jojo was a man who thought he was a loner*, en meneer Bradley gaan dit nooit weet nie, die fokkop.

೦೧೦

Moenie daaroor praat nie, moenie daaroor dink nie. Lucky trap hard plaas toe. Eers 'n bietjie padgee uit die dorp. Eerste keer dat Kosie nie sy taxi vir hom wou leen nie. "Ek betaal jou twintig ekstra."

"En vir wat nogal?" sê Kosie.

"My geld was nog altyd goed genoeg vir jou."

Toe ry Kosie weg.

Dis 'n stywe twintig kilometer uit. Kosie het sy taxi nodig gehad, hy glo dit nie van Kosie dat hy teen hom sal draai nie. Hy het twee van sy afsprake gekanselleer. Honderd-en-vyftig rand plus honderd-en-tagtig, altesame driehonderd-en-dertig rand verloor hy, maar skoert moet hy.

Ná die rape het dit sedig geword in die Onderdorp, ou antie hoor hy nog daar by Sauls net voor hy pad vat. "Nou gaan die misdadigers les opsê. Nou kan ons ou mense ook bietjie rus kry van die rape en die messtekery en die tik," en sy kyk sommer na Lucky met geel suspisie.

"Los my uit, Ouma." Hy betaal vir sy sigarette.

"Dis so," sê oom Saul agter haar, die ou antie, aan, die mense dink mos nie vir hullesef nie.

Hy steek op en staan nog so in die yl sonnetjie daar. Oom Saul kom staan ook daar, oom Saul durf hom nie weer betig nie.

"Hier word elke naweek meisies gerape hier by ons en wat weet die Bodorp daarvan af," sê oom Saul. "Wat gee hulle dan om? Dis nie dat ek nie jammer voel vir die ou mevrou nie. Ek ken haar persoonlik. Ons loop nie by mekaar verby sonder om te gesels nie. Dis 'n donnerse skande. Maar nou moet ek dit ook sê, sy, daai ou mevrou, as sy met jou wat 'n bruin man is praat, kry jy die gevoel sy's nie by jou met haar hart nie. Sy praat, maar sy praat sommer so bolangs. Daar is 'n muur tussen haar en jou. Sy ag jou nie."

"Dag, oom Saul."

Lucky ry uit die dorp oor die eerste droë rivier, sy hemp flapper sodat die droë wind sy blaaie afkoel. Nie daaroor praat, nie daaroor dink nie. Met dié dat hy van sy jobs opgesê het, verloor hy driehonderd-en-dertig rand. (Hy't eintlik nog net vir mevrou September en Mister D'Oliviera oor, Cloëtte tel nie. Antie Yvette is geskrap.) Geld vir sy Amerikaanse visum was daar oorgenoeg, *R1 074,20 payable at any FNB branch, no account number required.* Hy's veilig, hy's gedek.

Nie nodig om met sy ma en pa oor die ding uit te praat nie. Hulle sal al weet, die hele distrik boontoe tot by Beaufort-Wes en af tot by Laingsburg sal al weet. Môre staan dit in die Boerekoerante, miskien vandag al.

"'n Sjerrietjie, Lucky?" Die verrimpelde handjie op sy arm. Wat wou sy nou eintlik van hom hê? Geselskap teen 'n prys. Partykeer kon hy in haar oë sien hoe sy raak. Mislik of iets. Bruin man wat soos 'n mannetjieskat afsmeer aan haar kussings, tossels, aan alles. Watter skelm het sy by haar ingelaat? As hy by die glastafel die sjerrie gaan inskink, is haar oë op sy rug. Hy weet mos hoe't haar kop gewerk, hy's nie onnosel nie.

Sy laat hom inskink. "Moenie die bottel te hard op die glasblad neersit nie, dit kom nog uit my ma se huis. Moenie die glasies te vol skink nie, anders mors jy op my tapyt."

Eenkeer het hy die bolglase – vir whisky eintlik – gebruik. Toe hy sien sy sien hom met die verkeerde glase aangeloop kom, gee hy sy jakkals-smiletjie. En toe die manier waarop hy die glas vir haar aangegee het, toe weet sy hy't dit aspris gedoen, hy's besig om haar uit te daag.

"Grappie, meneer Lucky, nè?" Maar sy was kil.

En dadelik het hy gewonder wat hy nog kon doen in haar huis, watter ander dinge met haar moontlik is. Hy't begin mag kry oor haar, oor al sy kliënte, met elkeen op 'n ander manier. Hy het kwaai verander vandat hy met sy job begin het.

Op die ou end het mevrou Kristiena-Theresa tog gewen. Was die een blankemens voor wie hy nie kon bly staan nie. Hy't teen haar opgestaan, ja, maar op die ou einde het sy hom getrap. Hy haat dit dat die gedagte hom bly ry: Met sy rug op haar loop hy daar weg en nogtans, suur, is die vernedering syne. In hom.

Oor die tweede rivier, die Gamka, en dan na regs. Stop en die hek oopmaak, naamplaat op die hek is afgeskilfer: *Bethesda*. Alles waarop hy nou trap, elke stoffie wat sy fiets se wiele opgooi, behoort aan Rooiboer. Tot op die dag dat sy pa-hulle hulle trots terugkry, gaan hulle ook aan hom behoort en daai dag kom nooit nie.

"Het jy gehoor van die rape?" sê sy ma net toe hy inry. "Daar was soveel," sy hou drie vingers op. "Hulle het haar eers uit die huis gesleep en toe buitekant toe gevat. Sommer op die klippers. Al drie. Het haar om die beurt gevat. Twee is nog kinders onder sestien. Polisie het hulle vas. Al drie sit in die selle opgesluit."

"By wie't ma dit gehoor?"

Sy wys met haar kop na Rooiboer-hulle se huis. "Sy. Rooiboer se vrou. Sê my, Lucky, die man hierso . . ." Sy krap aan haar lies en loop uit op die jaart boom toe. In die skaduwee lê 'n valstrik wat sy pa vir 'n haas of 'n andersoortige klein dier prakseer. Hy gaan sit weg van sy ma af op een van die wit plastiekstoele.

"Wie bedoel ma?"

"Lucky, die ding is jou ding. Jy weet die beste. Ek wil nie praat nie, wat help dit tog. Jy's my eie kind. Maar ek het 'n snuf opgetel, jy weet mos. Jy's te veel soos ekke. Onthou nou mooi: As jy begin deurmekaar raak oor wat goed is en wat kwaad is, van daai dag gaan dit nie meer voorspoedig met jou nie, dan val jy om. Geld is nie alles nie, Lucky, hoor wat ek vir jou sê. Kyk vir ons hier, ons is brandarm. Maar ons is darem tevrede."

"Tevrede? Ma-hulle!" Maar hy skrik weg van haar intuïsie, haar snuf soos sy sê. Waar sou sy aan al die goed kom? Sy kom byna nooit op die dorp nie.

"Ma, julle leef soos slawe op Bethesda. Pa werk vir 'n appel en 'n ei. En jy, Ma, my arme Ma." Hy vat aan haar hand op haar knie.

"Ek is nie 'n slaaf." Sy waai haar hande voor hom laat hy van haar moet afbly. "Wat van jou? Jy gaan verkoop jouself op die dorp. Die Here vergewe jou, Lucky."

"Daar is nie werk vir ons jong mense nie. Ek doen wat ek kan. Ek het altyd vir myself beloof dis tydelik tot ek 'n kar het. Dan't ek 'n kans om 'n ander werk te kry. Ek het my planne."

Die twee sissies kom aangetrippel. "Hallo, Lucky." Hulle is vandag huiwerig om te naby te kom, daar's iets wat hulle agterkom. Op hurkies gaan sit hulle by die valstrik.

"Pasop vir bloedvingers," sê sy ma, kyk hom dan in sy oë. Min dat sy dit doen. "Ek is bang as ek aan jou dink daar in die dorp in blankemense se huise."

"Niemand sien my nie, Ma. Ek is professional."

"Prou-fes-se-nil?" sy frons. "Die ding nou met die ou vrou is 'n lelike ding wat gebeur het. Die gereg sal nie rus nie."

"Ma, daar word elke naweek meisies in die Onderdorp gerape en niemand kraai daaroor nie."

"Die ding met die ou vrou is anders. Sy is 'n gesiene mens in Santa Gamka gewees, sy was daar bó en nou het seunskinders haar kom bevuil. Haar trots deur die stof gesleep. Die gereg sal nie tot rus kom voor die saak uitmekaargehaal is nie. Seuns uit ons gemeenskap het haar bevuil, en die gereg sal haar kant vat."

"Die gereg is nie meer blank nie, Ma. Hulle kan nie meer met ons maak wat hulle wil nie. Die neergeslane mens het opgestaan en stem dik gemaak. Vat tog een van myne," hy hou die pakkie Stuyvesants uit.

"Nee." Sy rol eerder haar twak in 'n flenter koerant. Toe staan sy op en loop in 'n kring om hom. Hy wens net sy wil nou klaarkry met haar snuwwe, onder sy kouse kruip iets, jeuk soos luise.

Sy ma met haar vinger: "Jy staan te na aan die blankes. Die ou vrou," sy talm om te kan sê wat sy wil, sy het nie veel woorde nie, "die gereg gaan jou ook by hierdie ding bysleep, by die hare." Sy lag afskuwelik.

"Wat praat Ma nou?"

"Jy staan aan die verkeerde kant van die gereg, Lucky. Hulle gaan jou maalvleis maak."

"Ek ken nie eers die oortreders nie, Ma. Wie is hulle? Ken Ma hulle name? Ek weet niks van hulle af nie. My rekord is skoon. Ma moenie goed sê waaroor Ma later gaan spyt kry nie."

"Jou voetspore lê in blankes se huise."

"Ma, hierdie rape is ver van my sake af. Almal in die dorp neem kennis. Konstabel Mervyn ken my, die sipiere by die tronk, mevrou September, almal. My hande is skoon, ek het getuies. Ma moet die ding los, as die gedagtes in die dorp moet uitkom, is Ma die een wat gaan moet borg staan."

"Hulle kan my eerder doodmaak voordat ek lat hulle aan jou vat, Lucky. Dis my snuf wat ek gekry het waarvan ek jou vertel. Moet ek nie? Die gereg is besig om op te staan en die kwaad uit te snuffel. En die gereg dink nie oor goed en kwaad soos ons nie. Hulle ken jou nie soos ek en jou anties jou ken nie, hulle sal glo wat hulle pas."

Die honne begin blaf. Dis sy pa wat teruggeloop kom. Van ver af lyk hy maar nes Lucky hom onthou as kind wanneer hy van die werk af kom: stof oral op hom en sy armspiere rieme.

Sy ma vat aan sy arm. "En Bethesda," sy wys weer met haar kop na Rooiboer en Groot Deeg se huis, "los maar uit."

◊◊◊

Eddy het die gewoonte om jou lank en diep in die oë te kyk. Hy sê 'n mens kan aan iemand se oë sien of hy 'n swakkeling is of nie.

◊◊◊

Drie dae lank hou hy hom klein by sy pa-hulle. Snags slaap hy sweterig, in sy neusgate die moddervloer waarop die matras lê, die muf wat nooit son sien nie. Hy kommer homself, dis nie hy nie.

Hy verbeel hom hy sien die meneer by die Amerikaanse ambassade steek vas by vraag 38 van die Non-Immigrant Visa Application omdat hy daar vasgesteek het: *Have you ever been arrested or convicted for any offense or crime, even though subject of a pardon, amnesty or other similar legal action? Have you ever unlawfully distributed or sold a controlled substance (drug), or been a prostitute or procured for prostitutes?*

"Wat sê ek op die vraag?" vra hy vir Eddy & Eamonn, sweet tap hom af.

"Jy sê: no. Vanselfsprekend. Jy hou mos nou op met jou werk. Jy't dit net gedoen tot tyd en wyl."

"Emergency service." Eamonn lag skelm en mooi.

Die drie dae by die huis pamperlang sy pa hom. Hy't skielik vreugdevol geword oor die gedoente op die dorp. "Lat hulle net aan my kind kom vat." Hy skink glads vir Lucky uit sy bottel.

"Skaam julle. Sy was 'n ou mens, maak nie saak watter kleur nie." Sy ma hou haar eenkant.

Op die oggend van die derde dag klouter hy tot bo-op die hoogste klipkoppie waar jy sein vang. Drie SMS'e kom deur, al drie dieselfde: *versteek jou inne hollekie. Die rape het kak gemaak. Hulle ga jou damee oplienk Dian.*

"Pa, ek wil nou maar terugry. Het pa miskien 'n spanner vir my? 'n Lekker sware?"

Sy pa kyk lank vir hom totdat hy wil wegkyk, maar hy sorg dat hy nie wegkyk nie, want behoort hy dan nie waarlik aan sy pa nie?

"Lucky, ek gaan nie lat jy seerkry nie. Nee, o wragtig, hulle gaan dit nie ook nog aan my doen nie, my kind verniel."

"Pa, gee vir my 'n yster dat ek myself kan verdedig."

"Ek het vir jou iets, weet jy," en hy loop na hulle kamer toe en kyk nog om na Lucky daar by die tafel en kom terug met 'n bobbejaanspanner, sy rooi verf al afgedop. Hy sit dit voor Lucky neer op die plastiektafeldoek, 'n nuwe een met oranje blomme.

"Verdedig ons almal, Lucky. Ons is saam met jou al die pad. Teen hulle. Teen fokken almal van hulle." Sy oë traan. "Jy kan, ek ken jou."

"Ek kan, Pa." Hy vat die spanner en loop uit.

"Lucky?"

"Ja, Pa?" Lucky wag in die deur, dis klaar skemer. Toe niks

kom nie, loop hy om die hoek van die huis en klim op sy fiets.

Hy trap hard en eweredig met die spanner tussen sy twee hande op die stuurstang. Hoekom moet hy 'n bangbroek wees vir 'n ding waar hy nie naby aan was nie? Die skemer raak swaarder en wyer, die veld sagter.

"Niemand sal my kry, niemand sal my onderkry nie," sulke goete sê hy.

Terwyl hy trap, val die kar agter hom in, miskien toeriste wat op hulle plek wil kom voor dit helemaal donker is. Hy kyk agtertoe: kar ry laat dit klap. Hoe ver is hy van die eerste ligte van die dorp? Agt kilometer, tien op die meeste. Dit kan net toeriste wees, kom van die Kaap af.

Hy kyk weer oor sy skouer, toe sien hy watter soort kar dit is: dubbellampe vol aan en bo-op die dak nog een, en toe weet hy hier ry kak agter hom. Dit is 'n blankeboer daai met sy vier-by-vier opgemaak om koedoes te jag. Hy kyk weer: hulle kom.

Weer om: die harde lig van agter verblind hom nou, twee lampe links plus twee regs plus die een op hulle dak, vyf altesame, almal voluit. Hy sien wat kom, klaar, hy gaan baklei tot die dood toe. Hy sal al sy gym-spiere gebruik, al die breins in sy kop. As hulle hom dan onder moet kry, sal dit nie sonder 'n bakleiery wees nie.

Hy trap stadiger, laat hulle hom maar inhaal, en hy vat die bobbejaanspanner met al sy krag vas en vanaf die peddels op deur sy kuite dwarsdeur sy dye en oor die rippels op sy maag en by sy ribbes op en agter sy blaaie is hy styf en gereed.

Hy briek, help nie om te dink hy kan onder hulle uitry nie. Hulle trek agter hom in en los die lampe net so aan, vyf altesame. Deure klap, drie, daar's drie van hulle, balaklawas oor die kop. Balaklawas? Hulle maak seker grappies: dis dom, donnerse boere. Gewere? Het hulle? Hy smyt sy fiets eenkant toe en staan breed en swaai heen en weer met die spanner, en skielik voor hulle kans kry, spring hy vorentoe en haak af, gemeen, hy's fikser as hierdie vleispense.

"Jissie, fokken gomgat," hoor hy vir die ene toe die spanner hom teen sy sleutelbeen tref: fap! Die mannetjie hik, spoeg en gryp in die lamplig waar hy gemoer is, gooi op sy rooi handehare, bliksemse hoenderbrein, dink hy hy weet nie wie's hy nie. Nou's die ander twee kouskoppe op hom, rasend van verontwaardiging dat hy eerste die aanval geloods en hulle onkant gevang het.

"Julle sal my nooit kry nie," skree hy en mik na die lang grote wat hy amper uitken. In die warm wit lig wat oor hulle almal gooi, ruik hy drank en hy's bly, dit maak hom sterker, maller. Waar's hulle gewere? Nie hol nie. Nie sy rug op hulle draai nie.

"Kry daai spanner by die klein kak weg," sê die lang grote, sy stem dik, geel whiskydrank dis hy, is die grootbaas van suite 17. Nieta het hom verraai, flerrie-poes, hy't dit nooit anders verwag nie. Wie's die derde een?

Hulle stoei hom tot op die grond. Rooiboer het sy wind teruggekry en hy sien nog net hoe een van sy dwergbene terugtrek en die skop voluit aankom. Hulle is drie teen een. Derde een kort 'n arm. Dis tog nie dinges nie?

"Lafaards!" skree hy en kry dit reg om half op te kom en dan nog opper, en kop eerste storm hy reg in die whiskypens. Die groot man vou dubbel, snork of 'n hamer sy pens ingemoker het. Derde kouskop het waggel-waggel sy arm met die spanner beetgekry en draai daai arm saam met die spanner agtertoe, verkeerd om sodat die pyn soos 'n mes ingly, sy vasberadenheid moer gee. Is tog nie ou Wella van die ladies' bar nie? Olyfpens het intussen sy asem teruggekry en arm in 'n winkelhaak wurg hy Lucky om die strot en pluk, pluk hom binnetoe, hy ruik sy rykmansweet, die man gaan hom vrek wurg. Spanner gly uit sy hand.

"Wat wil julle hê?" Klink na gorrel. Hy worstel aan, maak dit al die tyd nog swaar vir die man om hom in toom te hou, hy hou moed. Sy spanner was sy beste kans, nou't hy net sy breins oor.

"Wat wil ons hê?" Dis Rooiboer se stem iewers boontoe.

Lucky ruik weer die brandy op hulle. Olyfpens se krag om so lank so styf te knyp, verslap en Lucky vat sy gaping, glip uit, woerts gaan staan hy eenkant, uitasem, sy spanner in Stompie se hand.

"Klein kak," sê Olyfpens, "klein hoer wat ons dorp deur die modder gesleep het."

Die manne raak al drie, asof op bevel, meer opgewen omdat hy net daar oorkant hulle bly staan en hulle uitdaag. Hulle wil sy rug hê, as hulle skiet, wil hulle nie sy oë sien nie. Hy sal nie. Skoot in die rug is die laagste vernedering. Daai gelukkie gaan hy nie vir 'n blankeman gee nie.

"Klim in," sê Rooiboer en wys na die vier-by-vier.

My Rooiboer. Lucky se kop kom in versnelling. Met dié ene kan hy 'n kans vir homself maak. Sy sweep-maatjie, met hom kan hy speel.

"Menere," sê hy hard, asof hy van buite af praat en hulle is binnekant in hulle kak, onnosele plan. "Gee my net 'n kans." Hulle luister wragties. Eenarm is ene senuwees. Lucky reken hulle het nog respek of skrik vir die reg, anders sou hulle nie eens getraak het om balaklawas oor hulle koppe te trek nie.

"Moenie na die bliksem luister nie," sê Rooiboer deur sy balaklawa, "hy verneuk jou sonder dat jy dit eers weet. Manne, hy is sy soort."

"Klim in die fokken kar," sê Olyfpens.

Die derde een – Mister Ladies' Bar – het met 'n bibberhandjie sigaret aangesteek. Kyk, as hulle hom eers in hulle kar het, is dit klaar met kees. Hy moet hulle probeer troef met iets, enigiets.

"Weet julle miskien wie het julle hier by julle?" vra hy vir

Olyfpens. Hoekom het hulle nie gewere by nie, hy weet mos elkeen van die kêrels het 'n geweer. Wat wil hulle met hom maak? Is dit sy gaping? Onder sy arms en oor sy bors sweet hy. Hy kom nog hier weg.

"Wat? Wat *by ons*?" sê Olyfpens. Die derde een sê niks nie, net die ene bewerasies met sy sigaret. "Ek gee jou 'n minuut om in te klim. Van nou af."

"Vra bietjie vir hierdie meneer hier by julle," en hy wys na Rooiboer, "vra vir hom hoe goed ken hy vir Lucky Marais. Hy het dalk 'n storie wat julle wil hoor."

Met sy stewige voorarm verhef Rooiboer die bobbejaanspanner en hy's op hom, maar Lucky spring voor sy kort bene uit en agter 'n doringboom daar en om en gaan staan ver genoeg vir tydmaak. Die reg is sy gedagte, hy het toegang tot die reg. Dit is ook sy reg, syne, hy met die bruin vel.

Toe donner Rooiboer hom in daai oomblik waar hy staan en dink, te laat gekoes, die spanner skraap hom skeef teen sy skouer en 'n arm druk hom op die teerpad vas, 'n hand probeer 'n petrolprop by sy mond indruk. Pure woede hou hom wild sodat hy hom uit die greep wriemel en verby die ander twee kouskoppe rol, 'n krag het hy gekry. Die middelman, nie die lange en ook nie Rooiboer nie, kom uit die hoek van sy oog nader gespring en lak hom met daai een arm om sy bene, hulle rol op die pad, holderstebolder. Hy ruik die verraaier se bliksweet. Toe's Rooiboer weer op hom.

"Vra vir hom wat ek met hom doen," skree hy onder druk en maak Rooiboer rasend. Hy byt in sy rooi kuit en toe hy daarna gryp, bring Lucky hom aarde toe, spring op, draai terug en gee hom 'n sierlike volstruisskop.

Olyfpens staan daar in die jaglampe: Lucky se woorde hou hom versteend vas.

"Moenie na die gemors luister nie," Rooiboer is skoon vals, "hy's laer as slangkak." Hy's op, die prop-ding nog in sy hand en gryp weer, mik weer met die spanner na Lucky, maar dié keer swaai hy betyds weg en gaan staan 'n hele ent weg van die drie. En daag hulle 'n laaste keer uit. Eenarm beteken nie veel nie, net 'n banggat rook so. Hy's skaam, hy wat Wella is, hy't teen een van sy eie saamgespan.

"Wat is dit dié, waarvan praat die mannetjie?" vra Olyfpens, die kous voor sy mond maak dat hy ongeskik praat.

Lucky tree agtertoe. Weg. Verder en verder van die harde lig. Nou moet hy maar sy kans vat en deur die draad kom en die veld inhol, dis te donker om hom mooi in die visier te kry. Sal hy? Hy moet. Hy kan agter die doringbome hou, deur die Swartrivier se droë loop hol tot by die dorpskoppie met die wit klippe wat St. Gamka spel, as hy eers tot daar kan kom.

"My goeie fok." Rooiboer agter hom aan met die bobbejaanspanner. Nee, hulle wil hom lewend hê.

Hy dink vinnig, sy breins nog vars, want voor hom, net anderkant hierdie speletjie van mal mense op 'n pad in die middel van die woestyn, sien hy homself op 'n draagbaar besig om op te vrot. Sy ma huil, sy anties hou hulle koppe vas, sy sissies lappies voor hulle neuse teen die stank.

Laaste kans: Saai onmin, breek hulle span op. "Sê vir jou makkers, Meneer, sê vir hulle wat laat jou lekkerkry. Sê vir hulle hoe jy voor my wil buk op jou droogprambeentjies, sê bietjie vir hulle wat jou laat lekkerkry."

Rooiboer gryp sy kous van sy kop af, gee nie meer om vir sy ID nie. Lucky dog hy kan die hitte wat die man uitstraal, sien aankom. Sy eer wat van hom as boer verwag word en vernaamste sy manlikheid, al die goete op die spel.

"Kom jy my help," sê Rooiboer vir die ander, derde een, want Olyfpens het begin wegtrek. Lucky se woorde kort eers uitklaring: Wat gaan hier aan?

Ou Wella storm op bevel, loop hom van sy regterkant af met sy skouer en stamp hom terug in Rooiboer se rigting, maar hy's soos blits op en maak vir die draad. Nou sien

Rooiboer egter sy kans en swaai hoog en met krag, die spanner vlieg suiwer. Lucky koes hotkant toe, verkeerde kant, die spanner suig teen sy vlees.

Sy eie spanner teen die skedel, skuimbloed kom by sy mond uit. Weg. Dié keer is hy weg. Petrolprop word in sy mond gestop, hy byt kragteloos, sy bene swik en hy vou op homself na binne, bybietjie. Rooiboer het gewen.

Daar gaan hy nou. Hulle sleep hom kar toe, sy lewe afgelope, hulle kan met hom maak wat hulle wil. Hulle sal ook. Rooiboer sal hom nie kans gee om sy skande uit te blaker nie.

Toe hy bykom, is hy in die pikdonker hok opgevou, knieë teen sy ken soos in 'n ma se maag. Hy verskuif hom en ruik sy sweet wat vir hom na lewe ruik. Waar's sy skoene? Dit wás dan Wella, die godsvergeter, wat altyd na daai Adidasse van hom gekwyl het.

Hy druk sy arm verby sy knie, verskuif, vat aan sy een oog wat heeltemal toegeswel is, snik aan trane wat nie wil kom nie. Met sy een hand help hy die pols van sy ander hand op totdat hy sy horlosie voor hom het en die wysters lewendig voor hom sien verbytik. Dis twintig oor ses in die aand. Weer ruik hy homself en snak na asem, stamp met sy vuis teen die soliede deur voor hom. Hy gryp sy laaste asem en ruik en leef en kyk vir oulaas na die pragtige, verligte kort en lang wysters op die gesiggie van sy horlosie, hy weet nie of hy al ooit iets so moois in sy lewe gesien het nie: 6:25, donkerte kom om hom.

◊◊◊

7 – 8. Hè?

◊◊◊

Eerste ding wat hy ruik, is pietersielie.

"Hierso, drink. Jy's ontwater."

Rand van 'n glas koel teen sy lippe. Haar hande, wie, leef hy nog?

"Gin-en-tonic." Hy probeer lag.

Die pottebakker glimlag en kantel die glas. "Dis water, Lucky. Drink nog."

Lucky druk op sy elmboë, hy is weer op die klam grond in die tuin met pietersielie nes netnou, wanneer? Hy draai stram agtertoe waar die oond op sy vier staalpote staan. Die deur staan wawyd oop, die oond is leeg.

"Jy was gelukkig. Daar was 'n kragonderbreking."

"Hoe laat?"

"Om en by halfsewe se kant."

Hy vat met sy hand aan sy kop: rowe en bloed. "Ek lewe nog."

"Jy kan dit weer sê. Dank Eskom vir hulle shit diens." Die pottebakker druk haar wysvinger in die halfvol glas en streel Lucky se lippe met haar nat vingertop, dis hemel.

"Die Here het my geprime sodat ek halfdood sou begin bak. Hulle sê mos jou lyf weet hoe om jou teen pyn te beskerm in 'n krisis, byvoorbeeld as 'n leeu storm, skakel jou hart voor die tyd af. As hy hap, is jy klaar dood."

"Wie het dit gedoen, Lucky? Weet jy?"

"Daar was drie van hulle, al drie met balaklawas oor die kop."

"Dié is 'n lelike ding dié, Lucky. Daar is opperste skurke in hierdie dorp van ons en dié keer gaan hulle nie wegkom nie."

"Ek het geweet wie's hulle nog met die balaklawas oor hulle koppe. Hulle haat my, almal." Lucky vat aan Alexandra se skouer. "Help my op, asseblief, ek moet pis." Hy hink onder die koejawelboom in. Net om die gulp van sy Levi's oop te knoop maak hom seer, net een van sy oë kyk. Sy pis straal warm uit hom uit. Daai slag toe hy masels gehad het, moes hy sy totter in een van sy pa se Klipdrift-bottels indruk, sy ma het nie toegelaat dat hy voet by die bed uitsit nie. "Ek gaan nie my oudste afstaan aan die dood nie," het sy gesê.

◊◊◊

Die ou man is daar in sy anties se huis toe hy inkom.
"Middag, Oupa." Dis oupa Jaffie die medisyneman, amper tot niks opgekrimp. Lucky maak twee bekers koffie, een kwaai soet. Antie Darleen kom sit by hulle, maar vlie weer op, oorstelp. Nou-nou kom Eddy & Eamonn met hulle swart kar en stop voor Kanariestraat 21 om hom op te laai.
Oupa Jaffie kyk na die klaargepakte sak wat daar staan. Die sak lyk verre van verslons af. Dit is 'n nuwe soort met 'n breë band wat jy oor jou skouer kan dra en hy't slotte met sleutels, maar jy mag niks toesluit nie, die beampte moet alles kan deursoek. By die lughawens moet jy jou skoene uittrek, partykeer staan jy net in jou onderbroek. Jou onderbroek moet baie skoon wees.
Die ou man kyk lank na die sak en wys vraend oor sy koppie koffie daarnatoe.
"Hy gaan mos weg, oupa Jaffie," sê antie Darleen. "Hy gaan Amerika toe." En sy draai haar gesig weg, die trane loop.
Oupa Jaffie kyk na Lucky, sy oë gelerig en weggesak tussen oogvelle. Hy begin 'n gesang sing wat antie Darleen laat lag soos sy tjank. Sy hou haar hand voor haar mond en weet nie meer hoe nie, sy is tot in haar siel toe bedroef.

◊◊◊

Hulle sal vanaf BOS (Boston Logan) na LGA (La Guardialughawe) vlieg en van daar af met 'n geel taxi tot by 17th Street ry waar hulle 'n kamer vir drie bespreek het. Eddy-hulle ken die hotel. Dis beter om slippie-sloppies te dra in die gemeenskaplike stort, anders kry jy voetswam. In New York City moet jy pasop vir wat ander mense op hulle het, dis ver van hemel af.

Lucky dra sy Kangol-pet skeef en laag, sy linkeroogbank het nog van die laaste blou van die hou oor. "Lyk of hy hom net halfpad gemake-up het," het antie Yvette deur trane gesê. Sy was al een wat darem 'n bietjie bly was oor sy wegkomkans.

Nie hyself nie, maar die lewe, God, het hom die kans gegee. Hy lag, hy was gelukkig gewees en nou is hy baie gelukkig. Daar was 'n trop mense by die verhoor van die drie seuns wat mevrou Kristiena-Theresa gerape het, ook meneer Bradley het kom kyk. Balhoriges het nie opgehou met skree nie: "Ons wil hulle sien geboeie! Ons wil hulle sien geboeie!" Twee van die aangeklaagdes was nog minderjarig, met ribbetjies wat uitsteek. En al drie uit huise waar die pa dop en die ma ook, maar dis nie 'n verskoning nie.

Lucky het hom die dag van die verhoor eenkant staangemaak voor die magistraatshof, sy anties en Eddy & Eamonn aan sy sy vir morele ondersteuning. Ná afloop van die saak, die magistraat van George, Mister Nzondo Dzondo, het toe nooit opgedaag nie en die drie is net so terug in die vangwa gebondel, het meneer Bradley naby hom verbygeloop. Net die een ding wou hy van hom weet. Het hy laat iemand gifvleis deur mevrou September se kombuisvenster vir Bybie gooi? Lucky kon tot sy denne-aftershave ruik daar waar hy in sy wit hemp gestaan het vir almal om te sien, vir meneer Bradley om te sien, maar meneer Bradley het nie erkenning aan hom gegee nie. Meneer Bradley het na sy Jaguar toe geloop en ingeklim en weggery.

Hulle wag lank op Logan-lughawe, bene ingevleg tussen die pote van drie hoë stoele, 'n bietjie soos dié in die ladies' bar, maar verder is alles anders, 'n nuwe wêreld. Die ding is net om terug in sy lyf te kom; hy bly aan die laaste dae in Santa Gamka kou. Dan is hy by matrone in die kliniek. "Wat weet jy van die saak af, Lucky?" vra sy vir hom van die verkragting, asof hy iets moet weet. "Sy lê net hier anderkant," sê sy van mevrou Kristiena-Theresa. Dan is hy weer tussen die pietersieliebossies, Alexandra se vingertoppe teen sy voorkop: "Sê vir my wie't jou daar ingesit? Dis poging tot moord. Dis verby met hulle." Hy kyk op na Alexandra se vroutjiesbaard en spanjool-oë. "Hierdie boys mag nie wegkom nie. Wie was dit? Hoekom wil jy nie sê as jy weet nie?" Hulle het hom so gehaat, die woorde wat hulle teen hom gebruik het. Vreeslik. Selfs ou Wella. Wat het hy ooit verkeerd aan hom gedoen?

Hulle drie drink koffie uit papierkoppies, elkeen het 'n donut. Daar's kennisgewings op Logan-lughawe opgeplak wat jy nie kan miskyk nie, al probeer jy ook: *This is a high-security airport – if you see anyone acting suspicious, please report to the Airport Authorities.*

Eddy vee sy nek binnekant sy kraag met sy sakdoek af. "Die Amerikaners word nou soos die Russe wat destyds geleer is om op mekaar te spioeneer," sê hy. "Seun op sy pa, buurman op buurman."

Die donuts is ekstra soet met 'n taai deeg, jy't koffie nodig om dit af te sluk. Syne het pienk icing op, Eddy & Eamonn s'n gewoon. Hy sou ook die gewones vir hulle gekies het as hy die donuts gaan koop het.

"Moet jou nou nie laat spook daardeur nie, Eddy," sê Eamonn. "Nou-nou is ons in Manhattan."

"Volgens die Patriot Act," Eddy gaan nie die bedreiging wat hy aanvoel, los nie, "kan 'n persoon onmiddellik aangehou word sonder ondervraging. Hierdie land gaan gebuk onder vrees dat hulle aangeval gaan word."

"Jy's te onrustig, Eddy, kom ons gaan buitentoe."

Buite die lughawegebou steek hulle in 'n windtonnel

aan, al drie maak 'n bakkie met sy hande. Wragties, die man wat daar staan, ook met 'n donut, begin met hom praat. Met hóm: "Waarnatoe is julle op pad?"

"New York City toe. La Guardia." Hy kyk om na Eddy & Eamonn: Sê hy die naam reg?

"Watter lugredery gebruik julle?"

Delta Airlines mos, hy haal sy opstapkaart uit sy Levi's en wys dit vir die man.

"Julle vertrek van terminaal 1 en julle gaan presies dieselfde roete volg as die kapers van 9/11: Boston na New York op Delta Airlines. Weet julle dit?"

Lucky knik. "Nee, ons weet dit nie. Maar ons is nie bang nie."

"That's not the point," sê die man.

"Ek wens ek kon nog die geboue van die World Trade Center gesien het," sê Lucky, hy hou hom slimgat.

"Tyrone," stel die man hom voor. Hy't sy drie seuns tot heel bo in die World Trade Center gevat, alles cool, toe kom 9/11 en omdat hy 'n Moslem is, het die wêreld vir hom warm geword, en hier op Logan werk hy as skoonmaker – al daai goete vertel hy sonder dat Lucky hom eers uitvra. Tyrone dra uniform, 'n kakiebroek en kakiehemp en hy's nogal heelwat donkerder as Lucky. "Suid-Afrika? Full-on war zone, is dit nie? Al die kinders se hare is rooi van hongersnood."

Eddy trek sy gesig: Hy weet niks nie, hy's 'n Amerikaner.

"Glo jy in God?" vra Tyrone nou. "God word uit elke deel van die Amerikaanse samelewing verstoot. Dis Amerika se grootste probleem."

Eamonn trap op sy sigaret en beduie vir Lucky hulle gaan terug binnetoe. Lucky groet, hy gaan nie hier agterbly met Tyrone nie.

Hulle val agter in die lang tou. Elke persoon word afsonderlik deursoek nog voordat die scan-masjien jou sak vat en al jou goetjies op die TV-skerm uitstal. Syne: skoon onderbroek, vars kouse, tandeborsel, tandepasta, geel waslap by Pep gaan koop.

Een van die beamptes wys na hom, vat sy paspoort met daai gomgat-foto. Hier kom dit: Eddy & Eamonn en Lucky Marais word al drie as selectees uitgekies.

Eddy fluister: "A nation of bullies and bastards, Hunter S. Thompson."

"Excuse me, Sir, could you repeat what you've just said," sê een van die beamptes.

"Ek het gesê ons moet teen drie namiddag inboek by ons hotel op 17th Street. Ons gaan dit mis."

Eamonn vat 'n sagte vat aan Eddy se arm. Lucky ken die binnekant van Eamonn se hand as hy so aan jou vat.

Hulle word selectees en dis oor sy blasgeid. Nee. Ja, dit is. Hy gaan Eddy & Eamonn se kanse belemmer om vinnig deur te kom. Hulle moet alles uittrek tot hulle omtrent net in hulle onderbroeke daar staan.

Eddy & Eamonn word eerste deursoek, hy laaste. Hy wag: As hy net eers sy voet op die sypaadjie in New York City kan neersit. As hy net tot daar kan kom, net uit daai taxi kan klim. Ou Kosie, hulle taximan, die laaste keer nog: "Nou maar totsiens, Lucky, ons sien jou seker nie weer nie." Jy't nie mooi geweet, is hy nou opreg of nie.

"Pat-pat," sê die beampte terwyl hy Eddy bevoel. Hy kan sien Eddy verpes dit, hy sweet op sy voorkop en teen dié tyd wil hy seker neus blaas, want hy blaas sy neus aanhoudend as hy senuweeagtig word. Eamonn is geduldig. Die sensor-instrument op en af, tot sy voete moet hy oplig sodat die sensor op die kaal sool kan soek na wat, 'n stuk bloudraad? Eamonn kry so 'n tam uitdrukking wat die Transportation Security Administration nie sal herken nie, maar Lucky weet dis verveling.

Die beamptes van die Transportation Security Administration het 'n manier om na jou te kyk. Hulle is verantwoordelik vir die sekuriteit op Logan, die lughawe waar die ramp van alle rampe begin het. "Everyone has an obligation to be a soldier in this country – aldus die Security Director van Connecticut," het Eddy vir hulle voorgelees.

Was hulle maar 'n familie met kleintjies in pienk rokkies. Hulle gaan nêrens in Amerika meer seepglad deur sekuriteit kom nie: drie mans saam en een boonop met 'n blas vel. Hy kon miskien nog deurgeglip het met sy homeboy-pet, maar dié moes ook af. En Eddy & Eamonn met hulle smart skoene en jeans wat hulle nie onder die kruis dra soos die jong mans hier nie, te intelligent, jy sien dit sommer op hulle gesigte, kan net verdag lyk.

Sy beurt. Hy's net half bang. "Pat-pat, ek gaan net jou agterstewe deurvoel," sê die beampte, so 'n mannetjie, jy kan sommer sien hy't houding. Rondom al drie hulle tasse is daar nou 'n rooi lint: selectees. Hy's bang om Eddy te vra of hulle vies is dat hulle hom saamgepiekel het. Tussen al die ander mense, halfpad en helemaal uitgetrek, trek hulle weer hulle skoene aan: Hulle is deur.

"Soos skape," sê Eddy, "almal aanvaar hierdie vernederende behandeling deur kleinbeamptes. Pat-pat, verbeel jou."

"Dis oukei," sê Eamonn, "hulle doen net hulle werk. Don't bother your arse."

Op die vliegtuig skuif Eddy & Eamonn langs mekaar in en hy sit oorkant die paadjie in dieselfde ry, tevrede. Toe die vliegtuig opstyg, begin Eddy dadelik die *New York Times* lees en elke nou en dan iets hardop. Die storie gaan oor die eerste oes wat die Europeërs, die nuwe Amerikaners, en die Indiane, die opregte Amerikaners, saam gehad het. Dit was die eerste Thanksgiving. Toe wil Eddy opstaan en toilet toe gaan en toe begin die kak.

Lucky hou hom dop: Eddy loop by die gangetjie af na die toilet aan die voorkant van die vliegtuig en wag daar voor 'n toe deur. Die toilet bly beset en hy kyk die hele tyd rond, dis

Eddy. Daar kom stoornisse in die lug en 'n aankondiging dat alle passasiers nou eers na hulle sitplekke moet terugkeer. Eddy kom met sy pis terug en skuif verby Eamonn se knieë en sy *New York Times* vou skeef en Eamonn trek sy mond sonder om rêrig opgeruk te wees vir Eddy, hulle het 'n verstandhouding.

Ná 'n ruk sien Lucky die vlerk raak stil, die stoornisse het bedaar, die vliegtuig swewe nes 'n arend hoog bokant die Swartberge op sy windpad, net sy vlerkpunte vertel jou hy stuur, hy is nie dood nie.

Die lugwaardin in haar donkerblou-en-rooi Delta-pakkie met haar trollie: Iets te drinke? En uit die bloute sê Eddy vir haar, hy praat mos nie sommer met vreemdelinge nie: "Ek verstaan nie hoe het daardie kapers by die kajuit ingekom nie, want die deur is dan gesluit en daar is 'n kode wat jy moet intik om die deur te open," en hou op, dankie tog, selfs Lucky voel daar's nou fout, dis 'n vraag daai wat kon gebly het.

Bokant die wit kraag van haar Delta-hemp word die lugwaardin, muisgesig, net so wit soos daai hemp, wit, toe grys en sonder om eers verder te hoor of hulle iets wil bestel, stoot sy haar trollie terug, skouers opgeruk.

Lucky kyk na Eddy & Eamonn; Eamonn kyk na Eddy langs hom. "Hoekom het jy nou so iets onnosels gaan staan en vra?" sê Eamonn. "Nou gaan hulle ons arresteer as ons afklim."

Niks verder gebeur nie. Eddy moet egter van sy nood ontslae raak en dié slag loop hy agtertoe. Daar kom weer stoornisse terwyl hy in die toilet is, maar hy maak betyds klaar net voordat passasiers na hulle sitplekke teruggeroep word.

"Hulle het die lig afgesit in die toilet," sê Eddy toe hy terugkom.

Eamonn kyk na hom, na Lucky. "Ons is diep in die kak, julle gaan sien," sê hy.

Die muisgesig-lugwaardin gewaar hulle nie weer nie, sy

het verdwyn. Binne 'n halfuur is hulle op La Guardia, dan nog so 'n halfuur tot op Manhattan. Hy kyk deur na die ander twee, Eddy het die mou van sy trui opgetrek en hy is besig om na sy arm te kyk.

"Waarna kyk jy?" vra Eamonn hom. Hy sê hy kyk hoe die vel op sy arm al verander het en ouderdom begin wys.

Dié slag is dit Eamonn wat moet opstaan om na die toilet te gaan, hy kies die agterste een. Hy kom terug en daar is nie nog tyd vir Lucky om ook te gaan nie, hulle moet sitplekgordels vasmaak, die vliegtuig sak om te land. Hy kan nie onthou dat hy al ooit so uit sy nate wou bars nie.

Dit gebeur met 'n woestheid wat Lucky onkant vang: Jy's klaar tot vyand gemaak nog voordat hulle jou in die oog gekyk het. Die blankemans daardie nag op die pad was ten minste self bang oor wat hulle besig was om aan te vang, maar dié val jou aan soos roofdiere, jy beskyt jou net daar: Vyf gewapende uniforms storm die vliegtuig binne die oomblik toe die deur oopgaan en pyl op Eddy af. Sy elmboë sien Lucky nog tussen die mans se uniforms, sy kroontjie op sy agterkop; Eddy sal doodbang wees.

Van die voorkant roep die muisgesig-lugwaardin skril en lelik: "Daar is die ander een," en wys reguit na Eamonn, "dis hy." Sy swel op so bly is sy, sy word iemand wat sy self nie ken nie, sy sal vir almal by die huis moet vertel. Al die ander passasiers druk hulle teen die sitplekke en uit die paadjie weg sodat die gewapende uniforms vry kan afhol en Eamonn ook vasvat. En nog 'n uniform, 'n swart vrou, kom agter die twee wat Eamonn weggevat het en hy weet sommer dis vir hom daardie, die muisgesig hoef hom nie eers uit te wys nie, sy vel doen klaar die werk.

Die uniforms is van PAPD, Port Authority Police Department, en hulle het hulle al drie, en met mening. Die donut draai binnekant sy maag, maar hy dink aan Eddy, aan die hardhandigheid waarmee hulle hom weggevat het, harder as met Eamonn en homself en hy wens hy kan by Eddy uitkom en hom vasdruk.

"Eddy, moenie worry nie, ons het niks gedoen nie." Toe word Eamonn teruggepluk en die twee van mekaar geskei. Hulle mag nie verder met mekaar praat nie. Agteraan kom hy met sy PAPD-vrou, stewige greep op sy arm, dis seker hoe hulle opgelei word. Hy is net bang hy word van Eddy & Eamonn geskei, dis al.

Die ander passasiers gee pad vir hulle en dié wat nie mooi kan sien hoe die misdadigers lyk nie, verrek hulle nekke. Hy sien tot die wit in die oë van die swart Amerikaners, niemand sê piep nie, almal is bly hulle word van die onheil gered en kan na hulle warm huise en hulle kinders en honne toe teruggaan.

In 'n nou gang word elkeen 'n stoel gegee en sitgemaak met omtrent sewe stoele elk tussen hom en Eddy en tussen Eddy en Eamonn. Eddy en Eamonn het elkeen twee PAPD's by hulle, by hom is daar nou net die swart vrou omtrent so vet soos sy antie Darleen. Aan die einde van die gang is daar 'n kamer met 'n deur, net so met sy staalkleur gelos.

Paspoorte en sy ID-boekie, 'n PAPD-offisier kom maak hulle almal s'n bymekaar. Toe vat hulle vir Eddy weg en daai staaldeur gaan agter hom toe.

Vyftien minute, 'n halfuur het hulle hom beet, tyd stap aan. Arme Eddy. Lucky kyk deur na Eamonn toe wat vir hom glimlag, hom paai. As hy maar net nie van hulle twee geskei word nie.

Nou begin dit eers: Eamonn word solank daar in die nou gang ondervra deur sy twee PAPD's: Wat doen hy, wat kom soek hulle hier in New York, hoekom is hy saam met Eddy?

"Ons wag net vir die FBI om op te daag, hulle gaan julle almal ondervra," sê die swart vrou langs hom.

"Dankie."

"Jy hoef nie dankie te sê nie. 'n FBI-toets gaan op julle uitgevoer word. Ons kan alles wat julle al gedoen het, uitvind."

Hy sê nie weer dankie nie. Hy's yskoud binnekant en vuurwarm op sy vel: Hier gaan hulle nog verlore, Eddy is al klaar.

Die PAPD-vrou kyk na hom. Wat wil sy hê moet hy sê?

Hy bêre sy hande tussen sy bene en die plastiekstoel. Hy sal nie vir haar sê hy's dors nie, al het hy nou-nou op die vliegtuig 'n bottel water uitgedrink. Dié slag is hy dors omdat hy nie weet hoe om uit die penarie te kom nie, hy het nie genoeg kennis en sy Engels is nie vinnig en glad genoeg soos Eamonn s'n of intelligent genoeg soos Eddy s'n om hom los te kry nie. Hy is ook nie 'n blankeman nie.

Hy kyk links na die twee PAPD's wat Eamonn ondervra. Dan gou-gou na die vrou wat hom nog heeltyd bekyk of hy skuld moet beken of so iets. Hy twyfel nie eers daaraan dat dit onmoontlik gaan wees om 'n broederlikheid tussen hom en so 'n swart vroumens te verwag nie. Sy praat en lyk nes 'n Amerikaner. Die Groot-Karoo? Springbokke? Tyrone die Moslem by Logan-lughawe het nie eens geweet Suid-Afrika is 'n afsonderlike land nie. Die PAPD's, swart of wit, sal niks omgee nie, wil ook nie, hulle word betaal om mense vas te trek. Solank hy nog by Eddy & Eamonn is, is hy orraait. Hy dink hy is lief vir hulle, hy't iets in homself begin raaksien elke keer wanneer hy aan hulle dink, elke keer as hy Eamonn ruik met sy warm, rokerige, singerige asem. Nou verstaan hy wat Eamonn is wanneer hy praat soos hy praat, Eddy ook. Hulle is aparte soort mense met 'n eie manier van lewe wat soos niemand s'n is en nêrens inskakel nie; dis net hulle twee. En hom het hulle gekies om saam te kom New York City toe.

Die PAPD's peper Eamonn, maar hy kan hoor dat hy nie bang is nie. Hy't grootgeword in Belfast, daar was baie van die troubles regdeur sy skooljare, hulle't onder rubberkoëls deurgeloop en dieselle koëls op hulle skooljaarts agternagehol en opgetel. Eamonn weet van kak.

'n Uur gaan verby, hy moet toilet toe. Die vrou by hom

roep een van die manlike PAPD's by Eamonn weg om saam met hom te loop. In die manstoilet gaan staan die PAPD reg agter hom, sy pis wil nie kom nie. "You'll have to finish off now, Sir."

Toe hulle teruggeloop kom, kom Eddy bleek uit die kamer met die staaldeur en met net een PAPD aan sy sy. Intussen het daar twee ander manne bygekom, een is 'n swart man, en jy weet sommer dis die FBI-manne. Hulle lyk soos in 'n fliek met hulle pinstripes en dwars gestreepte dasse en hulle loop ook anders as die PAPD's. Hulle loop vinnig en dreigend op Eamonn af en vat hom na daai kamer toe. Een blankeman, een swart man. Die woord is onderduims.

Ten minste hou die FBI-manne nie vir Eamonn aan sy arm vas soos die PAPD's met Eddy gemaak het toe hulle hom weggevat het nie. Daar is hoop of nie. Eddy kyk nog na Eamonn soos hy wegloop, hy wil seker aan hom vat. Hulle gaan Eamonn boor, maar hy is opgewasse, aan Eamonn twyfel hy nie.

Eddy kom sit op die plastiekstoel wat Eamonn nou net warm gesit het. Hy's bleek soos melk. "Hulle het my boek gevat. Hulle dink ons is terroriste, hulle gaan ons nie los nie," sê hy vinnig vir Lucky in Afrikaans.

"No talking, please."

Eddy se boek *My beautiful death* is afgevat as getuienis teen hom. $2 + 2 = 4$. Hulle is daarvan oortuig dat Eddy beplan het om dinamietstokke om sy lyf vas te maak en almal op te blaas. Hulle wíl dink hy is 'n terroris. Eddy is vas, Eamonn ook, hy is vas.

Hier kom die PAPD-man wat nou net vir Eddy in daai kamer gelooi het en kom sit aan sy regterkant, die PAPD-vrou nog al die tyd links. Die man praat eerste: "Toe julle op die vliegtuig was, hoeveel keer is Eddy na die toilet toe, dis my eerste vraag. En hoekom? Dis my tweede vraag."

"Hy is een keer na die toilet voor in die vliegtuig en een keer agtertoe, Sir."

"Praat die waarheid," sê die PAPD-vrou, tot nou toe was sy nie te heftig met hom nie.

"Nee," sê die PAPD-man, "jou vriend is drie keer toilet toe. Hoekom?" Lucky sien die PAPD-man se tandvleise soos sy mond ooptrek om vir hom te sê: Jy praat kak, maak nie saak wat jy gaan sê nie.

"Hoekom?" sê die swart vrou weer. Dis soos 'n bal wat die twee PAPD's vir mekaar aangee.

"Hoekom was dit vir jou vriend nodig om drie keer toilet toe te gaan en dit terwyl daar swaar stoornis was, die ligte in die agterste toilet het nie eers aangegaan nie. Is dit nie verdag dat jou vriend drie keer toilet toe is en dit terwyl daar stoornisse was nie? Hoekom sal iemand op so 'n kort vlug drie keer toilet toe wil gaan en in die toilet bly, *insist on finishing his job,* selfs al is daar nie eens lig in die toilet nie?" Hulle praat van die agterste toilet, hy onthou toe Eddy teruggekom het, het hy gesê die lig in die toilet wou nie aangaan nie.

"Nee, Eddy was net twee keer toilet toe."

"Dis 'n leuen," sê die PAPD-offisier teen sy gesig.

"Praat die waarheid, dis tot jou voordeel," sê die vrou aan sy linkerkant.

"Die lugwaardin van Delta Airlines het uitdruklik gesê dat jou vriend drie keer toilet toe is. Dink jy nie dis snaaks nie dat iemand drie keer op so 'n kort vlug toilet toe moet gaan? Drie keer?"

Toe snap hy: Eamonn was ook een keer toilet toe. Hulle verwar Eamonn met Eddy. Dis die sleutel tot die saak: Ook húlle kan Eddy & Eamonn nie uitmekaar hou nie, oëverblindery, dis maar al. Hy's so bly hy het die oplossing.

"Nee," sê hy, dié keer met krag.

"Nee wat?" Al twee is 'n bietjie verbaas.

"Dit was nie Eddy nie, dit was Eamonn; Eddy is net twee keer na die toilet toe. En Eamonn een keer na die agterste toilet." Hy wil nog verder verduidelik, maar hulle laat hom dit nie toe nie.

Hulle begin van vooraf met hulle storie, die lugwaardin het uitdruklik gesê, drie keer, dit wás Eddy, dink hy nie dis snaaks nie, aan en aan, elke keer dieselfde storie, húlle storie. Miskien is dit waar, miskien was Eddy drie keer toilet toe gewees. Miskien is hulle reg, Lucky huiwer en vrees die gedagte wat by hom opkom, vrees dat Eddy miskien tog iets in sy mou het: *My beautiful death*, hoekom sal mens so 'n boek saamdra? Eddy het nooit die Amerikaners se politiek verdra nie, hy't gesê hy kon nooit na die president op die TV kyk nie, hy't gesê sy bakkies walg hom. Die PAPD het 'n storie en dis 'n uitgemaakte saak, net hy moet nog ja sê, dan het hulle al die getuienis wat hulle kortkom. Hý, 'n arm kind uit 'n dorp wat niemand op aarde ken nie.

"Wat is jou eerlike antwoord, vir die laaste keer?" vra die PAPD-offisier nadat hy nog 'n keer sy storie oor Eddy herhaal het: selle woorde, selle sinne. En al twee se gesigte binne-in syne om te sien of daar miskien 'n spiertjie trek, of sy oog miskien heen en weer flikker soos iemand wat kyk waar kan hy weghol. Die swart vrou sweet openlik van die inspanning om so stip na hom te kyk. Hy snap: Hulle wil hê hy moet lieg, hulle wil hê hy moet sê Eddy is 'n terroris.

"Eddy went to the toilet two times, that's all. The third time was Eamonn."

Die vrou gaan staan voor hom en buig af binne-in sy gesig dat hy die bloedaartjies op haar oogballe kan sien, sy dop, hy weet dit. "We'll have to hand you over to the FBI. You're not playing the game here."

Iemand kom gee sy rugsak wat hulle vroeër afgevat het om te deursoek aan hom terug.

"Water," sê hy en zip sy sak oop net om iets te doen, hy

weet daar's nie water in nie. Sy hand kom op 'n kaartjie af: *This merchandise has been carefully inspected by Inspector: 01007.* Hy druk die kaartjie in sy broeksak, durf nie na die PAPD-vrou kyk nie. Langs hom sit die PAPD-offisier, lank niks gesê nie, seker ook maar moedeloos.

Lucky bly voor hom op sy splinternuwe Adidas kyk, sy bestes vir New York City, selfs die wit Adidas-leer is nog helemaal sonder skaaf of merkie. Hier kom die FBI-pinstripes terug, die swart man en die blankeman, die blankeman is 'n fris outjie. Hulle loop Eamonn tussen hulle terug tot op sy stoel.

"Their stories checked," sê die blanke FBI-man vir die twee PAPD's. Die blankeman is breed in sy suit, hy gaan gym toe, hy dra sy baadjie oopgeknoop, jy kan sien hoe sy wit hemp aan al twee kante van sy das oor sy bors span.

Getjek, Eddy & Eamonn se stories is dieselle. Daar is hoop. Of nie. Die FBI-mans vat die PAPD-man eenkant toe en praat suutjies terwyl al die passasiers wat in die nou gang verbyskuur, spesiaal na hom en Eddy & Eamonn kyk: Thank God they got them.

Moenie worrie nie, sein Eamonn na hom en trek sy trui uit. Lucky kan aan die gloeiing om sy nek sien hy't gely in daai kamer. Eamonn sal dood van lus wees om aan 'n sigaret te trek.

Langs hom begin Eamonn toe sommer met die PAPD-vrou gesels. Toe sy hoor Eamonn was 'n tuinier, opgelei en met soveel jaar ondervinding, vertel sy dadelik sy't 'n klein ou tuintjie met baie skaduwee en sy sukkel haar dood, sy's dik, om iets aan die groei te kry. Nogtans, gee haar net kans en sy's daar doenig, hande in die grond. Beste manier om haar stres af te pak. Toe gee Eamonn vir haar 'n lang lys plante wat maklik in die skaduwee groei, foolproof, en sê sy moet die grond voorberei, die grond is die belangrikste. En toe sommer dat hulle al drie op pad na Manhattan toe is, asof sy dit nog nie weet nie. Die PAPD-vrou het murg geword onder Eamonn. Nee, sê sy, sy was maar nog net 'n paar keer in haar lewe in Manhattan, haar salaris is nie groot genoeg om sulke luukse uitstappies te kan bekostig nie, sy't kinders, haar man het sy werk verloor.

Lucky skep moed. Eamonn is die man wat hulle gaan loskry, miskien is hulle al klaar los. Hulle gaan wegkom, hulle gaan kans kry om bo-op die Empire State na die hele nuwe wêreld wat Amerika is te kyk, daar gaan kans wees om na Alexander Calder se klein sirkus toe te gaan. Hy skuif lekker laag af in sy stoel.

Toe kom die kak net so terug: Die twee FBI-mans draai amper op 'n drafstap om van daar waar hulle nou net gestaan en koukus het en kom reguit na hom toe. Op! Tussen die twee na daai kamer met die staaldeur. Hy kan in sy broek pis, kry nie eers kans om na Eamonn te kyk om hom 'n laaste bietjie moed te gee nie.

Dis hoe hulle plan geloop het: eers Eddy, toe Eamonn. En toe hulle sien hulle kan die twee nie vastrek nie (their stories checked), vat hulle die blasse. Nooit gedink sy velkleur sal in Amerika teen hom tel nie. Die blanke-FBI-man vat hom nie op sy elmboog soos hy Eddy weggevat het nie, maar hoër op sodat Lucky se biceps onder die man se hand op 'n knop trek.

In daai kamer. Een stoel diékant van 'n tafel, een aan die ander kant. Die swart FBI-man gaan agter die lessenaar reg teenoor hom sit en die gym-ene gaan sit wydsbeen bo-op die tafel. Lucky kan in sy suit-broekspype sy soort bobene sien en sy hande weerskante op die tafel is vierkantig en gespierd soos 'n steenmaker s'n in Santa Gamka.

"Hoeveel keer is jou vriend na die toilet toe?" Selle storie. Hy's die FBI se laaste hoop.

"Twee keer, Sir."

"Hoe weet jy dit?"

"Ek was saam met hulle op die vliegtuig, Sir. Ek het langs hulle gesit. Alles wat hulle doen, hou ek dop."

"Jou vriend het die toilet drie keer besoek. Dink jy nie dis snaaks dat iemand op 'n rit van net onder 'n uur drie keer toilet toe gaan nie?"

"Eddy was net twee keer toilet toe, Sir. En Eamonn het een keer gegaan." En hy praat hard en duidelik en dieselfde wil wat hom van hulle huis van modder en klip tot hiertoe gevat het, dryf hom en hy span al sy kragte saam, alles wat Mister D'Oliviera hom geleer het: "Pick the right word for the right thought, Lucky."

"Sirs, you will notice; menere, as julle mooi kyk, kan jy maklik die twee met mekaar opmix, Sirs. Dis hoe dit is." Hulle wil hom vastrek, hy kan dit op die swart man se gesig sien en dis teen daai besluit dat hy moet bly praat.

"Eddy of Eamonn of Eamonn of Eddy. Gaan kyk hulle op 'n afstand van agter af en julle sal sien wat ek bedoel, Sirs." Sy vel is bruin, hy het aangekom in die land of the free, hy kan praat en hy doen dit. Op sy heel beste. Hulle kyk verbaas na hom en hy hou nes hulle aan met dieselle storie, oor en oor. Gee hulle hulle eie medisyne totdat hulle stadigaan begin verstaan, woord vir woord. Hulle gaan hom nie vastrek nie. Eddy en Eamonn sit buite en wag vir hom. Hy kan nie anders glo nie. Nou-nou is hulle al drie los. Hy glo dit vas.

Die blankeman in sy broekspype skuif 'n vorm oor die tafel na hom toe aan. Hy swaai sy bene in sy stywe broek heen en weer om hom ekstra op sy senuwees te maak en boonop reg op die hoek van daai tafel of hy aspris 'n plek gesoek het wat nie gemaklik is vir sy boude nie.

Hier kom die papier, 'n vorm. O, dis daai meneertjie, dis DS 156. Hulle uitklophou. Dis 'n kopie van sy twaalf-bladsy Non-Immigrant Application Visa. Nou gaan hulle hom braai oor daai een punt. Die swart man, die een wat agter die lessenaar sit, word van buite geroep: "Darius." Hy staan op en loop om die tafel en kyk nie eers na hom nie, niks simpatie, niks.

Lucky kyk om, hoekom nie? Net voor Darius die staaldeur toemaak, sien hy doer in die verte op die gladde, blink vloer loop Eddy & Eamonn, hulle rûe sien hy, soos een man stap hulle aan, weg. Lucky Marais kan maar vergeet van Hotel 17: *not responsible for loss of money, jewelry, furs or other valuables* – Eamonn wou hom nog doodlag daaroor.

Sy hart skeur: Eddy & Eamonn mag nie vir hom wag nie. Die PAPD het hulle beveel om te loop. Nee, hulle sal wag. As hulle nie wag nie, sal dit Eamonn se ding wees. Laat Lucky die ding self uitsorteer, hy's mans genoeg. Dis oukei. Hulle hoef ook nie. Hy sal hulle altyd vashou, nooit vergeet nie. Die staaldeur slaan helemaal toe in sy kosyne, hy het nog nooit 'n deur gesien wat so toe kan wees nie.

Op die punt van die tafel sit die blankeman en kyk na hom, heeltyd net so met sy fris hande dié- en daardie kant van sy broekspype.

Oukei, sal hy? Is daar enigiets waarmee ek jou kan help, Sir, enigiets? Nee wat, laat staan nou maar eers daai goete. Hy kyk na die man wat hoër as hy sit daar, hy's nie skaam voor hom nie, ook niks bang nie. Die man is trots met sy Amerikaanse vlaggie so by sy baadjielapel ingesteek.

Hý is ook trots. Hy kan sy man staan soos nooit tevore nie. En sien hy nou sy pa daai slag, net so daar op sy knieë sien hy hoe sy pa probeer om die flappie rooi lap op hulle draadkar mooi te laat staan, mooi, soos 'n regte vlag.

Hy kyk reguit na die man voor hom: "Sir, do you think you can help me out with a cigarette, Sir?"

ᗡ♂ᗡ

2007 – 2009. NIAS, Nederland en Prins Albert

Deur Eben Venter

Kortverhale
Witblitz (1986)
Twaalf (2000)

Romans
Foxtrot van die vleiseters (1993)
Ek stamel ek sterwe (1996)
My simpatie, Cerise (1999)
Begeerte (2003)
Horrelpoot (2006)

Vertalings
Ik stamel ik sterf (Nijgh & Van Ditmar)
Burenfoxtrott (Roman Claassen)
Dans aan het einde van de dag (Querido)
My beautiful death (Tafelberg)
Trencherman (Tafelberg)

Ek erken die direkte en indirekte gebruik van materiaal uit die volgende bronne:

Auden, W.H.: *Selected Poems*, 1979, Faber & Faber, Londen.
Bellow, S.: *The adventures of Augie March*, 2001, Penguin, Londen.
Cavafis, C.P. "Priest at the Serapeum" in *The Canon* (vertaal deur S. Haviaras), 2008, Harvard.
Joyce, J.: "Portrait of the artist as a young man" in *The Essential James Joyce*, 1971, Penguin, Middlesex.
Lennon/McCartney: "Jojo was a man who thought he was a loner" uit *Get Back*, 1969, Northern Songs.
Leroux, E.: *Seven days at the Silbersteins* (vertaal deur C. Eglington), 1967, Houghton Mifflin Co., Boston.
Life Sciences. Matric Exam Practice Papers Guidelines, 2008, Macmillan, Northlands.
Salinger, J.D.: *The Catcher in the Rye*, 1958, Penguin, Middlesex.
Shakespeare. W.: *Romeo and Juliet in modern English*, 2008, Clever Books, Pretoria.
Van Heerden, E.: "Dol hond" in *Liegfabriek*, 1988, Tafelberg, Kaapstad.
Wheeler/Leiber: "I'm goin' to Jackson", Sony/ATV Music Publishing LLC.

Omslagillustrasie deur Paulo Correa
Bandontwerp deur Michiel Botha
Tipografiese versorging deur Etienne van Duyker
Geset in 11 op 14 pt New Baskerville
Gedruk en gebind deur Paarl Print,
Oosterlandstraat, Paarl, Suid-Afrika
Eerste uitgawe 2009